刘

醒

龙

文

集

刘醒龙文集

[中篇小说]

秋 风 醉 了

刘醒龙 著

GUANGXI NORMAL UNIVERSITY PRESS
广西师范大学出版社
·桂林·

图书在版编目（CIP）数据

秋风醉了 / 刘醒龙著. --桂林：广西师范大学出版社，
2021.8
　（刘醒龙文集）
　ISBN 978-7-5598-3865-0

　Ⅰ．①秋… Ⅱ．①刘… Ⅲ．①中篇小说－小说集－
中国－当代 Ⅳ．①I247.5

　中国版本图书馆 CIP 数据核字（2021）第 101882 号

广西师范大学出版社出版发行

（广西桂林市五里店路 9 号　　邮政编码：541004）

（网址：http://www.bbtpress.com）

出版人：黄轩庄

全国新华书店经销

湛江南华印务有限公司印刷

（广东省湛江市霞山区绿塘路 61 号　　邮政编码：524002）

开本：880 mm × 1 230 mm　　1/32

印张：14.75　　字数：278 千

2021 年 8 月第 1 版　　2021 年 8 月第 1 次印刷

印数：0 001～6 000 册　　定价：69.80 元

目 录

清流醉了

1

上午十点钟，阴了两天的天空终于下起雨来。开始只是飘着蒙蒙水雾，几分钟后那水雾便变成了雨珠子，一串串地砸在玻璃窗上。有人抢先大叫一声，下雨了！下雨了！县文化馆办公楼内立即骚动起来，从被推开的窗户里探出了好几个人头，还有几只摊开的巴掌，都是为了试试雨有多大。

文学部主任高南征站在窗前看了看后，转身踱进隔壁的表演部。

趴在桌面上的胡汉生抬起头来冲着他点点头。

高南征说："你不是一直盼着下雨吗，老天爷给你送雨来了。"

胡汉生有些惊讶："是吗，我怎么没注意！"他起身走到窗口伸出双手接了一阵雨水，然后在脸上擦了几把，转身时露出一副惬意的样子说，"这一回我家那两亩半麦子总该发芽了！"

他俩一说话，别的部室的人也相继走进来。

高南征冲着调研部的老张说："你说奇不奇，胡汉生这么盼雨，都快变成了盼水妈，可真下雨时，他倒一点也没有察觉。这种现象，你们可要好好研究研究。"

老张说："老高，你这样说话，明显是要夺徐馆长的权。"

高南征说："哟，你这么为着徐馆长，是不是想让他提拔你当副馆长？"

老张突然生气了："狗东西才想给徐馆长当副手！"

高南征一愣后马上说："痛快，老张这话真是痛快，比胡汉生盼来的这场雨还要酣畅淋漓。"

胡汉生连忙插进来说："都是我不好，别为我伤了你们的和气。我们还是说别的吧。徐馆长这几天一直在外面跑，也不清楚是在忙些什么！"等了一阵，见无人接茬，他又说，"是不是又在想心思搞什么折腾人的项目？"

高南征哼了一声说："他总是指望葫芦长得天样大，可他家的葫芦就是不开花。"

胡汉生说："徐馆长的工作热情的确是高。"

老张说："热情高是因为他把文化馆当成了自留地。"

老张这话一出口，大家便纷纷议论起来。几乎人人都说，徐馆长太自私，什么好处都想自己独吞。还说徐馆长总以为自己是诸葛孔明，将别人比作阿斗，总是一个人神秘兮兮地跑东赶西，让别人觉得文化馆就只有他一个人在做事，其他人都在睡觉。

这时，美术部的小甘从外面探进头来说："徐馆长回来了。"

高南征赶紧往自己的办公室走去。他刚坐下来将一篇业余作者的诗歌稿件拿在手里，走廊上就响起徐馆长那一轻一重的脚步声。

高南征以为徐馆长接下来会掏钥匙开办公室的门，不料脚步声突然停下来，随后就有一阵阵的吱吱声响。高南征明白徐馆长这是在往小黑板上写字，其内容十有八九是通知开会。他侧耳细听，那声音很流畅，一点也没有停顿，也没有粉笔在黑板上的敲打声，他想徐馆长的心情一定很平常，下午的会上也就不会发什么脾气骂谁批评谁了。

徐馆长后来在走廊上泛泛地大声说道："各部室负责人要各负其责，通知上午没来上班的人，下午的会一个也不能缺席。"

徐馆长依然没有开门，高南征听着他的脚步声在走廊上消失了。徐馆长一走，办公楼上又喧闹起来。大家都聚到走廊上，看那黑板上的白粉笔字：下午两点，召开紧急会议，不准缺席。这"紧急"两个字让大家来了兴趣，一时间纷纷猜测起来。

大家七嘴八舌猜了一通，只有小甘的一句话获得普遍认同。小甘说很有可能是评职称的事。高南征扳指一算，从一九八七年头一次评职称开始，到现在已整整五年了，按规定又到了晋升的时候了。他不由得抬头看了一下胡汉生和老张，又迅速地将目光移开。他发现胡汉生和老张也在看着自己。

高南征一低头，看见黑板下面的地上有一摊水，他有意转过话题说："你们看这水，像不像是从徐馆长身上滴下来的？"

胡汉生最先响应，他说："老高这话有道理，刚才徐馆长在黑板上写字时，我听见有一种滴答声，像是衣服上面的水在往下滴。你们看这一长溜湿漉漉的脚印。"

大家闪开一条缝后，见地上真的有两行水汪汪的脚印。一行进来，一行出去。一时间大家都不知道说什么好。

过了一会儿，老张才说："徐馆长这个人工作起来还真是挺卖命的。"

有几个人随声附和了几句。

高南征立即不满起来，说："他是馆长，本来就应该带头干嘛。过去打仗，总是连长、排长在前面呼喊着打冲锋，这是传统。"

胡汉生出来圆场说："都十一点了，下班回去吧，还要通知人来开会呢！"

高南征看了看手表，说："真的十一点了，怎么过得这么快，一篇稿子还没看完。"

老张心知高南征这是在借故下台，便说："我也是，一个调查报告都写了七八天还写不完。"

胡汉生说："现在都这样，做之前以为小事一桩，可一旦上了手，哪家的事都让人感到辣手。"

高南征说："胡汉生你又说错别字了，是棘手，不是辣手。"

胡汉生笑一笑没有作声。

老张说："真是说不清，眼看这一年就要过去了，忙忙碌碌干了十一个月，回头一望，竟想不起自己做了几件事。"

高南征心里瞧不起老张，文学部十一个月中出了五期《清流》，创下了文化馆自学小靳庄活动结束以来的最高纪录，他从宣传部和文化局等有关方面得知，今年全县文化工作"十件大事"可能要将其列入其中，并且位置还不会太靠后。他本来想说世上万般事情当中，就数吃喝玩乐最最累人，话都到嘴边了，他还是憋住没说。

一旁的会计兰苹忽然伶牙俐齿地说了一句："老张，你是徐馆长的大脑和喉舌，别看做事的是手和脚，可累不累总是你大脑先想到，喉舌先说出来。"

兰苹这几句话让大家哄笑起来。高南征甚至还在兰苹肩上拍打了几下，夸她虽然来文化馆只一年，说起话来已经有十足的文化意味了。实际上大家都明白，徐馆长一直偏袒调研部，每逢论述文化工作时，就将调研部比作大脑和喉舌，另外还将文学部和美术部比作腿，将表演部比作手。他没说谁是心脏，但是，大家都明白徐馆长将这个留给了自己。

老张跟着笑了几声后，又解嘲地说："如果我真是文化馆的大脑，你们可就沾光了。因为我正在做的调研文章，就是想让文化馆每人都能获得副高职称。"

高南征一听见老张说"职称"二字，便扬头而去。下到一楼，外面雨下得正大，他挥手拦了一辆三轮车，又回头招呼胡汉生上车，要顺路捎他回去。胡汉生正在犹豫，兰苹跑上前来，笑嘻嘻地说女士优先。

高南征同兰苹只顺一半的路，到要分手的地方时，兰苹竟叫踩三轮的人往自家方向走。说过之后，她朝高南征笑一笑，同时身子动了动。高南征感觉两人挨得更近了。以前他俩一起跳过好多场舞，但从来没有像现在这样紧紧贴在一起。前面有帘子挡着风雨，小空间里只有他们两个。高南征以前有两次在这样的雨天里，透过三轮车的帘子缝隙，看见里面的男女在接吻。

兰苹不停地说着话，同时身子也在不停地晃动，弄得高南征非常紧张。临到下车时，兰苹伸出手在他的手背上轻轻摸了一下，然后就叫停车。兰苹下车的地点离她家虽只有一百多米，却是在一个拐弯的后面，拐过去才能看见她家。兰苹走后，高南征一个人坐在车棚里，回忆刚才说的许多话时，竟然绝大部分不记得了，只记得兰苹说她最讨厌胡汉生。

高南征本来还要通知小汤下午去馆里开会，因为兰苹这一绕，再去小汤家就远了，踩三轮的人要他一起给两元钱才去，他觉得不划算，便放弃了通知小汤的想法。

回家后，高南征一边做饭，一边想下午开会的事。

文化馆里他自己、老张、胡汉生和徐馆长都是中级职称，按照比例最多只会给一个副高指标。一九八七年开始评时，文件上就说得很清楚，文化馆原则上不设副高以上职务。所以，现在即便放宽限制，给一个名额也算是非常照顾了，绝对不可能有两个。现在四个中级职称的人年龄都差不多，徐馆长最大，胡汉生最小，这最大与最小之间也就相差几岁。一旦谁上去了，其余三个这一生便没什么指望，除非上去的人中途调走或死亡，空出那唯一的指标。高南征心情忽然沉重起来，刚才三轮车上的那点野花似的情调一下子被压得粉碎。

思想一走神，高南征先是将红菜薹炒焦了，接下来一不留神又将猪肝炒老了。他刚将菜端上桌子，妻子就在门外嚷起来，并用手不停地擂门。

高南征将门打开后说："小娅，你别像猫叫好不好，我今天心情不好。"

小娅看了他一眼，没有作声，进到房里将外套脱了，出来时将鼻子伸到桌面上闻了闻。她一声不吭地将红菜薹倒进垃圾袋，然后重新炒了一盘红菜薹。

小娅从柜子里拿出半瓶酒和两只杯子："先喝两杯酒顺顺气，然后告诉我为了什么。"

高南征喝了三杯酒后才将评职称的严峻形势向小娅分析了一通。

小娅说："先进可以让，模范可以让，当官也可以让，这评职称切切不能谦让。"

高南征说："三个人当中，胡汉生和老张不是我的对手，只有老徐，徐馆长，他是文化馆当家的，什么事都得从他那儿过手，评职称对于他来说简直是得天独厚。"

小娅说："你不能这样，自己在自己面前表态，自己将自己弄得出师未捷身先死。领导虽然厉害，可说到底还是怕群众，至少群众可以闹事，当领导的就不能。"

高南征说："光靠闹是解决不了问题的。"

小娅说："你手上不是有《清流》吗？在县里它就是造舆论的党报党刊！你可以用它来造舆论嘛！"

高南征说："到底是搞新闻的，首先想到的是舆论。"

小娅在县广播电台当播音员。她说："你将自己这几年获奖的情况整理一下，我先在电台里为你搞个人物专访，回头再在《清流》上发表一下。"

高南征说："搞我的专访还不如搞一个人事局长的专访，我可以做撰稿人。"

小娅说："没问题，干脆两个专访都搞。"

高南征不好再推了。其实他自己清楚，这几年获得的奖几乎都是水货，凡是大奖赛，只要肯交钱总能寄个获奖证书来。小娅不知底细，总将这些当作了不得的事。

吃完饭，高南征花了半个小时将自己的作品和获奖证书理了理。五年来虽然发表的作品只有十几篇，可获奖次数竟有三十好几，证书摆在那里差不多有两尺来高。他看着红灿灿的一大沓，很惬意地独自笑了笑。

看看时间不早了，高南征就出门往文化馆走。半路上，看见胡汉生正与一个人边走边说话，他觉得那人很像小汤，等追上去，才发现果然是小汤。

高南征拍了一下小汤的肩膀说："我去喊你，你倒先走了。"

小汤说："胡老师说有紧急会议，我便跟着他来了。"

高南征说："上午怎么没来办公室？"

小汤说："家里有点事，煤烧光了，去买了五百斤蜂窝煤。"

高南征正想说小汤有事该打个招呼，随即就想到评职称的事，到时候还得靠小汤这样的群众评议，得罪了他们就会得反对票。他酸溜溜地说："胡汉生，我真得向你学习，这么关心群众。"

胡汉生忙说："我是到小汤那里去借书，他说他发现一部好小说，我想看看能不能改成戏。"

小汤也说是这么回事。

高南征说："你怎么从不向我推荐什么好书？"

小汤说："你是我的嫡亲老师，应该是你向我推荐才是！"

高南征笑着说："小汤，文化馆应当专门为你成立一个外交部。"

2

才下午一点四十分，文化馆会议室已经坐满了人。

高南征扫了几眼，发现只有小甘和徐馆长没有来。他想一想觉得不对，应该还有一个人没来，他再次打量一遍后，才肯定是老张没有来。他马上意识到老张已经在为职称之事展开游说了。刚想到这里，老张就急匆匆地进来了。也没看清形势，老张就检讨，说自己不该来迟了。

兰苹抢白他一句："等徐馆长来了你再认错吧，别找错菩萨磕错了头。"

老张看了看周围，尴尬地笑了一下。

以往开会，徐馆长没到之前大家总是极活跃，不是相互说笑话，就是非要胡汉生来几段他搜集到的民歌，那些半荤半素的民歌，不仅让人动情，还很有趣，闹得男男女女，都像疯了一样。所以，文化馆的会远近闻名，不管是文化局还是宣传部的领导，只要是来文化馆开会，绝对会提前半个小时来看大家怎么乐。这一次大家虽然来得早，却突然没有了往日的兴趣。

兰苹几次要胡汉生来几曲，胡汉生见大家不作声，也就推说嗓子疼不肯开口。

等到两点钟，小甘来了。

小甘进门就说："今天的会延期，徐馆长病了，发高烧躺在床上不能动，他爱人说是今天上午让雨淋的！"

高南征没作声，带头站起来往外走。他在办公室里坐了一会儿总不见小汤进来，又见大家都聚在胡汉生的办公室里聊天，突然不好受起来，随手将上午曾拿在手里的那篇业余作者的诗歌稿撕成两半扔在地上。这篇诗歌稿写得极差，连顺口溜都算不上。他原本打算写封亲笔信，让那个业余作者先读三年文学名著，然后再动笔。

就在这时，高南征听见了徐馆长的脚步声。

徐馆长在走廊上叫，开会了，都到会议室去。

徐馆长果然是病了，脸上很灰暗，他坐在沙发正中说："现在开会！"

高南征小心翼翼地竖起耳朵，听了半天竟没有一个与职称有关的字。

徐馆长说，为了迎接全省文化工作大检查，文化馆近期内必须做好几件事。徐馆长布置工作总是以调研部开头，文学部结尾。他首先要求老张他们在十天之内将文化馆全年工作总结和大事记搞出来，然后牵头并由各个部门配合搞一个五年来全馆综合成果展览。接下来他要表演部排一台一个半小时的晚会节目，节目中小戏不能少于两个，独唱不能多于两个，时间也是十天。美术部只有小甘一人，小甘又是中专毕业回来才三年，徐馆长对他从来没有过高要求，这一次也不例外，只让他布置一个农民美术作品展。最后说到文学部，徐馆长要高南征和小汤十天之内将《清流》今年的最后一期印出来，同时还要以一个分馆和三个重点文化站为依托，办几期业余创作培训班，关于活动经费，徐馆长要兰苹做如下安排：调研部一千二百元，表演部一千四百元，美术部三百五十元，文学部一千一百元。

高南征第一个跳起来，说这个任务无论如何完不成，就是再增加一倍的人手，增加一倍的经费也无法完成，他说《清流》的印刷周期就得半个月，这还不算约稿、编稿。

接下来胡汉生也叫苦不迭。

只有小甘说他争取完成。

老张正要说话，徐馆长一把打断他的情绪，阴着脸大声说："我现在体温是三十八度九，我给自己安排的任务是明天到省里去要钱，指标是五万元，谁要是觉得我这任务轻松，我可以跟谁换，当然去要钱的活动经费多一些。三千元。你们谁跟我换，现在就可以提出来。一个人不敢，两个人一起来也行，全体都去更好。只要你们能要回五万元，我保证将调研、表演、美术、文学等'四部一办'的所有的事都做好。"

徐馆长说的"四部一办"中的一办是指办公室。

徐馆长的话将高南征镇住了。

见无人作声了，徐馆长就宣布会议到此结束，然后又让兰苹独自留下来。

高南征爬了一层楼，回到办公室，正在那里生闷气，小汤进来说："高老师，有你的电话。"

高南征又一次下到一楼，经过会议室时，他见兰苹正同徐馆长红着脸争论什么。

电话是小娅打来的，小娅要他马上回家拿上资料来广播电台。旁边有人，高南征不便解释什么，只是含糊地说情况有变化。小娅说她知道情况有变化，这才十万火急地将这事重新做了安排。小娅要他最多半个小时必须赶到人事局。不容高南征说什么，小娅就将电话放下了。

往回走时，高南征看见会议室里只剩下徐馆长。

徐馆长唤了他一声。

他在门口停下来，人却没进去。

徐馆长说："你们是不是觉得工作量大了些？"

高南征说："大一点怕什么，我们又不是为你徐馆长打工，是在为社会主义精神文明建设出力呢！"

趁徐馆长还没接上话，高南征转身走了。

回家的路上，高南征看见兰苹在一棵树底下用手帕揩眼泪，他忍不住走上前去问缘由。兰苹告诉他，徐馆长安排她一起到省里去要钱，还说管钱的那个处长特别喜欢跳舞，希望兰苹这次去省里时，努力展现一下自己的魅力。要不来五万元钱，馆里今年的穷坑就填不满。兰苹不愿做这样没有人格的事。徐馆长就说她不去也行，可以花钱请县剧团的女演员，但这笔花销只能从兰苹奖金里面扣。徐馆长还说这要钱的事是会计的本职工作，她想不去还有一个办法，那就是改行或者调走。

高南征听了很生气，他说："姓徐的家长作风也太邪了，他这么热爱革命工作，干吗不将自己的女儿带去公关。"

兰苹说："高南征，你说我是去还是不去？"

高南征说："若是我偏不去，看他是生吃了你，还是将你油炸了、清蒸了！"

兰苹说："可徐馆长这人是敢说敢做的。"

高南征说："到时候我们大家为你撑腰。"

正在说话，高南征听见有人喊他的名字，扭头一看竟是小娅。

小娅站在远处的屋檐下，见他一点点地走近了就说："这么亲热，怎么不合打一把伞？"

高南征说："徐馆长要兰苹当舞女呢！"他将经过说了一遍。

小娅没有接话，就迅速转换话题说，下午一上班她就发现副台长已亲自为文化馆老张做了一个专访，还签了字要在全县《新闻联播》节目中连播四次。她见老张抢了电台的先，就不能让高南征居其二了。她亲自到电视台同专题部的商量了半天，决定拍一个人事局长同高南征在一起谈我县文学人才的专题，借人事局长的嘴来宣传高南征，这样的舆论更有力度。

高南征等小娅说得差不多了才告诉她，馆里根本就没评职称这一说。小娅愣了愣，走了一百多米才开口。

小娅说："人事局我已约了何副局长，他是分管评职称的，早点宣传只会有好处，还不让人家觉出这是有意安排的。

不是年底就是年初，这职称反正是要再评一次的。”

高南征到了电视台后才知道小娅找的是什么关系，怪不得她只谈专题部都不说具体人，原来她找的是结婚之前，曾经有过一段恋情的男朋友。他心里不快，但还是陪着何副局长将专题片拍完了。

这个疙瘩直到晚上睡觉时，小娅将嘴巴拱在他的颈后说他今天表现得特别像一个男子汉后，才得以解开。小娅还说她看了毛片，很不错，特别是何副局长说的那句话效果好极了。

高南征知道小娅指的是哪句话，何副局长说别的人只能做到著作等身，而高南征却做到了奖证等身。

小娅还说专题部老唐这回用的是最好的带子，这种录像磁带平时只用在县委书记和县长的节目上。

老唐就是小娅的初恋情人。

3

兰苹没有听高南征的话，她还是跟着徐馆长一道去了省里。

高南征得空同胡汉生谈起这事时，不禁万分叹惜。

高南征同小汤也有简单的分工，头三天他们分头到分馆和文化站里跑一下，确定办培训班的日期，顺带为《清流》

组稿。第四天他们集中精力将稿子编好送到印刷厂，再花上点钱到学校里请一个老师帮忙校对一下。从第五天起，他们便一个接一个地办培训班。

高南征跑的是一个分馆加一个文化站，无论是分馆馆长还是文化站站长，都死活不同意办这个培训班，理由是现在业余作者对文学创作已不感兴趣了，过去的老作者纷纷出门打工做生意，花钱请也请不到他们来。高南征明白他们是不愿意出钱，按照惯例，不管办什么培训班，最少学员们中午那顿饭是要管的。如今分馆和文化站都是靠一点可怜的以文补文收入养家糊口，有什么活动，名义上是花公钱，实际上是用的私钱。高南征不能捅破这层纸，一旦说到钱的问题上，那就更不好办。

那天中午，高南征在分馆吃饭时，分馆馆长老陈将镇上管文教的书记、镇长找来作陪。一上桌就提到昨晚的电视新闻，说没看电视还不知道高南征是个优秀人才，他们要高南征好好带带路，替他们镇上培养几个文学人才。高南征连忙将这次下来的意图说了。书记、镇长二话不说就将板拍了，要分馆配合，将这次培训班办好。当着面高南征将日期敲定了，还请书记、镇长届时来培训班上讲几句。书记、镇长满口答应下来。

高南征怕变卦，吃了饭便要走，却被老陈死死拖住，非要他去家里小坐一阵。高南征没办法，只好去老陈家。

老陈领着他在几间屋子里参观了一下，到处都是破破烂烂的，一床旧棉絮里还偎着三个老人。老陈说这是他的父母和岳母。老陈的妻子则躺在另一床旧棉絮里，她已经病了半年。医生开了药方却拿不回药，因为没钱。转了一圈，老陈什么也没说，高南征反而不好意思起来，主动说这培训班就不搞一天了，只搞半天，上午九点钟开始，中午十一点结束，这样老陈就可以省下几桌饭钱。

再到文化站时，高南征就有经验了，他先将乡里的分管领导叫上，然后再谈培训班的事，一下子就谈妥了。

高南征提前一天回到县里，他以为小汤仍在乡下忙碌，在家躲了一天，写了一篇综述全县文学创作情况的大块文章，其中有三分之二的文字是讲他自己。小娅说这样不够，必须有一篇专门文章。他想了好久才咬牙决定冒充省作协那位理论家的名字，写一篇评介自己作品的评论。这种做法还得瞒着小娅，他怕小娅瞧不起自己。

做好这些事以后，高南征准时来到文化馆，一看考勤表，小汤竟比自己提前半天回来。他问过小汤，一切都是按原定计划确定的。等到编《清流》的稿子时，他才看出小汤的把戏。

《清流》是一份对开四版的小报，过去好多人都不知道它的历史，直到那年编文化志时才搞清，它创刊于一九四八年刘邓大军南下第一次攻克县城时。几十年风风雨雨，它一直默默地为县里培养人才，就连一直被县里引为骄傲的现任省报总编，其第一篇文章就是在《清流》上发表的。至于县里的大小笔杆子，无一例外都是《清流》的忠实读者和作者。

高南征要小汤将选出来的稿子给他看一看。小汤一下子递上四篇散文和一些诗歌。高南征看了一遍，除了一篇散文外，其余都是写乡镇企业的。实际上就是现在很流行的那种"广告文学"或者"马屁文学"。高南征最反对这种东西，他说宁可《清流》不办，也决不发这种东西。高南征拿起红笔正要将这三篇稿子枪毙掉，小汤在一旁说这是文化站组的稿，事关这次培训班办不办得成。

高南征马上明白了这是文化站拉的赞助，他愣了半天才说出"下不为例"几个字来。

谁知小汤抛出其中一篇说："文化站答应了人家，这一篇要上头版。"

高南征正要回绝，小汤忽然将头伸长了些，去看那篇评论。

小汤有些不敢相信自己的眼睛："高老师，都有名家评你的作品了！"

高南征连忙掩饰地说："小汤，以后你可要注意别让人家牵着鼻子走，特别是文化站，他们是文化馆的下级呢。"

忙了一天，总算将版面弄好，高南征和小汤一起去印刷厂将事情一一做了交代。刚吩咐完，小娅忽然来了。

小娅将一篇稿子交给高南征，说是退休在家的县委老书记段书记看了电视后很激动，写了一篇谈高南征的文章，要《清流》发一下，另外地区报纸可能也要发。高南征当即将自己冒名写的那篇评论撤下来，将段书记的稿子换上去。段书记的稿子短一些，高南征就让小汤趴在印刷厂的办公桌上写了五百字的编者按。

回到家里，小娅才妩媚地笑着说："有段书记的文章在此，到时谁敢不买账！"

小娅正要同高南征拥抱，外面响起敲门声。

打开门，见是段书记的妻子。

段书记的妻子比小娅还年轻，是段书记在乡下蹲点时好上的，嫁了段书记后一直被县委大院的人瞧不起，特别是那一口土得掉渣的山里话，因此她偷偷找上小娅，跟着小娅学说普通话。这事除了当事人，就只有高南征知道。

段书记的文章写得还不错。

高南征心里却高兴不起来。

4

分馆的培训班第一个开办，业余作者们以为分馆中午有酒席，一下子来了三十多个。等到十点钟镇里的头头还没来，高南征就先讲。他讲了刚好半个小时，就让给小汤讲。小汤讲了二十多分钟，正要结束，书记和镇长一起来了，还带着秘书和通信干事。书记也不客气上去就讲了四十多分钟，接下来镇长也讲了四十分钟。他本来还要讲，是被书记打断的。

书记说时间到了，先去吃饭，回头再讲，镇长停下不讲，但人并没有走。大家都在等老陈招呼吃饭。老陈在一旁急得满头大汗，嘴唇哆嗦着不知说什么好。

秘书发现情况不对，便将老陈拉到一边说："老陈，教育上有句话，再苦不能苦孩子。这些业余作者是你文化分馆的孩子，一年到头就盼这一回，再怎么穷你也要挺过去，不然就太丢书记和镇长的面子，他们来帮你开会，连饭都吃不到，以后你的工作领导就不好支持了。"

老陈说："这么多人我上哪儿弄饭呢，餐馆又不赊我的账。"

秘书说："我帮你联系，你签字结账。四十人就挤一挤，来三桌，标准为八十元。"

老陈战战兢兢地点了头。

到吃饭时，三张桌子上挤满了人。高南征几乎没办法举筷子，所幸的是书记、镇长和大家一样都挺高兴。老陈没有坐，一直站着在三张桌子旁边张罗。吃完饭，将领导和学员们送走，老陈去签字结账时，一见竟吃了二百四十元，顿时眼泪就出来了。

高南征上去劝，老陈一把抱住他放声号啕起来。老陈哭着说自己原准备年底给妻子买点药，给三个老人添一床棉絮，再给孩子做件新衣服，可现在这些计划不仅落空了，就连过年的肉也被这一餐酒席吃去了。

高南征见餐馆门口聚集了许多人。他怕影响不好，便说，这顿酒席钱算文化馆的，过几天你拿发票来，我们一起找徐馆长让他签字同意报销。

高南征好不容易从老陈这儿脱身。接下来三家却很顺利。

小汤联系的两个文化站，不仅吃喝住安排得很好，临走时还送了一些土特产给他俩。最让高南征意外的是，文化站还在街上贴了标语：热烈欢迎我县著名文学家高南征先生来我站传经送宝。当然，每条标语后面都另有一行字，称本次活动由我乡著名企业家某某某独家赞助，某某企业领衔赞助。

尽管这样，高南征还是批评小汤一通，提醒小汤不要染上浮夸风。

高南征说这些话时语气一点也不重。

高南征和小汤都凯旋了，别的部门工作才刚刚出现眉目，就连徐馆长也没完成好自己派给自己的任务，钱是要回了一点，只有三万五。徐馆长在全馆大会上宣布这剩下的一万五，过了年就会给的，同时还反复表扬兰苹，说她工作能力很强，社交能力很突出。

高南征回家同小娅谈起这事时，小娅撇着嘴说，说不定这是兰苹用身子换来的。高南征不相信，当然也不是完全不信而是不太敢信，他认为如果真的这样，那徐馆长就太卑鄙了。小娅用手指戳着他的额头，说他还没有将世事看穿，像徐馆长这种人只要为了自己的利益，什么手段他都敢用。高南征本想替徐馆长分辩一句，他觉得徐馆长这回去要钱，真的是为了文化馆全体干部职工，自己得不到太多的好处。他最终没有说是因为他觉得实在没必要在妻子面前为别人辩解，特别是徐馆长，就更不值得了。

兰苹从省里回来以后一直没有来馆里上班。

大家都在忙碌，电话无人接，走廊无人扫，不免对兰苹有意见。

徐馆长解释说，兰苹生病了，在家休息。

高南征问休息多长时间，徐馆长遮遮掩掩地说十几天吧。

那天，高南征同小汤一起去印刷厂取《清流》，路上他们又说起兰苹。

小汤忽然说："这么不敢见人，莫不是得了性病吧！"

高南征被这话吓了一跳，过了一阵才说："那不太可能，不过看徐馆长那种心虚的模样，倒像是他自己欺负了人家。"

小汤不理解，如果徐馆长和兰苹真的在省里来了那么一梭子，兰苹也不至于如此生气。高南征和小汤一致认为，不管是哪一种情况，都到了这一步，徐馆长在各方面都不会让兰苹吃亏。

高南征和小汤一人扛着一捆《清流》往文化馆走。

半路上碰见一群熟人。高南征连忙停下来，抽出一叠《清流》散给他们。

那些人扫了一眼后便取笑他，说："两个专业户登在一块儿了。"

高南征有些转不过来弯，那些人就指着段书记的文章和小汤拿回的文章说："这不，一个获奖专业户，一个养鸡专业户。"

高南征脸色一下子变得很不好看。

那些人不管他这些，继续说："《清流》登出这样的文章实在让人感到掉份儿。"

高南征明明知道他们在说小汤拿回的那篇文章，可心里仍不舒服，总感觉是在暗射自己。

回到办公室，高南征将报纸摊开细看。段书记的文章名叫《南征北战领奖忙》，小汤要发的文章名叫《大公鸡喔喔叫》。两篇文章搁在一起，光看题名，就感到后者是在影射前者。他一生气，哗哗几下将桌上的《清流》撕成碎片。

小汤扭过头来问："高老师，你生什么气？"

高南征憋了半天才说："这张报纸没印好，油墨多了。"

小汤说："我还以为你对这篇《大公鸡喔喔叫》有意见呢！"

高南征说："不过你这篇文章的标题不太好，这一次时间太紧，顾不上，往后可要仔细推敲。"

小汤说："上级不是总号召我们要贴近生活吗？我也是受到那篇很著名的小说《一地鸡毛》的启发，才来灵感的。"

高南征还要再说什么，胡汉生领着分馆老陈来到面前。

小汤搬了椅子让老陈坐下，胡汉生则在一旁站着。

老陈也不客套，一坐下就从口袋里往外掏发票，并说道："高老师，发票我带来了。"

高南征将发票接过来，扫了一眼后递给小汤，说："你写句话证明一下。"

小汤说:"高老师,你是主任,要证明也轮不上我。"

胡汉生将头凑过来看,高南征便将经过一一对他说了。胡汉生一边叹气一边说:"这种情况是该由文化馆报销。"

高南征说:"小汤,你去看一看,徐馆长若在四楼展厅就将他叫下来。"

老陈忙说:"我和小汤一起去,我来了应该先去看他。"

高南征一把按住他说:"你别动,你是从一线来的客人。"

老陈说:"你们总把我当客,其实分馆同你们是一家,我的工资还是从兰苹手上领呢!"

高南征和胡汉生都笑起来。他们正在问老陈家中情况,徐馆长和小汤进来了。

徐馆长同老陈寒暄几句后,高南征就将老陈的来意说了一遍。高南征将发票伸出有一小会儿,徐馆长才接过去,他反反复复地看了几遍后,也不说话,随手将发票放在桌上。

这时胡汉生递了一支香烟给徐馆长。

徐馆长接过去后要胡汉生也给老陈一支,他说老陈偶尔也抽香烟。

大家都在等徐馆长表态,徐馆长却拿过一份《清流》看起来。一边看,一边笑。徐馆长说这标题取得好。高南征一看,他指的是《大公鸡喔喔叫》。接下来,他又大声朗读段书记的文章。徐馆长以前是唱民歌的出身,嗓子很亮。他一边读一边夸段书记文章老辣,才华横溢,褒贬恰到好处。还说段书记的文章有十九世纪俄罗斯评论家的风采。那些评论家读三流的小说诗歌，但能写出一流的评论文章来，现在评论家都是靠一流的小说诗歌，写三流的评论文章养家糊口。

正说着，徐馆长忽然问胡汉生："你的那台晚会到底怎么样了？"

胡汉生说："等老张腾出手来就可以彩排了。没有老张的锣鼓，演员动不了。"

徐馆长说："你先用嘴念一念那锣鼓点子嘛！"

胡汉生知趣地走了。

徐馆长又问："这期《清流》花了多少钱？"

高南征说："一千零二十。"

徐馆长说："不是一千整吗，怎么多出个零头？"

高南征将请人校对的事解释了一番。

徐馆长不高兴地说："这是你们分内的工作，怎么可以擅自请人呢，你们想一想如果我也擅自请人，那还要各个部门做什么呢？"

高南征说："我想我们还没有超出你划定的范围。"

徐馆长说："还没有？两三百元的一顿饭你都可以做主……"

老陈在一旁忙说："高老师是见我家情况太困难了。"

徐馆长一甩手说："这事同你不相干，这是馆里的财经纪律问题，没有主管领导点头，谁也不能随便表态。"

高南征说："当时情况特殊，来不及请示。"

徐馆长说:"现在谁都在搞特殊,一个比一个胆子大。"

高南征说:"徐馆长,我哪儿特殊了,我不过是回来和你商量一下看能不能报销!"

老陈在一边急了说:"高老师,你可得说话算话,你答应了回来报销的。"

高南征沉默了一阵才说:"徐馆长,我是替你做了一回主,这发票报不报销,你现在说一句话。"

徐馆长说:"你也别急,这事我得研究一下。"

高南征说:"馆里就你一人负责,你说一句话就行。"

徐馆长说:"财经上的事还有兰苹呢,等兰苹上班了再说吧。老陈,反正这钱还在餐馆里欠着,你就再等一等。"

徐馆长说完就起身走了,出门时头也没晃一下。

高南征安慰老陈半天,老陈一直不说话。他只好将他带回家里吃午饭。吃完饭他用塑料袋装了两个苹果罐头递给老陈,老陈这才表示自己该回去了。老陈出门走了几步,又回头对正要关门的高南征说,这二百四十元钱就全指望你了。高南征说不出话,挥挥手叫他快走。

下午上班,高南征先去找兰苹。

走到上次兰苹从三轮车上下来的地方时,他犹豫了一下。他怕兰苹万一真的染上性病。虽然他懂得仅仅见见面说说话是不会有问题,但他还是觉得不怕一万只怕万一,多加小心总不会有错,高南征没有拐过那道弯,他连兰苹的家门都没望见就去文化馆了。

刚进门就听说今晚胡汉生负责的那台晚会要彩排。

胡汉生站在大门口，逢人就说徐馆长要去请有关领导来看彩排。

上楼梯时，高南征碰见老张正在叮叮当当地搬锣鼓。

老张嘴里不停地嘟哝，说胡汉生不是个东西。

高南征问了三遍才问出原因。胡汉生耍了一个花招，自己跑到宣传部和文化局去吹牛，说晚会节目如何精彩，惹得那些没事干的领导非要来看戏。徐馆长只好叫他放下手中的事情，给胡汉生帮忙。

高南征后来将老张的话学给胡汉生听。

胡汉生没有笑，这一点让高南征有点失望。

胡汉生只是叹气说，谁叫馆里只有老张会锣鼓呢？

高南征有点不满意胡汉生这种做派，他将老张的话说给胡汉生听，并非挑拨离间，说得再严重也只是幸灾乐祸。高南征非常明白，老张对胡汉生不满是有道理的。胡汉生怕自己工作落到最后，因为文学部工作已完成，美术部也差不多了，若不想办法绊住老张的脚，调研部的工作也会完成在胡汉生的表演部前面。

整个下午老张在三楼演出厅里将锣鼓敲得惊天动地地响，惹得街那边的几家机关，纷纷打电话过来表示抗议，徐馆长也被吵急了，忍不住对老张说，留着力气晚上再狠狠敲吧！

高南征记起段书记喜欢看戏，抽空给小娅打了个电话，要她请一下段书记。

文学部分派了两件事，徐馆长怕演员不熟悉台词，让小汤在幕后负责提词，高南征本来被派到门口去维持秩序不让无关的人进场，高南征觉得这有损自己形象，主动提出到台上去搬布景，他说自己熟人太多把不紧门。徐馆长也怕出事影响演出效果就同意了。

文化馆最后请的段书记，反而是最先到。段书记虽然退休了，可威信还有，徐馆长表现得像孙子一样，敬烟上茶，搬椅摆几，样样都是亲自动手。段书记不理他这一套，拿着一张《清流》站在舞台中央一字一字地看得很认真。看过之后，段书记要见高南征。高南征见徐馆长满地找人，便故意躲到天幕后边，等徐馆长找到门外去了以后，又连忙钻出来上去同段书记说话。

段书记问他小娅怎么没来。

高南征说小娅今天值夜班。

其实小娅在家没事，但她有意不来，同一个退了休的县委书记相处，秘密状态最好。

说了些家常话后，见徐馆长又转回来了，高南征推说有事，握了握段书记的手后，转身去了后台。

徐馆长追上来问："你刚才去了哪儿？"

高南征说："我就在这儿呀！"

徐馆长说："我怎么没看见你？"

高南征说："你只盯着领导呗！"

徐馆长正要说什么，高南征一指门口说："还不快去接着，又有领导来了。"

徐馆长回头一看，宣传部、文化局的部长和局长都来了。

演出之前，高南征让小汤将第六期《清流》分发给了所有到会的人。他自己躲在大幕旁悄悄看了几回，发现多数人都在读一版上的文章，可就是看不清那些人脸上的微妙之处，因为台下的灯光有些暗。

后来，徐馆长飞快地从大幕旁钻进来，压着嗓门说："开始了，开始了！"

胡汉生将几个还在背词的演员弄到台中央造了一个型，大幕就徐徐拉开。胡汉生搞了二十多年的表演辅导，对于晚会节目颇有研究，几个节目下来，高南征也有几分入迷。只是老张不服气，锣鼓一到间歇处，他就不停地数落台上哪儿不行、哪儿有错。最后的压台节目照例是小戏。这个戏是胡汉生自编自导自演，开场锣一响，胡汉生就来了几个跟斗，接下来是亮相。一看翻跟斗的竟是四十几岁的胡汉生时，段书记带头鼓起掌来。

听到掌声，胡汉生就来了劲，念白唱腔既响亮又悠扬。

高南征没事站在老张的锣鼓架旁。老张用锣鼓指着胡汉生说，他翻跟斗时腰塌了，像只癞蛤蟆；又说他翻高腔时偷了懒，将三个高音省掉了；接着又说他的念白发音错了。

老张正说得起劲，台上的胡汉生忽然大声念起锣鼓点子来了。只见他亮了一个相，同时嘴里"仓"了一声，接着又走了一串台步，嘴里同时念着："得得得得……得、得、得——仓！"胡汉生又亮了一个相。台下看戏的人略静片刻后，连同段书记在内，一齐哄堂大笑起来。

高南征忽然明白这是老张将锣鼓点子打掉了，便赶紧说："老张，你的锣鼓没有打！"

老张回过神来，举起锣锤时，脸上白得像是在演曹操。

戏一演完，老张就要走。徐馆长及时发现了，张口将他喝住。待领导们都走了，徐馆长的那一顿臭骂，"糊涂蛋"三个字都说了不计其数，就这样还觉得不够解恨，最后竟然冒出一个"王八蛋"来。

胡汉生还带着戏妆，在一旁不停地劝徐馆长，说都是他不好，不该急中生出这么个智来。

高南征一听到徐馆长骂老张是"王八蛋"，就预感到要出意外。因为老张的妻子一直同单位的头头关系暧昧，而且在老张面前还不怎么避嫌，所以老张最忌讳别人说"王八"二字。

果然，徐馆长骂声将歇之际，老张突然抱起小鼓砸向他的脑袋。

砸了个正着后，老张还不罢休，拿起大锣还要继续砸徐馆长。

高南征见势不妙，连忙上去将老张箍住。

旁边的胡汉生也眼疾手快地将徐馆长扯开了。

老张气坏了，他说："徐怪种，我要将你的嘴撕得像你老婆的骚胯。"又说，"我们在你手下工作，连你的儿女都不如，你敢骂我，我就敢打你，领导动口，群众动手，到哪儿也不犯法。"

闹了一个钟头，直到老张的妻子闻讯赶来，才平息下来。

老张的妻子冲着徐馆长狠狠地唾了一口后，挽着老张的手走出演出厅。

第二天，高南征正在办公室里猜测老张何时才会来上班，胡汉生说三天左右，小汤说最少也得一个星期。小甘则说得有些邪乎，他认为没有一个月老张消不了这口气。正说着，老张从门口进来了，而且一脸的喜气洋洋，进门就说今天中午请大家上馆子喝酒。高南征以为老张神经出了问题，不到十一点就准备走，老张发现后将他死死拖住。

拉了十来分钟，老张忽然流出眼泪来，他掏出一百元钱说："这是我妻子给我的，她要我谢谢你们，没有你们，我这病也不知什么时候才能好。"

高南征有些糊涂。老张又说了一通，他才明白原来老张的妻子作风不正是因为老张结婚不久就患了阳痿，昨天这一闹，血气一上来，加上回家后妻子一温存，这毛病竟一下子全好了。

高南征放下心来，随老张上餐馆好好闹了一通酒。

徐馆长没有去，席间也无人提起他。

隔了几天，检查团来到文化馆。

演出时，老张依然敲锣打鼓，没出一点娄子。

检查团对文化馆工作很满意，徐馆长说，这多亏馆里有几个得力干将。

检查团的人说："没有你这个帅，将再多也没有用。不过，与别的县文化馆比起来，这些干将的确不错。"

徐馆长便开玩笑地要上级给文化馆多几个副高职称指标。

高南征听得清清楚楚，检查团的负责人说，给一个是没有问题的，多了就难说，估计希望不大。

高南征转眼就将这消息告诉了胡汉生。

胡汉生摇了摇头。高南征以为他不相信，正要发誓，胡汉生说分下来一个指标，他是不抱任何幻想的。高南征要他无论如何也要争一争，如果大家都不争，那就便宜徐馆长了。胡汉生说他现在只关心家里的两亩半麦子。

高南征回家后同小娅说起这事，小娅要他这些时一定要坚持上班，而且每天都要到一楼大办公室里去转几回，有电话也要主动接。

果然，没过多久，高南征就接着了人事局的电话，要文化馆派人去开职称会议。

高南征将这话告诉了徐馆长，徐馆长倒没有避讳，他大大方方地说，好事又来了。

5

徐馆长头天到人事局开会，第二天就在馆里做了传达，上面给了文化馆一个副高职称也就是副研究馆员的指标，凡是有中级职称的都可以报，如果助理馆员觉得自己够条件，也可以破格申报。

高南征扫了一眼会场，只有老张一个人显得特别兴奋。

胡汉生有些无动于衷地在那里翻着《清流》。

徐馆长说，要申报的每人先交三十元报名费，我再去人事局那里买申报表。

老张当即就交了钱。胡汉生张开嘴要说话，高南征以为他要报名，谁知他竟说出请假的话来，他说这几天天气好，地上没冻，他要回乡下给那两亩半麦子浇一遍大粪，施足了肥才好过冬。

高南征正要上去拦住胡汉生劝他切莫为了芝麻丢了西瓜，老陈从外面进来了。

老陈一见在开会，正要退出去，徐馆长宣布散会。

徐馆长见了老陈就说他来得正好，这晋升副高职称的事就不用下去传达了。老陈推辞不听，他觉得自己这一生能混个中级职称就不错了，他若是能当上副教授，乡里的狗都会笑出尿来。

老陈说："徐馆长，你若是能将培训班吃饭的发票报销了，我就比评了副高职称还高兴。"

徐馆长说："发票的事你不要急，总会有个办法的。你和老高先聊一聊，我去打个电话。"

徐馆长走后，老陈又缠上了高南征，没办法他只好又将老陈领到家里吃了一顿。饭后高南征又打算给他两瓶罐头，不料老陈不肯接，支吾一阵后才说，如果他家有用不着的旧衣服就给他几件。高南征去房里翻了一阵，拿了几件半新半旧的衣服让他拿走。

夜里高南征一边洗脚一边同小娅说话，小娅要他无论如何也得将胡汉生拉上一起申报副高职称，让胡汉生作陪衬壮大声势，否则人越少越难对付徐馆长。

隔着卫生间的门说了一阵后，小娅忽然失声叫起来："老高，那件旧灯芯绒夹克呢？"

高南征说："我将它送给老陈了。"

小娅冲进来说："你怎么能将它送人呢？我将存款折放在那荷包里呢！"

高南征一听心里也有些慌，三下两下就将脚擦干，穿上衣服和鞋就去弄自行车。

高南征骑着车子刚出县城，一辆桑塔纳从后面追上来，并在身旁刹住。小娅从车上跳下来，让他将自行车放在桑塔纳的后备厢里。高南征上了车才知道这车是段书记的。高南征赶到老陈家时，老陈一家人已经睡着了。敲了半天门才有人起床，老陈却不在家。说起来才知道老陈一回家就发现存折，他怕高南征着急，当即抄小路又去了县城。

往回赶的路上，小娅直说老陈家作孽。

到家时，老陈已在门口蹲了一个小时了。

小娅很感动，非要留老陈在家里睡一觉。第二天，小娅将家里的棉被送了一床给他，另外又给了几件小孩穿的衣服。老陈挺感动地说："好几年冬天没有睡过这么暖和的觉。"

送走老陈，高南征骑上自行车去胡汉生家。二十几里路个把钟头就到了。他只问两次就找到胡汉生家，门口的晒场上有几个人正在太阳下打麻将，其中一个老头长得同胡汉生一模一样。高南征上去一问，果然是胡汉生的父亲。因为刚好四个人，胡汉生的父亲下不了场，他不好意思地问高南征是不是来找胡汉生有事。若有急事可以到隔壁垸子去找，他在那儿帮乡剧团排戏。

高南征还在半路上就听见一片参差不齐的琴声，爬上一处土坡刚好望见胡汉生正在前面的晒场中央指挥着什么。走近后他才听清正在排演的是《山伯访友》。

胡汉生突然发现高南征站在旁边，不由得吃了一惊。

高南征一点也不给他面子："你就是这样给小麦浇大粪过冬呀！"

胡汉生说："哪里哪里，是赶上了，他们硬将我从地里拖来的。"

高南征说："职称的事你不能不管，哪怕只有百分之一的希望，也要百分之百地去努力。"

胡汉生一口答应说:"行,我一回去就申报,大不了那三十元报名费白送人家。"

高南征有所指地说:"给乡剧团做辅导,少不了要给三几百的犒劳费吧?"

胡汉生忙说:"我明后天就回文化馆。"

高南征回去时,自行车在山路滑了一下,他不轻不重地摔了一跤,幸好人没伤着。

他像老张一样交了三十元报名费给徐馆长,同时也替胡汉生代交了。胡汉生回来后,立即将钱还上。往后几天,他们几个一直在忙着填表。徐馆长组织了一个群众评议小组,几个部主任都在里面。表格填好后都交到徐馆长那儿。又过了几天,徐馆长通知评议小组开会。

高南征第一个被评议,所以他得回避。具体意见他不清楚,他觉得自己得到的评价应该是优秀。接下来是老张和胡汉生,他俩的最终评价是基本合格。最后评的是徐馆长。

徐馆长将自己的材料读了一遍。他还没读到一半时,高南征和老张的脸就红了。徐馆长读完后却不回避,理由是他是评议组长,可以例外。

高南征实在忍不住了,他说:"徐馆长,你不能贪天功为己有,将我们文学创作上的成绩说成是你辅导的结果。"

老张也接着说:"我的调研文章不是你指导的,你怎么可以不讲事实呢!"

徐馆长大言不惭地说:"我是馆长,你们在我的领导之下做工作，当然就是我的成绩了。"

说着话，他们就吵起来，动作一大之后，不小心将徐馆长前面的记录搅散了。高南征眼尖，发现自己只被评作基本合格。老张和胡汉生也发现了自己是基本合格。胡汉生还文绉绉地说自己做了那么多事怎么还只是基本合格呢?

老张则火爆多了，他抓起一只茶杯摔到徐馆长面前，吼道:"姓徐的，未必文化馆就只有你一个人在做事!"

徐馆长也被激怒了，他站起来大声说:"跟你们说实话，这回评职称，你们只是个陪斩的，不管你们议不议，评不评，都是非我莫属。"

说完之后，徐馆长夹上自己的申报材料扬长而去。

大家气愤不过，当即决定向文化局和宣传部反映情况。

不料第一个去处就碰了软钉子，文化局崔局长听着他们七嘴八舌地说完之后，出乎意料地反问一句，说:"如果你们不承认自己的工作成绩也是馆长的工作成绩，那文化馆的工作成绩也就不能算文化局的工作成绩，文化局的工作成绩也不能算县政府的工作成绩，县政府的工作成绩也不能算省政府的工作成绩，省政府的工作成绩也不能算国务院的工作成绩，国务院的工作成绩也不能算政治局的工作成绩，如此一来，岂不是国将不国，党将不党!"

高南征怔了半天才说:"崔局长，你不能这样无限上纲。"

崔局长说:"你们又误会了当领导的意思，我这样说，是毛主席所倡导的启发式工作方法嘛!"

从文化局出来，高南征又领着老张他们往宣传部赶。宣传部的几个领导更干脆，如果只有一个指标，他们肯定倾向让徐馆长先上，这样有利于开展工作。

老张提出再去人事局，高南征想到何副局长是自己培养出来的关系，不能这大呼隆地滥用了，便说还是回去冷静地商量一下。胡汉生也说，光凭这些可能搞不倒徐馆长，得有更多的材料。

高南征被这话提醒了，他当机立断让大家回文化馆凑一份详细的文字材料。

回文化馆时，正好看见老陈在一楼楼梯上同徐馆长说话。老陈手上依然拿着那张发票。

高南征同老陈打了一下招呼，自己先上到二楼。他以为老陈还会来找自己，直到下班仍不见老陈露面。他想一定是徐馆长怕对立面太多，将这发票给报销了。

吃晚饭时，高南征将这一天的事详细同小娅说了一遍。

小娅眼也没眨就说："这样做简直就是缘木求鱼，现在的男人怎么这么蠢，而且是一蠢就是一堆！你们怎么可以就事论事呢。行政上的人本来对知识分子的高职称高工资有意见，你们不能往伤口上撒盐，老徐大小也是个官，沾了行政上的边，他们不维护他还能维护谁！应该一箭双雕，对上只说老徐不适合当馆长，伸手要职称就是他的一条罪状。"

高南征顿时恍然大悟。当即放下碗筷就去找老张和胡汉生商量。他们决定写一封告状信，并联合全馆人签名，要求徐馆长要么纯粹当馆长，不要职称，如果要职称，就不能当馆长。胡汉生支持这么做，但他又不愿签名。他说自己是党员，他可以通过组织途径反映这些事，同时，他没签名到时还能站在中立立场来说些话，高南征见他言之有理，就没有勉强。

半夜里，高南征想起一件事，他见小娅起床方便就忍不住问她怎么想到这种主意的。

小娅说她搞了几十年播音，各种各样的广播稿，那字里行间的名堂，什么正话反说，坏话好说，小骂大吹牛，等等，实在见得太多了，不用读相关专业，也达到大学政治学硕士生水平。

上班后，高南征做了半天工作总算让小甘签了名。这样四个部已有三个部明确反对徐馆长，再加上暗中反对的胡汉生，可以说非常有力。

高南征还想拉上后勤这一摊，所以他咬着牙决定去找兰苹。

兰苹正在家百般无聊地织着毛线。

一见高南征，兰苹高兴得跳了起来说："我就知道你会第一个来看我！我这一生的清白算是让老徐这狗东西毁了。"

兰苹说着马上变脸哭了起来。

高南征忙说："你别太在意，其实外面什么也不知道。"

兰苹不相信，高南征就赌咒发誓。兰苹伸手捂住他的嘴不让他说下去。一想到兰苹可能有性病，高南征差一点恶心呕吐出来。他用茶水漱了一下口后，将馆里这两天发生的事大致说了一遍。

兰苹听说要撵徐馆长下台立即兴奋起来，将自己在省城受辱的经过从头到尾说了一遍。

那次她被徐馆长拖到舞厅陪那个处长跳舞，徐馆长弄了一个小包厢，借口买茶水先走了。跳了一圈舞后，那处长就动手摸她，还说他一看动静就知道她是处女，说着就动手捏她的乳房，她当时就被吓昏了，醒来后见裤裆是湿的，她以为自己被强奸了。徐馆长百般解释，说这是不可能的，人家处长从来不强迫女人，而且在舞厅里也不可能强迫。她不信，回来后一直不敢去上班，怕怀孕，直到来了两次月经她才放心。这两天正在下决心，准备明天去上班。

兰苹在告状信上签了字后，高南征就要走。

兰苹要他多坐一会儿，兰苹说，全文化馆，她最喜欢高南征，高南征叫她无论做什么她都愿意。

高南征叫她现在就嫁人。

兰苹说她只想嫁给高南征。

高南征慌了，不顾一切地往外走，边走边说："如果不修改婚姻法，那就得等到下一世。"

高南征他们拿上检举信再去有关部门时，情况果然不一样了，无论是崔局长还是宣传部的领导，全都非常认真地记录他们反映的情况，并口头表示他们认为徐馆长是有些问题，譬如领导作风恶劣、个人主义严重等，当然具体情况还要做调查研究。

自从高南征他们将检举信交出去后，一向趾高气扬的徐馆长明显萎缩了，他什么事也不管，口口声声说等问题落实了再开展工作。每逢说了这话以后，徐馆长总要补上一句说："我要亲眼看看这几个王八蛋能将老子怎么样！"这话愈发激起大家将他撵下台的决心。

老陈因为年关快到，餐馆逼债，来文化馆的次数越来越多。但每一次都被徐馆长空手打发回去。老陈没办法，只好将高南征赠送棉被和衣服的恩情丢在一边不顾，又开始频繁找高南征。

宣传部和文化局组织一个联合调查组，来文化馆开过一次会。高南征觉得这事得加一码，便去找了一下段书记。段书记很气愤，自己革命几十年总是想着别人，怎么现在都变得要别人想着自己呢，想当年，他若是只想着自己捞好处，连省长都当上了！他在电话里将宣传部的领导和文化局崔局长责骂一通，要他们立即将徐馆长的乌纱帽摘下来扔进厕所里去。

高南征从段书记家里出来，半路上碰见宣传部领导和崔局长坐着小车匆匆往段书记家赶。

小娅知道这事后，连声说蠢蠢蠢，比猪还蠢。高南征后来才知道崔局长他们怕段书记是假的，他们一方面做出个尊重老干部的样子，另一方面又安抚徐馆长，要他在问题落实以前继续大胆工作。他们这样做也是给现任书记看的，让现任书记知道他们并没有被老同志牵着鼻子走。

眼见着徐馆长有些还阳了，高南征和老张嘴上急出了燎泡。

这天，他们在办公室里商量了一条对策，决定以《清流》的名义开一个迎新座谈会，请段书记到会。

他们把会议日期定在徐馆长父亲七十大寿那一天。

徐馆长不知道段书记要来，座谈会开幕时，代表文化馆讲了几句话，就回家张罗去了。

段书记参加别处的一个活动，再赶过来时，徐馆长已经走了。其实高南征根本就没有安排中午的招待酒席，但是十二点散会时，他们执意留下段书记和到会的作者，说徐馆长有吩咐，等他回来后上餐馆去聚一聚。等了四十多分钟还不见踪影。

高南征便亲自去喊徐馆长。徐馆长家正在开席。

高南征只说作者们不肯走，非要文化馆招待一顿薄酒。

徐馆长顾不过来，随口说这事以后再补。

高南征回来后对段书记说，徐馆长不知为何在家大宴宾客，县里的一些领导也去了。

段书记笑了笑，拍了拍高南征的肩膀，带头离开了，走路的样子很大度，也很有风度。

段书记走后，高南征越想越觉得那笑里有内容。

果然，下午四点，小娅打来电话，要高南征速去准备几样时兴的菜，段书记晚上要来家里喝酒。小娅特别指出，这是段书记自己提出来的。

高南征和小娅忙得差不多时，段书记同他那年轻妻子一起来了。那女人开口说话时，用的全是普通话，而且发音还比较标准。

段书记只喝三杯酒。喝完最后一杯酒，段书记才说明来意，他也发现徐馆长太不知天高地厚了，但他不想同这种小人物玩，真的要玩，只要动半根小指头就够了。段书记叫高南征别再瞎跑了，夜里重新写封检举信，明天就去文化局和宣传部，告诉他们若不处理徐馆长，就将这事上交到省里。段书记要高南征少写别的，只要写徐馆长用美人计拖人家处长下水就可以了。

段书记走后，高南征同小娅研究了好久也想不出其中的奥秘，他们觉得省里绝对不会管县里的一个小小文化馆长。不过他们觉得段书记在政界混了多年，肯定知道其中关键所在，听他的不会有错。

第二天一上班，高南征和老张又去文化局和宣传部，将段书记教的话说了一遍就回来了。办公室的冷板凳还没有坐热，崔局长就亲自来馆里找他们谈话，同行的还有宣传部一个副部长。

崔局长和颜悦色地劝高南征别将这事上交，部里和局里会尽快处理的。

没过几天，调查组又来了，他们分头找人征求意见，问谁接替徐馆长最合适。小汤说高南征，高南征则选了胡汉生，别的人也是这两种意见。

6

腊月二十四，文化局来人通知说明天上午领导要来文化馆开会。

高南征正在高兴，老陈推门进来了。

老陈不顾小汤在场，说："高老师，听说你要当馆长了！"

高南征忙说："莫瞎猜，越猜越没希望。"

老陈说："我刚才将发票递给徐馆长，连徐馆长都说让我来找你。"

高南征想了想说："老陈，为了这点钱你腿都跑肿了，这样，我先借你一百元过年，等你将发票报销了再还我。"

老陈接过钱后，说了一连串感谢的话。

高南征送老陈出门时，见胡汉生正操着大扫帚在文化馆大门口一把一把地扫着，高南征正要说太阳怎么从西边出来了，刚好一阵北风吹来将嘴堵住。北风过后，高南征也找了一把扫帚扫起来。

扫了一阵，忽然头顶上有人说话。

高南征抬头一看，徐馆长从二楼窗口伸出半个身子，说："哟，两位候选人在搞竞选，拉选票呀！"

胡汉生笑一笑没有作声。

高南征一扬头说："徐馆长，你可要想通点，别往下跳哟！"

徐馆长将身子缩回去，片刻后，他从楼梯上走下来，冲着高南征说："老高，你现在越高兴，将来会越失望。"

高南征说："我喜欢失望。"

第二天，崔局长来馆里宣布，免去徐馆长的馆长职务，改任文化馆工会主席，保留正股级待遇，同时任命胡汉生为文化馆馆长。

高南征多少有些意外，思想怎么也集中不了。

崔局长请他谈点感想时，想了半天，才想到一句话。

他说："现在当领导，群众要求他大公无私是不太合情合理了，但不管怎么样，我们还是希望能做到大公小私，千万不能搞成大私小公或大私无公。"

老张则说得更直率："希望新领导能汲取老领导的经验教训，时刻记住水能载舟也能覆舟的道理。"

兰苹说："我本来投的是高南征的票，现在胡汉生被上级选中我也很欢迎，我没有别的希望，只希望胡馆长别用公关小姐来要求我！"

大家笑过一通后，胡汉生开始做就职演说，他说："前天领导找我谈话要我担这个担子，我一点准备也没有，想了两天，我只想好一句话：今后干一切工作时，一定要实事求是。"

徐馆长最后发言。他说："我无话可说！"

散会以后，胡汉生请各部门负责人留下研究新年工作。

徐馆长一个劲往外走，胡汉生说："徐主席，工会工作你也要考虑一下。"

徐馆长说："工会是搞罢工的，没什么好考虑的。"

7

年前最后两天，文化馆都在开会。

换了馆长大家也没有想出新招，最后还是决定新年工作基本照过去的套路进行。

正月初一，高南征和小娅去段书记家拜年。两家人一起闲聊时，小娅向段书记讨教，为什么这么快就撤了徐馆长，而先前却怎么也拱不动他。段书记告诉他们，这是因为部局头头怕将那个处长抖搂出来，这样多年以来建立的供给渠道被切断了不说，新上任的处长也会因此产生惧怕心理，不敢落入陷阱，从而难以建立一种信任关系，一条龙搅混九条江，弄不好会产生无人敢与之来往的局面，县里的文化工作也就难以开展。

高南征和小娅听后连连点头。

出了门，高南征禁不住自嘲地说："我们这点水平在段书记面前会被一泡痰淹死！"

小娅忙说："今天是大年初一，你瞎说什么呀！"

让高南征感到意外的还在后头。

过完年，一上班，兰苹就告诉他，徐馆长的副高职称批下来了。高南征不相信，兰苹就将工资表给他看。果然，徐馆长的工资比他高出了九十多块。上个月他们还是相差无几，徐馆长只是多了一年的工龄工资。徐馆长的副高工资是从去年十月补起。

高南征正在纳闷，老张气愤地来找他，说："我们抛头颅洒热血，好处却叫当官的都占据了。"

高南征觉得自己同老张不是一个层次的人，有点懒得同他附和。

老张蔫了几天，但在胡汉生找他谈过一次话以后，他人又兴奋起来。

高南征这里幸亏有小娅相劝，她要他想开点，只要居家日子过得比别人好，其他的少点多点都没关系。高南征明知小娅也很失望，为了不让她更伤心，他装作什么事情也没发生，一个正月里竟然写了一篇小说、两篇散文和四首诗，尤其让人宽心的是，小说一寄出去就在省报副刊上发了出来，后面还附有作者简介和短评，并且写短评的正是他曾想仿冒的那位著名评论家。

小说见报的当天，胡汉生来高南征的办公室谈了一次话。胡汉生说，部局里有个指示，想在馆里配一名副馆长，他已经推荐了高南征，所以希望高南征近期内能干出一两件让人看得出摸得着的事情。他还提醒高南征，以后遇事别到处告状，因为在领导心目中，自古告状的无好人，结果总是多家吃亏。高南征倒是信了他的话，因为他一直觉得胡汉生的提拔，完全是因为没有参与告状的缘故。

馆长没捞到，副高职称没捞着，能混个副馆长也可以做个安慰。高南征连续两天泡在办公室里思考如何干一件有影响的事。临下班时，他听见胡汉生在走廊里用粉笔在写什么。

胡汉生写粉笔字同徐馆长不同。

徐馆长写粉笔字时不断地发出一些咚咚声，有点刚劲。

胡汉生则是连绵不断，就像一只老鼠在不停地叫。

胡汉生写完离开后，高南征走过去看了看，又是通知明天上午开会，并说县委县政府要组织奔小康工作队下到农村半年，文化馆分配了一个名额，希望大家踊跃报名。看完通知后，高南征就想到自己应不应该报名。回家后他又同小娅商量了一晚上，最后还是觉得报名为好，反正孩子已上了地区重点高中，负担不重。如今下乡是谁也不愿干的事，他主动报名，肯定会有好的影响。

第二天的会上，大家果然都不愿报名，推来推去各自都有充足的理由。

高南征一直不作声，等大家都说完了，他才说："如果没人肯去，那我就去。"

胡汉生很高兴，当着大家的面打电话告诉文化局和宣传部，说高南征主动要求下乡扶贫。当天晚上，县电视台在口播新闻里播出了这条消息。新闻节目过后不久，段书记的年轻妻子来学普通话，并捎来段书记的口信。

段书记说高南征头脑简单得既可爱又可怜。

高南征和小娅又一次弄不懂段书记的意思。

高南征被分派到全县最穷的细坳村，同行的还有县一中的教师小孔。

县里姓孔的人特别少，所以一见面他就觉得小孔一定同组织部干部科的孔科长有某种关系。

在细坳村待了一个月后，高南征搞清楚这个村以前并不那么穷，后来群众对村干部不满意，三年两头换一茬，村子却越来越穷。高南征和小孔拼命地做调查研究，除了人心涣散之外，没有找出任何结论。一个月以后，他们对没完没了地同群众谈怎么奔小康的事感到腻了，而且群众比他俩更腻，虽然一个星期只开一次会，但能到上三十人就算很不错了。

有一天，小孔与高南征躺在山坡上晒太阳时，突然提出他俩可以轮流住在村里，就像值班一样一人一星期转着来。高南征觉得这样不合适，但他同小孔之间没有领导与被领导之分，小孔一旦要这样做，他也无法不同意。第一次轮到他时，他还强撑着不回县里。到了第二个轮回，他忍不住照小孔说的去做了。

回家小住一星期，他和小娅特别亲热，他将家里的日子同细坳村的人做个比较后，觉得自己没有生活在那里就应该对现在的一切都知足了。

高南征住在家里，不敢出门，他怕遇见熟人传出去影响不好，只有天黑以后才同小娅一道沿偏僻的地方遛一遛。

这天，高南征同小娅走到一条胡同时，身后有一辆三轮车驶过来。高南征连忙拉着小娅闪到一边，刚好有黑乎乎的一堆什么挡住他们。三轮车在离他们十几米的地方停下来，他看见一个女人探出头来望了望，随后才同一个男人从帘子后面钻出来。男人一声不吭地付了车钱，那女人则抢着用钥匙去开路边的一扇门上的锁。门一开，二人像贼一样飞快地闪身进去了。高南征觉得这两个人影有些眼熟，可一时又想不起是谁。小娅胆大，拖着高南征在门外守了个把小时，后来实在抗不住冻，加上周围有一股难闻的臭味，才只好作罢。

高南征返回细坳村的第二天，小孔便回城了。这么来来去去，六个月很快就到期了。谁知到期之后，并没有人来通知他们撤回去。这时小孔才露出他的真底细，那个孔科长果然是他的堂兄。他去孔科长那里打听，孔科长要他们耐心等待一阵，县委领导这一阵忙别的去了，暂时无法研究这件事。小孔同高南征交了底，说自己是副校长人选，这次下了乡，回去就可以正式任命。高南征也将自己的情况说了，还托小孔回去替他打听一下。

由于不清楚何时来人通知他们撤点，高南征和小孔不敢再偷偷往回跑，天天守在细坳村。这天，他们到附近一座庙里去转了转，然后到附近镇上去改善了一下伙食，一直到天快黑时才回村。刚到村边就听说县里有人来找他们。他们回到住地后，才知来人是小汤。

小汤见了高南征，说上三句客套话后就开始骂胡汉生，他说胡汉生是婊子养的，趁高南征不在家，将他一个正儿八经大学中文系本科生调到大办公室去打杂跑堂，另外请了一个落榜高中生，据说是胡汉生的外甥来编《清流》，将一个有光荣传统的全县权威性的刊物，糟蹋得不堪入目。

小汤说："现在馆内都在传说，胡汉生同兰苹有肉体关系。"

小汤说："胡汉生将一楼办公室腾出来，办了一个商店两个公司，在里面做事的全是胡汉生的亲戚、朋友、同学。"

高南征对小汤的话将信将疑，他想到自己将要当副馆长了，便主动做小汤的工作，劝他将事情搞清楚再说。

高南征说："胡汉生这样做可能都是从工作上考虑，新官上任嘛，总得有个新气象。"

小汤说："高老师，你别以为旁观者清，其实你是旁观者浑，馆里人都说胡汉生这是下你的黑手呢！"

高南征说："不让编《清流》，我会更闲，腾出手多写点作品。"

小汤说："高老师，你若这样想，那今天这趟路算我没有跑，不过我还是劝你尽快回馆里去。"

小汤说着就要走，高南征怎么也留不住，只好由他去。

小汤一走，天就彻底黑了。

高南征有些替他着急。他不知道小汤在镇上是不是真有同学，一夜没有睡好。天一亮，高南征就赶到镇上，见早班车上没有小汤，心里就有些慌。熬到九点多钟，才见到小汤在一个姑娘的陪同下出现在小站旁边。两人模样有点亲热，高南征就没有上前去打招呼。

小汤走后第三天，县里终于来了通知，宣告奔小康大讨论暂时告一段落。

8

高南征回县城的第二天就到馆里上班。

办公室门开着，他走进去时，屋里的一个年轻人用一副审视的目光看着他，问："你找谁？"

高南征走到自己办公桌前，也不说话，打开抽屉拿出一只玻璃瓶就去外面水龙头底下冲洗。回到办公室，他拿起热水瓶一摇见是空的，就说："你，去打点开水来。"

年轻人愣了愣后提着热水瓶出去了。

再回来时，他一脸笑容地给高南征泡上茶，嘴里说："你是高老师吧，我叫严华，我舅说你至少还要一阵子才回，没想到这么快就回了。"

高南征没想到这人真是胡汉生的外甥，正不知说什么好，胡汉生从门口进来了。胡汉生说他前天接到通知，正准备今天弄车去接。高南征也说了几句客气话，随后胡汉生将他领到一楼，先看商场，随后看文化艺术开发公司和万利贸易公司。胡汉生将高南征介绍给他们，同时也将他们一一介绍给高南征。高南征记不清其中有多少个姓胡的，他只记住六个正副经理中，有四个是姓胡。

胡汉生说，馆里对他们的要求是第一年生存，第二年巩固，第三年发展。

高南征几次想问每年向馆里上交多少，不知为什么一直没说出口。

胡汉生要他休息一阵再上班，高南征当面谢绝了。

这时，大家陆续来上班了。

高南征先碰见小汤。小汤朝他眨眨眼，什么也没说。

随后是小甘。高南征擂了他一拳头，问又画了什么新潮画。

小甘笑一笑说："新作是野兽派风格的行为艺术，名叫《×他妈的》。"

高南征说："那我一定要看一看，好好欣赏一下。"

小甘不着边际地说："若想看现在就看到了，若不想看挂在鼻尖上也发现不了。"

小甘蓄了一把胡须，样子很嬉皮。高南征说他这样子都赶上马克思了。小甘说文化馆真正的马克思是胡汉生。小甘刚走，老张又来了。几个月不见，老张容光焕发了许多，一身西装还系着领带。老张直夸胡汉生比徐馆长强多了，只用几个月时间，就将文化馆旧貌换新颜。老张说这番话时，胡汉生正在旁边转悠着。所以，老张这话格外夸张。

老张的话还没说完，兰苹就在一边叫起来："我说今天为什么这么好的运气，原来是老高回来了，看来你是文化馆的福星。"

高南征说："文化馆的福星应该是胡汉生！"

兰苹朝胡汉生飞了一眼接着说："你一回来我们就要加工资了。这回真的要套改，每个人最少也要加几十元。"

兰苹扬了扬手中的文件。

老张说："胡馆长还没看文件呢，你不能乱宣传。"

兰苹不屑地说："老张，你怎么像被人抽了筋，越来越善于当奴才走狗！"

老张红着脸看了看胡汉生。高南征以为胡汉生会装作没听见走到一边，谁知胡汉生竟一点不在乎，冲着兰苹说："你让小汤写个通知，上午开会传达一下。"

高南征下意识地觉得这三人之间的关系有点微妙。他回到办公室时，严华正在桌上设计《清流》的版式。他有意在严华眼前晃动了一下，严华竟像没察觉。

高南征忍不住说："严华，这期刊物都选了些什么稿子拿给我看看。"

严华说："我还在划版，等版面划好了，一定请你指教。"

高南征生起气来说："你知道主编同编辑的关系吗？主编没签字的稿子是不能发表的！"

严华说："高老师，对不起！我昨天同馆里签了合同，今年的《清流》由我承包！"

高南征愣了愣后正要去找胡汉生，小汤在外面大叫开会了。

开会之前，高南征对胡汉生说散会以后他找他有事。

高南征基本上没听清兰苹读的文件上说了些什么。他反复在想一个问题，为何胡汉生要抢在他回来之前，将《清流》承包给严华。胡汉生这样做到底是有意还是无意？

好不容易等到散会，会议室只剩下两个人时，高南征开门见山地问："胡汉生，这《清流》承包的事到底是怎么搞的？"

胡汉生一笑说："我正准备同你谈呢。是这样，我打算让你将表演部的工作也兼管起来，这样，你就不必具体负责《清流》的事了。《清流》就让严华去闯一闯，他许了诺，一年办十二期，比过去翻一番，而且不要文化馆花一分钱。"

高南征没料到事情会是这样，他想了一阵才说："表演部的工作我不适合。"

胡汉生说："这是过渡，当副馆长就得对各项业务都熟悉。老张也要兼管美术部，上面也要借此考察一下你俩。"

中午，高南征在饭桌上同小娅谈起这些事。

小娅主张他借口汇报下乡情况，找崔局长探听一下口风。

高南征认为有道理，下午上班后就去了文化局。

崔局长听了高南征的汇报，将他表扬一通。高南征趁机问自己的下一步工作怎么安排。崔局长随口说了句要他听胡汉生的就是。高南征就将《清流》已被承包的情况说了一遍。

崔局长说："承包好！承包好！过去我还怕胡汉生太稳没闯劲呢！"

高南征说："可是这几期《清流》都成了那些公司老板和个体户吹牛拍马的专刊了。"

崔局长说："你下乡几个月就落后于形势了，现在文化就是要与市场经济接轨。"

高南征见话不投机，就起身告辞。崔局长在身后不失时机地提醒他，现在各方对文化馆工作很满意。高南征当然明白这话是一种告诫，提醒他不要重演当初推翻徐馆长那出戏。

一想到徐馆长，高南征才记起回来后就一直没见到这位工会主席。回馆后一问，才知道徐馆长被抽到县开发区指挥部去搞宣传。他被抽走后就没回过文化馆，每月的工资也是叫妻子来代领，党费也是妻子代交。

高南征忽然觉得有点累，他找到胡汉生说自己还是想休息几天，胡汉生满口答应。

有天上午，高南征提着篮子上街买菜，听见有人喊，扭头一看，竟是小孔。

小孔告诉他，自己的副校长任命书已经下来了。

小孔问高南征的情况怎么样，听说到现在还什么动静也没有，小孔主动说这几天他就去找他堂兄打听清楚。

隔了一天，小孔就找到高南征的家里来，当面告诉他，文化馆根本就没有报他什么副馆长。高南征问有没有报老张，小孔说任何人都没报。小孔也以为报告在文化局或宣传部那儿压着，还特意让他堂兄打电话委婉地问了这两个地方。当然，问的方式很巧妙，只说是文化馆按编制应配一正一副两个馆长，组织部近期准备研究一批干部，若有考虑就早点上报。这两处的答复是，近期内不考虑提拔副馆长。

高南征气得只会反复说一句话："没想到属猫的反被老鼠耍了。"

小孔走后，他一个人仰在沙发上，回忆起段书记的话，这才体会到自己的确是个可爱又可怜的苔。

9

忍了几天，高南征没将这事对小娅说。他将四个月的假一算，准备在家休息二十天。从第五天开始，小娅就不停地追问他为什么不去上班，问到第七天，小娅开始乱猜测。他只好将实话说了。

小娅先是一愣，接着眼泪就开始往外流。

正在这时，老陈敲门进来了。

一听老陈又提那发票的事，高南征心烦意乱地说："你找我，我正要找你讨那一百元的债呢！"

老陈慌了，他说："高老师，你可不能这样逼我。是胡馆长让我来找你和徐馆长的。如果你们都不管，那，那我只有卖儿卖女来还这笔债了。"

小娅见不得老陈如此可怜，忙擦干眼泪来劝他，反正大半年都等过来了就再等一阵，实在不行我在广播电台里帮你呼吁。

老陈不知小娅为何流泪，觉得不便久坐，又说了几句恳求的话后，便起身离去。

高南征以为自己在家待的时间长了，胡汉生自己不来，至少也会派小汤或兰苹来看一看。可是直到二十天满，馆里也没有任何人来。

第二十一天，高南征来到办公室，见自己桌上积了厚厚一层灰尘。

严华不在办公室，小汤说他出去找愿意被写成报告文学在《清流》上发表的单位和个人去了。严华桌上有一叠新出的《清流》，他见四周无人就拿起一张翻了翻，除了头版头条是县委书记和县长视察县开发区的一篇特写以外，几乎全是写企业经理和公司老板的报告文学。只有补白的地方塞了几首小诗。在题头位置，"主编高南征"的上面添了一个"总编胡汉生"。

高南征扔下《清流》，锁上办公室，走了几步，碰见老张正在扫走廊，他冷笑一声，说："不知还要扫秃几把扫帚哩，用不着这么早就为登基做准备！"

天下着雨，高南征在大门口站了一会儿，正好看见胡汉生从一辆三轮车上下来。

胡汉生伸出手找踩三轮车的人要票。踩三轮车的人说他们从来就不用票。胡汉生说:"我这是公事,没票怎么报销。"说了半天,胡汉生还是将踩三轮车的人弄下来写了一张证明条。

高南征又想起徐馆长被雨淋病了的事。他踱进商场,刚好看见那个姓胡的经理,正从收款台上将一大把现金塞进口袋里。

这时,胡汉生在身后喊他。

高南征转过身去,胡汉生问他休假满了没有,说自己正准备抽空去看看他。

高南征口里说了声谢谢好意。

这场雨下了好几天,高南征想搞清馆里各种承包的情况,天天都去上班。询问起来,小甘什么也不知道。老张知道一些却不回答,还问他查这些干什么。只有小汤说了点实情,《清流》现在这样搞,一期赚个三五千元是没问题的。高南征一听说全年几万元钱收入就这么轻易流进胡汉生外甥的口袋里,着实吃惊不小。

小汤说,现在承包的详情只有胡汉生和兰苹最清楚。

高南征决计找兰苹谈一谈。

瞅着兰苹下班,他拦了一辆三轮车将兰苹捎上。

二人一上车,高南征就发现兰苹同以往有些不同,用手拍打他的手背时,显得比先前老练了。最大的不同是,当初兰苹在三轮车有点小动作时,他心里很激动,甚至担心自己会失控。现在却找不到这种感觉了。

高南征不想多想了，开口就问："馆里现在能够报销三轮车车票了？"

兰苹说："没有哇！"

高南征说："前几天我看见胡汉生朝踩三轮车的人要票，说是报销。"

兰苹说："他是领导，特殊情况可以报销。"

高南征说："以前徐馆长宁可遭雨淋也不坐三轮车。"

兰苹说："你别提他，我一生都恨他。"

高南征说："好好，我不说他。说别的吧，《清流》承包是怎么定的合同？"

兰苹说："没有合同，馆里只发严华的一百五十元钱的工资，其余一切都不管，他保证出十二期刊物。"

高南征说："那公司和商场呢？"

兰苹说："你问这个干什么，这事与你不相干嘛！"

高南征说："关心馆内大事嘛。"

兰苹说："我没有义务同你说这些。"

高南征这时才不无遗憾地断定兰苹真的变了。他想起兰苹曾经哭诉，那次省里的那位处长见面就说她是处女，可如今的兰苹，隔得这么近，也闻不到一丝处女体香。他更想不通胡汉生如何将兰苹变成心腹的。

小娅分析说："女人如果死心塌地维护一个男人，一定是爱上了对方。"

高南征本想说这规律用在兰苹身上不合适，他怕小娅猜疑就没有作声。

夜里，高南征刚进入迷糊状态，小娅猛地将他推醒。

小娅兴奋地说："我想起来了，那天夜里碰见的野鸳鸯可能就是胡汉生和兰苹。"

高南征说："这不可能！"他边说边回忆，心里又觉得是有那么一点点像。

小娅说："在这种问题上，你要绝对相信女人的感觉。"

小娅当即将高南征拖起来，穿好衣服出门去那条小巷守候。守了一个小时，那屋子里一点动静也没有。高南征上去在那门上摸了摸，才发现上面吊着一把大锁。

小娅不死心，一定要将这事搞清楚。

第二天中午，小娅一到家就兴奋地说，她搞清楚了，那套房子房主是兰苹的同学，她俩一向玩得好，同学的丈夫在部队，她去随军后将房子托付给兰苹照看。

高南征不得不相信小娅的预感，留心观察一阵，果然发现每个星期一下午和星期四晚上，胡汉生和兰苹都要偷偷去那房子幽会。证据确凿以后，小娅要高南征去捉奸。高南征坚决不同意，他说自己是有身份的，不能去做这种下三烂的勾当，哪怕是唆使人去也太掉份儿了。实际上，他心里明白，这是不愿意将兰苹逼到绝路上去，因为他总觉得自己对兰苹太绝情了点，他要是对兰苹好一点，兰苹是不会走上这一步的。

小娅有些生气，一连几天都不搭理高南征。

这天，老陈又来了。

说了几句话，高南征忽然有了主意，他叫老陈星期一上午来家里。老陈走后，高南征将自己的主意对小娅说了，小娅这才眉开眼笑起来。高南征趁机将她抱进房里好好温存了一回。

星期一上午，老陈早早地来了。

高南征为了避嫌，已在星期六请了假，对外说是要送一篇新作品去省里，在家里猫着不出去。

老陈是下午两点钟出去的，三点不到就回来了。

老陈是按照高南征的指点才找到那所房子的，上前去敲了半天才将门敲开。

老陈说："高老师，你说胡馆长在那里，可开门的是兰会计。她问我有什么事，我说找胡馆长。兰会计说胡馆长不在这儿。我正不知该怎么办，兰会计主动问我是不是为了去年那发票的事。兰会计将发票要过去，说她做主报销算了。兰会计还叫我将来回跑的车票也给她，我说没有车票，我来县城总是骑自行车或走山路。兰会计给了我三百元，多给的六十元钱她让我写了一个因车票丢失的领条。"

老陈拿出一百元还给高南征。

高南征说："你真的没看见胡汉生？"

老陈说："真的没看见。"

高南征说："你应该听我的话，一直等他出来，别去敲门。"

老陈说："我怕天色太晚，回去又得走夜路，让家里人惦记。"

老陈千恩万谢地走了以后，一直守在家里等候消息的小娅非常失望。她责怪高南征计划不周密，这一次打草惊蛇，以后再也别想捉住他俩了。高南征不相信老陈没有看见胡汉生，他觉得老陈其实不简单，是他们将他小看了。他这时才有点后悔，自己不该那么顾面子，他应该亲自去将胡汉生逮住。现在，这样的机会永远不会再有了。

过几天，再想起这事时，高南征又有点庆幸老陈没有当场捉他俩，不然兰苹可就惨了。

兰苹又开始不来馆里上班。

胡汉生在会上解释说，兰苹在家里给每个人填工资套改的表格。老陈每月还是来文化馆一两次，他每次来时总是躲着高南征。有一次，小汤告诉高南征，说老陈在他面前说不愿意看到文化馆因为争权争利而闹得七零八落，他那个分馆还得靠文化馆吃饭活人。

兰苹再上班时，已是秋凉季节了。

兰苹一上班就跑到高南征的办公室，问他这一次为什么不去看望她。高南征本来想说，他一去就将胡汉生得罪了，但他说不出口，只好说，胡汉生说她在家为大家谋福利，所以就不敢去打搅。

兰苹出乎意料地说了一句话。

高南征没有接着往下说，他不清楚兰苹这话是真还是假。

兰苹说："以前我恨老徐，现在我最恨胡汉生，觉得他像那个还乡团团长胡汉三！"

过了一阵，套改工资批下来了，文化馆人人都涨了一大截工资，间间办公室里笑声一片。玻璃脏了有人擦，走廊的垃圾有人扫，下班时电灯也有人关，一楼电话响了，二楼三楼的人纷纷抢着跑下去接，对胡汉生借承包公饱私囊的议论也少了。特别是第一次领到套改后的工资那天，好几个人都买了整包香烟递给胡汉生。

高南征工资排在徐馆长之后，列全馆第二。领工资的第二天，他头一回主动对严华说，《清流》有什么难处要他出面的尽管说。严华也不客气，将新一期的校样分了一半给他。高南征只花了两天时间就校对好了。不过，看完校样，他用了半块肥皂来洗手。

这种气氛只维持了半个月。半个月以后，不知从哪里传出话来，从下个月起套改后增加的那部分工资将由各部门自行解决，因为财政上没有下拨这笔款项。往年徐馆长总能从上面多要个十万元左右的款项，今年胡汉生当馆长，他招进来几个人，却没有从上面多要一分钱回来。

这消息让老张格外紧张。大半年来，第一次主动找高南征说话。

老张的儿子刚刚考上大学，每个月铁定要给一百二十元生活费，若套改工资不兑现，他的日子就难过了。高南征怂恿老张去问胡汉生，他说以老张和胡汉生的关系，胡汉生会提前同他打招呼的。

老张在胡汉生那儿碰了一鼻子灰，胡汉生说，后天开会，一切决定在会上宣布。

高南征听见老张低声骂了一句什么。

虽然只隔一天，高南征同老张他们一样，觉得时间要么特别长，要么过得特别慢。好不容易盼到开会，胡汉生真的要各部门为馆里分忧，财政拨款部分馆里照发，财政没有拨款的部分，各部门必须自食其力，自己想办法解决。

老张当场急了，他算了一笔账，光是办公司和商场出租房屋的钱就可以发清这部分工资。胡汉生立即反驳他，说这是文化馆自己的公司和商场怎么可以收房租。老张说那至少也得用上交款来补足房租数额。胡汉生批评老张是杀鸡取卵、分光吃光的小农意识。老张火了，马上大声回答说，他更担心有人是资本家剥削意识，将一切都装进自己的荷包。

胡汉生不同他争了，他说："这件事我当馆长的带头，明天我就去乡剧团搞辅导，用辅导费来补足这部分工资。"胡汉生宣布，全馆只有兰苹一个人例外，因为兰苹是会计，得采取国外高薪养廉的办法。

高南征见老张目瞪口呆说不出话来就想到该向他交底了。

散会以后，高南征瞅空对老张说："我们出去走走吧！"

老张看了高南征一眼后，不声不响地跟上来。

上了大街，高南征单刀直入地问："老张，胡汉生是不是许诺要提拔你为副馆长？"

老张愣了愣说："是的。"

高南征说："你没想到吧，他也许诺要提拔我当副馆长。实际上他谁也不会提拔，我到组织部问过了，不管是你还是我，胡汉生连半个字的材料都没有上报过。"

老张喃喃地说："我还以为他是最近才变的，原来一开始他就在耍我！"

高南征说："我实在没想到胡汉生比徐馆长心还黑，不管怎么说，徐馆长还为馆里做一些事，胡汉生只想往自己腰包里塞。"

老张说："胡汉生你这个王八蛋，我就不信比徐馆长还难对付！"

高南征说："那可不一定，你能找机会当面掴徐馆长的耳光，胡汉生就不一样了，他说话做事连反驳都困难。"

老张说："你放心，我有铁证。他同兰苹有肉体关系。"

高南征说："你有证据？"

老张说："我妻子的一个朋友告诉她，胡汉生领着兰苹偷偷去她那儿的卫生所里刮过胎！卫生所里还记着他们身份证号码！"

高南征想了想说："光这不行，必须有经济上的问题才有力，现在当干部最怕经济上出问题，上面有不成文的规定，八百元算贪污，三千元就是犯罪！"

老张点点头后，又回到最初的话题上，他说："我这搞调研的谁也不买账，如何能挣回那让胡汉生扣下去的工资呢？"

高南征说："不如我们也办一期《清流》，找企业赞助几千元。"

老张说："《清流》不是被胡汉生的外甥承包了吗？"

高南征说："你放心，我自有办法！"

同老张分手以后，高南征又折回文化馆，他在财会室外面转了几次，直到没人时才进去。高南征告诉兰苹，他听老张说兰苹同胡汉生一道去过一家卫生所，老张准备过几天就去查那卫生所的病历档案。

兰苹脸都白了，一句话也说不出来。

高南征让她明天无论如何也要去将那病历毁了或改了。

从财会室出来，往家里走时，高南征怎么也想不通自己在这种时候为什么要帮兰苹和胡汉生。反过来，他越想越明白，其实只要这一件事，胡汉生就得下台。

第二天傍晚，高南征从窗户里无意中发现兰苹站在楼下并不时朝上张望。他猜兰苹一定是有事又怕到家里，便找个借口哄骗小娅，说自己去找老张有事商量。

兰苹果然是找他。她说卫生所的档案已全部毁了，整个过程她都没有告诉胡汉生。

高南征相信兰苹的话，因为他今天亲眼看见胡汉生像只绿苍蝇一样，到处找兰苹。

兰苹流着眼泪告诉高南征，她真的恨胡汉生，就这么不明不白地夺去了自己的贞洁。

高南征自始至终一句话也没说。

回屋后，高南征见小娅坐在沙发上一个人独自流泪，连忙上去捧着她的脸问："你怎么啦？"

连问了三遍，小娅才说："老高，你说实话，刚才为什么出门去。"

高南征怔了怔后说了实话："我见兰苹站在楼下，以为有事，就去看了看她。"

高南征将这两天的事一一对小娅说了，他说："不管胡汉生多么可恶，但我们不能伤害兰苹。老陈是对的，他那样做太对了，不然就毁了一个年轻姑娘。"

小娅听完他的话以后，一声不吭地进到房里和衣倒在床上。

高南征独自坐在沙发上，下半夜他迷糊了一阵，醒来时发现小娅正跪在面前轻轻地吻他。高南征轻轻地回了几个吻，然后将她抱起来放在怀里。

小娅说，我想了半夜，为什么当初那么多人追我，而我偏偏选择了你。现在我才明白，是因为你身上的人情味比别人多。

10

隔了几天，老张气愤地告诉高南征，说他去卫生所时，发现那份病历档案已经被人毁了。

高南征和老张一起邀上小汤，到底下去跑了一趟，很顺利地将一期《清流》的稿子及赞助款搞到了。回来后，他去找了一下段书记，然后就将稿子送到印刷厂。他们三人轮流守在印刷厂，不到一个星期，《清流》就上了机。开印那天，刚好严华送稿子来印刷厂，他看了看后转身就走。才半个钟头，胡汉生就赶到印刷厂，要高南征立即停机，否则，他们将要承担由于违反合同而产生的赔偿。

高南征说："我们这期头版可是正宗文艺作品。"

胡汉生扫了一眼，见都是些格律诗，就说："你别用老秀才酸倒牙的摇头晃脑之作来坑人。"

高南征马上说："胡汉生，我记住你的话，你睁开眼好好看一看，这些诗是谁写的？"

胡汉生从印刷机上拿起那张刚刚印出来的目录，见上面印着段书记的名字，突然不作声了，一个人看了半天后，也不知什么时候悄悄走了。

天黑时，胡汉生破例来到高南征家，说鉴于当前的特殊情况，今年最后两期《清流》还是由高南征亲自主编。胡汉生同高南征说话时，小娅故意挑了几个怪模怪样的梨放在茶几上，而且还不给刀子。

一期《清流》使高南征他们赚了两千元。

老张和小汤来了劲，打算下一期力争赚三千元。

高南征不同意，他说："这肯定是胡汉生的圈套，我们得便宜就不好追查他的问题了。再说快一整年了,《清流》没有给县里的业余作者发几篇稿子,说什么也得利用这个机会安慰一下他们,免得让他们寒心。"

小汤和老张有些不情愿,商量半天,最后决定利用这点权力,将四个版增加到六个版,三个版发文学作品,另外三个版发那些可弄到钱的文章。

进入十二月份后,有事没事总也显得忙一些。高南征他们拉到一笔赞助,就想组织业余作者搞一次辞旧迎新笔会。搞笔会就得到省里去请报纸、杂志的编辑来讲课,加上又要联系笔会地点,又要通知业余作者送稿来,然后又是选稿定人发通知,这让高南征忙得不可开交。

这中间小娅对高南征说,她碰见人事局何副局长了,何副局长问高南征今年怎么不报副高职称。高南征想馆里唯一的指标已叫徐馆长占了,报上去也没有希望,便没有往心里去。

胡汉生没有到笔会上去,高南征礼节性请他去时,他说要去省里弄钱,没空。

高南征心里也不愿他去,也就没有勉强。

忙了二十多天,笔会总算圆满结束了。同时今年最后一期《清流》也出刊了。除去一切开销,两期加在一起一共赚了四千多元。他们很高兴,就算胡汉生明年仍不兑现套改工资,也可以自己解决。

高南征打算在家休息几天再上班。回家的第二天早上就被老张从被窝里唤起来。老张告诉他，胡汉生不知使出什么鬼花招，将徐馆长调到计划生育委员会去了。高南征有些不以为然，他觉得徐馆长走与不走都与自己不相干。

老张说："你怎么还转不过来弯，徐馆长一走，这副高职称的名额不就空出来了吗？"

高南征一下子清醒过来。

老张说："省高评委已经开过会了，由于我俩都没申报，只有胡汉生一个人参加评审，再加上他带了不少东西亲自去省里活动，所以就很顺利地通过了。"

高南征实在没有想到自己又一次被胡汉生耍了，他和老张气冲冲赶到文化馆，找胡汉生讨个说法。

胡汉生说："我已经通知了，不信你们自己去看，还在黑板上写着呢！"

高南征真要去看，老张说："别看了，的确是在那里写着。昨天回来后，我总感觉馆里有什么事，夜里就过来看过了。"

高南征执意到二楼去看了看，黑板上果然还留着胡汉生亲自写的通知，通知下边另有一行字：保留十天。

高南征和老张在文化局、宣传部和人事局之间乱碰乱撞了两天，一点结果也没有。

老张向省地有关部门写了封检举信，高南征认为意义不大，没有在上面签字。

老张将信投出去十几天后，仍不见反应，就有点泄气。

高南征趁机告诉他自己的想法：现在唯一的出路是让胡汉生下台，并且让他滚出文化馆。

高南征和老张找到小汤和小甘他们，要他们一起出面状告胡汉生。小汤他们几个很积极，只有小甘不愿意出面，他说自己要赶一幅画参加明年春季画展。高南征见凑足了八个人，就没有强求他。

他们凑了胡汉生的一些材料，主要有以下几点：第一，抵抗中央精神，将《清流》这块精神文明建设的重地变为家族的自留地；第二，以权谋私，擅自招聘亲戚朋友到文化馆工作，增加国家财政负担；第三，在公司和商场的管理上有意制造混乱，以图中饱私囊；第四，极端的利己主义，将一些符合条件的业务骨干置一边不顾，偷偷摸摸地将副高职称据为己有；第五，无视国家政策，扣发体现社会主义优越性的套改工资。

高南征一行八个人，闯进文化局办公室，非要崔局长接见他们。僵持了一个多小时，崔局长才露面。

崔局长看了材料以后，慢吞吞地说："《清流》的情况也许不是你们说的那样，现在不少人都夸它成了县里的党报了呢！套改工资文化局到现在也一分钱未发，所以在这个问题的解决上，胡汉生还是有良好愿望的。关于副高职称，这个担子由我来挑，说实话，就算全馆的人都申报了，也只能给胡汉生，谁叫他是馆长呢，馆长就应该是全馆政治和业务上的权威。至于公司和商场，搞市场经济对文化人来说都没有前例，只能摸着石头过河，走一步看一步。当然，胡汉生也不是没有失误……"

老张忍不住说："崔局长，胡汉生太会利用假象了。我说一件具体小事，他总说馆里经济困难，限定每人每月只能领一本稿纸，可他全家都用文化馆的稿纸揩屁股，他妻子还说用稿纸习惯了，用卫生纸没味道。崔局长不信可到他家厕所里去看一看！"

崔局长忽然将手中茶杯猛地往茶几上一放，大声说："老张，你说这话是什么意思？你把文化局长当成什么了？是扫厕所的，还是扫大街的？"

高南征连忙出来圆场。

崔局长一挥手说："你们都走，什么时候学会尊重人了再来找我！"

崔局长好像要故意气他们，还大声叫办公室秘书，通知胡汉生来文化局商量春节文化活动如何搞。

回文化馆的路上大家都怪老张不会说话，将老张弄得灰溜溜的。

高南征怕影响老张的士气就说："崔局长是成心找碴儿，当领导的人最善于抓住破绽，突然用罩子将人罩晕，然后将人打发走完事。"

于是，大家约好了转移战场，下午去宣传部。

下午两点，高南征、老张、小汤他们聚齐了。在路上，他们碰见宣传部的几拨人，样子都有些慌张。到了宣传部，偌大的几间办公室，只剩下一个女秘书。高南征上去同她说话时，已调到计划生育委员会的徐馆长也进来了。大家相互点点头，高南征听徐馆长同女秘书说话后才知道，宣传部的一个女科长生二胎时受了罚，现在又要生三胎，临产期快到了才被发觉，县委书记亲自拍桌子发火，如果不将那女科长引产，就要改组整个宣传部。

那女科长闻讯躲了起来，宣传部上至部长下至干事都出门找去了。徐馆长则是来做配合工作的。

大家的兴致一时被引到这个话题上。

高南征瞅空问徐馆长为何要离开文化馆。徐馆长说胡汉生与他达成了交换条件，他离开文化馆后，胡汉生负责将他女儿接收到文化馆，具体工作已谈妥，也是编《清流》。徐馆长的女儿明后天就去报到上班，他希望高南征日后多加关照。徐馆长说，自己一离开文化馆职称就丢了，可是没办法，女儿大了，又没考上大学，在社会上流浪会出问题，他只好牺牲自己。

高南征说："你走的时候怎么不对我们说一声？"

徐馆长说："我不想说，是因为想让你们能有个比较鉴别，看看是不是真的会一任比一任强！"

高南征说："早知这样，真不如同你合作下去。"

这话徐馆长并没有听见，高南征是在心里说的。

接下来的几天，文化馆里搞年终总结。大家对胡汉生的意见提了几箩筐。胡汉生最后说了些要在新年改进的话，可他在新年工作计划中设想的基本上还是老一套。有区别的只是没有让大家再去想办法挣套改后增加的那部分工资。

元旦这天，高南征同小娅在屋里包饺子，兰苹突然来了，一进门就哭成个泪人儿。

小娅很不高兴地说："新年第一天你无事来我家哭，若是今年有什么不吉利，我可要找你负责。"

小娅没有用"我们"这个词。

兰苹擦干眼泪后哽咽地说："胡汉生领着妻子去医院里做人工流产了！"

听到这话，小娅马上放下手中的活，将兰苹领到房里去说话。

门掩得很紧，高南征听不清她们在说些什么。

高南征一个人将饺子包好，又煮熟，然后叫她们出来吃。

兰苹出来时，已不再流泪了。

一边吃饺子，小娅一边劝兰苹。

兰苹说，这几天就将胡汉生的经济材料清理出来交给高南征。

吃完饺子，两个女人又到房里说话。

幸亏有几个业余作者来给高南征祝贺新年，才使他少了些失落感。

兰苹吃了晚饭才走。她一走，高南征就问小娅到底是怎么回事。小娅故意不慌不忙地将厨房洗刷干净后才告诉他。原来胡汉生一直在骗兰苹，说自己已同妻子分居七八年了，二人只是名义上的夫妻。兰苹一直信以为真，她虽然并不怎么喜欢胡汉生，可一想到已失身于他，所以只要胡汉生能对她保持贞洁，她也只好凑合着一步一步地走着瞧。上午兰苹陪自己的嫂子去医院检查胎位，正好在妇产科碰见胡汉生陪妻子做人工流产。兰苹当即就丢下大腹便便的嫂子跑到这儿来了。

高南征问："她没说胡汉生最开始是怎么引诱她的？"

小娅说："她说了，可我不能对你说！"

高南征说："为什么？"

小娅开玩笑地说："我怕你学会了，也去这样害别的姑娘！"

高南征说："你别这样防范我好不好！"

小娅说："你知道她为什么单单来我家？"

高南征摇摇头。

小娅说："我将原话重复一遍，兰苹说，她认识的所有男人中，真正打心里喜欢的是你！"

高南征当然要表现出不相信的样子。

过完元旦，徐馆长的女儿真的来文化馆报到上班。

胡汉生召集全馆人员为她召开了一个简单的欢迎会。

开会时，高南征见小甘用手指蘸着茶水在茶几上写了一行字。

散会后，他走过去看了看，小甘用茶水写的四个字是：×他妈的！

当着胡汉生的面，兰苹将一份《清流》递给高南征。

高南征走到无人处才打开，里面夹着一张纸，上面写着各种数据。第一项是违纪开支五千六百二十一元，其中白条四千零三十六元；第二项是严华的收入，其中工资收入一千五百元，通过《清流》获得各种收入二万七千二百零三角三分，合计二万八千七百零三角三分，往下还有好几项。

高南征从兰苹的账目上受到启发，他将《清流》上经由严华发出的文学作品统计了一下：小小说四篇，散文六篇，诗歌十四首，演唱材料三件，按字数算最多只够《清流》的一个版面。

再次去文化局之前，小娅叮嘱他一定要在交谈之前先营造一个较好说话的气氛。

高南征觉得这话有道理，就同大家一起策划了一个方案。

崔局长接见他们时，一见面高南征就说："局长呀，我看这些时你累瘦了，先讲个笑话慰劳一下。你放心，绝对是与文化工作有关。有一个搞非法出版物的个体老板，他不光倒买倒卖，还开了个地下印刷厂，专门承印一些坏书。为了不暴露目标，这些工人全是他家亲戚的孩子。又为了不让这些孩子学到书中的那些坏事，这拣字工的事全由他自己和妻子来承担。有一回，他们接了一本特别淫秽的书，交印的人要得非常急，夫妻俩只好昼夜不停地加班。那书上内容特别刺激，夫妻又怕耽误生意，不敢停下来亲热。男人正在难熬时，忽然看他妻子拣了两个铅字塞进裤裆里。"

说到这里，高南征停下来不讲了，让崔局长猜是哪两个字。

崔局长想了半天没想出来。

高南征就告诉他，一个是鸡，一个是巴。

崔局长当即笑弯了腰，连连说这是新闻出版股管的事。

等崔局长笑够了，高南征才示意老张将兰苹写的那个账单递给崔局长。

崔局长只看了一遍，眉头就皱起来。他们在文化局同崔局长谈了两个多小时，崔局长最后请他们考虑一下，如果胡汉生不再担任馆长，谁来当馆长最合适。

11

从文化局出来后，大家议论了半天。小汤说高南征可以。老张马上说，按照上次的经验教训，凡是参与告状的人是不可能接班的。这么一筛选，大家同时想到了小甘。从小甘敢于在茶几上写那几个字来看，高南征也觉得小甘能胜任，但他觉得还是应该对小甘考察一番。

小甘妻子的单位刚盖了新宿舍。

高南征他们去时，小甘正在布置新房。

新房设计很讲究，大家见了都羡慕不已。

小甘也很兴奋，他有个计划，先将这房子装修一遍，然后再搞一套原装的先锋音响和一台84厘米的画王彩电，往下还有全套不锈钢炊具、微波炉、洗衣干衣两用机、真皮沙发和红木家具。一算账，没有几十万不行。

高南征说："你哪来这么多钱？"

小甘说："现在铜版画、铜版字又流行又值钱。×他妈的，我要是当了馆长，就去买一台铜版印刷机，拿来私人用，一年时间就能将这些置齐了。"

高南征和小汤他们相互望了望，好一阵后，小汤才问："一台铜版印刷机要多少钱？"

小甘说："不低于八千元，不高于一万元。"

离开小甘家，一路上大家脸上都很严肃。

过年之前，文化馆再无人说起撤换胡汉生之事。

崔局长主动找过高南征和老张，两个人都躲避不见。

放年假那天，文化馆发了不少年货，胡汉生说这是公司和商场出钱买的。高南征用自行车运了两趟，才将这些东西弄回家。

初一那天，高南征和小娅照例去给段书记拜年。

段书记问到文化馆又要换馆长的事后，说了一通让人费解的话。他说搞干部终身制最大的优势就是能防止大面积腐败，而不搞终身制的最大弊端就是大家都趁在台上时拼命地往自己怀里捞，像蝗虫一样，一批接一批。

段书记说："现在说的是实事求是，做的是事事求实。"

夫妻俩刚说了告辞的话，崔局长也来给段书记拜年了。

见了高南征，崔局长就问他文化馆馆长推荐人选想好了没有。

高南征支支吾吾地哼了几声，他也不清楚说的是些什么。

段书记却说了一番很明白的话。他说，这辈子当领导，文化方面的事情，他最遗憾的是当年明察不够，没有让高南征的老师当文化馆长。崔局长接着段书记的话说，假如当年段书记提拔的是高南征的老师——段书记没有让崔局长说完要说的话，就连连表示，自己这样说并不是否定当年对崔局长的垂青。

高南征也想起因为郁郁不得志而死得有些早的恩师。

回家后，他在书房里翻出早年的《清流》，那上面有一则故事新编，说的是有一个地方蚊虫特别恶，官府便将死囚绑在木桩上，让蚊虫咬死。在屡试不爽之后，却有一个人躲过此刑法。县太爷以为是天不收，不敢再施别的刑法而放了他。后来别人问时，他才说，蚊虫吸血时千万别动，它吸饱了血后就叮在那里不动，这样就挡住了别的想吸血的蚊虫，若是一动惊跑了饱蚊虫，让饿蚊虫补上来，一批接一批地吸下去，肯定会气血枯竭而亡。

还没看完，高南征忽然记起，将自己提携到现在位置上的恩师、《清流》前任主编，五十岁时积劳成疾，临终前曾对他提起过这则故事，还说，每逢有对人对事看不顺眼的时候，一定要将这个故事大声朗诵三遍。高南征不无后悔，自己有些成绩后，就对恩师的话不那么在意了，包括这么重要的遗嘱。假如这两年不是浑浑噩噩地与徐馆长和胡汉生他们闹，而是一心一意地搞自己的业务，不去想那些不务正业的心思，或许就没有什么破绽露出来，严华和徐馆长的女儿现在在哪里混饭吃，就只有鬼知道了。

这时，小孔来家里拜年。

小孔也将那故事新编看了，然后笑着说，细坳村的人也应该好好学一学这篇文章。

正在说话，徐馆长领女儿进来了。

徐馆长没说过年时的那些套话，而是唱了一首吉祥民歌。

小娅满脸堆笑，说徐馆长这么好的嗓子不当文化馆长太可惜。

徐馆长说他女儿的嗓子比他还强。

高南征问起宣传部那个超生的女科长的情况。

徐馆长说："大初一说这些会不吉利。"

这时小孔要走，高南征将他送到门口。小孔回头开玩笑说，什么时候带着蚊虫的故事到细坳村再搞一次奔小康大讨论。说着话小孔滑了一下，高南征忙提醒他小心脚下。天上地下到处都是白雪。过年时家家户户的油水都比平常多，随手泼在门外，让积雪的路面变得更滑了。

一九九五年元月二十一日于竹叶山

菩提醉了

1

天上下起了小雨，庄大鹏赶忙将放在外面的半袋水泥提进屋里。屋里乱七八糟地放了许多杂物，地面上到处是水渍，他提着水泥袋瞅了半天也没找到合适的地方，只好用脚将桌子底下的两只凳子勾出来，摆好了再将水泥放上去。还没来得及松口气，卫生间里就传出声音来，给我泡杯茶。

说着话，两个泥猴一样的人从卫生间里走出来。庄大鹏赶忙泡了茶端上来。

这两个人是从乡下进城里揽活的泥水匠，文化馆这两年的泥水活都由他们做。庄大鹏是副馆长，分管行政，点工的事都是由他负责。元旦过后，眼看春节又要到了，庄大鹏想将卫生间重新装修一下。那天在街上无意和这两位聊起时，他们主动答应免费帮庄大鹏做一次私活。庄大鹏就真的买了材料，又请上十天假，回家张罗起来。原以为这点事有十天时间足够，谁知拖到十一天了还没有完工。两个泥水匠开始时倒还积极，干了两天就推说别处有事，每天抽空来弄一下，还不停地要烟抽要水喝。庄大鹏很恼火，暗自打定主意，从今往后，文化馆的泥水活再也不给他俩做了。

泥水匠将水泥袋提起来，随手放在地上，又从柜子里找了一张报纸垫在凳子上面，便要往下坐。

庄大鹏忙说："这是新报纸，刚送来的，我还没看呢。"又说，"你身上这样子，还怕弄脏了？"

泥水匠说："我是怕弄脏了你的凳子。"

庄大鹏说："别说笑话，就这样坐吧！"

庄大鹏拿过报纸，飞快地浏览了一下。

泥水匠说："有些什么新闻，是不是又开始搞什么改革了？"

庄大鹏说："你怎么也这样关心改革？"

泥水匠说："我当然关心，过去总是别人改我的革，现在我也想找机会改一下别人的革。"

庄大鹏笑一笑说："巧得很，今天报上一篇关于改革的文章也没有。"

他掸了掸报纸。泥水匠接过去一看，头版显要位置刊登的是省京剧团进京演出大获成功，受到中央领导接见的消息；其次是一篇宣传科技扶贫成绩的文章；其他几篇小文章说的是一位解放军战士跳进冰河救起落水儿童，和本省易经研究会成立，省人大一位副主任兼任主席等等与改革毫无关系的事。

泥水匠还要看二三四版。庄大鹏一把抓过报纸，他说："改革的事只登在头版，头版没有后面更没有。你还是抓紧点时间，早点将这事干完吧！"

泥水匠说："我帮你做事又上不了报纸，抓那么紧干什么，又没有一分钱工钱。"

庄大鹏一愣，脸上就变了色。

这时，门外有人叫："庄馆长在家吗？"

话音刚落，孟保田就进了屋。

庄大鹏忙说："孟馆长你怎么有空来？"

孟保田说："有事路过，见门开着，想你一定在家，就进来看看。"

孟保田进卫生间看了看，出来时说："十多天了，这点活还没干完？"

庄大鹏说："老李他们事多，忙不过来。"

孟保田说："老李，你别也学着狗眼看人低，庄馆长可是这文化馆领导班子里最年轻的哟！"

坐在凳子上的泥水匠听了这话连忙站起来说："孟馆长，我老李怎么会是那种人呢，再说我们还指望你们给点小钱过小日子呢！"

说着，泥水匠就进卫生间去敲敲打打地干起活来。

庄大鹏听出孟保田话里有话，就将他请到卧室里坐下。

庄大鹏一边递烟一边问："馆里这几天是不是发生什么事了？"

孟保田说："你几天没去馆里了？"

庄大鹏说："整十天了。"

孟保田说："也怪，怎么你就一点风声也没听见！"

庄大鹏有些急，他说："真的有事呀？"

孟保田说："老孔他一个人坐在办公室里想了三天，搞出一个今年的改革方案。"

庄大鹏松了一口气说："老孔就爱赶潮流，搞些华而不实的东西。"

孟保田说："这一回和往常不一样，他要先从领导班子动手。"

庄大鹏一下子又紧张起来，就问："他想怎么动手？"

孟保田说："我也是听宣传部小郑说的，他在部长办公桌上见过老孔的报告，其中一条就是将现在的副馆长改成馆长助理，助理由馆长提名报宣传部、文化局批准。"

庄大鹏立即骂了一句："老孔这狗东西，文化馆是社会主义精神文明建设的阵地，他也想用来搞资本主义试验！"

孟保田说："副馆长一向是组织部下文任命的，老孔这样搞其实是在想施行个人独裁和专制。"

庄大鹏愤愤地说："老孔的野心太膨胀了。不过，我是不怕他。孟馆长，过去你总是比较软，缺少斗争精神，这次你不能再缩手缩脚了。"

孟保田说："你是二把手，我听你的。"

庄大鹏说："按体育比赛的计分方法，老孔是一把手得三分，我是二把手得两分，你是三把手得一分。我俩加起来最少可以和老孔斗个平手。"

两人正在商议，外面又有人叫庄馆长。

庄大鹏听出来说话的人是馆里搞美术的小段，他就叫孟保田在房里坐着，自己出去应付。

小段见他开门出来，便指着地上的水泥说："这么潮的地方怎么能放水泥呢，我帮你找个地方放。"

说着，小段就满屋转，然后冷不防将头伸进房门。孟保田不及躲避，正好撞上她的目光。

小段忙说："孟馆长也在这里呀，刚才我还到处喊你接电话呢！"

孟保田硬着头皮说："哪儿的电话？"

小段说："我也没问，是个女的，她说过一个小时再打来。"

孟保田借口回去等电话，顺势告辞走了。

他一走，庄大鹏就问小段："是不是你舅叫你来的？"

小段说："是的，他让我通知你明天上午去开馆务会，研究今年的工作。"稍一顿，她又说，"你别总是我舅你舅的，孔馆长和我的亲戚关系是从老远扯拢来的。"

庄大鹏想也不想就说："你转告老孔，我家里的事还没做完，还得请几天假。"

小段欲走，庄大鹏拦住她说："水泥还没放好呢，你不是说帮忙找个地方放吗？"

小段说："地方我早就找好了，只怕你不愿意。"

庄大鹏说："什么地方？"

小段说："你那床上。"

庄大鹏说："我是不愿意，不过我愿意将你放在上面。"

小段看了看手表，见已到了下午五点，就笑着说："行，那我就上床去了。"

说着就往房里走，庄大鹏连忙拉住她的手，一边往大门外扯一边说："我知道你已心有所属，哪敢夺人之爱！"

小段装作不肯走，嘴里说："你不要一点男人味也没有嘛！"

小段刚走，孟保田不知从什么地方闪出来，神色不安地对庄大鹏说："我看她是老孔派来探听风声的，她回去一定会说我们在一起搞阴谋活动。"

庄大鹏很不屑地说："孟馆长你也太胆小了，我们也是文化馆的领导人，在一起碰个头，谈谈工作，很正常的嘛！"

孟保田说："这话也对，不过我还是对老孔有些担心，老丁在官场上滚了几十年，到头来被老孔整得去守门卖票，你我都有书生气的毛病，只怕不是他的对手。"

庄大鹏说："老丁卖票，不是老孔整的，是他自己要去的，他从图书馆调过来时人就蔫了。"

孟保田正要再说，庄大鹏的妻子梅桃一溜小跑钻进屋来。

一进门梅桃就抱怨说："下雨了，也不知道给我送把伞。"

庄大鹏说："我正准备送呢，你却提前回来了。"

梅桃说："我在路上碰见小段了，你怕是被她缠住了吧？"

庄大鹏说："你又不是不知道，小段是老孔的人，和我亲热得起来？"

庄大鹏将小段的来意和孟保田得到的消息对梅桃说了一遍。

梅桃说："怪不得连泥水匠也欺负起我们来了。"

梅桃走到卫生间里，将几件泥水匠用的工具一样样地甩出大门，然后要那两个泥水匠滚蛋，剩下的活儿她用高价请别人来做。

两个泥水匠站在那里很尴尬，嘴里不停地道歉。

庄大鹏和孟保田上去劝了半天，泥水匠反复保证，今晚就是不睡觉也要将屋里的活全部干完。梅桃一点也不松口，又说了一通难听的话后，才拿上雨伞到小学里去接儿子。

庄大鹏没想到半夜里会和梅桃吵了一架。

泥水匠是十二点之前走的。他们将屋子收拾完，上床睡觉时已是凌晨一点半了。庄大鹏钻进被窝后，正想将梅桃搂在怀里，却被梅桃一掌推开。

梅桃说："你这个副馆长当得太窝囊了，你要是硬气一点，老孔也不敢这么盛气凌人。"

庄大鹏有点扫兴，勉强说："大家在一间屋子办公，再说都是为了公事，哪好意思认真地闹呢！"

梅桃说："怕什么，只要撕开面子，以后就能破罐子破摔。"

庄大鹏说："老孔很精，他不会让我们有撕破面子的机会。"

梅桃说："有机会你和小段闹一回，老孔肯定心痛。他出面干涉，你就借题发挥。"

庄大鹏说："这事也不一定是你想象的那样。话说回来，都怪你吵着要盖私房，放着馆里的公房不住，跑到这郊外来，什么都不方便。馆内的事也无法及时得知，这一回若不是孟馆长通气，糊里糊涂地跑去开会，挨了人家的闷棍还不知道。"

提到这房子，梅桃就不高兴。庄大鹏总说自己前年差一点就当上馆长了，就是因为盖了私房，才没有提拔他。这之前，老孔也是副职，但位置是排在他的后面。梅桃不服气，老是争辩，说老孔的升迁主要依靠的是县委宣传部何副部长，他俩是中学时的同学。

这时候，梅桃忽然记起夜里要用的痰盂放在后门外没有拿进来。后门外是一片坟山，梅桃很怕那些乱坟，天一黑就不敢开后门，有事总是支唤庄大鹏出去，而且还不准他直接走后门，要从大门出去后往后门弯。她说后门吹进来的风阴森森的，一沾身子就得感冒。梅桃要庄大鹏去拿痰盂，庄大鹏先是不愿出热被窝，随后又改了主意，要先和梅桃亲热一回。梅桃要他先去拿了痰盂，回来再说。庄大鹏怕吃亏上当，非要先亲热了再去拿。

讨了几回价，见庄大鹏还不让步，梅桃有些生气，一撩被窝跳下床便往外走。

庄大鹏不以为然地冲着她说："坟山上有七个鬼，你一开门它们就进来了。"

梅桃不说话。庄大鹏听到屋里有一种哗哗的水响，正在发愣，想这婆娘是不是将尿撒客厅里了。忽听见梅桃在外面叫了一声哎哟。

跟着，梅桃就骂起来："庄大鹏，你这狗东西！"

庄大鹏连忙爬起来，顾不上披件衣服便往屋后跑，后门却是闩得好好的，回头再找，才发现梅桃在卫生间里。卫生间刚装修完，水泥还未干，梅桃蹲在便坑上时，脚下踩的那地方塌了，弄得她光着屁股坐在便池里。

庄大鹏上去扯起梅桃，并随口说了句："说好要过三天才能用，怎么这样性急？"

梅桃当即就和他吵起来。

庄大鹏顶了几句后，就忍住不还口，还端了热水来给梅桃擦洗。

梅桃反复数落庄大鹏除了和妻子睡觉以外，没有一处像男人。闹到三点钟过后，才歇住嘴上床睡了。

庄大鹏却睡不着，又不敢翻来覆去，怕弄醒了梅桃。梅桃的话很伤人，但他一点也不怪她，相反，他觉得这些都是老孔抢了自己的位置造成的。假如自己当了馆长，肯定比谁都潇洒。老孔的那点本事他很清楚，老孔是搞民间音乐的，成天只会将"黄鸡公，尾巴拖，三岁伢儿会唱歌"这类现成的民歌套来套去，然后说成是自己创作的，居然也能去外面弄几个奖证，拿回来在县里到处炫耀。他自己是搞摄影的，从十八岁进文化馆，差不多二十年了，海内外各种摄影比赛的奖证，他已积攒了几十个，有两幅作品还参加了全国摄影作品展览。那一回，中央电视台晚间新闻节目里报道影展消息时，镜头虽然是一扫而过，但他还是清楚地看见了自己的那两幅作品。从文化馆成立以来，县里业余文艺创作在如此高级别的新闻媒体中得到报道，这是唯一一次。当初宣传部派人来馆里考察馆长人选时，他的呼声最高，可最后，依然被老孔捷足先登。

庄大鹏实在想不通，自己哪一点比不上老孔，竟让何副部长看不上眼。

那次考察之后，县里开党代会。何副部长没有资格坐主席台，庄大鹏在台下的人群中找了好久才找到他。何副部长坐在正中间的位子上，前后左右都够不着，必须用中焦镜头，但光线又不足。他特意请电视台打灯光的小王帮忙，让小王将灯光照住何副部长，才拍摄成功。这张照片后来在地区报纸上发表了，照片上，何副部长笑容可掬十分动人。过后，庄大鹏找熟悉何副部长的人打听过，何副部长似乎对这张照片很满意。他当时很是高兴了一阵，以为提拔正馆长的事十拿九稳了，谁知到头来仍然是竹篮打水一场空。

天蒙蒙亮，庄大鹏就起了床。他用水和了一些水泥，将昨夜梅桃踩塌的便坑一点点地修补好。天气很冷，庄大鹏的手一会儿就冻僵了，几个指头呆呆的不大听使唤。他咬着牙干了一个钟头，总算将便坑修好了。之后他弄了半盆温水，将一双手放进去泡着。浸了一会，一股暖气顺着手臂跑到全身，庄大鹏忍不住快活地打了一个哆嗦。

这时，梅桃在床上翻了一个身，跟着又一连翻了几个，并且动作都很大。庄大鹏似乎明白了什么，连忙打开后门，去拿痰盂。痰盂里的水已经结了冰，庄大鹏找了一根木棒，将冰捣碎后倒掉，这才拿进房里。梅桃也不说话，爬起来方便过后，又钻进被窝里睡下。

庄大鹏轻轻地叹了口气，转身到另一间房里将儿子唤醒，将衣服一件一件地给他穿好。接着又将牙刷挤上牙膏，杯子里放进半杯热水和半杯冷水。儿子站在门口刷牙时，他赶忙用开水冲了一杯奶粉，又打开煤气灶煎了两只鸡蛋。待儿子洗过脸，吃完早点，他就骑上自行车送儿子上学。

路过文化馆时，他看见老孔正拿着一把扫帚在扫文化馆门前的那块地，不时有人和老孔打招呼。刚好何副部长跑步回来，路过此地，也和老孔打招呼说："这块地你也承包了吗，总是只见你扫，你也要改改革嘛！"老孔回答了一句什么，庄大鹏没有听清。他也懒得听，脚下一使劲，骑着车子飞快地驶过去。老孔看见了他，冲着他叫了一声，他装作没听见，只顾往前驶。

返回来时，庄大鹏见老孔还站在门口。

老孔远远地喊他："庄馆长！庄馆长！"

文化馆门口就一条直街，没处可躲，庄大鹏只好硬着头皮走过去。

老孔说："我刚才喊你，你没听见？"

庄大鹏说："什么时候？我没听见。"

老孔说："有你的电报，昨晚送来的，我帮你收了。"

听说是电报，庄大鹏有些紧张，忙问："哪儿来的？"

老孔说："武汉。"

老孔从口袋里摸出电报交给庄大鹏。

庄大鹏也顾不上别的什么，当着老孔的面就拆开了。

电文上写着：作品已获奖，请于本周内来省摄影家协会领取奖品。

老孔伸头看了一下问："什么作品？"

庄大鹏说："我交了四幅，也不知是哪一幅。"

说着，庄大鹏就要走。

老孔忙说："听说你家里的事已忙完了，上午来开个会吧！"

庄大鹏心情很好，就说有空我就来一下。话刚出口，便意识到不对头，家里的事半夜才做完，老孔怎么这么快就知道？

老孔看出了他的心思，就说："早上我碰见了那两个泥水匠，他们告诉我的。"

庄大鹏没说什么，扭头骑上自行车走了。

回家后，见梅桃还在床上躺着，庄大鹏就问："你今天不上班？"

梅桃没有理他。庄大鹏在床前站了一会儿，又掏出电报对她说："我的作品又获奖了。"

他将电报放在梅桃的枕头上，梅桃一翻身将后脑勺对着他。他心里很气，但没有表露出来，又问梅桃早上想吃点什么，是面条还是稀饭，还是上街去买糯米酒酿。梅桃依然一声不吭。庄大鹏没有办法，只好去厨房给自己做了一碗面条。

吃完面条，他打定主意到馆里去看看，家里的这种气氛待着实在没意思。

2

庄大鹏骑着自行车来到文化馆门前，他见铁栅栏门开了一条缝，估计可以钻过去，就懒得下车，扶稳龙头就往里骑。车子的前半部已过去了，老丁突然从走廊里拐出来。庄大鹏一慌神，车子的脚架挂在铁栅栏上，他一下子没稳住，连人带车翻在地上。

老丁过来将压在庄大鹏身上的自行车搬开，庄大鹏爬起来推了老丁一掌，嘴里说："老丁，你怎么走路像个鬼，一点动静也没有。"

老丁笑一笑说："你应该摇一下铃。"

庄大鹏说："我摇了铃。"

老丁说："那就怪我了，我在想事没听见。"

庄大鹏说："想什么事，是不是又在算命卜卦？"

老丁说："早上起床后，我用《易经》推算了一下，今天馆里有场口角。"

庄大鹏一愣，说："我不信你学到了这种程度。"

老丁说："《易经》能不能学通，关键是各人的造化，邵海华不也是四十岁左右才开始研究《易经》，他现在成了《易经》大师。"

庄大鹏说："有空你帮我预测一下。"

老丁笑了一下，没做任何表示。

庄大鹏进了馆长办公室，见老孔和孟保田都在办公桌后面坐着。老孔正在自己的笔记本上飞快地写些什么。老孔写字的姿势很特别，人斜着坐，本子也斜着放，看上去别扭死了，可写成的字一个个都是正的。孟保田则在极认真地看报纸，一支烟夹在手指上，烟灰都快弯成了一只钩子。

见庄大鹏进来，二人都冲着他点了点头。

庄大鹏的办公桌上积了一层灰，还堆了一堆旧报纸。

庄大鹏忍不住嘟哝一句："改什么革，改得办公桌上灰没有人抹，报纸没有人夹。"

老孔的笔停了停，又继续往下写。

庄大鹏抬起嗓门叫道:"老伍,你过来一下。"

老伍应声从隔壁办公室里走过来。

庄大鹏说:"你这办公室主任怎么当的? 报纸堆了这一大堆,也不夹一夹。"

老伍说:"庄馆长,对不起,这事现在不归我管,我辞职了。"

庄大鹏说:"为什么要辞职?"

老伍说:"我跟不上馆领导的改革步伐。"

庄大鹏听出这话的味道来,当着老孔的面不便追问,就说:"那办公室的事现在归谁负责?"

老伍说:"好像是小段吧!"

庄大鹏便又叫起了小段。叫了几声无人应。

老孔在一旁说:"别叫了,我让她打印一份材料去了。"

老伍走后,庄大鹏找了一块抹布将桌子抹干净了。然后装作洗抹布,出门找老伍了解情况,找了一圈没找着,最后才听老丁说,老伍上街买菜去了。

庄大鹏记着电报里说的事,他拐进办公室,准备打个长途电话,问问自己的哪幅作品获了奖。进屋后,他见电话机换了新的,以前是转盘式,现在是按键式。他以前提过几次,要老孔将电话机换一换,想到老孔到底接受了自己的建议,他多少有些高兴。

省摄影家协会的电话,过去他每月总要打几次,那号码他记得烂熟。庄大鹏一上去就按了一下027,结果是忙音,又按了几次，仍是忙音。后来，他将节奏放慢了些，一按0字键就出现忙音，他这才意识到这新电话机可能是带锁的。他翻过电话机一看，那背后果然有一个锁孔，锁芯上的小缺口正对着"锁定"二字。

庄大鹏一扔话筒，转身来到馆长办公室。

他问："电话是谁锁的？"

老孔低头在笔记本上写着，孟保田趁其没注意，偷偷朝他努努嘴。

庄大鹏又问："电话是谁锁的？"

老孔还是不作声。

庄大鹏有些火，便大声说："老孔，电话是谁锁的？"

老孔扫了他一眼，说："你问问小段吧！"

正巧小段抱着一大沓油印材料走进来，听了老孔的话，她随口说："问我什么呀？"

庄大鹏阴着脸说："电话是你锁的？"

小段说："我是按制度办事。"

庄大鹏说："什么制度，我怎么不知道！"

小段将他领到办公室，指了指电话机旁边的墙上，上面果然贴着一张电话使用规章。规章规定，除了主要负责人以外，任何人打电话必须先到有关人员——也就是小段那儿登记，并经主要负责人认可确为公事以后才能开锁通话。

小段说："你要哪个单位？"

庄大鹏正要说，忽然意识到什么，便反问："是你领导我，还是我领导你？"

小段说："你是副馆长，当然是你领导我。"

庄大鹏说："那你凭什么过问我的事？"

小段说："我这是按制度办事。"

庄大鹏一拍电话机说："这狗卵子制度我还没有点头呢！"

说着，他一伸手将墙上的制度撕了下来。

小段说："庄馆长，你别朝我发脾气，我是小兵一个，有狠的，你们当领导的相互斗去，别在我身上出气。"

这时，老孔出现在走廊上，他隔着窗户对小段说："庄馆长有急事，你把锁开开。"

小段不肯，她说："制度是你定的，怎么执行起来又变了呢！"

小段的声音特别高，楼上楼下办公室的人都跑出来看热闹。

小段说："你不让我代理办公室主任就算了，让我代理一天，我就要负责一天，任何人也别想例外。"

庄大鹏抓住小段这句话开始反击，他说："那老孔要打电话，你登不登记？"

小段一下子怔住了。

庄大鹏说："这锁有几把钥匙？"

小段说："我不知道，电话机是老伍买的。"

一旁的老伍马上回应说："有两把钥匙，我都交给你了。"

老孔说:"另一把在我这儿。"

庄大鹏说:"要登记大家都登记。"

老孔忽然正色说:"庄馆长,你要搞清楚哟,文化馆是你领导我,还是我领导你?"

老孔这话一出口,围观的人都笑起来了纷纷说,这话算是说到点子上去了。

老孔说:"文化馆的自由化倾向太严重,是到了该纠一纠的时候了。"

老孔说完这话,大家都一声不吭地走开了。

庄大鹏正要走,老孔叫住他,说干脆就以这件事为契机,将馆里的改革方案先讨论一下。

庄大鹏不理他,依旧走自己的路。走到大门口时,孟保田从后面追上来,将他拖到一边,反复劝了一通。庄大鹏冷静下来后觉得孟保田的话很有道理,如果老孔趁自己不在场时,将那个所谓改革方案强行通过了,那岂不是误了大事。

往回走时,见小段正在通知老丁也去开会。老丁不肯参加,说没有人卖票,他脱不了身。又说这两天电视录像的片子好,看的人多,卖票的特别忙。

庄大鹏说:"你是副书记,这样重要的会议,你不能逃避。"

老丁说:"我不是逃避,从图书馆调过来时,我就申明了,只做一个普通干部。"

见劝不动,庄大鹏和孟保田就上去一人架着一只手将他拖走了。走出十几步，从他怀里掉出一本书来。小段伸手捡起来，正是老丁视为至宝的那本《易经》。

到了馆长办公室，见老孔已将小段打印的那些材料摆在各人的办公桌上，小段给四个人各倒上一杯茶水才往门外走。

小段走路的样子很诱人，特别是丰满的下肢一扭一扭的让人见了心跳不已。庄大鹏看了几眼，回过头来，见老孔也在看小段，眼睛里有一股不寻常的光泽。

庄大鹏故意咳了一声，老孔回过神来，下意识地看了他一眼。庄大鹏迎着他的目光，一点也不回避。他见到老孔的眼神中有几分虚怯。

老孔故作镇静地说："孟馆长，你先将这份草案读一读吧！"

孟保田说："我咳嗽了好几天，说是咽炎，不能多说话，还是让别人读吧！"

老孔转向老丁说："老丁，丁书记，你读一读怎么样？"

老丁说："我读不好，在图书馆干了十几年，读报读文件的事，都是别人代劳。"

老孔又说："庄馆长，你呢，行吗？"

庄大鹏说："这东西是你起草的，你熟悉，还是你亲自读吧！"

老孔只好拿起那叠材料，正要读又放下来说："那就叫小段进来读吧！"

庄大鹏说："不行，她又不是馆领导人，没资格参加。"

孟保田说："过去，只有毛主席、周总理的报告可以由人代读，现在连江泽民、李鹏都亲自站在那里读报告哩！"

老孔无奈，只好亲自读。

老孔的声音不大不小，听起来有些底气不足，他捧着一叠纸念道："……《文化馆改革方案（试行）》。第一章，馆长助理责任制。第一款，馆长助理由原副馆长改任而成，馆长助理由馆长提名聘任，并报文化局、宣传部、组织部备案。馆长有权对馆长助理做出解聘决定。馆长助理的工作只对馆长负责。第一条，馆长助理只接受馆长下达的任务；第二条，馆长助理必须每周向馆长口头汇报工作一次，每月必须向馆长书面汇报工作一次；第三条，馆长助理只负责分派的工作和任务，不得干预未经授权的任何事情。第二款，馆长助理的奖与罚……第三款，馆长助理的工作实绩的考核与计分方法……"

后面的一些条款，庄大鹏没有听清，耳朵里只有一片嗡嗡声。

老孔读完后，又说了一通话。

庄大鹏慢慢地冷静下来，听见老孔还在说："这个方案是关系到文化馆改革成败的关键。要想成功，就必须先解决班子问题。"

老孔要大家先发表一下意见，然后再将草案发下去，征求全馆干部职工的意见。

老孔说完后，伸手拿过桌上的保温茶杯猛喝了两口茶水。

庄大鹏也端起茶杯，却是慢慢地呷、细细地咽，一口水尝了几分钟，然后才喝第二口水。

孟保田一直将那只盛满水的茶杯握在手里，两只手轮换着一会儿烫烫手掌，一会儿烫烫手背，一会儿又将茶杯举起来贴在脸上。

老丁坐在一个角落里，他微闭双眼，双臂抱于胸前，嘴里像是在喃喃地默诵着什么。

庄大鹏觉得屋子里寂静的味道真是好极了。他看了看老丁，忽然觉得老丁脸上挂着一种意味深长的微笑。这种微笑在他看来十分熟悉，可一时又想不起来在哪里见过。

庄大鹏正在极力回忆，孟保田在一旁忽然开口说："嘿，你们看看老丁这个样子，像不像一尊笑佛？"

庄大鹏禁不住附和说："是的，是笑佛，就是城西庙里的笑佛。"

老丁像是没听见，一点动静也没有。

老孔不高兴地说："别扯远了，说正经的吧，孟馆长，你开个头吧！"

孟保田说："老孔，这个头我可不敢开，这副馆长的工作问题只能由上面来安排，我们自己怎么好说呢。当然，只要有组织部的红头文件，该要我们怎么办我们一定就怎么办！"

老孔碰了一个软钉子，停了一下，又回头说："庄馆长，你有什么好的建议，也可以提出来让大家参考参考。"

庄大鹏说："让老丁先说，老丁当过图书馆的馆长，对怎么领导副馆长很有经验。"

老孔只好又去点老丁的将。

老丁睁开眼睛，轻轻地说："我对文化馆工作不熟悉，就没有发言权。图书馆的书是死的，爱往哪里搬就往哪里搬。文化馆的人是活的，有手有脚，完全不一样。"

老孔说："你一来就扎到基层去卖票，都快半年了，怎么说不熟悉呢？"

老丁说："老孔你这话算是说对了，如果现在讨论怎样卖票，我真的可以说上一通，可现在是在讨论副馆长和馆长助理问题。"

老丁说完从怀里抽出那本《易经》看起来。

庄大鹏咳了一声，说："都不说？那我就说几句。这改革既然要从领导头上改起，那为什么不从馆长头上动手，而要从副馆长身上开刀呢？改革的事每个人都得参加，都要荣辱与共，不能由少数人来指挥别人怎么改革，把苦果都给别人吃，甜果自己全留下独享。文化馆的改革为什么老也深入不下去，就是因为总是领导改群众的革，而群众却改不了领导的革。副馆长算什么？算个卵子！连电话都无权打，他还能妨碍改革大业？！昨天还是副馆长，今天就成了馆长助理，这足以见得它的无足轻重了。所以，我的看法是真要改革就得先从最重要的位置下手。"

庄大鹏说话时，老孔拼命地往本子上记录着。庄大鹏说得很快，老孔记不全。庄大鹏说完后，老孔还追记了几分钟。

趁老孔在记录，孟保田起身出了屋子。他一走，庄大鹏也跟着走了。

老孔还想煞有介事地做个小结，他在屋里等了十几分钟，也不见有人转回来，才明白他们并不是上厕所去了，只好对老丁宣布散会。

3

庄大鹏到学校里接儿子，半路上碰见了梅桃。

梅桃一边走一边嗑着瓜子，见了熟人就停下来笑着说几句什么，一点也不似在家里的那种模样。

庄大鹏将自行车靠上去，小心翼翼地唤了一声。梅桃见了他，脸又阴下来。

两人并肩走了一阵，庄大鹏说："我今天差一点和老孔吵了起来。"

梅桃忍了一会儿才说："为什么？"

庄大鹏说："老孔让小段代理办公室主任，我这个副馆长居然都不知道。他让小段将电话锁了起来，除了自己以外，任何人要打电话，必须由小段登记，再报他批准才行。"

庄大鹏还将馆务会的情况也对梅桃讲了。

梅桃说："你该吵，你吵得对，你还要吵得狠一些才行。"

说着话，梅桃脸上就变了色，变得和平常一样温柔好看，并绕到庄大鹏这一边来，轻轻地挽着他的胳膊。

两人接了儿子，一齐回家。

梅桃让庄大鹏歇着，自己下厨房做了几道好菜，又亲自替他斟了几杯酒。庄大鹏好久不见梅桃这样高兴，自己也很兴奋，便痛痛快快地将酒全喝了。

刚吃完饭，梅桃就要他将儿子送到学校去。庄大鹏看了看手表，才一点钟不到，而学校是两点上课，他正要说等会儿再送，忽见梅桃眼里放出一点异样的亮光。他心里一热，连忙将儿子送到学校。等他回家时，梅桃已在被窝里躺着。

一阵桃花风雨过后，梅桃搂着他说："你知道我为什么烦你吗？很多时候别人都骑到你头上了，你还在忍让。我担心哪天我这做妻子的让人欺负了，你还是如此没有血性！"

庄大鹏贴着梅桃的脸说："我这回真想通了，与其忍让被人欺负，不如和他拼个鱼死网破。"

梅桃说："也不一定。老丁先前在图书馆要多狠有多狠，仗着是一把手，总想改副职的革，结果还不是被那几个副馆长撵下了台。你看他现在比谁都乖，见人大气也不敢出。"

正在说话，外面有人叫了。

庄大鹏穿了衣服起床开门，见门外站着文化馆的老伍。

老伍见他那模样就问："大白天里和谁在屋里干好事？"

庄大鹏正要说，梅桃在房里先开口说："大鹏不是老孔，没有那么多歪心眼。"

老伍笑一笑说："我真不该冲散你们的好事。"

庄大鹏也笑着说："老夫老妻的，成天在一起，机会多的是。"

老伍坐下来，喝了一口庄大鹏泡上的热茶说："庄馆长，这一回你无论如何要帮我的忙。"

庄大鹏说："谁叫你那么苕，要自己辞职，老孔早就巴不得换掉你，你这样做正好是自投罗网！"

老伍说："也怪我当时太不冷静。那天老孔找我谈话，说办公室从今年起只设半个岗，所以还必须兼半个岗，老孔说馆里半个岗的事有几种，一种是每天早上起来上食堂里煮稀饭、做馒头，供应全馆人员的早餐。一种是每天将全馆的卫生打扫一次，每三天将厕所和灰道掏一次。办公室主任虽然没有明确说是副馆级，但待遇上从来都是如此规定的。我也明白老孔这样做是何目的，可当时在气头上，再说我也是个男人呀，所以就当场声明辞职。老孔当场宣布要我到文学部上班。"

庄大鹏说："我和老孔打了这么多年的交道，最近才发觉这个人心里很阴险。"

梅桃穿戴好了，从房里走出来说："老伍你这样做是对的，办公室主任算什么官，也就是跟屁虫一只，丢了就丢了，用不着惋惜。"

老伍说："梅桃你站在岸上说话腰不疼，我在河里撑船可就吃亏了。"

庄大鹏说："也吃不了什么大亏，等老孔一下台，这办公室主任仍归你当。"

老伍说："老孔他要下台？"

庄大鹏说："这就看我们如何努力了，人心齐，泰山移，老孔不过是牛屎一堆，说扔掉就能扔掉。"

老伍说："庄馆长，我听你的指挥。"

庄大鹏说："你当了这么多年的办公室主任，应当见识过老孔的蛛丝马迹，知道他干了哪些违法乱纪的事。"

老伍说："老孔这人很精，什么事都留着后路，都防了一手，很难找到他的漏洞。"

庄大鹏说："我就不信他没有辫子让人揪。"

老伍想起一件事，说："老孔和小段的关系有点不一般，有一回他妻子跑来找我哭诉，说那天小段躺在他家的竹床上乘凉，被老孔硬拉了起来，说她来了月经，不能这样躺在竹床上。老孔回屋拿来床单铺在竹床上，才让小段睡下。老孔的妻子说她坐月子时老孔也没有这么细心过。还说，有一回她看见老孔伸手摸小段的脸，小段则用手在老孔的脸上轻轻地拍了一下。"

庄大鹏很兴奋地说："这样的材料好，还有经济方面的没有？"

老伍说："经济上的事只有会计知道。"

庄大鹏说："你可以从侧面找会计了解一下，这样的事我出面不方便。"

两人又说了一些话，庄大鹏就要老伍去找孟保田。过一会儿他也去，装作是无意碰上的，然后一齐做孟保田的工作。要想搞倒老孔，没有孟保田出面是不行的。

老伍起身先走，庄大鹏在屋里坐了半个小时，和梅桃说了些亲热话后，才有些不舍地出了门。

孟保田没有做私房，他住在文化馆院内。

庄大鹏去他家时，正碰见老孔从自己家里出来，老孔也住在文化馆院内，两人见面时只是点了点头。

庄大鹏在门上敲了几下后，老伍将门打开了，并小声对他说："孟馆长病了，正在床上躺着呢！"

庄大鹏心想，这个老孟怎么病得这样巧？他嘴里没作声，走进房里，问候了几句，然后单刀直入地表示，希望孟保田能和他一道出面去县委会，将今天上午的事汇报一下。

孟保田说："我腿上无力，实在走不动。"

庄大鹏说："你有没有力别人也不知道，不过，这事若让老孔恶人先告状，那我们往后的日子就惨了。"

孟保田只好起床穿好衣服，跟着庄大鹏和老伍一道出了门。

三人走了二十多分钟，就到了县委会的楼上，一问，得知郑副书记在，且这会儿正闲着。他们敲开门，郑副书记正在看小说。

庄大鹏将上午的事详细汇报了。他说话时，郑副书记一言不发。待他说完，郑副书记又叫孟保田和老伍做了补充，直到他们都说完了，郑副书记才开口。

郑副书记说："文化馆的事由宣传部何副部长主管，这事你们可以直接向他汇报。"说完，郑副书记话锋一转，"今年春节活动你们怎么安排，要抓紧，时间已不多了。不要老惦记着自身得失，要多为人民群众着想，不要搞内耗。"

庄大鹏他们告辞后，就去找何副部长。

何副部长不在家，他出外开会去了，四天后才能回来。

庄大鹏心知找何副部长告老孔是凶多吉少，听说他不在家反倒有些高兴，这给他们一个商量对策的余地。

往回走时，他们商定，庄大鹏赶紧去省里将奖品领回来，孟保田和老伍在家拿出一个春节文化活动方案，待何副部长回来后，借口汇报工作，再将老孔的事说出来。

庄大鹏回家和梅桃说了计划，梅桃很同意，她将家里的现金都找出来，留下二十元，其余两百元都给了庄大鹏做差旅费。

第二天一早，庄大鹏搭上去武汉的客车，车上没有熟人，他懒得和陌生人说话，在车上睡了两觉就到了武汉。

下车后，他到小东门搭上14路公共汽车到博物馆站下，在路边小摊上吃了点东西，然后就进了省摄影家协会的办公楼。这地方他来过很多次，不用问路。省摄影家协会的人也很熟，几个人见了他都笑着说，获奖专业户来了。

庄大鹏客气几句后，从旅行包里拿出些茶叶，见人给了一包，大家见是英山绿茶都很高兴，说过年有好茶喝了。又说还是老庄讲义气，不像有的人一阔就变脸。

有人将奖证拿给了庄大鹏，庄大鹏一见只是一个三等奖，心里有些不高兴。等到弄明白得奖的是那幅名叫《党代表》的作品时，心中不由得抖了一下。

《党代表》拍摄的是何副部长在党代会上的情形。那次庄大鹏挑选送省参赛的作品，开始并没有挑上它，在他拍摄的作品中，比它强的有几百幅。后来何副部长托人捎了个信，说他的作品中题材单调了。刚开始庄大鹏还没有领会此中深意，是梅桃提醒了他，当然，梅桃只是从一个女人的角度，当然也是外行的角度来欣赏，梅桃一直认为庄大鹏是无心插柳，在随手之间，将一个不大不小的官员形象极为传神地记录下来。庄大鹏想明白后，便抽下一幅作品，将何副部长在党代会上的照片插进去。

省摄影家协会的人解释说，今年的作品太平淡了，看上去千篇一律，倒是《党代表》的那种粗糙的感觉给评委们留下一种不大不小的刺激。开始不少评委都说要给个一等奖，可待投票结果出来后，却变成了三等奖。

晚上，省摄影家协会的人留他在食堂吃了一顿便饭，说是便饭，酒还是有的。

省摄影家协会还给了他一份文件，上面写明了，建议有关单位给《党代表》的作者发不低于八十元的奖金。吃完饭，庄大鹏叫了一辆出租车，来到湖北饭店，他要了一个双人间的铺，一夜花去四十多元。

睡了一夜，醒来后，庄大鹏就喜气洋洋地搭上了返程车。

4

一回县城，庄大鹏就先去文化馆报销差旅费，他出门时几乎将家里的钱都带走了，梅桃一再叮嘱他一回来就要到馆里去报销单据，免得家里到时无钱可用。

庄大鹏风尘仆仆地走进财务室，要了一张报销单，飞快地填好以后，又随手交给会计小吴。

小吴说："老孔没签字，我不敢报。"

庄大鹏说："谁做的规定？"

小吴说："小段以办公室的名义通知我们的，庄馆长你不能怪我，我也有为难之处。"

庄大鹏说："我不会怪你们的。"

说完他拿上单据就上楼去找老孔。

老孔正和小段说得高兴，见庄大鹏一脸怒气地闯进来，不由得有些紧张，忙起身问候了一句。

庄大鹏没理会，他将报销单往桌上一扔说："怎么现在什么都得你签字？"

老孔说："馆里财务上有些乱，得采取一些严厉措施。"

庄大鹏说："我看上厕所的人更多更乱，你最好也来签字批条子。"

老孔不说话，低头看了看报销单据，然后说："庄馆长，对不起，这差旅费不能报销。"

这话让庄大鹏从脸到脖子唰地一下全红了。

老孔说："你这上面的住宿费超标了不说，关键是馆里有了新制度，从今年起，除了地区文化局和群艺馆，省文化厅和群艺馆的有关工作和任务，其他一切部门通知的业务活动费用由有关人员自理。"

庄大鹏说："我怎么不知道这个制度？"

老孔说："昨天开会时你不在，孟馆长、丁书记都参加了，大家是一致通过的。"

庄大鹏实在忍不住了，他说："老孔，我知道你的心思，你见我这几年业务成绩突出，奖拿得多，就想卡我，你这项规定是专门为我制定的。"

老孔说："庄馆长，你要怎么想我没办法，可是有一点，馆里的钱不论节约多少我个人都拿不走。"

庄大鹏说："老孔，这差旅费你到底报不报销？"

老孔说："你硬要我说，那我只好说，只有两个字：不报！"

庄大鹏顿时火气上来了，说："姓孔的，你要是真能顶住不报，我就从你胯里爬过去。"

老孔寸步不让地说："我要是给你报了，我也从你胯里爬过去。"

庄大鹏气呼呼地从楼梯上往下走时，听到头顶上有人小声说："狗咬狗，一嘴毛。"另一个人则答道："槽里无食猪拱猪。"他想看清说话的是谁，等了一阵，却又什么动静也没有了。

庄大鹏没有立刻回家，他先去找孟保田，可敲了半天门却无人答应。他想，老孟这狗东西，一定是听到自己和老孔吵起来后，便有意躲了。他使劲在门上踢了两脚，才转身走开。

半路上，他碰见上银行存售票款的老丁。便在路中间拦住，向老丁追问详情。老丁摇头说昨天会上的事他一点也没听进去，不只是昨天的会，文化馆所有的会他都没兴趣听，他开会时总在想《易经》，那东西比天底下一切东西都有味道。

庄大鹏见问不出什么只好放老丁走。

老丁走出几步，他又拦住他，要他用《易经》推算一下，这次的差旅费能不能报销。

老丁蹲在地上，用一只木棍划算了半个小时，最后一口咬定，庄大鹏的差旅费不仅能报销，而且还有一笔不大不小的意外之财。

听了老丁的话，庄大鹏肚子里的气消了一些。

庄大鹏一进家门，就见到孟保田正在沙发上坐着与梅桃说话。梅桃脸上有泪痕，像是刚刚哭过。猛地见了他，梅桃忽地又流出了眼泪。

庄大鹏忙问是怎么回事。

孟保田解释说，他在街上碰见熟人，听说庄大鹏已回来，就匆忙赶来想通报情况，不料庄大鹏没回，只有梅桃一个人在家。他就将馆里昨天开会的情况和她说了。梅桃正在着急，怕庄大鹏报销不了差旅费，她下星期一要给儿子做十岁生日宴，请柬都发了，到时候若没钱备酒菜，那可太丢面子了，一急之下，梅桃就哭起来。

庄大鹏免不了先安慰梅桃一番，有《党代表》获奖这件秘密武器，他肯定可以斗过老孔。待梅桃情绪稳定下来后，他才问孟保田昨天开会的事。

孟保田说老孔太狡猾了，先将财务制度读了一遍，再叫他和老丁发表意见，又说不愿提意见也行，允许他们保持沉默。后来老孔问了几遍有没有意见，他们真的不作声。谁知老孔竟说，默认就是表示同意，他宣布财务制度获得馆务会一致通过，并不由分说地宣布散会。

庄大鹏将老孔骂了一通后，也觉得这事难以再推翻了，往后只能看事论事地随机处理。

孟保田又将他和老伍计划的春节文化活动方案对庄大鹏说了一遍。庄大鹏想了半天，也没想出什么可以改进或补充的地方，便点头同意了。

孟保田走后，梅桃说："老孟这个人有点靠不住，得防着一点。"梅桃觉得，昨天会上他要说个不同意可是轻而易举的事，他像是有意不说，给老孔创造硬说他是默认了的机会。

庄大鹏说："我也正这么想！"庄大鹏也觉得，老孟这么主动来家里说清楚，实在是此地无银三百两。老孟对庄大鹏这几年的突出成绩很妒忌，内心巴不得老孔这么限制一下。

　　夫妻两人商量好，往后凡事对孟保田得留一手，防止他倒戈。

　　由于有一种危机感，虽然只分别了一夜，但晚上庄大鹏和梅桃上床以后，表现得分外恩爱。

　　第二天中午，庄大鹏听到消息说，何副部长率人回来了。

　　庄大鹏匆匆吃完中午饭，就到文化馆邀孟保田一齐去何副部长家。

　　何副部长正准备上床午休，见了他们明显露出一些不高兴来。

　　庄大鹏怕何副部长下逐客令，便开门见山地将获奖作品《党代表》和获奖证书拿出来，一边给何副部长看，一边告诉他说，《党代表》先前获一等奖的呼声很高，但后来由于有人捣鬼，只获了一个三等奖，弄得连省摄影家协会的人都觉得很遗憾。

　　何副部长看着照片，脸上逐渐露出了笑容。他说："老庄你这几年在业务工作上很突出，要借这次获奖，在县电视台上好好宣传一下。下午你亲自去电视台一趟，就说是宣传部的意思。"

　　庄大鹏连忙点头答应，然后又苦笑，说："可老孔对我一点也不支持，连差旅费也不给报销。"

　　何副部长要过差旅费单据，庄大鹏趁势将省摄影家协会要求有关单位给予获奖作者奖励的文件递上去。何副部长看了看后没有作声。

孟保田眼看要冷场，连忙开始汇报今年春节的文化活动安排。他刚开了个头，就被何副部长打断了。

何副部长问，这么重大的活动老孔怎么不参加汇报。孟保田说，这是郑副书记亲口交代给他和庄大鹏的任务，他们不清楚郑副书记的意图，只好老老实实照办。

听说是郑副书记的意思，何副部长就不再追问了。

孟保田汇报说，今年春节文化活动仍以县城关为中心，总体构思为"百兽闹新春"，具体计划是：组织十条龙、二十对狮子、五十只蚌壳精进城，从正月初二开始，到正月初四结束，为期三天。同时，县直各单位每家门前要悬挂不低于两盏以上的宫灯。宫灯来源，可由文化馆组织民间艺人，按各单位的订货来扎制。

孟保田尚未说完，何副部长就兴奋地站起来，在屋里来回走动，一副有话迫不及待地要说出来的样子。

果然，孟保田一说完，何副部长就表态说："这个计划好，它可以把整个春节炒爆了，你们再具体地规划一下，哪个乡镇出几条龙、几对狮子、几只蚌壳精都要写清楚，我向郑书记请示，亲自当这次活动的总指挥。"

庄大鹏见机会来了，就说："这只是我和孟馆长的想法，还不知老孔支不支持。老孔他现在是一手遮天，为了强化自己的主要领导人形象，把别人变成名副其实的次要领导，他正在改革，将副馆长改为馆长助理，并且实行聘任制。这会儿我们跟你汇报工作，回去后还不知他聘不聘我们当他的助理呢！”

何副部长当即说：“这个老孔，任免文化馆干部是宣传部的权利，他怎么可以乱来呢，不想让党指挥枪了？”

孟保田又将电话机上锁的事说了。

何副部长听后沉吟了一阵，然后要他们回去带个信给老孔，晚上七点半，正副馆长都来宣传部开个会。

庄大鹏和孟保田在回文化馆的路上，反复权衡，这次汇报后，何副部长的态度对他们究竟是有利还是无利，直到进了文化馆的大门，他们也还拿不定主意。

老丁独自坐在一张桌子后面，桌子上摆着舞票和电视录像票，这会儿没人来买，老丁就捧着《易经》入神地看着。

庄大鹏上去招呼一声，要老丁帮忙算算他和孟保田今天的运气。

老丁开始不答应，缠不过了才被迫用手指在桌上写了四个字：有得有失。

路过办公室时，他们见老孔正在打长途电话，老孔憋着嗓子说普通话，那声音南腔北调的八不像，难听死了。

庄大鹏不愿和老孔讲话。何副部长的意思是孟保田向老孔传达的。

老孔听孟保田传达时，脸上出现一丝冷笑。

隔了一会儿，老孔出了馆长办公室到隔壁办公室里去打电话。庄大鹏悄悄地顺着墙走到窗边听了几句，知道老孔在和何副部长通电话，听得最清楚的是老孔提高声调冲着电话反问的那句："要我带四百元钱来干什么？是不是部里有别的需要？要不要再多带点过来？"何副部长在电话里怎么说的，庄大鹏不得而知。电话打到最后，老孔和何副部长开起玩笑来。老孔问何副部长这次出差在外面跳舞没有，有没有遇上中意的舞伴，等等。

庄大鹏一听到老孔说话的那语气，心里就沉重起来。

他一刻也不愿在办公室里坐，拿上获奖作品和证书就去了电视台。

电视台的人一见到《党代表》，二话没说就操起机器拍了一条两分钟的新闻，并说好今晚在本县新闻节目里播出。

庄大鹏刚想给何副部长打个电话通知一声，电视台的人已抢先与何副部长通了电话。

离开电视台，来到街上，庄大鹏见一座电话亭正空着，便决定还是给何副部长打个电话。他拨通了宣传部，何副部长接了电话，问他有什么事，他就将晚上要播新闻的事说了。何副部长一点反应没有，只问他还有什么事。他说没有，又说了声对不起，打扰了，就搁下了话筒。

晚上，庄大鹏提前半个小时来到宣传部，不一会儿何副部长也来了。两人谈了一些冠冕堂皇的话，庄大鹏心想学着老孔和何副部长开点小玩笑，但一见到何副部长那副严肃认真的样子，想好的笑话怎么也说不出口。

老孔和孟保田几乎是同时进来了。

何副部长看了看表，但并无开会的意思，他将办公室的电视机调到县台的位置上，然后回到藤椅上懒洋洋地坐着。八点钟左右，本县新闻开始了。庄大鹏的摄影作品《党代表》获奖的消息放在第三条上，播音员只说是获了省内大奖，没说是三等奖。画面上反复出现何副部长那种发自内心的微笑。

新闻一播完，何副部长就将电视机关了，并宣布开会。

何副部长先说了很长一段，主要讲文化馆工作如何重要，又对文化馆的工作进行了肯定，然后开始表扬庄大鹏，当场宣布由文化馆发给庄大鹏奖金四百元，鼓励他今后再创作出比《党代表》更好的作品来，并指示老孔，今后凡是摄影家协会和新闻单位通知庄大鹏参加的活动，其费用文化馆应一律予以报销，同时相应打给这些地方的长途电话，也要一律给予方便。

庄大鹏心里正高兴，何副部长又说，关于文化馆副馆长改为馆长助理的尝试，应以稳妥为主，不要搞一步到位，可以先设一个副馆长，一个馆长助理，取得经验后，若好就全部改为助理，若不好，可以退回来，仍旧是副馆长。

庄大鹏猛一听还以为是件好事，是对老孔的所谓改革的沉重打击。

接下来就只剩下研究春节文化活动的人员安排了。尽管活动的计划是庄大鹏和孟保田出的，但最后被委以重任的仍是老孔，老孔当春节文化活动办公室主任，庄大鹏和孟保田分别是第一行动小组和第二行动小组的组长。庄大鹏负责召集民间艺人扎制宫灯，孟保田负责和各乡镇联络，督促各乡镇龙灯、狮子和蚌壳精的排练与及时行动。

散会后，何副部长叫庄大鹏单独留下，他以为有什么重要事情，谁知何副部长只说，他这次的差旅费就不要再在馆里报销了。庄大鹏没料到一下子能领这么多的奖金，当然就应允了下来。

回到家里，庄大鹏将会上的事一五一十地说给梅桃听。梅桃没听完就叫起来，说："你真是个苕，上了当还不知道。"

庄大鹏一时没拐过弯来。

梅桃说："过去你和老孟是一个战壕里的战友，现在却一分为二，一个成了副馆长，一个成了馆长助理，这不是明摆着被分化瓦解了吗？你要是仍当副馆长，老孟肯定会对你有意见。反过来，老孟若仍是副馆长，他肯定就和老孔钻进一条裤子里了！"

庄大鹏听了梅桃的话，身上出了一层冷汗。他这才意识到老孔和何副部长的关系好到了何种程度，他觉得自己原先想争取何副部长支持自己的企图，真是痴心妄想，比下井里捞月亮的猴子和想吃天鹅肉的癞蛤蟆还不如。

5

尽管梅桃再三安慰他，庄大鹏仍蔫了不少，一连几天，他很少到文化馆去。他明白老孔只会聘自己为馆长助理。果然，没过几天，他就见到了宣传部的红头文件，自己被改聘为馆长助理，孟保田仍为副馆长，老丁仍是副书记。

文件下来的那天，老伍跑来坐了一下午，要庄大鹏不要灰心，他正在搜集老孔的问题材料，只要找到三五条，就可以将老孔撵下台。

庄大鹏怕自己这个样子又被梅桃瞧不起，就振作精神，下乡去跑了几天，找了十几个扎匠来文化馆扎宫灯。扎匠一来，各单位订购宫灯的人也来了，庄大鹏就显得格外忙碌。

由于离春节放假只剩下二十来天，扎匠们几乎天天晚上得加班，因此庄大鹏常常陪着熬到半夜。

孟保田保住了副馆长，心里挺感激老孔，工作上也格外卖力，整天泡在乡镇里不回来，弄得别的乡镇有急事时，老孔或者小段都必须下去跑。

何副部长不时来馆里转转，见了这番景象，很高兴地表扬大家，改革和不改革就是不一样，这一下子每个人的积极性都发挥出来了。

这天傍晚，庄大鹏吃了晚饭正要出门到馆里去加班，老伍推门进来了。

老伍脸上一副神秘色彩，进屋就小声问："屋里有外人吗？"

庄大鹏说："没有。"

老伍不放心，仍到各个门口看了看，见屋里真的没有外人，他才兴奋地说："这一次，我可抓住老孔的尾巴了。"

老伍说,上个星期四,老孔和小段分别搭车去石桥镇和李河乡检查春节文化活动的筹备情况,到石桥镇要经过李河乡,他俩本可以一起坐同一辆车走,可是他俩却分开一个上午走,一个下午走。老伍说,他们越是这样就越让人怀疑。所以他存心打听了一下,结果发现,老孔那天没有到石桥镇,小段那天也没有到李河乡。这中间肯定有名堂。这几天,他一直泡在财务室,看他们怎么报差旅费单据。今天下午,老孔终于进了财务室。老伍装作在桌子上找图钉,凑过去一看,发现老孔的住宿发票是用一张白纸条代替的,上面写的理由是发票丢失了。老伍转身到办公室给在地区工作的一个朋友打了个电话,朋友的弟弟在石桥镇政府管理客室,经过仔细查证,上星期四在客室住宿的人当中根本没有姓孔的。老孔拿了钱出财务室后,老伍故意套会计小吴的话,问怎么现在空白条子也可以报销。小吴说,只要老孔签了字她就给报,反正是国家的钱。老伍问老孔还给谁签过这样的字。小吴说老孔只给小段签过类似的条子。

庄大鹏对这个消息反应很快,他要老伍用点心,查出那一天他们到底去哪里了。只要证据确凿,就不怕老孔不受处分。

梅桃拿了一碟瓜子过来,然后坐在一旁,说:"光有男女作风问题,还搞不垮老孔,一定要找到他的经济问题。"

老伍说:"老孔昨日中午领着两个泥水匠在楼上指指点点,像是要整修下水道。"

庄大鹏说:"是不是先前在馆里做事的那两个?"

老伍说:"不是,是两个新人。"

庄大鹏放下心来,说:"你瞄准点,他们肯定要朝老孔进贡。"

老伍捏了一撮瓜子正要走,庄大鹏叫住他,说:"馆里的电话机锁了,你怎么可以打长途呢?"

老伍笑了笑,不肯明说。

庄大鹏说:"你一定也有钥匙,如果是这样,那你就是和老孔串通一气,朝我耍诡计!"

老伍忙说:"这怎么可能呢。我在邮局有位朋友,是他告诉我一个办法。先将电话上的按键乱按一通,邮局的程控电脑就会说,对不起没有这个号码,请查对清楚后再拨。这时,可按一下压簧,并迅速地按下 O 键,电子锁就通了。"

庄大鹏说:"你怎么不早点告诉我,省得我去找小段和老孔要钥匙。"

老伍说:"我怕打电话的人一多,反而暴露了目标。"

庄大鹏坐不住,要到文化馆去试试这法子。

路上,夜风很大,他们走得很快。还没进文化馆大门,就听到住在五楼的扎匠们吵吵嚷嚷地响成一片。

庄大鹏不管这些,和老伍先去了办公室。

小段不在,她和老孔在隔壁馆长办公室里悄悄地说着什么。

庄大鹏拿起话筒,试着拨了两次武汉,都没有拨通。老伍在一旁教他手法要再快一点，他又试了几次，终于通了。他在区号之后，又拨了省摄影家协会的电话号码，只听见嘟嘟的声音一响再响，却无人接听。他记起省摄影家协会办公室夜晚是无人上班的，便有些扫兴地放下了话筒。

这时，五楼上的吵闹声越来越响。

庄大鹏听到隔壁小段的高跟鞋磕嗑地响起来，就抢先几步，跑到走廊上。刚站稳，那边屋里的老孔和小段也出来了。

听了一阵，老孔说："庄馆长，你去看看，处理一下，若是处理不了，我再去。"

庄大鹏对老孔说话的语气很反感，却又没办法，只好朝五楼攀去。

一到五楼，他就闻到一股酒气。

庄大鹏留了个心眼，没有直接进去，而是悄悄地将门边的一个小徒弟招出来。小心翼翼地问清楚，原来扎匠们在馆里干了十来天，眼看过年的时间就来了，想提前预支点钱捎回家去。天黑时，他们和小段说了这意思，谁知小段一口拒绝了，说不干完活就不能付钱。

扎匠们生起气来，趁着酒意闹事，要将扎好的宫灯放火烧了，然后卷起铺盖回家。

庄大鹏略一思索，想好一个主意后才进屋。

他一进去，扎匠们就围上来找他说理。说他们过去无论是在公家还是在私家里干活，只要干到一半，总能预支一部分钱，他们说还从没碰到过如此不讲理的单位，真是越有文化越是蛮得像牛。

庄大鹏问他们要预支多少，扎匠们说七十元也行，八十元也行。庄大鹏随口表态，干脆每人先领一百元钱，这样好算账。扎匠们很感动，说他们就是累成死狗，也要将宫灯按期扎好。

扎匠们分别打了领条，庄大鹏一一在领条上签上"同意领取"四个字，再署上自己的名。

庄大鹏吩咐扎匠们明天上午找小段领钱，今晚的活必须干到下半夜一点。扎匠们都点了头。

庄大鹏下了楼，来到馆长办公室，见老孔和小段还在那里说话，就没有进去，只站在门口说了声，扎匠们的事我已处理好了。

老孔似乎无心和他说话，只是嗯了一声。

庄大鹏转身往家里走，一路走他一路冷笑。到了大门口，见老丁怀里抱着一只烤火的烘篮，坐在那里等人买票。

庄大鹏上去说："丁书记，这门口连鬼都没有一个，你还守在这里干什么？"

老丁说："不一定呢，昨天晚上九点钟我还卖出去两张票呢！天冷谈恋爱的人没去处，正好可以到录像厅里坐一坐。"

庄大鹏不好与他争什么，走在大街上他一直在琢磨老丁失败的原因，按说那两个副馆长都不是他的对手，可结果还是一败涂地，连经营了十几年的老巢也丢了，跑到文化馆来卖票。

庄大鹏到家时，梅桃已睡了。

庄大鹏将洗脚盆搬到房里，一边泡脚，一边和梅桃说话。说的自然是老丁的事，梅桃一口咬定，老丁大败的原因是他最后将图书馆所有群众都得罪了，老丁也是总想改别人的革。

庄大鹏想不出别的道理，就同意了。但他又有了一个新问题，为什么文化馆的群众总是发动不起来呢？

庄大鹏和梅桃商量了多时，才得出结论，老孔很聪明，他想先从干部头上动手，杀鸡给猴看，或者先将班子稳定，下一步他不可能不触动群众利益，到那时就有好戏看了。

上了床，庄大鹏老也睡不着，他有一种预感，觉得用不了多久，自己也会像老丁一样，只管卖票，不问其他。

第二天，庄大鹏有意不起床，在被窝里睡懒觉。上午十点半，孟保田在外面叫门。起初他不答应，后来，孟保田说他知道他在屋里，有急事。

庄大鹏想起自己忘了叫梅桃将大门反锁了，只好爬起来开门。

开了门，他说："孟副馆长，这贵的脚，怎么来了？"

孟保田说："庄馆长，你别挖苦我，早知老孔用的是离间计，还不如和你一道当个助理算了。"

庄大鹏说："别得了好处又来卖乖，你心里没有一定的想法，别人能离间得了？"

孟保田说："这事各人凭良心，光凭言语是说不清的。你快到馆里去一趟，孔馆长有急事找你。"

庄大鹏冷笑一声说："哟，怎么不叫老孔了？"

孟保田脸一红说："我这是礼貌，他总是称我们为馆长呢！"

庄大鹏说："你回去告诉你的孔馆长，我今天生病了，要休息。"

说着，他就摆出一副送客的架势。

待孟保田走后，庄大鹏锁上门，不声不响地跟上去。

孟保田没有发现庄大鹏在后面跟上来，一进办公室就对老孔说："老庄在装病不愿来见你。"

老孔说："他怎么说的？"

孟保田说："他说大不了你将他的助理职务解聘了！"

庄大鹏在门外听了这话，一下子跳进去，说："老孟，你再说一遍，这话是谁说的？"

孟保田措手不及，一下子说不出话来。

庄大鹏说："我不像你，我不懂什么叫离间计、反间计，我只搞阳谋，不搞阴谋。"

这时，老孔插进来说："都是误会，别再说了。庄馆长，我们先说点紧急的。你怎么可以不经我同意，就答应预支钱给扎匠们呢！"

庄大鹏说："我这是按照馆长助理责任制规定去做的呀，你让我管扎匠们的事，我就管了。"

老孔说："我没叫你答应可以预支呀！"

庄大鹏说："可你也没说不让我答应嘛！"

老孔生气了，说："庄馆长，你这是存心不与我合作！"

庄大鹏说："恰恰相反，是你存心找我的碴。不过，你也别发火，我签的字不值钱，我去宣布作废就是。"

庄大鹏说着就要上五楼去。老孔连忙上前扯住他的衣襟。

老孔说："你别再煽风点火了，扎匠们闹了一上午，刚刚歇下。我已叫小段去银行取钱了。那两千元钱是各单位订购宫灯的预付款，原先准备给全馆人员发点过年费，这下子让你一风吹了。"

老孔这话一会儿就传遍了全馆，庄大鹏走到哪里，哪里就有人指桑骂槐地咒他。庄大鹏不敢再得罪群众，便装作没听见。有事没事，他都和扎匠们泡在一起，所以宫灯扎得很快，到腊月二十七就全部扎完了。

腊月二十八，各单位放年假，之前他们都将宫灯在门前挂好了。入夜，何副部长上街来检查，见满街五彩缤纷，就不断地夸老孔，说如果不是老孔果断地抓改革，就不会有此新面貌。

庄大鹏见何副部长只字不提自己，心里很不服气。

检查结束后，庄大鹏来到老伍家，他要老伍加紧注意老孔和小段的行动，估计放年假之前他们若真有关系，就一定要找地方幽会。

第二天上午，老伍匆匆赶到庄大鹏的家里，说他刚刚在老孔的办公桌抽屉缝里找到一张纸条，上面只写了"晚十一点公园门口等"几个字。老伍说他看过之后，又依照原样塞在那道抽屉缝隙里。

庄大鹏沉吟了一阵，他有些怀疑，这样的腊月寒天，干吗要这晚去幽会呢？在梅桃的一再怂恿下，他终于决定和老伍去捉奸。

晚上九点，梅桃做了一些酒菜，两人吃过后便到了十点。他们悄悄来到公园门口，找了一个地方隐蔽起来。

半个小时后，天上下起了小雨，跟着又刮起了北风，庄大鹏冻得直打哆嗦，到十一点时，见仍无人来，就要回去。老伍要他再忍半个小时，他们可能迟到了。庄大鹏不肯，老伍又减到十五分钟。

又熬了十分钟，仍无动静。他们正要回去，不知从哪里钻出几个巡夜的联防队员，并不由分说地将他俩带到派出所去关了起来。

派出所的人都认识他们，只是他们自己没法说清那么晚躲在那里干什么，虽然人熟也不好放他们。

腊月三十中午；有的人家在吃团圆饭了，老孔才来将他们保出去。

庄大鹏一到家就发起烧来，三十、初一都在床上躺着。由于老孔说的那话，馆内的业务干部都认为是庄大鹏使坏，才让他们少领了一百元过年费，所以初一没有多少人来拜年，只有老伍、老丁来过。老孔和孟保田在天黑后，也结伴来坐了坐。

6

正月初二一大早，各乡镇参加春节文艺游行的队伍就进了城，老孔叫庄大鹏在家休息，街上的事有人张罗，免得他上街后一累一冻，旧疾没好又添新病。

庄大鹏怕老孔又趁机散布他的坏话，这么大的活动，文化馆一年只有一次，他不露面的确容易招人议论。若硬撑着去了，恐怕真的会惹上新病。

正在犹豫之际，梅桃忽然在门口惊喜地叫起来，说："老庄，快放鞭炮，何部长来拜年了！"

庄大鹏一时不相信，待出了房门，见何副部长果真从门口进来了。

庄大鹏连忙点了一串五百响的鞭炮，扔在何副部长的脚下。鞭炮噼噼啪啪地响完以后，庄大鹏才按惯例说，恭喜何部长新年如意发大财。

何副部长不作声，只是笑，在屋里转了半天，庄大鹏和梅桃叫了好几遍坐，他才坐下来。

梅桃上了瓜子、糖果和茶水，便要去张罗菜，留何副部长在家吃中午饭。

何副部长很坚定地说声："不！"

又说了几句闲话，何副部长就正色说："我亲自来找你，是有一件非常重要的政治任务要你去完成。中央政治局的一位常委近日要来我县慰问、考察。昨天晚上县委开了紧急会议，确定了每一个参加接待的人员，你被选作了我县的唯一一名摄影记者，这是你的光荣，但责任也是重大的。这事你先不要跟任何人讲，常委来是一级保卫，严格得很，不容一点闪失。馆里的事你就不要管了，我会直接和老孔讲清此事的。"

突如其来的消息让庄大鹏又惊又喜，一时不知说什么好。只是反复地说着："感谢领导对我的信任。"

何副部长带着庄大鹏来到县委办公室，将他亲自交给郑副书记。

郑副书记分管组织和政法，他被委以这次一级保卫工作的常务副总指挥。何副部长想在一旁听点消息，但郑副书记挥手叫他走开了。

郑副书记为了显示重视，和盘托出了挑选他的经过。

庄大鹏这才知道自己抢了何副部长的位置。何副部长也爱照相摄影，他亲自给郑副书记打电话，毛遂自荐愿意当一回摄影记者，郑副书记对他的摄影技术信不过，仍然挑了庄大鹏。

庄大鹏领了任务回来，老孔又在家里坐着，他心知老孔是来探听小道消息，便故意一点风不透，让老孔干坐。逼得老孔只好直接问他。他马上顶回去，说，郑书记交代了纪律，关于常委的事，一律不许外传。

老孔觉得没趣，坐了坐就走了。

庄大鹏参与接待常委的事一传出，来家里拜年的人突然多了起来，从下午到晚上，来的人没有五十个也有四十个。原计划可以吃用到正月十五的瓜子、鞭炮，一天就光了。

晚上九点以后，屋里静下来。没有外人时，庄大鹏和梅桃反而更兴奋。一夜之间他们接连亲热了三次。梅桃还喘着气说，她有好几年没有这种强烈的感觉了。

常委哪天来县里，大家都不清楚。常委的行程属于绝密。郑副书记带领参加接待和保卫的人，每天从早到晚守在县委宾馆里，一连守了五天，才得到准信，常委明天上午到达。

初八这天，常委来了。

庄大鹏明白自己的任务。常委带来了一大帮名记者，那些人手脚快，机器好，脾气也大，抢镜头时，常常动手推人。庄大鹏拍新闻片反应比他们慢，就老是挨他们推搡。

庄大鹏没空计较，他要将常委同县里每一个干部握手或交谈的镜头拍下来，以留作资料。

常委在县里待了三天，既访贫问苦，也考察星火计划，每天的日程安排得很紧。这就苦了郑副书记，他总要在常委到达之前就带领保卫人员控制现场，待常委走后才能撤离，然后又要拼命赶到头里去，控制下一个现场。所以，三天都快过完了，还没有机会和常委握手交谈。

郑副书记心里很急，那模样庄大鹏看了个清清楚楚，他见所有人的镜头都有了，就缺郑副书记的，心里也觉得若真的一张也没拍着，日后见了郑副书记可就不好办。

庄大鹏留了个心眼，密切注意着郑副书记的举动。

初十下午，常委看完县里最后一个点，准备乘车跨越省界去安徽省视察。上车前，常委见附近有棵古树，树身上有个很大的洞，就走过去看了看。

这树洞是最后一站保卫工作最大的隐患，树又不能砍，但树洞里的情况谁也搞不清，没奈何，郑副书记就带着县公安局两个身手最好的侦察员守在树洞前。

常委走过来时，郑副书记又紧张又兴奋。跟在常委身后的县委第一书记介绍说，这是县委郑副书记，这次视察的保卫工作都由他负责。

常委伸出手说，辛苦了！

郑副书记赶忙抓住常委的手紧紧地握着。

庄大鹏看到这个情景，连忙举起相机，按下快门。

常委走后，庄大鹏同所有的人一道深深地嘘了口气。

三天没休息好，庄大鹏一到家就上床蒙头大睡起来，睡得正香时，却被汽车喇叭声吵醒了。回过神来，听见外面有人叫："庄大鹏是住这儿吗？"

庄大鹏从窗户里往外一看，见一辆桑塔纳轿车里坐着郑副书记。

庄大鹏连忙将门打开。

郑副书记进门就问："照片冲出来了吗？"

庄大鹏说："还没有呢！"

郑副书记说："什么时候可以冲出来，我晚上来拿行吗？"

庄大鹏想了想说："行！"

吃过晚饭，郑副书记真的又来了。

这时，庄大鹏还没有进暗室。他便说："照片还没洗出来。主要是有人看我不顺眼，什么都卡，显影药水和相纸都是次品，化学反应又慢又差，我怕将底片弄坏了，不得不加倍小心。"

郑副书记忍不住说："老孔这人到底怎么样？我听宣传部的老何说他很不错，还想提他当文化局副局长呢！"

庄大鹏见郑副书记主动问，就大胆地说："据大家议论，老孔这人作风上和经济上都有问题。不过，我一天到晚忙摄影的事，也不知是真是假。"

郑副书记说："有真凭实据吗？"没等庄大鹏回答，他又说："是老孔将你降为馆长助理的？"

庄大鹏说："我斗胆说一句冒犯的话，他还不是仗着何部长是老同学，有撑腰的！"

郑副书记说："原来是这么回事。老庄，以后有什么问题你可以直接找我反映。你是个人才，不能让人随便压制。"

郑副书记站起来要走，庄大鹏向他保证，明早一定将照片送到他的办公室。

庄大鹏忙了一个通宵，将照片弄了出来，准时送到了郑副书记的办公室。

郑副书记捧着那张放大到十二寸的照片，看着自己和常委握手的模样，又一次激动起来。他吩咐秘书上街买了一个最好的相框，装好后，挂在办公室里，还要庄大鹏再将照片放大一张，挂在家里。

庄大鹏回文化馆上班后，大咧咧地朝老孔要了电话机的钥匙，打开电话机，和省摄影家协会的人聊了半个多小时，他故意放大音调和对方谈常委的事，弄得老孔和小段他们都竖着耳朵听。

风光了几天后，庄大鹏就和老伍商量如何搞到老孔错误行径的确凿证据。

老伍被上次的事搞怕了，心有余悸，脑子也不灵活了，怎么也想不出办法来。

7

老丁不知为何喝醉了酒，整个下午都在大门口高声朗读着《易经》，读一段后，又解释一通。那些话大家都听不懂。只听得懂他研究了自己和图书馆几个副职们的命相，发现他们一个个都是自己的克星。会计小吴在一旁逗他，问他研究过文化馆的情况没有。老丁说他一来就研究过了，文化馆几个头头的命相都是相克的，特别是老孔和庄大鹏。初看命相是老孔克庄大鹏，但庄大鹏的大运好，所以到头来反克了老孔。

除了文化馆的人围观外，过路的人也聚了不少。

小段来吆喝几次，要文化馆的人都去上班，大家都没理她。

后来，老孔跑来铁青着脸将老丁拖到楼上办公室狠狠骂了一通。

老丁一句也没听进去，依旧在读《易经》，气得老孔将那本《易经》夺过来，几把撕成粉碎。

老丁酒醒后，大家纷纷笑话他。

老丁自己还不相信。

会计小吴说，要是当时有个录音机录下来，看你还赖不赖。

庄大鹏听到这话，心里一动，跟着就想到了县剧团演出时用的那种无线话筒。

庄大鹏拉上老伍就往剧团跑，老伍不清楚他要干什么，一路都是糊里糊涂的。

庄大鹏在剧团找了一个熟人，向他打听无线话筒的使用办法，弄清了用无线话筒并配上调频收录机就能进行现场录音。

庄大鹏很高兴，返回的路上，他将自己的计划对老伍说了。老伍听了也觉得切实可行，而且百分之百的保险。他们到五金商店问了问价，无线话筒要九十多元一支，调频收录机最便宜的也要两百四十元一台。庄大鹏原想将两件东西的钱由两人平分了，但老伍不同意，说搞倒老孔，庄大鹏就有可能当馆长，谁的收益多，就应该多出点钱。庄大鹏想想也有道理，就不好反驳。又想到录音机家里也正需要，说不定将来还可以拿到馆里去充公报销，他就同意由老伍买无线话筒，自己买调频收录机。

庄大鹏回家和梅桃说了买调频收录机的用处，梅桃有些心痛平白无故花这么多冤枉钱，但想到这是关系到庄大鹏的前途大事，就咬着牙答应了。

老伍买了无线话筒，庄大鹏买了调频收录机。

庄大鹏借口光线不好，风又大，将办公桌移到紧挨着老孔座位的位置。然后将无线话筒藏在办公桌的抽屉里。

无线话筒的电波发射距离只有五十米，庄大鹏的家离得太远，接收不到，他只能将调频收录机藏在老伍的家里。

老伍的窗口正好可以望见馆长办公室。

第一天，他们见小段从那门里进去，就赶忙打开调频收录机，只听到一阵高跟鞋响声后，有几声很微小的嗞嗞声。

庄大鹏说这是接吻声。

果然，过了一会儿，就听到老孔小声说，青青，我爱死你了。小段则说，你不是爱死我，你是想用胡须扎死我。一阵浪笑后，老孔忽然说，有人来了。

庄大鹏也连忙从窗户朝那边看去，见走廊上并无人影。

调频收录机里，老孔说，我骗你的，看你吓成这个样子。小段说，你只会骗人，你说给我的金项链呢？老孔说，昨天就买好了，可回家时没藏好，被她发觉，我只好顺水推舟说是给她买的。小段说,你也许就是真给她买的。老孔说,你莫赌气。有件事我总是不放心,去年年底我们一起住的那夜,不该用真名,老伍好像一直在暗中调查,若是查出来了可就麻烦了。小段说,什么时候我再去那里住一宿,趁机将那发票存根偷出来。老孔说,你可要小心,小段说,你放心,女人做这种事不会被人注意。停了一会儿,老孔又说,晚上我们约个地方行吗?小段说,算了吧,老伍和庄大鹏的那双眼睛,就像贴在我的背上。老孔说,怕什么,现在对男女的事管得松,只要是双方愿意,谁也干涉不了。小段说,你们男人脸厚,我可受不了!

接下来,他们开始谈馆里的工作,上半年搞哪些项目,下半年再搞哪些活动,等等。

庄大鹏和老伍听得乏味,就将调频收录机关了。

关机之后,他们笑着说起刚才听到的情话,才意识到不该没有录音。要录音就得有磁带,庄大鹏和老伍商量了好一阵,决定先由老伍买一盒,用完后,下一盒由他买。他们估计真正录满两盒,那就够老孔受的。

庄大鹏回家将偷听到的事都对梅桃说了。

梅桃说她早就看出老孔和小段关系不同寻常。

庄大鹏和老庄偷听了一个星期,除了发现老孔和小段确有私情外,其他什么问题也没听见。倒是那天那两个泥水匠到了办公室,见四周无人,将两百元钱塞给老孔,结果被老孔严词拒绝了,还说他们若再这样,文化馆的活儿他就去请别人来做。

庄大鹏和老伍听到这话时，都不相信这话是老孔说的。

这天，庄大鹏在家耽误了一会儿，到办公室时，见老孔和孟保田正在小声说什么。他一进屋，他们立即停下来不作声。庄大鹏装作没注意，在屋里坐了一会儿，便匆匆忙忙跑到老伍家，迫不及待地打开调频收录机。

只听见孟保田说，庄大鹏和老伍最近像是在搞什么秘密活动。老孔说，我也觉得他们有些鬼头鬼脑的样子。孟保田说，我看他们是冲着你来的，你搞改革得罪了他们。老孔说，我不怕，他们屙不出三尺高的尿。孟保田说，老庄利用手中的照相机笼络了不少领导，我觉得你应该再培养一个搞摄影的，何部长的儿子不是想到文化馆吗，干脆就让他来，来了以后，可以名正言顺地将老庄手里的照相机要回来，交给何部长的儿子实习。免得他老拿什么奖证来压人。老孔说，你这个建议行倒是行，可就是何部长的工作做不通，他要儿子到电视台搞摄像。孟保田说，也是，那事比摄影更时髦，不过，馆里唯一一部照相机得掌握在可靠的人手里。老孔说，来硬的老庄不吃，得来软的。我有一个设想，干脆让老庄在一楼开个照相馆，让他自负盈亏。收录机里嗞嗞地空响了一阵后，孟保田说，这样恐怕不妥，一来馆里更控制不了他；二来，以他现在的名气，开个照相馆还不发大财！老孔说，孟馆长你说得很对。

庄大鹏在老伍家里气得直发抖，破口大骂说自己从前太小看这个狗东西的狡猾了。

孟保田刚走，小段又进了老孔的办公室，照例先接了一个吻，大概是老孔将手伸进了小段的衣服里，小段小声叫着，哎哟，冰死我了。接着，小段说，五金公司来了人，听说我们装修舞厅在买音响，他们愿意优惠卖给我们全套音响，每一万元还可以给一千元钱回扣。老孔沉吟一会儿说，音响可以在他们那儿买，但回扣一分也不能要，馆里现在很不平静，有人在抓我们的把柄，所以，在经济上连半点问题也不能出。经济上出了问题，谁都不敢出面担保。小段嗯了一声，正要走，老孔忽然又说，青青，我真没料到你会将自己最珍贵的东西献给我！小段说，我也没料到。

庄大鹏和老伍商定，停一个星期不听，免得被他们发觉。

下午，庄大鹏一进馆长办公室，见老孔和孟保田又在窃窃私语，不由得不动气，忍了半天没忍住。

庄大鹏说："老孔，老孟，我有个想法，我想在一楼开个照相馆。"

老孔和孟保田一时面面相觑，不知说什么好。

庄大鹏说："我在这屋里坐着你们总感到不平静，而我也想有个平静的地方待一待。"

老孔说："这个问题我答复不了，你是副馆长级干部，得请示部局后才能决定。"

庄大鹏说："你们是不是怕我发了大财？"

老孔和孟保田很奇怪，听庄大鹏的语气像是完全了解他们上午的谈话。

庄大鹏说了一通后，就平静了些。然后就有些后悔，生怕自己的话里露出了破绽。

他对一脸狐疑的老孔和孟保田说，中午在家里吵了嘴，心里憋得慌，你们别见怪。

一连几天，庄大鹏哪儿也不去，要么坐在办公室里看书看报，要么就到大门口帮老丁卖票，听老丁讲《易经》中的奥秘。

老丁讲得云来雾去，他越听越糊涂，但他还是很乐意听，他就是要装出一副无聊的样子，让老孔他们消除疑心。

这天，庄大鹏正在办公室里用老伍教的法子给摄影家协会打电话，老孔的妻子忽然在楼下叫嚷起来。

老孔的妻子说："庄大鹏，你给我出来！"

庄大鹏不知何事，连忙搁下电话，站到走廊上。

老孔也闻声出来了。

老孔的妻子大声说："庄大鹏，你给我说清楚，你妻子说我这项链是老孔要送给别的女人的，你今天就给我将那个女人交出来！"

小段本来已走到门口，听到这话，又退了回去。

老孔的妻子在楼下挥动着金灿灿的项链。

庄大鹏说："这种事怎么问我呢，你应该问老孔！"

老孔骂了一句后朝楼下吼道："你给我滚回去。别在这儿丢人现眼！"

老孔的妻子说："现在嫌我丢人现眼，你当初干什么去了，眼瞎了吗？"

老孔正要说话，梅桃从大门里钻进来，脸上有几块血迹。

梅桃呼天抢地地还没见到人就哭喊："庄大鹏，你妻子叫人打成这个样子，你要是个男人，就出来帮我出这口气。"

老孔的妻子见梅桃进来，就扑了上去，非要撕碎梅桃的嘴，敲光梅桃的牙齿。梅桃长得瘦弱，老孔的妻子生得粗壮，一交手就分出了强弱。

庄大鹏见梅桃吃了亏，就飞快地从楼上跑下来，当胸一掌推开老孔的妻子，将梅桃护在身后。

老孔的妻子退了几步后，又扑上来，抓着庄大鹏又是撕，又是咬，还骂老孔不下来帮她。

庄大鹏忍住不还手，他朝楼上喊："老孔，老子不打女人，你给我下来。"

老孔犹豫一下，还是下来了。

庄大鹏指指梅桃脸上的血，朝老孔左脸甩了一耳光。后又指指自己脸上的血，再朝老孔的右脸甩了一耳光。

庄大鹏一动手，老孔的妻子连忙扑上来帮老孔。这边梅桃见势不妙，也冲了上来，四个人顿时扭成一团。

会计小吴在旁边见了，乐得直叫，快来看混合双打。

楼上的小段见此情景，赶忙给何副部长打了电话，说庄大鹏在馆里打老孔。

何副部长赶到时，老丁已将他们四人分开了。他铁青着脸说了句每人交一份检查来，然后就叫老孔上楼去了。

庄大鹏顾不了别的，赶忙上老伍家，偷听他们在说什么。

他先听到何副部长的半句话：……像个狗卵子馆长！老孔说，我没还手，是他们在打。何副部长说，你心里的事别以为我不知道，那项链是不是准备送给别的女人的？那女人是谁？你说清了我才能保你呀！老孔说，是小段。何副部长说，连兔子都明白不吃窝边草，你连兔子都不如。老孔说，可这事谁也不知道呀！何副部长说，你以为天下就你最聪明？老孔说，我知道，这是庄大鹏在捣鬼，他的矛头实际上是在指向你，他仗着攀上了郑副书记，明里暗里总和我作对。何副部长说，所以你更要小心，郑副书记一直对我有成见。那年他当中学校长时，和一个女老师通奸，被我撞见了。其实我谁也没说，可他一直对我耿耿于怀。老孔说，那这事怎么办？何副部长说，你和老庄一人交一份检查，然后叫你妻子不要闹，就说她若再闹下去，我就有可能撤你的职。

庄大鹏听见何副部长叫老孔唤自己去，就连忙从老伍家出来，出门时正好碰上小段。

小段不看他，却老朝老伍家里看。

何副部长对他很客气，委婉地批评了几句，说他对家属管得不严，以后要多加注意，等等。

正在说话，小段拿着一只收录机进屋来，说："何部长，这收录机里有你的声音呢！"

何副部长不怎么信，他拿过收录机，大声"喂"了几下，收录机里果然也同时"喂"了几下。

小段说:"这屋里一定藏着无线话筒,这是调频收录机,它能收到无线话筒的信号。"

何副部长当即将老孔、老丁和孟保田叫来,要他们将各自的抽屉打开。

几个抽屉打开后,里面并没有无线话筒。

小段冲着庄大鹏说:"庄馆长就剩你的了!"

庄大鹏红着脸说:"我忘了带钥匙。"

老孔正要说什么,何副部长拦住他,说:"老庄不是那种人,搞艺术的人讲的是人格,他不会低贱到去窃听别人的秘密。"

何副部长说话时并不看庄大鹏,而是看着老孔。

何副部长要老孔带他去看看舞厅装修的情况,出门时,他又喊上孟保田、小段和老丁。

庄大鹏感到何副部长这是在有意给他机会,他连忙开了抽屉,将无线话筒揣进怀里。

回家后,见梅桃的鼻子还在流血,他安慰了几句,就拿上录音磁带去找郑副书记。

在路上,他觉得这一回不但老孔非垮不可,就连何副部长也自身难保。

郑副书记将录音磁带一段段地听了,一边听一边表示,这老孔太腐化了。听到最后,郑副书记却一句话也没说。

这时,秘书推门进来说宣传部何副部长打了电话来。郑副书记点点头，然后拿起桌上的话筒。电话通了好几分钟，郑副书记只是不停地嗯。

郑副书记放下话筒，盯着庄大鹏看了十几秒钟，然后说："录音磁带都在这儿？有没有复制？"

庄大鹏被郑副书记看得心里发慌，不知他为何这么看自己，便如实说："还没来得及复制，都在这儿。"

郑副书记忽然变脸，将那堆磁带扔到地上用脚踩碎，并严厉地说："庄大鹏，你太不像话了，将克格勃的一套学来对付自己人，这还像个共产党的干部吗？你回去好好反省一下，等候组织处理。"

庄大鹏不明白，怎么郑副书记说变脸就变脸，比六月的天气还变得快。他回到家里时，一直在等待音信的老伍，问他郑副书记表态没有。庄大鹏只会摇头什么话也说不出来。老伍很着急，接连追问几遍。

庄大鹏才吃力地说："你回去吧，我们俩这回真完了。"

说着，他往沙发上一仰，眼里滚出几颗泪珠来。

梅桃见状，忙收起自己的痛苦样子，先将老伍劝走，回头再问发生了什么事。

庄大鹏依然说不出话来。

过了好几天，庄大鹏才恢复过来。并对梅桃和老伍说了当时的情况。然后，他也记起问梅桃那天为何同老孔的妻子吵闹起来。

梅桃说，她那天上菜场买菜，无意之中吐了一泡痰。不料正巧吐在老孔的妻子脚边，那女人说梅桃是故意的。两句话不对劲，就开始当众相互揭短。

庄大鹏在家待了半个月，提心吊胆地等处分，可处分总也不来。老伍也一直不见上门。

这天，老丁给他送来省摄影家协会的一封信。他趁机问馆里的情况如何。

老丁说："一切照旧，山没动，水没移。"

庄大鹏拐弯抹角地说："大家对我有什么反映没有？"

老丁说："大家说你那天不打女人，只打男人，很有股西方人的味道，过瘾得很！"

庄大鹏说："没说别的？"

老丁说："别的再没什么可说了，再说只有说改革。"

庄大鹏见老丁真的什么也不知道，便越发不放心，因为按规律，处分越重，事先就越保密。

老丁走后十几分钟，小段来了。

庄大鹏堵在门口不让她进屋，说："是不是通知我去开会？"

小段说："你是不是拜老丁为师，也学起了《易经》？"

庄大鹏说："你们想我学《易经》，我就去学！"

小段装作不懂他的话，说："县里马上要开人代会，抽你到会务组搞宣传，何部长要你今天下午到招待所报到。"

庄大鹏听了这话，不由得愣了半天。

下午，庄大鹏准时到招待所报到，领了一只人代会工作人员的绿牌牌和十个彩色胶卷。大家对他仍像往常一样客气，没有一点异样的言行。

吃了晚饭回家，他才记起摄影家协会来的那封信，拆开一看，是举办今年摄影作品大赛的通知。一个熟人在通知的边上写了一行字，希望他今年拿出更好的作品，不知为何，他一点兴趣也没有。上床后，梅桃主动向他求欢，他也来不了精神，结果让梅桃很不满意。

会议期间，庄大鹏多次碰见郑副书记和何副部长，碰面时，他们总是主动过来同他握手说话，像是一切事情都未发生过。

散会后，庄大鹏到文化馆走了一趟，他发现自己的办公桌这次不仅没有堆满报纸，而且还被擦得干干净净的。孟保田还专门解释说，桌子上的灰是老孔亲自抹的。

从这天起，庄大鹏又开始天天来文化馆上班。老伍则成天在外面拉赞助，写报告文学，他弄到一个书号，准备出一本报告文学集，郑副书记答应为此书写序。

没事时，庄大鹏就搬个椅子和老丁一起坐在门口，一边聊天，一边卖票。有熟人在门前经过，他就大声和他们打招呼。

老丁总爱和他讲《易经》，但他总也听不进去。老丁说他这是六根不净，心思还在尘世里浮沉。庄大鹏不承认，说自己早把名利看得空空的了。老丁说他看空了也无益，他生就是个凡夫俗子，该在宦海中漂泊。

半年过去，庄大鹏的处分还不见下来，他自己甚至已将此事忘记了。

省摄影家协会通知的大赛，他无心再去创作新作品，只从过去用剩下的作品中挑了几幅寄去应付一下。何副部长有天给他打电话，询问今年有没有比赛活动，若有应该将那次常委接见郑副书记的照片寄去试试，何副部长说，他给那幅照片取了个名字《早春》，他说郑副书记很欣赏这个名字。庄大鹏告诉何副部长，寄作品的截止日期已过了。何副部长要他到省里去活动活动，一应经费他会让老孔报销的。庄大鹏后来果真不需要老孔签字同意，就从会计小吴那里预领了三百元钱，带着梅桃一起去了趟武汉。他根本就没去摄影家协会，就在黄鹤楼、东湖里转了两天，又去武汉商场和六渡桥买了一天衣服。回来后，他对何副部长说，今年省摄影家协会也改了革，评委的思想水平都提高了，坚决不肯开后门。何副部长只好叹气让他明年一定记着再寄去。

开馆务会时，小段依然通知他参加。老孔还每次不忘点名叫他谈谈想法或看法。他什么也不想，什么也不看，并且什么也不说。

庄大鹏不作声，文化馆就安静下来，工作也有条理了。

虽然再没有人提改革的事，文化馆却开始不断受到表扬。

年底，馆里开会总结今年的工作。

先是领导带头汇报自己这一年来做了些什么事。老孔是一把手，管全盘当然不用进行自我总结了，他只总结全馆的工作。因此，第一个讲的是孟保田。按照上面先前发的任职通知，应该是庄大鹏在前，然后是老丁，最后才是孟保田。但这大半年来，由于庄大鹏一蔫，百事不问不管，从上到下都把孟保田看成了二把手。所以，遇事老孔说了，就轮到孟保田说。老孔谈了今天总结评比的意义以后，孟保田一点也不谦让就说了起来。

孟保田概括自己在领导工作上，今年配合老孔做了十件大事，同时在自己的业务工作上也做了十件有一定影响的事情。孟保田是搞书法的，他的业务工作主要是帮助县里的一些领导学写字画画，有时干脆模仿他们的字体，替他们写。老孔说这也叫辅导。孟保田辅导的几幅作品，在省地举办的老年书画比赛中频频获奖。

接下来是老丁说。老丁说，我今年百事没做，只卖了三万三千六百九十零半张票，发送赠票二千七百七十一张，合计三万六千四百六十一张半。

开会的人都笑起来。

老孔笑着问："哪来的半张票？"

老丁说："不知怎么的票款里多出两角钱来，刚好是半张票的价，我就将余下的票撕掉了半张。"

老孔说："积沙成塔，以小见大，老丁这种精神值得大家好好学习。"

老丁说完后，大家都将目光转向庄大鹏。

庄大鹏有些尴尬地说："我今年只找了几个扎匠来扎宫

灯，另外，平时还协助老丁卖了一些票，没什么好总结的，明年再努力吧！"

他一说完，老孔就站起来说："庄馆长太谦虚了，你今年做了几件了不起的事嘛！作品《党代表》在省里获大奖，县电视台还做了专门报道，今年我馆工作上了电视的，包括这次一共也才四次嘛！特别特别重要的是，你代表全馆同志，参与接待中央最高领导，并且非常圆满出色地完成了接待任务，这在我馆历史上是开天辟地头一回，是可以写进馆史的重大事件。还有，馆里今年的各项改革，如果没有你的主动配合，还能顺利完成吗？因此，我建议大家在评先进时，投庄馆长一票。"

老孔的话让庄大鹏大吃一惊，他感到老孔已经有了何副部长和郑副书记那样的气度。大家见老孔评价庄大鹏如此公正，自我总结时便都丢下顾虑放开来说，因此总结会的气氛既融洽又热烈。

老孔及时给何副部长打了个电话，请他来参加一下。

何副部长抽空来听了半天后，不由得大发感慨，说改革的确是副灵丹妙药，没有改革就没有文化馆今天的景象，他鼓励文化馆将改革更加深入地进行下去。

隔了几天，宣传部来了两个笔杆子，将文化馆的改革经验写成材料，散发到全县。

老孔劲头十足，又想在春节期间搞一次大型活动。他搞了一个计划上报到宣传部，何副部长很有兴趣，但由于规模太大，必须请示县委领导。他将报告送上去后，却被郑副书记打回来。

郑副书记在报告上批示：国家对国庆节尚且是十年一大庆，五年一中庆，三年一小庆，去年春节兴师动众进城演出，弄得乡下一片冷清，今年可否组织城里文艺团体下乡演出，还情于农民？来而不往非礼也，请宣传文化部门酌情考虑。

文化馆传达郑副书记的批示时，大家全都默不作声。

唯有老丁不知为何忽然笑出声来。

会计小吴在一旁嘟哝："大过年的，把我们往农村撵，你还有心思笑！"

老丁说："我没笑哇！"

小吴说："大家都听见了，你还赖！"

老丁说："我真的没笑。"

见老丁极为认真的样子，庄大鹏就解围说："老丁没笑，是菩萨在笑。"

庄大鹏知道老丁这是在装苕。

郑副书记的意见馆里讨论了一天也没个结果，最后还是老孔硬性规定，正月初三、初四、初五和正月十四、十五，一共五天，全馆人员分成三队，由孟保田、老丁和庄大鹏各领一队，下去慰问演出，东西南三片，一队负责一片，节目自备。老孔自己跑面上，小段在家里留守接电话应付日常事务。

到了正月初二，庄大鹏名下的那些人一起跑来请假，都是些急得不能再急的理由。

庄大鹏说自己无权同意，也无权不同意。

大家明白他的意思，一致表示说，我们不让老孔和小段发现就是了。

夜里，庄大鹏去给老丁拜年。老丁说他名下的那些人也都请了假，就剩下他一个光杆司令。

两人一商量，决定干脆合二为一，两人一道下去跑，不到乡镇，专钻山沟，也不告诉老孔他们到了哪里，让老孔无法查证。他们吃点苦，让别人过个安稳的团圆年。

第二天一早，庄大鹏和老丁就悄悄地搭车下乡。

头一天半，他俩跑东片，后一天半，他俩跑西片。庄大鹏会唱多种戏曲，尤其擅唱山里人喜欢的采茶戏。老丁会说快板书，加上学了《易经》，常常一边打着快板，一边就在垸里的人群中扯出一位来，数落着此人的家事、过去和未来。所以，他们所到之处大受欢迎。原计划初五下午回县城，结果被人一再挽留，直到初七下午才回。

他们还没回，县电视台就在一条口播新闻中，播送了县文化馆组织演出队，到东片和西片演出的情况。不知何故没有提孟保田带队跑的南片。

回来后才听说，孟保田虽然硬将分到他名下的那些人都拖下去了，但那些人都不愿出节目，孟保田只好搞几个大合唱，结果没有一个人愿意看。那些放了假的新闻通讯员也不愿为他们写新闻稿。

庄大鹏和老丁到家的第二天，两个队的人偷偷请他们在一家餐馆里吃了一顿鸳鸯火锅。

从餐馆里出来，在路上，庄大鹏醉醺醺地问老丁："你曾经说过，我是老孔克星，怎么不见灵验？"

老丁半是朦胧地回答："快了快了，这一两年就能见到。"

庄大鹏说："老孔狠到没有一个对手了，谁还克得了他？"

老丁说："老孔最厉害的对手是老孔自己。"

8

过了正月十五，大家见面不再作揖打拱，也不用再说恭喜发财、万事如意了。过年的气氛刚一淡下来，老孔就开始猫在家里，重新设计新的改革方案。

那几天，孟保田有些惶惶不安。

庄大鹏装作没看出来，私下却对老丁说，孟保田也怕老孔将他改成助理。

这种私下的猜测还没说够，庄大鹏又陆续听到消息，老孔马上要提升，有三个可能的去向，一是文化局副局长，二是文联常务副主席，三是宣传部文明办副主任。

孟保田也听到了这个消息，所以他愈发显得焦躁不安。

三天之后，老孔终于露面了，并开始频频找人一对一谈话，将自己精心构思的改革方案有目的和有步骤地一点点透露出来。

老孔的新方案公布后，大家才发现内容很保守，出发点只是稳固去年以来的改革成果，在加强社会效益的同时，适当注意提高经济效益。

庄大鹏想了想，也明白老孔的良苦用心。马上要高升的人，走之前是不能出差错的，不然就会搞得鸡飞蛋打一场空。换了庄大鹏自己他也会这么考虑的，这是当领导的起码常识。

这天老伍在街上碰见庄大鹏，他听到小道消息，老孔建议由小段来接替他留下的位置。

老伍说："老孟这次可以舔女人的屁股了。"

庄大鹏笑笑后说："女人屁股香，舔得更舒服。"

这是庄大鹏最后一次听到关于老孔将要提升的消息。

接下来的几个月里，大家仿佛将这事全忘了。反而是老孔和小段表现得越来越焦急，隔一阵就主动和别人谈文化系统的人事变化，并且一定要问别人有没有听到最新消息。有一次，小段还问过庄大鹏，同时还暗示要庄大鹏到郑副书记那儿去探探口气。

庄大鹏也想弄清楚上面对此事的态度，就借口找郑副书记，问他和常委握手的那张照片能不能送到省里去参赛。郑副书记当然不会反对。

这之后，他再随口问一句说："老孔的工作是不是要动一下？"

　　郑副书记却不着边际地说："最近，中央可能有新的精神下来。"

　　庄大鹏吓了一跳，那意思像是老孔要调中央工作。

　　没过多久，报纸、广播和电视台开始大力宣传小平同志的"南方谈话"。庄大鹏将那些文章反复看过之后，才恍然悟出郑副书记那话的意思其实是在说，现在需要的是有经济头脑的人才，要优先提拔懂经济的人，不懂经济的老孔肯定无望了。

　　庄大鹏发现老孔对政治真够敏感，几乎与媒体的大肆宣传同步，就开始看一些有关股票和市场经济的书刊，还不停地做笔记，与人谈话时，常常脱口说出一些令人吃惊的经济语言。

　　庄大鹏在家对梅桃说："老孔这人是有些了不起，他太精了！"

　　梅桃不以为然地说："老丁昨天对我说了一句话，越俊的人越丑，越精的人越苕，我觉得很有道理。"

　　庄大鹏说："那你认为我苕不苕？"

　　梅桃说："文化馆没有比你更苕的了！"

　　庄大鹏说："可我怎么一点也不精呢？"

　　老孔重新将自己反锁起来，不过这次他似乎没有像以往那样沉浸其中。有天上午，小段和小吴在隔壁办公室里大声齐唱《真心真意过一生》，老孔从自己办公室里冲出来，毫不客气地将她们吼了一通，说想在文化馆上班就别唱，想唱就调到剧团去。

庄大鹏见状，心里想，老孔这次是不是动真格搞改革了！

老孔这一次将自己反锁了一个星期才拿出一套方案。

方案之一是，提倡在岗人员以自己的业务专长为依托，在兼顾业务工作的同时，创办经济实体，一年打基础，两年求发展，第三年才向馆里上缴利润。

方案之二是，为鼓励馆内干部通过各种关系谋求上级财政部门的拨款，今后馆内一律按所获上级拨款的百分之十发给有关人员作为奖金和服务费。

方案之三是，从本月起，行政节支奖暂停发放，待年终时，将根据每个人工作实绩的考核情况酌情发放，坚决做到奖勤罚懒，并根据好、般、差，拉大档次。

方案之四是，将一楼大厅临街的墙全部打开，标价出租。

馆务会讨论时，庄大鹏、老丁都跟着孟保田和小段说好。

老孔有些激动地说："改革到了这一步才算触动了大多数人，因此，领导班子要格外保持团结，保持过去一年来的坚强战斗力。在具体实施过程中，馆一级领导要先带头。譬如，庄馆长曾要求办照相馆，那时没政策，条件不成熟，但现在完全可以搞。段主任也可以搞个美术装潢广告公司，这是她的专长。孟馆长长于书法，也可以考虑办个什么培训班、学校等。老丁嘛……"

老孔一时没想出老丁可以干什么。

庄大鹏下意识地说:"老丁可以办个人生预测中心。"

这话一出口,小段带头笑起来。

老孔说了许多,大家都没有不同意见。

散会之前,会计小吴进屋来说:"有件事,趁各位领导都在,请帮忙解决了。"

老孔说:"现在大家都在改革,忙得很,你的事可不可以放一放?"

小吴说:"那可不行,县直幼儿园发了文件,今年的新生每人得交一千元集资款。先集资后报名,今天是集资的截止日期。"

老孔说:"往年不是五百吗?"

小吴说:"现在什么东西不涨价?"

老孔说:"今年的大气候不一样,这集资款恐怕得由自己出。"

小吴说:"怎么过去都由馆里出呢?我女儿才三岁,她是犯了什么重大错误呢,还是汉奸特务、资产阶级自由化分子?"

老孔正要回击,小段在旁边使了一个眼色。

老孔停了停才说:"这样,钱你先垫着,你这种情况馆里今后还有,得慎重研究一下。"

小吴说:"我之后就轮到小段了,小段生的孩子,只怕要送到改过革的贵族幼儿园去。"

小段红着脸不接话,径直朝门外走去。

跟着，老孔也走了。

小吴坐在办公室里哭了一通，最后还是听了庄大鹏和老丁的劝告，答应就按老孔说的，自己先将集资款垫上，待以后研究了再说。

傍晚，老伍来到庄大鹏家，他刚刚在城外，看见小段在一片树林边等老孔，他问庄大鹏有没有兴趣去捉奸。庄大鹏不想动，他觉得那是老孔的艳福，冲散了他们的好事会遭报应。老伍就说他也不想管这闲事，干脆就当老孔和小段是在研究改革好了。

庄大鹏问老伍这一段写了多少报告文学。老伍伸出了一双手。

庄大鹏说："十篇报告文学，赞助款总在两万元吧？"

老伍避而不答，只说："我现在一点不在乎文化馆的这点工资了，老孔怎么改革我都不会心慌。"

半夜里醒来，庄大鹏想起老伍的话不由得一个人笑起来。梅桃被他惊醒，责怪他深更半夜发什么疯。庄大鹏将老伍说老孔和小段在城外幽会是研究改革的笑话说了。庄大鹏后来对梅桃说，我们也来研究一回改革。说着便翻身将梅桃压住。

9

老孔的改革方案，没有像预期那样在文化馆引起强烈反响。方案公布了两个星期，也没有人主动报名办公司。老孔以为是温度不够，就将何副部长请到馆里来，再次进行动员。

何副部长讲完话就要走，馆里的几个领导将他送到大门口。

分手时，何副部长对他们说，今后文化馆的事他可能帮不上忙了，要大家各自努力。

庄大鹏很奇怪何副部长怎么说出这样的话来。他回头看了老孔一眼，见老孔也露出些不解的神色来。

回到会议室，会计小吴先放了一炮，说："上面正在千方百计找财政部门商量，想将文化馆也变成由财政全额拨款的单位，别人又没叫我们改革，我们却屁股不痛抠着痛，自己跳起来砸自己的铁饭碗，想出风头也不能拿别人的温饱问题来做抵押呀！"

小吴还在为女儿上幼儿园的集资款生气，说话很尖刻，老孔忍着没有计较。

接下来有人附和小吴的话，但大多数人都说，过去总是领导来改群众的革，这一次希望领导先带一下头，自己改一下自己的革。等领导干出经验来，他们再学着干。还说领导若不先体会一下，尝尝梨子的滋味，又如何能领导别人进行改革呢？

大家发言时，老孔心神不定地出去打了几次电话，庄大鹏装作上厕所，站在走廊上听见老孔是在找何副部长。他明白，老孔急于想了解何副部长那话的准确含义。

　　隔了几天，庄大鹏才搞清楚，何副部长马上要到邻县去担任县委常委兼宣传部部长。

　　老孔情绪低了两天后，又开始张罗馆内的改革。

　　最让人想不到的是小段率先辞去办公室主任职务，办起了"扬子江美术装潢广告公司"。老孔将一楼的一间大房子交给小段做店面，至于管理费的事，从头到尾都不见有人提起。老孔还明确宣布，第一年，小段的工资仍在馆内领，而公司所赚的钱完全按馆里的改革方案办。

　　宣传了个把月，总算办成一个公司。

　　何副部长将文化馆表扬了最后一次，就到邻县走马上任了。他人走了多时，庄大鹏才听到消息，何副部长的荣调，是郑副书记亲自找在省委组织部工作的大学同学帮的忙。

　　改革的事告一段落后，老孔就带上两千元现金到省里疏通关系要钱去了。

　　老孔在省里住了十天，这中间小段借口购买材料也到武汉住了三天。小段回来时，连一寸材料也没带回。老孔的妻子天天来馆里打电话寻找老孔的行踪，馆里的电话仍然锁着，她打电话的方法是老伍教的，老伍还教她找到老孔住的宾馆后，先打楼层服务台的电话，让服务员去查老孔的房间里还有谁。可惜，老孔的妻子不会说话，她找到了那座宾馆，但楼层服务员不愿到老孔的房间里去查看。老孔的妻子说老孔一定将服务员收买了，她说老孔做这种事比谁都内行。

　　老孔回来后，将两千元现金全部变成了各种单据和条子。

小吴不肯报销白纸条，老孔就发脾气，还说她若不想干了可以辞职，反正现在是改革年代，允许人才流动。小吴没办法只好如数报销。

老孔在办公室里对庄大鹏他们讲，他这次找省财政厅要了三万元。

孟保田说，两千换三万。十五比一。比县里哪个企业的利润都高。

庄大鹏还是经常和老丁一道在大门口卖票。小段的公司就在他们眼皮底下。头一个月，小段总在公司里坐着，人也不怎么精神。之后，小段在公司里坐的时间越来越少，人也越来越精神，并接二连三地请了几个人当雇工。

老孔常和小段一起上上下下地跑生意，有时各自骑着自行车，有时小段就坐在老孔自行车的货架上。

不过，大家都不相信小段能赚很多钱，都想等着看小段破产后怎么下台。

中秋节后的第三天，老伍来馆上班时，在楼上楼下到处说，小段在城南买了一套三室一厅的房子。大家正在怀疑时，小吴也说开了，她说得比老伍清楚，小段买这套房子花了三万八千元，全部是现金。

中午，大家提前下班，随小吴悄悄到小段买的那套房子附近看了，果然看见小段和老孔在那阳台上站着，并用手比画什么。

老伍告诉大家，这肯定是准备将阳台改成封闭式的，那样又得再花三千元。

大家这才相信小段办公司发了大财。

返回的路上，小吴他们气得脸都红了。

小段买房不久，省财政厅的那笔钱到了账。按照早先的改革方案，由于这笔钱是老孔去要的，所以老孔应该得到三千元的奖金和服务费。

为了这事，老孔还是很慎重地开了馆务会。他一提出来，孟保田就说："规定早就有，政策也是旧的，对照条款，该得多少就得多少。"

老孔又问老丁的意见。

老丁拍着手中的《易经》说："我给你算过，你今年有一笔意外之财。"

老孔忍不住问："你还给我算过别的没有？"

老丁说："你四十岁左右要交桃花运。"

老孔打断老丁的话，他说："别这么无聊。庄馆长，你再说一说。"

庄大鹏心里觉得不妥，老孔是法人代表，本来就有责任去解决馆内的各种困难和问题嘛。但他嘴里却说："有规定就按规定办吧！"

老孔见大家意见很一致，就说："改革年代本无定规，我就当一回第一个吃螃蟹的人吧！"

当即，老孔就打了领条，到小吴那儿将三千元现金领走了。

庄大鹏以为小吴他们会借机将这事张扬出去，或者找有关部门告老孔一状，出奇的是大家都没作声。

转眼就到了年底，老孔见一连几关都顺利闯过来了，就开始着手搞年终奖金分配方案。

这天，老孔亲自通知，让孟保田、老丁和庄大鹏去他家里开会。

老孔的妻子被他支到在黄州上技校的儿子那儿去了，屋里除了馆里领导以外，再也没有别人。

老孔先说之所以将大家叫到家里来，是因为他考虑到年终奖金发放方法，事先事后都绝对不能透露出去。老孔说，他想了很久，香港老板那种给每个职员单独发红包的方法，是很可取的，它可以使每个人都以为自己拿到了自己应得的那份收入，而老板又能根据自己所掌握的情况，决定每个人按实际状态应得到的报酬。所以，他打算也采用这种办法。

老孔详细地说了每一个细节，第一步先从会计那儿按奖金总数将现金提取出来，并由四位馆领导在领条上集体签名，给会计作报销用。第二步再由四位馆领导中的一人造好发放表，并裁成一张张的单独的小纸条。第三步就是由某个领导单独地找到某个具体的人，由其签字领款。最后再将所有签过字的纸条重新粘贴好，交给老孔备案存档。

对老孔这份详细的计划，庄大鹏觉得实在是无可挑剔。换了他，绝对想不出如此天衣无缝的方案。

孟保田也连声说好。剩下老丁自然也不会有什么意见。

随后，老孔又提出，下半年扣下未发的行政节支奖，共有三千一百元，可设一等奖三个，每个奖金五百元。二等奖三个，每个奖金三百元。三等奖七个，每个奖金一百元。

对于这些大家也没意见。

接下来就开始讨论谁得一等奖，谁得二等奖，谁得三等奖，谁不得奖。

孟保田先开口，说老孔今年抓改革成绩突出，他不得一等奖，别人就更不能得。

老孔则说，一等奖应该给孟保田，馆里日常事务全靠他在抓。

剩下一个一等奖，庄大鹏和老丁都明白自己无望，他们能评上一个三等奖就不错了。

所以他俩都提出应该给小段，不管怎么说，能这样做就很了不起。

评完一等奖后，老孔和孟保田又提名庄大鹏和老丁获二等奖。这是他俩所意料不到的。

评完领导后，小段在外面叫门。老孔安排小段的公司今天中午请客。他们在餐馆里吃喝一顿，并在酒席上将剩下的一个二等奖和七个三等奖都确定了。

10

一向不请假的老丁，在领了奖金后突然请了半个月的假。

庄大鹏开始并无警觉，但当小吴问老伍领了多少奖金以后，见到他们交头接耳的神色，他也跑去找老孔请了一个星期的假。

庄大鹏刚走，几个没有领到奖金的人就在馆里闹了起来。

庄大鹏前脚到家，老伍和小吴后脚就赶到了，要他提供奖金发放的详细情况。

庄大鹏起先不肯说。他们就将自己摸的情况，写在纸上让庄大鹏看。庄大鹏看过后很佩服老伍和小吴的聪明劲，馆里谁得了多少奖金推算得一个不差。

老伍和小吴一个样，都是一百元。

庄大鹏劝他们说："算了吧，比上不足，比下有余，有的人还没有呢！"

老伍说："全部奖金只有三千一百元，可你们正副馆长加上小段就拿走了两千一，谁能咽下这口气！"

庄大鹏一愣，他一直懒得多想这事，经老伍一说，才觉得是个问题，便把整个的来龙去脉都对老伍和小吴说了。

小吴的火气最大，女儿上幼儿园的集资款老孔至今还不同意报销，所以她发誓要看看老孔这回怎么躲得过去。

小吴将没有奖金的和只得三等奖的人都发动起来，不声不响地忙了一个星期，不仅将老孔和小段以夫妻名义住旅社的发票存根搞到了手，还搞到不少证明，某人某月某日曾给老孔送了何种礼物，请他帮忙解决何种问题。小吴还将老孔报销的白条子，以及那笔三千元的奖金加服务费的领条都复印了，装订成一份整整齐齐的材料，然后找到庄大鹏，要他领头告老孔。

庄大鹏却死活不肯出头。

小吴又去找当过办公室主任的老伍。

老伍也躲了。

小吴只好亲自去找郑副书记。

郑副书记看了材料，当着小吴的面打电话将纪委书记叫来，要他亲自抓一下这个案子，不能让某些投机分子趁改革之机中饱私囊。

老孔被停职时很不服气，他没想到自己会成为改革的殉葬品，还说他为这一点而感到骄傲和自豪。如果因此而被押上刑场，他也会高呼改革万岁！

老孔被停职后，庄大鹏被临时指定代理馆长。

决定宣布后的当天，先前的两个泥水匠就提了一大包东西来家看望。庄大鹏答应以后有泥水活时，会优先考虑他俩。

泥水匠一走，梅桃问："你真会请他俩到馆里干活？"

庄大鹏说："有活总得请人干吧，人都是这样，你以为别人就不会势利眼？"

庄大鹏一开始主持工作，就开了一个连续三天的馆务扩大会，他将老伍和小吴都扩大进来，再加上原来的老丁和孟保田，他也请了小段，但小段不来。她说她做生意上了瘾，对别的事没有兴趣。馆务扩大会的议题是如何将文化馆的改革事业进行到底。

大家对从前的一些做法进行了很尖锐的批评。

只有老丁和老伍很少发言。

老丁不说话是很正常的事。

老伍在这个时候保持沉默，让庄大鹏感到不可理解。

大家越说，庄大鹏反而越觉得老孔的许多做法是有道理的，自己若当了正馆长，说不准也会有所借鉴。

这天中午，庄大鹏没有休息，在办公室里整理自己主持工作的得失体会，以及下一步的打算。忽然听见隔壁办公室的门被人打开了。有人进去打电话。他听见打电话的人是老伍。

老伍问对方，他写的关于郑副书记的报告文学什么时候能登出来，他要求越早越好，并一再要对方多多关照。

庄大鹏听了，心里不由一动，等老伍走后，他也到隔壁办公室打起长途电话来。他问省摄影家协会的熟人，自己有幅摄影作品叫《早春》，想补寄过去，但不知有没有希望获奖。那边的人说，今年评委的口味又变了，都有唯美倾向，对新闻性政治色彩太浓的东西不感兴趣。庄大鹏不由得很失望，对着电话机愣了半天。

下午，他叫小吴买了一只锁，又做了一只小箱子，将电话机锁了起来，留了一只话筒在外面，只能接，不能打。钥匙他都要了过来，不给任何人。老伍看着上了锁的电话机，不笑，也不说话。嘟着嘴唇一个劲地逗小吴的女儿。

一个星期后，庄大鹏见到新来的报纸上有篇老伍写的报告文学，正是写的郑副书记。

老孔死活不认错，也不肯退钱，大家都以为肯定会受很严重的处分，结果只是调到图书馆当工会主席，并保留正馆长级待遇。

元旦之后，宣传部新来的徐副部长找庄大鹏和老伍集体谈话。宣布老伍任文化馆馆长，庄大鹏为书记。徐副部长说，这是部里的意见，也是郑副书记的意见，让老伍担任馆长并负责全馆业务工作，是因为老伍比较懂经济。

离开宣传部，一路上，庄大鹏和老伍断断续续地说着话。

谈到老孔，老伍说："天底下哪个领导人会将自己改革得一点好处也没有哩！"

半路上，庄大鹏将电话机箱子的钥匙掏出来，揪下一根递给老伍。

老伍接过去，随后挂在钥匙串上。

远远地看见文化馆大门时，庄大鹏忽然没头没脑地说："其实像老丁这样过最舒服。"

老伍说："真正让你变成老丁了，你又会不舒服。"

停了停，庄大鹏又说："那回买调频收录机的发票，你什么时候签个字？"

老伍说："等两个月吧，不要搞得太显眼了！"

一九九三年十二月十八日于英山

秋风醉了

1

电视播完《晚间新闻》以后，王副馆长才回家。

王副馆长进家门时，妻子仿兰已经搂着女儿睡着了。客厅里，老父亲还在地板上趴着，修补一双旧胶鞋，屋子里弥漫着一股胶水的香味。见儿子回来，父亲随口问他吃饭没有。听说儿子真的没吃晚饭，父亲连忙起身到厨房去弄吃的。

王副馆长在客厅沙发上坐了一会儿，忽然从胶水的香味里闻出煤气的味道，他赶紧跑进厨房，一把将煤气罐拧死。

父亲说："怎么关了？正准备点火呢！"

王副馆长说："你不是点火，是打算放火。跟你说了一百遍，要先将火柴点着，再开煤气开关，你总是记反了。"

父亲说："我见你媳妇也常常先开煤气，再划火柴。"停一下，又说，"要怪也只能怪她，因为怕女儿玩火，就将火柴藏得连我也找不着。"

王副馆长劈手夺过火柴，转身将门窗都打开，让风吹了一阵，这才将煤气灶点燃了，又随手将一只锅放上去，加了些水，说："煮点面条。"正要走，见父亲正在拿鸡蛋的双手黑黑的，上面还粘有些许从胶鞋上掉来的粉末，他连忙说："我自己来，你歇着去吧！"一边皱着眉头从父亲手里接过两只鸡蛋，一边将父亲推出厨房。

王副馆长将鸡蛋面做好了，盛到碗里，正要吃，父亲又转回来，冲着王副馆长说："我听说有件事对你不利。"

王副馆长搁住筷子问："你能听到什么重要事情？"

父亲说："下午，李会计的母亲送鞋来时，亲口对我这样说的。我问是什么事？她也只捡了一只耳朵，没听清是什么，反正是李会计在家里说的。"

王副馆长想了想说："你别瞎操心，在中间乱搅和。我的事你想关心也关心不了。"父亲说："我只是提醒你一下。"

吃完面条，王副馆长弄些热水将身上擦洗一把，正要睡觉，见父亲仍在客厅里补胶鞋，就说："一双破胶鞋，你想补出一朵花来？"父亲说："这天怕是要下雨了，人家到时要穿呢。"

王副馆长懒得再理睬，开了房门，就往床上钻。

仿兰仍旧没醒。王副馆长在床上倚坐了一阵，忍不住用手去摸妻子。摸了一阵，仿兰终于醒了，朦胧地问："什么时候回的？快睡吧！"

王副馆长说:"有件喜事要告诉你。"

仿兰振作了些。王副馆长继续说:"组织部约我明天下午去谈话,可能是要我当正馆长了。"

仿兰说:"这也叫喜事?代馆长都代了快三年,人都累脱了几层皮。现在,你就是坐着不动,百事不做,也该送你一顶馆长帽子戴一戴。"

王副馆长说:"话是这么说,可人家如果成心不让你升这半级,你也没办法。"

仿兰说:"所以你就把这个响屁,当成了喜事。"

王副馆长说:"你以为我当上国家主席才是喜事?这好比月月发工资,明知这笔钱是你该得的,可一到领工资的时候,人人都挺高兴,都把会计当成了菩萨。"

仿兰打了一个呵欠。女儿忽然叫了一声:"我要屙尿!"仿兰连忙跳下床,抱起女儿要去卫生间。一开房门,见公公正蹲在客厅地板上,忙又缩回来,仿兰只穿着乳罩和三角短裤。她将女儿往丈夫身上一扔,回头钻进被窝里。

王副馆长抱女儿去卫生间。路过客厅时,朝父亲说了几句重话。待他从卫生间出来,父亲已上床睡去,破布、破胶皮撒了一地板。

关了房门,仿兰说:"他又是没洗手洗脸就去睡了?下回,他的被窝你帮忙洗。"

王副馆长不作声。放好女儿,他又续上刚才的话题说:"领一个月的工资,就说明自己有一个月的价值。让我当正馆长，也就说明我有正馆长的价值。不让我当，就意味着他们不承认我有这个价值。"

仿兰猛地说一句："就像母猪肉不是正经肉一样？"

王副馆长说："差不多是这个道理。"

仿兰又说："只有你把狗屎当金子。换了我，倒要先考虑考虑这个馆长能不能当。要当也得提它三五个条件。"

王副馆长说："你是站着说话不腰疼。算了，睡吧！明天上午那一道难关，还不知道该怎么过呢！"

仿兰说："谁叫你充好汉，领导要安排亲戚子女到文化馆，你答应就是，这个单位又不是你私人的。我们图书馆只有十个编制，却进了二十一个人，工资奖金反而比你们发得多。领导子女来是好事，可以通过他们走捷径找财政局要钱嘛。"

王副馆长说："文化馆是搞文艺的，不考试就答应让谁谁谁进来，那怎么行？"

有一阵两人都没说话。王副馆长一翻身，胸脯贴到仿兰的背上。

他正要将手伸出去，仿兰又开口说："你父亲和李会计的母亲关系怎么这么密切，是不是在谈朋友？"

王副馆长一愣。仿兰继续说："这一段你父亲经常带着孩子到李家去串门，今天下午，他又将李家的破鞋抱了一大堆回来补。"

王副馆长记起父亲刚才说的话，他当时还以为父亲补的是自己家的鞋，但他仍替父亲辩解："父亲当了一生的补匠。这两年不让他上街摆摊，他就像丢了魂似的。能帮人补鞋，就证明他活着有价值。你也别乱猜。"

仿兰说："又不是我的亲老子，我才不管呢！我只要你告诉他，别脏了我的屋子就行。"

王副馆长的兴致一下子全没了，他翻了一下身，将自己的背对着仿兰的背。仿兰说风灌进被窝里了，他也懒得理。

2

睡了一阵，王副馆长感到有人在推自己。睁眼一看，天已经亮了。

仿兰见他醒了，就不再推。说："快起床去看看，你父亲在外面哭呢！"

王副馆长一听，真的有哭声，就连忙起床，披着衣服冲出房门。果然是父亲老泪纵横地坐在小板凳上哭泣。

王副馆长说："你怎么啦？"

父亲抹了一把眼泪，却不说话。

王副馆长有些急："我的亲老子！你是伤是病，先开个口呀！"

父亲喘不过气来。王副馆长上去帮忙在背上捶了几下。

平缓后，父亲终于说："昨天夜里，他们狠狠地打了我一顿！"

王副馆长一惊："谁？"同时在心里判断，可能是李会计见父亲老是同他母亲在一起，就起了报复之心。

父亲说："你爷爷和奶奶，你太爷爷和太奶奶！"

王副馆长悬着的心立刻放了下来。"他们早已作古了，怎么会打你呢？"

父亲说："他们托梦给我，在梦里打我！说我不仁不义不忠不孝，所以王家香火在我手上断了，王家上千年的血脉让我毁了！"父亲指着自己的脸让王副馆长看，"我这张老脸都打乌了，伢儿，我好歹生了你这个儿子，你说什么也要还我一个孙子呀！"

房门一响，仿兰款款地走出来。

王副馆长刚放下的心，又悬了起来。

仿兰故意轻描淡写地说："你老人家也不必如此伤心，只要你儿子愿意，我们就离婚，让你儿子再去娶个会给你生孙子的姑娘就是。"

王副馆长忙说："仿兰，你少说几句行不行？"

仿兰说："怎么啦，这话我说得不舒服，难道你们听了也觉得不舒服？"说着，就进了卫生间。

王副馆长好说歹说，总算劝得父亲歇下来，不再哭了。原本打算早起和父亲说，要他别给外人补鞋，别丢他的面子。父亲这一闹，王副馆长就不好开口了。

洗漱完毕，王副馆长到厨房去，想和仿兰说，做点父亲爱吃的泡蛋。进去后，才发现自己还没开口，仿兰就已经按他的想法做好了，王副馆长就放心地转身去给宣传部的冷部长打电话。

冷部长是县委常委，电话自然是公家安装的。王副馆长的电话安装得不明不白。文化馆准备将旧房拆了盖舞厅，几家建筑公司来抢这笔活。其中八建公司借口说为了便于联系，抢先给他家里安了一部电话。所以，他一拿起话筒，就感到当不当一把手，确实大不一样。

冷部长有个幺姑娘叫冷冰冰，暑期参加高考，考了二百九十分。冷部长想到文化馆的干部只要有专长有才华，文化水平不高不要紧，就想将冷冰冰安排到文化馆工作。于是，他就让人将冷冰冰写的几篇日记和作文送给王副馆长"指教"。王副馆长没有细想，拿起笔正要评点，对方笑着暗示了一下，他才明白，冷部长是要他主动去要人才。

今天上午的这场考试，本是单独为冷冰冰安排的，不知是谁走漏了风声，说文化馆公开招聘文艺人才，搞得全县来报名的不下一百人，县委、县政府两个大院的干部子女就有十几个。弄得王副馆长骑虎难下，只得假戏真做，请了几个评委，将一百多人筛得只剩下十个，参加今天上午的最后面试。

王副馆长拨了一个号码，等了片刻，那边就有人声传过来，娇滴滴地问找谁。王副馆长就说："你是冰冰吧？我是文化馆小王，请你爸，冷部长接电话。"王副馆长等了好一阵，话筒里没有人声，只响过一阵公鸡的打鸣声。仿兰几次催他吃饭，可他就是不敢放话筒。那边终于传来了冷部长的声音。王副馆长先说自己昨天晚上在冷部长家等到九点多，见冷部长还没回来，就只好先告辞，等等。然后，又说今天的面试已经全部准备好了，以冰冰的才华，名列榜首是一点问题也没有的。

这时，仿兰在客厅里大声呵斥谁："送什么礼呀送——王馆长不是见东西眼开的人，都给我提回去，凭真本事考嘛，何必来小动作。"

见声音太大，王副馆长忙将话筒上的送话器捂住，一转念头，他又放开了，并对着话筒说："评委都是我亲自挑选的，政治上绝对可靠，不会自行其是。"他说"政治上"三个字时，语气特别重。

等了一会儿，冷部长才在那边说："冰冰她病了，不能参加面试。"

王副馆长正要再说点什么，那边电话已经挂上了。他感到事情有些不妙，出了房门，冲着仿兰说："你刚才发什么神经病？"

仿兰说："其实没人送东西来，我想和你做个配合，让领导更相信你。"

王副馆长说："你是在画蛇添足。"

这一变化，让王副馆长食欲大减，只喝了两口粥就提着皮包上班去了。

3

文化馆办公楼与宿舍楼本是一个整体，只是将一半设计成宿舍，另一半做办公用。王副馆长从家里走到办公楼门前只用了两分钟。

还没到上班时间，看门的郑老头还没来，他从皮包里找出一把钥匙，将大门开了，人进去后，反手又将大门重新锁上。

一进办公室，王副馆长就坐在椅子上发闷。闷了一会儿，他记起下午要到组织部去谈话，就连忙找出笔记本，将代理馆长这几年的工作做了一些回顾。

一写到自己的工作成绩，王副馆长又兴奋起来。他推开门，走到阳台上，细细打量这一幢五层楼的建筑物。修建文化馆大楼的事，县里叫了十几年，馆长换了几任，都没建起来。轮到他代理馆长，只用了十四个月，大楼就竖了起来。县长在一些重要场合里多次说，要向文化馆学习，账上没有一分钱，却盖起了一栋价值八十万元的大楼。所谓文化馆，实际上就是指的王副馆长。

王副馆长朝下看时，见宣传部秘书科的小阎领着一个人，正在楼下观望。他就叫起来："小阎，上来坐一会儿吧！"

小阎和那人说了句什么，就在前面带路朝楼梯间走来。不一会儿，两个人就到了办公室门口。

坐下后，小阎分别做了介绍。王副馆长知道随小阎来的这人曾经是小阎的小学老师，听说文化馆公开招考干部，特来看个热闹。小阎的老师姓马，王副馆长看了几眼，总觉得有些面熟。老马看出他眼睛里的意思，就主动说，前年县里搞"金色的秋天"摄影作品展览，他有一幅作品入选了。他来文化馆拿入选证时，有些不好意思，就说自己是代人来领的。王副馆长记起有这件事，他还记得这幅作品名叫《秋风醉了》，作者是一位副乡长，作品本来很差，但名字取得好，作者身份又特别，王副馆长才力荐让这幅《秋风醉了》参展。王副馆长本想问问老马现在哪个单位任职，但见小阎起身告辞，他自己也忙，便作罢了。

临出门时，老马握着他的手说："往后还望多多关照。"

王副馆长说："你是县里的文艺骨干，我理所当然会关照的，你就放心好了。"

老马没说什么，只是轻轻一笑，那样子有点意味深长。

和小阎握手时，王副馆长半天不松开，扯着问："冷部长对我们这次考试，不知有何意见或指示？和我说一说，等我们的舞厅建起来了，哥哥每天送你两张票。"

小阎也学老马轻轻一笑，说："冷部长对你工作中的锐气很欣赏，多次要部里的中层干部向你学习呢！"

王副馆长说："冷部长这么看重我，那他女儿冰冰怎么不来参加考试？"

小阎说："这是冷部长的私事，我也不知道。"

王副馆长从小阎脸上看不出什么暗示，只好放他走了。

小阎刚走，李会计就来问他今天的考试是不是按时举行。王副馆长怀疑他是不是已经知道冷冰冰不来参加考试，加上想起父亲昨晚说的那些话，心里忽然有了一股气，就说："有什么变化，我会通知你的。"

李会计停了停，正要走，王副馆长甩给他一支香烟，随口问："听人议论，宣传口最近像有什么人事变动。你消息灵通，知道是怎么回事吗？"

李会计一边低头点香烟一边说："不知道，一点也不知道。"

王副馆长就问他，让八建公司的经理今晚见面谈判拆旧房盖舞厅的事，通知了没有。李会计说已经通知了，今晚他们正副经理都来。隔了一会儿，王副馆长又问他申报高级会计师的事进展如何。听说有些阻力，他答应过几天帮忙跑一下，疏通疏通。李会计当即表示感谢。王副馆长希望他嘴里能透露点别的什么，见他问一句答一句，一个字也不愿多说，知道无益，就叫他走了。

门外陆续走过一些人，是馆里的干部来上班了。王副馆长一看表是八点半，离考试还有一个钟头，便开始准备下午的工作汇报。

成绩自然有一大堆，不然他就不会被评为省地两级文化系统先进个人。王副馆长想，光说成绩人家会觉得这个人太骄傲狂妄，还应该说一些缺点。他最大的缺点是不大听话，上面的指示，他总要添点什么或减点什么，不能做到百分之百和不折不扣。譬如说这次招考文艺人才，本来看准一个好苗子选进来就是，他却要别出心裁，组织一个评委会，搞初试和面试。宣传口的干部全归冷部长管，没有他点头，谁也提拔不起来。王副馆长觉得既然冷部长不计较这点，将他由副转正，自己再不检讨冷冰冰的事没办好，就太不近人情了。这种缺点的根本问题是个性太强，宁折不弯，遇事不讲究调和，态度强硬，方法简单。王副馆长又安排自己在说了这一通后，一定要说说老罗的事。

老罗是馆里的音乐干部，他本是在下面乡里当电影放映员，因和县委书记是同学，才调到文化馆。来馆不到一年就搞了三个女人，其中两个是姑娘。弄得那一阵，天天有人来找老罗算账，搞得全馆乌烟瘴气。宣传部、文化局都不敢处理。那时，前任馆长刚调走，王副馆长刚刚开始代理馆长，上面将这事交给他处理。他将心一横，给了老罗一个行政记大过、停发当年奖金的处分。奖金停了半年，县委办公室就派人来说情，被他不客气地顶了回去，结果他在文化馆内的威信也变得如日中天。

王副馆长正在盘算这种小骂大帮忙的主意时，电话铃响了，隔着一道墙，清晰得很。跟着李会计在那边的会计室里喊："王馆长接电话！"

进了会计室，王副馆长一拿起话筒，就听出是县政府文卫科的史科长。史科长说上午来考试的人当中，有个叫肖乐乐的，她是行署文卫科肖科长的妹妹，一定要特别关照。王副馆长嘴上应承了，心里却骂道："二十几岁，卵子还没长圆，就想在老子面前玩领导的味儿？真是睡着后笑醒了。"

放下电话后，李会计问他这次收的报考费怎么处理。王副馆长问清有差不多五百元时，就说："再添一点，凑一千元，将银行那笔贷款的利息付了。"

李会计说："是不是作奖金发了算了。银行的钱，一千两千地还，他们还嫌麻烦。"

王副馆长说："没办法，银行这笔钱不还清，住在这房子里就不舒服，你同大家解释一下，现在为我捧捧场，将来会有大家的好处的。"

回到自己的办公室，王副馆长看见屋里有一个挺好看的女孩，心里有几分好感，就主动问她找谁。女孩说她叫肖乐乐，找王馆长。王副馆长想起刚才电话里史科长的口气，那点好感顿时消失得干干净净。他接过肖乐乐手里的条子，看也不看就放在桌上，借口叫肖乐乐出去放松放松，以免考试时太紧张，将她打发走了。

肖乐乐走后，接二连三地来了不少人，都是递条子的。王副馆长数了数，九个人参加考试，递的条子却有十三张。条子上落款的都是县里的头面人物，史科长在里面只算得上是一只小爬虫。

王副馆长瞅着那堆条子，犯了难，那些写条子的人都是不好得罪的。而这次招考只录取一人，原定是要录冷冰冰，那九个人只是陪着练练，就算才华超过王副馆长本人，他也不敢录取。

王副馆长想了一阵，想出个主意，就唤李会计过来商量。

李会计听说他准备让每个评委给参加考试的人统统都打九分，就摇头，说："这会让人看出问题来。不如规定从八点五到九点四，共十个分数。评第一个人时，第一个评委打八点五分，第二个评委打八点六分，第十个评委就打九点四分。评第二个人时，第一个评委打八点六分，第二个评委打八点七分，第十个评委打八点五分，这样依次排下去，去掉最高分和最低分后，每个人都是七十一点六分。"

王副馆长见李会计脱口说这许多数字，就说："你好像预先就知道许多事一样！"

李会计说："王馆长这样说，以后我就不敢为你当参谋了。"

王副馆长说："等我当了馆长时，一定举荐你当副馆长。"

李会计望着他不说话。

王副馆长说："我还想将评委秘密打分改为公开亮分，免得有个别人不听话，暗地里下我的绊马索。"

李会计说："这个主意好，不看僧面看佛面，不看粥面看饭面，看谁敢得罪冷部长！"

王副馆长说："很对，如果今天九个人得分一样，我就可以一个不取，这个名额还是冷冰冰的。"

商量好后，李会计就去通知评委们来开碰头会。

十个人都到了以后，王副馆长就说："我先给个东西大家看看，然后请大家说说今天这个分数，怎么个打法。"

说着，他将桌上的十三张条子，递给评委们过目。

评委们看后，一个个脸上很严肃。

王副馆长说："这样明目张胆地以权谋私，将后门开得比前门还大，我是很看不惯的。我的意见是一个也不录取。"

评委中有几个人齐声附和。

忽然评委中有人问："怎么没见到冷冰冰的条子？"

王副馆长说："冷部长知道有人写条子的事，他很生气，就不想让冷冰冰的清白之身被这些污水玷污了，正好冷冰冰又生病了，便放弃参加今天的面试。"

大家齐声啊了一下，然后都说就按王馆长的意思办。

九点半时，评委们鱼贯进入考场。一坐定，王副馆长就宣布面试开始。

由于不收门票，来观看的人很多。

开始几个七十一点六分出现时，大家都发出各种惊叹。特别是第九个七十一点六分出现时，考场轰地一响，像是天上打了一个滚雷。

等王副馆长重新出现在台上时，考场猛地静下来。

王副馆长说："出现这样的结果，是我们事先没有料到的。不管怎样，我们将尊重评委的意见，慎重地进行研究。"

参加考试的人，都没料到会是这种结果，一个个不知说什么好。王副馆长说了几句安慰话，他们就随大家往外走。

一屋人中，只有两个人在笑：一个是小阎，一个是小阎的老师老马。

等人都走完后，王副馆长立即给冷部长打电话。他在电话里说，本来想下午亲自来汇报，但是组织部约他下午去谈话，所以就先将结果报告一下。他这样说，本是想探探冷部长的口气。冷部长只说了一句："你的高招真多，我都防不胜防了。"说完就放下了电话。

王副馆长猜不透冷部长话里的意思，回家吃午饭时，说给仿兰听。

一向很有直觉的仿兰也无法判断。

4

下午，各机关都是一点半上班。王副馆长一点从家里出发，到组织部只用了十五分钟。

干部科的门敞着，有两个人在办公桌上下象棋。王副馆长冲着执黑的一方叫姚科长，又冲着执红的一方叫张科长。二人都朝他点点头，说声"你来了"，又埋头厮杀去了。王副馆长见红方张科长走错一步棋，就想提醒他，终究是强忍住没有开口。黑方姚科长赶紧挥车叫将。张科长一看，虽然将不死，却要丢一只马。他懊悔不及，连连说自己不该太冲动了。

"太冲动了就要吃亏。"后一句是姚科长说的。

这时，墙上的石英钟响了一下。

张科长忙一推棋子，说："上班时间到了，不能下了。"

姚科长说："这盘棋你是输定了。"

张科长说："那倒未必，古话说置之死地而后生。老王你说是不是？"

王副馆长说："其实姚科长的棋也潜伏着危机。"

一边议论，一边将棋收拾好了。

姚科长又叫张科长给王副馆长泡茶，说张科长是输家，输家就得受罚。

张科长却反叫姚科长给客人泡茶，理由是姚科长爱跳舞，若不待王副馆长客气点，等文化馆舞厅建起来后，不买票就不许进。

姚科长不以为然，他不相信到时候王副馆长会拦在门口六亲不认。

张科长说，王副馆长自然不会拦在门口，但他会请两个素不相识的民工守门，看谁有力气硬往里闯。

说着话又进来了一个人，是宣传部小阎的老师，那幅名为《秋风醉了》的摄影作品的老马。老马进门后，腼腆地冲王副馆长点点头，找了一个凳子坐下来。

姚科长和张科长扯了半天皮，到底谁也没去泡茶。

趁他俩扯皮刚告一段落，王副馆长赶忙插进来说话。

王副馆长知道一会儿主管县直机关的徐副部长就要来

了，徐副部长来了自己就不好主动谈今后工作的设想。趁徐副部长没来，自己就开始说，等徐副部长来了，正好可以听到一部分，而这些事闲聊时说，比正式汇报效果要好。譬如说建一座高档舞厅，闲聊时可以说星期六晚十点半以后，舞厅灯光改为烛光，舞曲一律是慢三、慢四，而且还要设几处屏风，跳到最抒情时，可以转到屏风后面去。又譬如，建一个镭射电影厅，专放一些进口电影，因为镭射视盘是采用激光信息处理的，无法进行剪接，所以刺激性很强的镜头特多。等等这些，都不能在正式汇报时说，说了就要犯大忌。

王副馆长说，他打算年内将舞厅建起来，明年再投资搞镭射电影，后年搞一个健身房，这中间再看准机会办一个公司。

徐副部长果然在王副馆长说到最精彩处走进来，除了老马起身上前和他握手，别人都没多大反应。

徐副部长一直在听，直到王副馆长将话说完，才开腔。他说："我们开始谈正事吧！"

姚科长赶忙起身给徐副部长倒水，却被张科长捷足先登了。

徐副部长接着说："文化馆的工作，这两年在王代馆长的领导下，取得了一些成绩。考虑到上面对精神文明建设的高度重视，县里更不能小看它。所以，冷部长和我们商量过后，决定调西山乡副乡长马金台同志到文化馆担任馆长兼党支部书记。"

王副馆长听到这话，脑子里轰地一响，眼前泛起一层黑点。

徐副部长下面讲的什么，王副馆长听不大清。恍惚中只见一只手伸到面前，他下意识地握住，抬头一看，是老马。

老马说："从前我是你的业余作者，现在转到文化战线上来，我仍是你的业余作者，因为我不算太内行，有些事还需要王馆长你多加指点。"

王副馆长定了定神，勉强开口说："一个锅里吃饭的人，好说，好说！"

徐副部长又说："你俩一正一副，分工是这样的：老马抓全盘，兼管人事。小王抓业务，兼管财经。不知你们有别的意见没有。"

老马说："没有。我服从安排。"

王副馆长说："我只管业务就行，别的都归老马吧！"

姚科长忽然说："一个人事，一个财经，是最重要的两件事，让一个头头管不好，缺少一种平衡机制。"

王副馆长本是赌气，听姚科长一说，就不再坚持了。他明白不管人事和财经就没有威信。

徐副部长说："小王，我知道你心里有意见，哪个副职不想转正？老马比你大十多岁不是？你在年龄上有优势嘛！年轻人要经得住磨炼和考验。"

王副馆长嘴里不作声，脸上更是毫无表情。

徐副部长又问老马："有什么困难没有？住房问题？家

属问题？"

老马说："家属是半边户，田里的事离不开人，就算了。但我的两个孩子都在县里读高中，看看能不能搞几间宽敞些的房子？"

徐副部长说："文化馆做了新房子，腾一套出来没问题吧？"

王副馆长不能再装哑巴，想了想才说："只有腾李会计的房子了，他在西街上盖了一套私房，按政策有了私房的就不能住公房。"

徐副部长拍了一下巴掌说："就这样定了。"

张科长说："具体的还是王馆长去落实。这是老马的事，老马不便出面。"

王副馆长说："我这个副职说话，不知他听不听？"

姚科长说："我知道，你把文化馆几个人玩得像猴子一样，大家都听你的。"

王副馆长说："你这样说可不好，老马来当一把手了，可别让他以为我在搞拉帮结派。"

老马忙说："我们都是革命的左派。"

大家都笑起来，王副馆长也笑了笑，样子有点吃力。

于是，徐副部长站了起来："今天的谈话就到此结束。我还约了别的同志来谈话。"

老马和王副馆长在走廊上一前一后走了一阵，又在楼梯上走了一阵，二人都没说话。

走到办公楼外的花坛边时，老马终于先开口了。

老马说："王馆长，你看我几时上班合适？"

王副馆长说："你是一把手，想几时上班都行。"

老马说："那就明天吧！"

王副馆长说："那我就回去通知，明天上午开欢迎会。"

老马说："大家见见面也行。"

又走了几步，二人就分手了。老马住在招待所，与王副馆长走的不是一条路。

王副馆长在回文化馆的路上碰见了李会计。李会计从银行取款出来，站在路边喊他。

二人走到一起后，王副馆长埋怨道："你知道要调外人来当馆长，怎么不直接告诉我？"

李会计说："怕你感情上受不了。只好让我母亲向你父亲递个信，暗示一下。"

王副馆长说："刚谈过话。老马要来文化馆里住，还相中了你那房子。徐部长指名让我督促你将房子腾给老马。"

李会计说："老马没来文化馆，怎么知道的？"

王副馆长说："上午宣传部的小阎领他来实地看过了，只是将你我蒙在鼓里。"

李会计立即骂起来："老马这狗东西，第一斧头想砍我，别想！"

王副馆长提醒他："你的党员还在预备期呢！"

李会计说："预备期我也要骂人！"

王副馆长说："骂归骂，房子还是得让给老马。另外，你通知一下，明天上午开全馆大会，欢迎老马到任。"

王副馆长说完扭头就走，走了几步又回头说："顺顺气，当心将取的公款弄丢了。"

李会计在原地狠狠蹬脚，像是说宁肯不在文化馆干，也难咽下这口气。

5

王副馆长走到家门口，正碰见老罗从屋里出来。

见到他，老罗便阴阴地笑，同时点点头，一句话不说就走开了。

王副馆长很奇怪，老罗平日见了他像是见到仇人，怎么今天倒亲自上门来了？

进了屋，就见父亲的一副驼背正对着门口。

听见脚步声，父亲说："有什么东西要补？罗同志！"

王副馆长一扬嗓子说："同志个屁！"

父亲吓了一跳，转过身来，见是王副馆长，就说："伢儿，你怎么了，也骂起老子来了？"

王副馆长一愣，避开这个话题："我问你，姓罗的来干什么？"

父亲说："没什么，让我给他补双鞋！"

王副馆长再也忍不住叫了起来:"姓罗的是什么东西?你这不值钱,给他补鞋!"

父亲说:"我补了一生鞋,只认鞋不认人。"停一下又说,"你说老子不值钱,老子就不值钱。老子一生只认破鞋,不认好鞋。没有那些破鞋,能有你光亮堂堂的今天?"

王副馆长说:"我不是说你,我是说姓罗的故意来损我,欺负我。他知道老马要来当馆长,我没法管他了,才敢让你给他补鞋。"

说着,王副馆长跳到走廊上,大声说:"姓罗的,将你的臭鞋提回去。"

老罗在走廊另一头站着回答:"你说话怕是算不得数了。你父亲说过,补好后亲自给我送来。"

王副馆长说:"你不拿走,我就将它扔到垃圾桶里去。"

老罗说:"扔不扔我不管,我只找你父亲要我的鞋!"

王副馆长正要说什么,父亲从身后门里钻出来,平静地说:"罗同志,请稍等会儿,你的鞋我马上就能补好!"

老罗和王副馆长忽然说不出话来。

父亲佝偻着身子趴在地上,一下一下地将鞋补好,再稳稳地走到走廊那头,轻轻地将鞋交给老罗。

老罗说:"王师傅,我给你钱,要多少?"

父亲说:"我有儿子养,要钱做什么?只要你日后记得有个王老头给你补过鞋就行。"

老罗的脸一点一点地红了。

王副馆长知道父亲要对自己说什么，他没有在客厅里坐，径直进了卧室，关上门后，开始拨电话机上的拨号盘。

这次他要找八建公司的石经理。

王副馆长先将馆里领导班子变动的情况和石经理说了。

电话里的石经理急了："那你们拆旧房建舞厅的事有变化没有？"

王副馆长说："从明天起就不归我当家。我说不准。"

石经理说："好歹还有一个晚上，你支持我们一下吧，我老石不是那种过河拆桥的人，我是滴水之恩涌泉相报。"

王副馆长沉吟一阵，才说："那就按原计划，晚上见面谈。不过有句话必须说在前面，我知道你们手上的活不多，所以，合同造价不能太高。起码要让明天上任的一把手找不到撕毁合同的把柄。"

石经理在电话里答应了。

放下电话，王副馆长正准备去幼儿园接女儿，仿兰抱着女儿从门外走进来。

王副馆长问："怎回得这样早？哪儿不舒服吗？"

仿兰说："还不是为了你的事怄得肚子疼！"

王副馆长说："你都知道了？"

仿兰说："代了几年馆长，起早摸黑地干，人瘦了几圈，到头来让别人坐享其成。"

王副馆长说："昨晚你不是劝我别干这差事吗？"

仿兰说："劝归劝，事到临头，就得争那口气。"

王副馆长心里怦然一动，禁不住脱口说道："这口气我非争回不可。"又说，"我要让他们看看这个家到底由谁来当！"

晚饭时，仿兰弄了点酒，王副馆长一连干了三杯。

一直没说话的父亲，忽然开口说："老罗送鞋来补时，说从乡下调了一个人来当馆长，这事可是真的？"

王副馆长说："单位的事你少问。"

父亲说："我也是为了自己的儿子好。老罗说，新馆长已和他通了气，准备重用他。"

仿兰用鼻子嗤了一声："这也不是什么绝招，每个新来的头头，总是要利用先前的反对派来打天下，建立根据地。"

这话让王副馆长动了心思。反对派他不怕，怕就怕有人向老马那边倒戈。幸亏让他管财经，老马管人事。馆内的干部子女，大的已经参加工作，小的还在上小学和初中，没有待业的，不会求老马找事做。而财经上讲究一支笔签字报账，谅大家不敢做得太过分，以免得罪了他。至于业务，老马是个外行，根本不用把他放在眼里。想到这里，王副馆长像已经获胜一样，又喝了三杯酒。仿兰并不劝他，第一次任由他喝去，在往常，她是绝不允许丈夫超过三杯的。

晚上，和八建公司的谈判是在外贸宾馆的一间客房里进行的。客房分为里外两间，大部分时间是王副馆长和石经理在里面屋里单独谈，石经理带来的人和文化馆的李会计在外屋吃点心喝咖啡。

王副馆长要求八建公司，明天就派几个人去扒旧房子，人别多，进度慢不怕，房子拆完后，停一阵再开始挖屋基，也不要搞得太快，屋基挖好后，就完全停下来。前面几点，石经理没有意见，只是认为屋基挖好后如果不做好屋脚，日后再做时会有大量的返工。王副馆长当即表示，承诺五百元作为返工费。

谈妥这些，他俩就开门，唤各自的随从进来，在合同上正式签字。按照甲方文化馆的要求，合同签字日期提前了一个月。合同规定，舞厅造价为二十万零八千五百元。

合同一签，石经理就让八建公司的会计拿出一个红纸包，说按建筑行业的规定，王副馆长可以拿总造价百分之五的信息服务费。红纸包包的是一万元现金。王副馆长坚辞不受，并表示他决不做违犯党纪国法的事。后经协商，决定由八建公司给李会计家安一套燃气热水器，王副馆长这边则定为，待他父亲百年之后，由八建公司承担全部丧事费用，并负责建造一座墓。至于多余的钱，暂时留在八建公司的账上，待适当时机，凭王副馆长的条子，请文化馆全体人员到北戴河旅游一次。

签完合同出来，天上下起了雨，趁石经理打电话叫车来送他俩时，王副馆长问李会计，明天上午的会，是否通知到每一个人了。李会计叫声哎哟，说事情太多，他将这事忘了。王副馆长知道李会计心里是怎么想的，只好说，那就来几个算几个。

6

第二天早上七点半，王副馆长准时到馆里上班。还在一楼就听到头顶上有不少人在说话。上到二楼，见会议室的门已打开，老马和先到的几个人在聊天。大家笑眯眯地认真听老马讲他当副乡长时的笑话。

王副馆长在门外站了一会儿，陆续又来了些人，连一向只来领工资的退居二线的老馆长也病恹恹地来了。王副馆长突然觉得李会计是不是在和自己玩瞒天过海的把戏。他昨天说忘了通知今天的会，但今天大家到得出奇的齐，会议室的门只有李会计有钥匙，却早早打开了。王副馆长想，李会计若倒戈，自己今后的处境就惨了。

王副馆长正在担心，李会计在楼梯上出现了。

王副馆长迎前几步说："你像个预备党员，好积极呀！"

李会计一愣后才说："门不是我开的。是老罗一大早上我家去拿的钥匙。我还没起床呢！老罗说是老马叫他去拿的，老马还叫他去通知全馆人员今天来开会。"

听了这话，王副馆长才放下心，说："老马启用老罗，简直是对全馆其他人的侮辱。"

李会计说："我也觉得没有人愿意与老罗为伍！"

王副馆长说："决不能让老罗的尾巴翘起来，否则他会成为一条四处咬人的恶狗！"

李会计点了点头。

王副馆长走进会议室，刚坐下就对老马说："开始吧！"也不等老马示意，便提高嗓门说，"今天这个会没别的议程，专门欢迎老马来馆里当馆长，请大家鼓掌欢迎。"大家都鼓了掌。王副馆长继续说："老马以前专和农民打交道，抓火葬、抓计划生育、抓积肥很有办法。现在他要和各位文化人打交道，初来时可能会力不从心，希望大家多支持。下面请老马发表就职演说！"

老马自然是有备而来，他从那张获奖的摄影作品开始说："我与文化馆是有缘分的，那年借人家一部旧照相机，随手拍了一张《秋风醉了》，就被王馆长慧眼看中，给了我很高的荣誉。"说着，老马从公文包里拿出那张照片让大家看。

别人看了什么都不说，只有老罗连声说好。

传到王副馆长手上，他看到照片上，一位老农民正在旷野里伫望，一阵秋风将老农民头上的草帽吹下来，正好落在一只小狗的头上，小狗抬起前爪，活像一个人。

老马说了一通客套话，然后是大家发言表态。老罗带头说，他感到新馆长到任后，各方面有耳目一新的味道，他本人争取在新馆长的领导下，创作出好的音乐作品，评上省政府颁发的"屈原文艺奖"。

老罗刚说完，搞文学创作的老宋就说："我本不想说话，一听到老罗说新来的馆长能让他获此殊荣，那我就不能不表态。按照过去的俗话，人说话得算数，乡下的方法是吐泡痰在地上，如果没有做到，就得将这泡痰舔回去。文化馆的人要文明一些，不能随地吐痰。我提个建议，既然老罗表态要拿全省最高文艺奖，那我也表个态，只要老罗写的歌曲今年能获"屈原文艺奖"，我老宋明年一定拿回诺贝尔文学奖。说的不算吐的算，我吐泡痰在痰盂里，老罗你吐不吐？只要吐了谁做不到，谁就将这痰盂里的痰喝回去！"

大家都大笑起来。老罗摆出一副清高的架子，不搭理老宋。

李会计最后说："老马看中了我那套房子，是看得起我，过两天我就腾出来。也算是以实际行动迎接新馆长吧。"

王副馆长及时插嘴："说不定什么时候，上面给我们调来一个副馆长或副书记，希望在县城里有私房的同志向李会计学习，届时积极给予配合。"

接下来老马将正副馆长的分工宣布了，然后就散会。

老罗正要走，李会计叫住他，问会议室的茶杯怎么少了四只。

老罗摇头表示不知道。

李会计说："不知道不行，你开的门，茶杯少了该你负责赔。"

老罗说："你以前就丢了，别想往我头上赖。"

李会计说："你才是赖呢！昨天上午考试，四十只茶杯还一只不少。"

老马出来打圆场说："几只杯子，丢了算了。"

王副馆长马上说:"这可不行。馆里定了制度呢,除非你宣布以前的制度全部作废。"

老马愣了愣说:"既然有制度就按制度办。"

李会计说:"听见没有,老罗,四个茶杯共九元六角钱,在这个月的工资里面扣。拿钥匙时,我说过会议室里小东西多,丢了不好办。你说没问题,丢了你负责。你说获奖的话可以不算数,馆里的财物保管制度是必须算数的。"

老罗气急败坏地说:"谁敢扣我的工资,我要闹得全馆的人都领不成工资。"

老罗边说边往外走,刚走到门口,猛地传来一声巨响,跟着一股尘土从楼下冲天而起。大家赶忙用手捂住鼻子。

老马冒着灰尘走到走廊边,探头一看,见一群人正在拆那栋先前作为电视录像厅的平房周围的临时棚子。

见老马一脸的疑惑,王副馆长装出一副对不起的模样说:"忘了和你通气,拆这房子是准备盖舞厅的。"

老马问:"签合同了吗?"

王副馆长说:"上个月签的。"

老马就不作声了。

李会计将会议室的一张旧办公桌腾出来,给老马用。办公桌有七成新,王副馆长嫌它旧了,不能让人看见了以为文化馆的人欺负老马是后来的,就要李会计去买张新的,反正会议室也需要桌子。

老罗自告奋勇要去帮忙抬回来,老马推辞几下,也就随他去了。

不到一个小时，老马和老罗就抬回了一张新办公桌，和王副馆长的桌子摆成对面。

老罗拿着发票去找李会计报销。李会计见上面只有老马的签字，就不给报销，要他去找王副馆长签字。

老罗回到馆长办公室，将发票递给老马，并说："你签的字没有效，非得王馆长签了字才行。"

老马瞅着发票怔怔地没反应，王副馆长伸手拿过发票，飞快地签上"同意报销"四个字，然后将发票丢在桌面上。老罗见老马不说话，只好拿上发票出去了。

老马忍了半天，终于开口说："我在乡里工作时，乡长和管财经的副乡长签字的发票都能报销。"

王副馆长说："你那是乡政府，是权力机关；这儿是文化馆，是事业单位。"又说，"县里各机关都是这样。还有，组织部不是对你我的分工规定得很清楚吗？"

老马无话可说，就要了一份馆内全年工作计划去看。

下午，老马又找李会计，将文化馆与八建公司签的合同拿去查看。王副馆长听李会计说后，也去了会议室。老马刚看完，正一个人在那儿抽香烟。

王副馆长说："昨天上午考试的事，得好好研究一下，不得出个结果，可没法向考生们交代。"

老马说："你是怎么考虑的？"

王副馆长说："我是一点办法也没有，就看你这一把手的了。"

老马说："那就拖一拖吧，拖到最后，就不了了之。"

王副馆长仿佛才看到桌上的合同书："哟，你在重新审查舞厅合同呀。查出问题没有，如果有问题还来得及处理。"

老马支吾说："我没这个意思，只是想看看未来的舞厅是个什么模样。"

王副馆长问："造价还合理吧？"

老马说："没办法比这更合理了。"

这天，王副馆长正在楼下和拆房子的工人聊天，李会计将他喊到一旁，告诉他老马买办公桌的那张发票有问题。办公桌都是一百五六十元一张，可老马的这张发票上写的是二百一十元。于是他就偷偷去查了一下，原来是老罗从中做了手脚，瞒着老马，偷偷给自己买了一对藤椅。

王副馆长想了想，让李会计别声张，先压一压再说，等到扣茶杯款时，老罗若闹事再一起处理。然而，真到发工资时，老罗签上姓名，拿着自己的工资，一声不吭地走开了。

老马这几天一直要李会计腾房子，他不便直接和李会计说，老是找王副馆长，要他催一催。王副馆长趁势和李会计说了这事，李会计答应后天搬。

王副馆长却说："楼下拆得这样乱七八糟的，你不怕将彩电、冰箱和家具碰坏了？"

李会计心领神会，马上说等房基做好以后，马上就搬。

王副馆长随后将这话传给了老马。

老马当时没作声，过后他向冷部长做了汇报。冷部长就让小阎给王副馆长打电话，限李会计三天之内搬家，否则，每天收十元房租，或者老马住招待所的钱由李会计出。王副馆长认为这样做不妥，让小阎转告冷部长，说如果老马是普通干部，这样做倒没多大后遗症，但情况不是这样，当二把手的他，就不能不请领导慎重考虑。

说这些话时，李会计就在旁边，他几次伸手夺话筒，都被王副馆长挡回去了。

王副馆长放下电话对他说："官大一级压死人，你就让让步吧。"

李会计气得脸发白，赌气不答应。

王副馆长说："我做个主，馆里给你报销全部搬家费用。"

李会计像受了很大委屈似的，勉强同意了。

到搬家时，李会计将屋里的灯泡、锁全部下走了，还用砖头在客厅正中砸了两个大洞。

老马搬来文化馆后，一连几个晚上屋里是黑的，不知线路上出了什么问题，崭新的灯泡没有一个发亮，最后只好将全部线路换了，才算解决问题。

老马的两个孩子也来文化馆住。老马在乡下总是吃现成饭，文化馆没有食堂，他只好自己烧火做饭。因为没做饭的习惯，两个孩子总说他做的菜，比学生食堂做的菜还难吃。

那天，老马接王副馆长的父亲到他家帮忙补鞋，二人聊起来后，老马说他真不该到文化馆里来。

自从老马来后，王副馆长上班总是迟到。

这天，王副馆长一进办公室，老马就告诉他，人事局将冷冰冰分配到文化馆来了。

王副馆长问："是上面硬性分的，还是馆里自愿接收的？"

老马犹豫了一下，才说："是我同意的。"

王副馆长说："你是一把手，有同意权。"

老马也不客气，就和他商量，给冷冰冰安排个什么工作。王副馆长就说这些天了，老马心里应当有所考虑。老马就说他想将冷冰冰安排搞文学创作。王副馆长说他没意见，只是老宋的工作得重新安排。老马说，就是老宋的工作不好安排，他才犯难的。王副馆长说，经营部不是缺个副主任吗？老马想了想也没有别的办法，便同意了。

冷冰冰来报到后，老马约老宋到办公室里谈了一次话。

谈得不投机时，老宋拍起桌子和老马吵了一架，还指鸡骂狗地将冷部长骂了一通。

冷冰冰当即气得哭着跑出文化馆大门。

第二天，一上班，老宋就递交了停薪留职的报告，说自己是不愿做奴隶的人们，要用自己的血肉筑成新的长城。老宋不愿做老马的长工，给老马赚钱，还不如自己去挣点现成的。

老宋将报告交给王副馆长。他不愿见老马，说自己一见到老马，就会变成杀人犯。

王副馆长将报告复印一份后，将原件交给了老马，自己揣着复印件去了一趟宣传部。

正好冷部长在秘书科坐着。王副馆长将复印件给了冷部长。冷部长扫了一眼后不高兴地说："老马连这点小事都处理不好，这么多年的副乡长是怎么当的？"

王副馆长说："文化馆的人，个个都很难缠。"

冷部长觉得自己失言了，就不再说话。

王副馆长像是无聊地找话说，他敲了敲办公桌，问小阎知不知道现在的办公桌多少钱一张。小阎说多不超过一百六，少不低于一百五。王副馆长笑起来，说小阎衙门坐久了不知民情，老马前些时亲自去买了一张和这一模一样的办公桌，不多不少整花了二百一十元。

王副馆长说完后，并不去看冷部长，但他从小阎的眼里看出，冷部长脸色没有以前好看了。

7

冷冰冰上班的第一天，就将两腿的膝盖全摔破了。那一天，她起床晚了，没吃早餐就来上班。在办公室坐了一会儿，她才起身上街去买油条。走到一楼楼梯口时，正遇上王副馆长，正要打个招呼，没提防脚下有一堆乱砖头，踩上去后，身子一歪，王副馆长伸手没扯住，冷冰冰的身子横着倒下去，左边膝盖当即出了血。她爬起来，一边直叫哎哟，一边瘸着往前走，一根废钢筋正好勾住她的大摆裙。这次王副馆长及时拉住了她，她只是双膝跪了一下，不过右边膝盖仍出了血，高高的鞋跟也扭断了。

冷冰冰流着泪问："这破房子要拆到哪年哪月才能拆完？"

王副馆长说："你问老马去，老马不弄点钱给建筑公司，他们当然干得不起劲呀！"

王副馆长将冷冰冰扶到家里，给她的膝盖上搽了红药水，又敷上消炎粉。

王副馆长的父亲见冷冰冰的鞋跟坏了，就要给她修一修。

王副馆长正想说什么，李会计在楼下喊他接电话，他便匆匆去了。

电话是县爱国卫生委员会打来的，说下个月五号，省爱国卫生检查团要来县里检查验收，文化馆拆房工地必须迅速清理好。县长发了话，文化馆工地是重中之重，必须整改好，否则，因此评不上文明城镇，是要处分人的。王副馆长答应，一定将此事转告老马，尽快按上面的要求，将环境搞好，不丢县里的丑。

老马因为要给两个孩子做饭、洗衣服，加上在乡里工作散漫惯了，上班从不守时。王副馆长等了一会儿，见老马还没来，就给他留了个条子。回头看看日历，见已是月底三十号了，又在条子上加一句，说自己这几天带冷冰冰下乡走访业余作者。

王副馆长回家时，冷冰冰正在试鞋。

王副馆长问她想不想和基层的业余作者见见面，相互熟识一下。

冷冰冰因为自己一下子成了全县业余作者的头头，当然想下去转转，满口答应之后，也不管双膝多么疼，一溜小跑地回去拿行李，再去车站赶十点钟的班车。

冷冰冰走后，父亲告诉王副馆长，冷冰冰亲口说的，她多次在冷部长面前建议，老马是个平庸的人、无能的人，文化馆的工作要想搞上去，必须依靠王副馆长。

听了这话，王副馆长忽然觉得，其实父亲帮人补鞋，得到最大好处的是他，父亲这样做既可以帮他联络与别人的感情，又可以从中得到一些有用的消息。

王副馆长随后给仿兰打了个电话。

听说丈夫和冷冰冰一起下乡，仿兰有点不高兴。

王副馆长就开导她，说人家是县委常委的千金，自己就是有贼心，也无贼胆呀。

王副馆长和冷冰冰走后，老马才到办公室，见了条子，他有些无所谓。在乡下，这类检查他见得多，无非是到时拣个好去处领着检查团逛一逛，然后弄点酒菜热情款待一番，就没有不合格的。老马不知道，机关工作对此类事是极认真的。机关的人都是你上班我也上班，你下班我也下班，一起看报，一起聊天，你起草文件，我起草报告，都是一样的事，难分个高下。能分出高下的就是门上贴的"最清洁""清洁""争取清洁"等一类的纸条。

老马到拆房工地和工头打了声招呼，要他们将工程垃圾顺一顺，别太丢人现眼。

过了两天，老马正在家洗衣服，李会计喊他去办公室有事。

老马拖了一会儿，想将几件衣服洗完。

还剩最后一条裤子时，老罗慌慌张张地跑来，说冷部长在办公室等了半天，见老马还不来，就生气地走了，并要老马立即去宣传部见他。

老马慌了，一扔衣服，手上的肥皂泡也顾不上擦，关上门就往宣传部赶。

到了宣传部，才知冷部长专门为清理文化馆工地上的垃圾而登门的。冷部长是县爱国卫生委员会主任。离五号只剩下两天时间，文化馆上上下下仍旧没有一点动静。文化馆地处县城的繁华路段，进县城的车辆和行人都要从门前经过，它的好与差，都是藏不住、躲不掉的。冷部长登门时就很恼火，没料到又坐了一番冷板凳，若是当时碰见老马，肯定要给上两耳光，再踢一脚。

弄清冷部长的意思以后，老马出了一身冷汗，他当场表示，两天之内就是用手捧，也要将建筑工地上的垃圾处理完。

老马回文化馆后，一边打电话，一边怪李会计没有把话说清。

李会计辩解说，冷部长来自然是有事，没事他来干什么，总不会是特意来同老马叙什么旧吧？

这时，八建公司的电话通了，老马说他要找石经理。接电话的人说石经理出差去武汉还没回来。老马说，那就找其他副经理。接电话的人又说，只有一个副经理在家，但他不是分管文化馆工地。老马还是要和这个副经理说话。副经理接了电话，问清意思后，为难地说，各工地都承包了，必须由分管的副经理才能解决。

老马说了半天没有丁点效果。放下电话，他直接去工地找工头，要他们赶紧将工地上的建筑垃圾清理一下。工头硬邦邦地说，他们施工从来就是这样，工程完了才搞清理。

老马急了，说："若不听我的，这工程就不让你们做了。"

工头高兴地说："那样更好，我们可以白拿一笔赔偿金。"

老马急得团团转，心火上来，牙床肿得像红萝卜，一整夜没合上眼。第二天起床，眼睛还没有睁开就出外奔波，结果仍是徒劳一天。

晚上，老马没办法，只好硬着头皮给冷部长打电话，说这事他干不成，撤了职也没办法。冷部长无奈，就答应明天到文化馆工地现场办公。

四号早上，老马去工地转悠时，正好碰上风尘仆仆赶回来的王副馆长。

王副馆长问老马的脸怎么肿成这个样子，像是被鬼打了。

老马说是牙疼上火。

王副馆长没往下问，径直回家去了。

早饭后不久，冷部长来了，八建公司的头头们也都来了。石经理表态表得很好。但他刚说完，分管的副经理就说，这么多的垃圾，就是铲车铲，一天也拉不完，就是两天也很勉强。

大家一算账，果然有道理。

冷部长一直没说话。

李会计这时说："听说王馆长回来了，叫他来，说不定他能想出什么办法来。"

冷部长点点头表示同意。

转眼之间，李会计就将王副馆长叫来了。

听了大家的叙说后，王副馆长后退几步到街中心站了一会儿，然后又爬到对面二楼的阳台上看了看，然后说："有个主意不知行不行，这些垃圾一点也不搬，像大城市街上搞建筑一样，用塑料编织布围起来，让外面的人看不见里面的情况。"

大家听了都说好。

冷部长脸色也缓和了些，说："就这样试试，我明天早上来验收。"

冷部长说话果然算话，第二天一早就来了。老马和王副馆长，还有石经理更是早早就在工地旁边等候。

冷部长绕着塑料编织布看了两遍，果然围得严严实实，从外面看不见里面，从里面看不见外面。冷部长满意地笑了，但他没有表扬王副馆长。王副馆长原以为他会这么做的，心里已经盘算好如何回答。所以，他有点失望。

石经理走后，冷部长到文化馆办公室坐了一阵，其间语重心长地对老马说："小王代了几年馆长，为馆里竖起一栋大楼，你可别连一栋小楼也竖不起来哟！"

老马说："人过留名，雁过留声。我在文化馆干一阵，当然也想给大家留点什么作纪念。"

从这一天起，老马开始特别关注舞厅工程的进度。

老马一过问，房子拆得比以前快了，过了一个月，地基也挖好了。

然而，就在地基挖好后的第二天，八建公司将人员设备全部撤走了。理由是文化馆必须预付十万元工程款。十万元到账了，他们才复工。

老马便开始四处筹钱。

财政局、银行、计委，他每家至少跑了十遍，才找到一点门路：行署文卫科肖科长有个妹妹叫肖乐乐，会唱歌跳舞，可是户口在农村，肖科长放风说，如果能将肖乐乐安排到文化馆工作，他可以帮忙在地区财政局搞到五万元专项拨款。

老马觉得此事是千载难逢，就召集王副馆长、李会计等开馆务会。

老马说："五万元，光利息就可以养活肖乐乐。何况这是财政拨款，百分之百划算。"

大家都表示没意见。

老马说："那就把肖乐乐作为上次考试的合格者，进行录取。"

大家仍没意见。

过了不久，肖乐乐就来馆里报到，被安排在音乐组，和老罗在一起。

又过了不久，肖科长打电话来，说五万元已经汇出。

李会计接电话后，就和王副馆长说了。

王副馆长说："我们建这栋楼吃那么多的苦，还落下十万元的债。老马来，挑好房子白住，从不过问过去的债，一心只想建舞厅，为自己树碑立传，这太不公平了。"

李会计说："其实，只要和银行透透风，他们就会用这笔钱去冲旧账的。"

王副馆长想了想说："这样也行。反正我们也是为公，自己得不到半厘钱的好处。"

李会计说："确实如此。"

上午，李会计提前下班去了一趟银行。

下午上班时，李会计瞅空告诉王副馆长，一切顺利。

老马等了半个月不见五万元到账，他拉上李会计亲自去银行查账，才知道这五万元被银行扣下，还了过去的贷款。

老马求爷爷告奶奶，说了一个星期好话，最后还是肖科长出面，银行才吐出一万元，不过是贷款，期限一年。

八建公司用这一万元，将舞厅的地基填起来后，又停工了。

8

这天，王副馆长正在家看电视，外面有人敲门。

外面很黑，刚开门一下子没看清，待那人进门后，才知道是老宋。

多时不见，只听说老宋发财了。王副馆长见老宋那副油腻腻、红光光的脸面，就相信这话一点不假。

老宋见面就说："我想整一下老马这狗东西。"

王副馆长说："那口气还没消哇？"

老宋说："除非老马垮台。"

王副馆长说："老马垮不了。"

老宋说："我看未必。上回的考试，大家意见大得很，若是知道老马私自招收了冷冰冰和肖乐乐，他们不把文化馆闹个底朝天才怪。"

王副馆长说："你可不能到处煽动人民群众造反！"

老宋说："你怕什么？"

王副馆长说："你还想不想回文化馆？"

老宋说："老马一走我就回。"

王副馆长说："这事牵扯到冷部长，若是得罪了冷部长，事情就闹大了。还有，冷部长知道我和老马不大合拍，说不定还会猜疑是我谋划的呢！"

老宋骂了一句脏话："没料到还得放那狗东西一马。"

又说了一会儿话，老宋从包里拿出一条"阿诗玛"香烟送给王副馆长。王副馆长不肯收。老宋说，这是他刚才打麻将赢的，没花本钱，不收白不收。王副馆长笑一笑后，不再推辞。

送老宋出门时，见外面开始下雨了，王副馆长就叫仿兰收阳台上的衣服。

半夜里，王副馆长被雨惊醒。起床关窗户时，他发现雨下得很猛，很恐怖。

这场雨下了一个星期，县里主要领导都下去防洪。领导下去时都要带一名记者，电视台的摄像记者被书记、县长、副书记和组织部部长带去了。作为第五把手的冷部长只好叫文化馆派个搞摄影的人，随他一道下去。

老马见此项任务重大，就自告奋勇地随冷部长下乡。

老马在乡下干的时间长，有经验，他想借此机会，在冷部长面前挽回影响。老马随冷部长鞍前马后跑了五天，回来后，冷部长果然在几个不同的场合里表扬了他。

这一阵县电视台都是关于抗洪救灾的新闻，由于没人扛着摄像机跟着冷部长，所以电视上一直没有冷部长的镜头，只有几条口播新闻里提到冷部长。

就在这时，地区群艺馆下发了一个通知，准备举办全区"战洪图"摄影作品大展。老马灵机一动，便决定先搞一个全县抗洪救灾的摄影作品展览。

王副馆长自然没有不同意的。

经过半个月的筹备，共征集到一百多幅作品。老马也从自己的摄影作品中拿出十余幅，放入其中，然后由馆内几个搞摄影的人，从中挑出七十幅参加展览。

王副馆长也在其中。

王副馆长对老马的摄影作品很有兴趣，他说老马拍摄的这一组作品在用光和造型上，都与《秋风醉了》有质的区别。老马的这组作品以冷部长在洪水到来之际的各种动作和表情为联系，构成一个有机整体。大家一致同意这十幅作品全部入选。

展览定于九月一日开幕。八月三十一日，先进行预展，请主要领导来审查。冷部长听老马汇报了展览内容，很是高兴。刚好地委宣传部熊部长下来检查慰问，冷部长就邀他一道来看预展。

熊部长和冷部长进展厅时，老马带头鼓掌，王副馆长和参展作品的作者也都鼓了掌。

冷部长扫了一眼那十幅关于他的作品后，就回头注视熊部长看这些作品的表情。

熊部长按照次序细细看来，看到有特点的作品还评说几句。当看到老马的十幅作品时，熊部长忍不住耸起了眉头。尽管他很快就纠正了这一动作，但还是被冷部长和老马他们发现了。

老马回头再看自己的作品，不免大吃一惊！别人作品中，抢险救灾的干部群众个个样子像泥猴，唯有自己拍摄的冷部长，上着白衬衣，下穿丝袜和胶鞋，旁边还有人替他打伞遮雨。

老马喃喃地说："我怎么没考虑到这一点呢？"边说，两腿边发起抖来。

冷部长送熊部长回宾馆后，又独自回到文化馆。

展厅里只有老马一个人，他正在将自己的作品往下取。

冷部长将手中的茶水瓶，一下子摔到老马的面前，并大吼一声说："老马，你真是一头教不转的蠢猪。你误老子不浅啦！"

老马吓得一句话也说不出来。

冷部长走后，老马镇定精神，到暗室里泡了几个钟头，还是挑不出一张有关冷部长抗洪的比较像样的摄影作品。

老马在暗室里呆坐到天黑，听见孩子在外面喊，他才出来。

第二天正式展出，县委书记要来剪彩，冷部长不能不来。

剪完彩，进了展厅，冷部长看见昨天挂着老马的摄影作品的地方，换了一幅二十寸的也是关于他的摄影作品。

县委书记看过之后，连连说好，拍出了冷部长的精神面貌。

这幅摄影作品的作者却是王副馆长。

不过，只有拍摄者和被拍摄者自己清楚，这是几年前拍的。当时冷部长还是个科长，有一天，他拖着板车去煤厂买煤，回来时遇上了雷阵雨，他将衣服脱下来遮住车上的煤，冒雨往家里拖，正赶上王副馆长拿着照相机在路旁的屋檐下躲雨，就将冷部长的狼狈样子拍了下来。照片洗出来后，王副馆长还特地跑到宣传部和他逗乐了好一阵。

全县"抗洪救灾"摄影作品展览闭幕那天，冷冰冰笑着对王副馆长说："你的鬼点子真多！"

王副馆长明白，这是冷部长在让女儿传话。

王副馆长的这张摄影作品被选送到地区参加展览，受到一致好评，并被改名为《宣传部长》，发表在省报上。

九月底，冷冰冰悄悄告诉他，老马要调离文化馆了。

果然，没隔几天，老马就被组织部找去谈话，让他去县农科所任党支部书记。

9

老马一走，上面又让王副馆长代理馆长。

王副馆长一个电话打到八建公司石经理的家里，要他明天就让舞厅工程重新开工，并且在一个月内竣工。石经理叫了一阵难处，最后双方商定，大后天正式开工，十月中旬交付使用。

接下来王副馆长又在馆内宣布，舞厅十一月一日正式开业。

王副馆长估计，进入到十二月，县里就开始调整各级领导班子，所以，自己在这之前必须干出点实绩来，别把这次良机错过了。

王副馆长将一切都安排妥当后，就让李会计准备两千元现金，他要到省里去要钱。

李会计忙了两天，也只筹到五百元。

出发的头一天中午，老宋忽然来找着王副馆长，要求重新上班。

王副馆长一见到老宋，心中就有了主意。老宋说了以后，他就答应下来，但要老宋向馆里上缴一些管理费。老宋丝毫没有犹豫，问上缴多少。王副馆长说，就两千元吧。谁知老宋眉头也没皱一下，就从怀里掏出一叠百元票子，数了数后，抽出一半扔给王副馆长。弄得他十分后悔没有将金额翻一番。

当然，王副馆长迅速想出一个补救措施，让老宋陪自己一道上省里去要钱。

在宣传口，王副馆长会要钱是出了名的。他平时对上面的人舍得下本钱，所以遇到工作上的难题，急需钱来解决时，总有人出来帮忙。这回去省里，又得到老宋的鼎力相助，王副馆长真是如虎添翼。老宋在外面跑了大半年生意，非常熟悉省里的人现在喜欢什么，想尿尿的就送夜壶，想睡觉的就送枕头。再加上在党政机关工作的生意朋友帮忙，来来去去，只一个星期，就从文化厅和财政厅各要了五万元。

回来一说，冷部长还不大相信，半个月后，省里的钱到了账，大家才心服口服。

王副馆长从省里回来，发现父亲又抽起搁下多年的旱烟筒。

晚上和仿兰亲热一回后，仿兰告诉王副馆长，女儿近一段很喜欢喝爷爷泡的水，昨天她将女儿喝的水尝尝后发觉，那水里有一股旱烟味。王副馆长并不在意，解释说，旱烟气味本来就很重，加上父亲的手摸了碗沿，气味就更明显了。

仿兰又告诉王副馆长，他走后的第三天，老罗喝醉了酒，从老马屋里出来后，站在走廊上，指名道姓地骂王副馆长心太黑，杀人不用刀子，难怪要断子绝孙。王副馆长的父亲听了这话后，气得拿上补鞋用的割胶刀，要去找老罗拼命。幸亏李会计在场，他力气大，才拖住。

王副馆长叹了一口气说："你也不给我家争口气，一胎生下个儿子。"

仿兰捶了他一下说："你有本事再弄个准生证，我一定给你生个儿子。"

王副馆长说："不说这无味的话了。不过老罗这杂种，有事情再犯在我手上，非要整得他用膝盖走路。"

第二天，王副馆长在家休息，睡懒觉睡到上午十点还未起床。躺在床上忽然听到外面有人说话，细细听，听出是李会计的母亲，又送鞋来让父亲帮忙补。

二人拉了一会儿家常话，父亲便改了话题，问："你先前说，如果第一胎生下的孩子残废了，就可以生第二个？"

李会计的母亲说："那还有假！我儿媳妇的同事头胎生

个孩子是哑巴，计生办的人就让她生了第二胎。两胎还都是儿子呢！"

父亲叹气说："人家怎么有那好的福分。"

又说了一阵，李会计的母亲约好来拿鞋的时间就告辞走了。

王副馆长穿好衣服，从房里走出来时。父亲吃了一惊，问："你没上班？"

王副馆长说："出差累了，休息半天。"

刚刷完牙，李会计就来传话，说冷部长打电话来，不同意这么随随便便就让老宋回馆里上班，不然，单位就成了公共厕所，可以随便进随便出。冷部长要馆里写出正式报告，老宋写出全面汇报，送给他看看之后再说。

王副馆长和李会计商量一阵，觉得老宋的汇报可以叫老宋写，就说馆里要，别的都得瞒着老宋。

后来这事还是让老宋知道了。他指着冷冰冰的鼻子说："你爸爸是个伪君子。"

老宋心里对冷部长的怨恨越发深了。

老马工作调动之后，人还住在文化馆，新单位没有房子给他住，他也舍不得搬出这套三室一厅。

王副馆长抽空上老马屋里坐了一回。去时，老马正在喂罐头瓶里的一只金鱼。

王副馆长说："你这么喂，不出三天，鱼就会憋死。我有一只鱼缸，闲着没用，送给你好了。"

说完，王副馆长就转身出门，片刻后，真的拿来一只鱼缸。

老马非常感谢。

王副馆长问他在新单位工作怎么样。老马说，那单位里头头本来就多了，他去后，只是每月主持开两次支部会议。幸好学会了喂金鱼，他还准备栽几盆花。王副馆长说，难得老马这么快就想开了。

老马将金鱼换地方时说："上次老罗赖着在我这里喝酒，我又不好撵他，结果喝醉了，骂了你的人，搞得我真不好意思见你。老罗这人品质不好，当初我想依靠他开展工作，真是有眼无珠。"

王副馆长来老马屋里，本来是打算问问那次老罗借酒装疯的情况，同时暗示一下老马，让他少过问馆里的事。见老马主动说起，王副馆长反而觉得自己过虑了，就说："当初，在一些事上，我与你配合不好，你走后，才觉得实在可惜。"

又问了老马两个孩子的学习情况，王副馆长便推说有事，得走了。临出门时，他许诺说，过几天送两条名贵金鱼给老马。

第二天，他就给老马送来一只墨龙和一只狮子头。

到了十月半，舞厅进入了内部装修阶段。

天气也渐渐凉了，王副馆长就让石经理拿出那笔钱，安排全馆的人到北戴河旅游。老马也去了，是王副馆长请他去的，还让他在路上带队。

王副馆长自己没去，他一个人在家照料舞厅的事。他让李会计每天打个电话回来，汇报路上的情况，特别是大家的情绪。

李会计每次打电话回来，总说大家情绪很高涨。

这天，仿兰冷不丁地问他："你听说过用旱烟油泡水喝，可以让好人变成哑巴的秘方吗？"

王副馆长说："小时候，好像听大人们这样说过。"

仿兰不再说话，等王副馆长上班去后，她没有送女儿上幼儿园，并对王副馆长的父亲说自己要去烫发，让王副馆长的父亲照看一下孩子。趁其不注意，她偷偷溜进王副馆长父亲的房里，躲在蚊帐后面。

过了一会儿，女儿叫渴，要喝水。

仿兰看见王副馆长的父亲倒了一杯水，然后用一根细铁丝，从旱烟杆里一点点地掏出些烟油，放到茶杯里搅了搅，便端给女儿喝。

仿兰大叫一声，从蚊帐后面跑出来，夺过那杯水，一下子浇到王副馆长父亲的脸上。

事情也巧，王副馆长到办公室门前准备开门，才发现钥匙忘了拿，就转身往回走。在楼前碰到宣传部小阎和组织部姚科长、张科长站在路边说话，他就走拢去凑合着说了几句。大家都盼舞厅早点建成。王副馆长再次许诺，到时候负责供应他们的票。

王副馆长回到家里，正好听到仿兰在骂："你这个老不死的，你想害我的女儿，我到法院去告你！"

王副馆长一步跳入屋内，问到底是怎么回事。

仿兰将事情经过从头到尾说了一遍。

原以为丈夫会帮她一起惩罚父亲，谁知王副馆长走上来，照准她的左脸扇了一耳光，又朝右脸掴了一巴掌，并骂道："你这个不行孝的女人！为了一件小事就将开水往父亲的脸上浇，将父亲的脸烫成这个样子，叫我如何出去见人，大家会指着我的背，骂我是只要女人不要父亲的家伙。你以为喝点烟油水，就真能让人变成哑巴？你到医院去找人问一问！真的这么容易，那天下的哑巴不知有多少！"

仿兰被王副馆长两耳光打蒙了。好半天才清醒过来，抱起女儿就往外跑。

王副馆长知道仿兰要回娘家去，也不阻拦，反说："想通了就自己回来，我没空去接。"

仿兰走后，屋里只剩下王副馆长和父亲。

王副馆长什么话也没说，默默地将正红花油一点点地往父亲脸上搽。

刚搽了几下，父亲就推开他的手，钻进蚊帐里，用被子包着头，一声声地哀号起来。

王副馆长听见父亲在哭诉："巧儿，你怎么不带我一起走呢，让我留在阳间活受罪！"

巧儿是母亲的乳名。

王副馆长一听到母亲的名字，眼泪就流出来了。母亲生下他不到两个月就死了。母亲死时，他还叨着她的奶头。之后，父亲打光棍将他带大。

家里这一番闹，外人并不知道。

这天李会计打电话回来，说旅游人员已到了武汉，明天就可以到家。

接完电话后，王副馆长就给仿兰的单位打电话。

仿兰一接电话，王副馆长就开门见山地要她回家，不然，全馆人员明天回了，将这事传出去，就会将他所有的优点一扫帚扫掉了。仿兰在电话里嗯了嗯，没说回，也没说不回。天黑后，王副馆长见仿兰还没回，就叹了口气，决定去仿兰娘家接她们母女俩。

县城很小，两里路只走了一里，王副馆长就看见仿兰抱着女儿过来了。

一家四口重新住到一起后，大家都不知道说什么好。夜里，女儿刚一睡着，王副馆长就厚着脸皮撩仿兰，撩了一阵，他就得手了，夫妻俩也就和好如初。

仿兰回来后，王副馆长的父亲就搬出那只多年不用的补鞋箱，到街上去摆了一个摊。每天早上，仿兰母女俩没起床他就出门，夜晚等她俩睡后才收摊回家，三餐饭都是王副馆长送到街上去吃。

外出旅游的人回来时，八建公司已将舞厅修好了。

王副馆长召集大家开会，讲清楚离十一月一日舞厅开业，只剩下一个星期，大家务必要在这段时间里，克服一切困难，哪怕不分昼夜地加班，也要将舞厅内的各种设施装潢搞好。

所有人都兴高采烈地答应了。

老罗也表了很好的态。

文化馆的人从没有这样齐心，才五天时间，就将一切都布置妥当了。

那天下午，王副馆长将电闸一合，舞厅内顿时华灯齐放，音乐悠扬，大家忍不住跳了几支曲子，华尔兹也好，探戈也好，都跳得有模有样。

冷冰冰回家吃晚饭时，在冷部长面前描述了一通。

冷部长搁下碗筷，要冷冰冰陪他到舞厅去看看。

冷冰冰连忙给王副馆长打了个电话。王副馆长得信后，又以冷部长的名义，请几个有关单位的头头来看看。同时，又让肖乐乐她们几个，好好打扮一下，晚上陪冷部长他们多跳几曲舞。

冷部长来后，对舞厅的一切都很满意，唯一不满意的是舞厅还没有取个名字。

王副馆长连忙检讨自己的疏忽。

冷冰冰趁机在一旁说："老马搞了快一年只搞了个屋基，王馆长只用一个半月就搞起来了。你再让他这么'代'下去，我都对你有意见。"

冷部长弹了女儿一指，说："只要真是人才，总会有用他的时候。"

王副馆长忙说："那是，那是。"

冷部长他们玩到十点半才意犹未尽地离开。

他们一走,王副馆长就召集老宋、冷冰冰和李会计商量给舞厅取个名字。大家要王副馆长先说。王副馆长就说:"老马那张摄影作品,不是叫《秋风醉了》吗?我把它动一个字,叫'醉秋风'如何?"

大家想了想,觉得似乎还不是最好。

往下,每个人都提出了十几个名字,都不满意,和这许多名字一一比较,"醉秋风"反倒显得合适。

最后,大家一致同意,就叫"醉秋风歌舞厅"。

第二天上午,王副馆长就舞厅的名字专门向冷部长做了汇报。

冷部长听后,沉思一阵,突然说:"不行!不行!这个名字听起来像是旧社会的妓院。"

王副馆长吓了一跳,他怎么也没料到冷部长会产生这样的联想,一时不知怎么回答。

冷部长站起来,在屋里走了几圈,说:"我有主意了,依然是这三个字,只是将它来个本末倒置,叫'秋风醉'如何?"

王副馆长心里有苦说不出,嘴上却连连叫好。

十一月一日晚七点半,秋风醉歌舞厅正式开业。

没几天,地区报纸就刊载了一则消息:我区第一座现代化舞厅日前在某县文化馆正式开业。该项工程几经磨难后,在现任负责同志的艰苦努力下,只用四十天就完成了全部基建和装潢任务。

王副馆长尚未看到报纸，小阎就从宣传部打电话来质问："这则消息是谁写的？光你王副馆长一人努力，就没有领导的支持吗？"

王副馆长知道小阎口气这样硬，一定是有来头的。站在小阎背后的当然是冷部长。

舞厅开业一个星期，纯收入就达两千元。

李会计告诉王副馆长这个消息后，又告诉他另外一个消息：上面已确定，小阎来文化馆当馆长。

10

小阎上任讲的第一句话是："我不像老马。老马年纪大，我年纪轻。处理事情时，可能没有老马考虑得周到。"

这话明显是一种示威。

果然，这次分工时，王副馆长只分管业务，其余人事、财经，小阎都揽了过去。

小阎来之前，舞厅由老宋负责。老宋对付那些不买票进舞厅的人，有几套办法，所以舞厅一直收入很高。

小阎来后，将老宋换了。他怕老宋有意见，就让老宋回文学组，说是让老宋发挥专长，加强文学创作方面的力量。老宋有苦说不出，只得忍了。小阎让肖乐乐负责舞厅。他每天至少要从肖乐乐那里拿走二十张舞票，拿到县委和县政府院子里去做人情。

李会计经常到王副馆长面前诉说，说这个舞厅简直成了小阎的私人乐园。

王副馆长一点权没有，也就无计可施。

为了挽回自己的面子，王副馆长提了几个大型文艺活动的方案，小阎都同意，但又附上一条，说要做到以活动养活动，实行经费自理，馆里最多只负责活动结束时，加一次餐。王副馆长只好打退堂鼓，小阎就在支部会上批评他，说他光说空话，只有计划，没有行动。

有一次，王副馆长发现冷冰冰刚写完的宣传牌上错一个字而造成政治错误。他装作没看见，赶忙走开。然而，王副馆长没能看到他想看的好戏，宣传牌挂出之前，小阎发现这个问题，及时改了过来。

舞厅收入虽然没有老宋负责时高，还是够可以的了，文化馆的人只要没有旷工，每月都能拿到十几元额外奖金。所以，小阎为人虽然霸道，大家觉得还是在可以忍受的范围之内。

转眼到了五月。

这天，小阎将老宋叫到办公室，要他写一篇纪念"延座讲话"的文章。

老宋说自己这一阵子总是头疼，连借条也写不了。

在全馆人员中，小阎唯独对老宋有点胆怯。

有一次，小阎不知为何对冷冰冰说，全馆人都无法把他怎么样，将来他要栽跟头，可能就栽在老宋手上。

老宋手里有了大把的钱，回文学组后，他将以往写的小说、诗歌和散文清点了一下，然后经常往省里跑，每跑一次，就有一两篇作品发表出来。在县城里，连冷部长都不敢轻视声名鹊起的老宋。

见老宋不肯写，小阎就转而叫冷冰冰写。

冷冰冰花了五天时间，将文章写了出来，交给小阎。小阎看后，说很好，很合他的意。然后就叫人抄到宣传栏上去。

这期间，老宋又去了一趟省城。老宋兴致勃勃地回来时，看见宣传栏上的文章，不由得火冒三丈，捡起路边的废砖头，将宣传栏砸了一个大窟窿。

老宋行李也没放下，扭头就去干休所，找宣传部的元老——董部长告状。

董部长一听说冷冰冰写文章，将全县过去的文艺创作，说成是在"极左"思潮影响下，出现"假大空"的虚伪繁荣，顿时发出几声冷笑。冷部长是董部长提拔起来的，但他不好直接骂冷部长，毕竟一个在台上，一个在台下。他给冷部长打电话，说自己听说文化馆最近组织人写了一篇好文章，他想拜读一下，等等。

冷部长当然听得出弦外之音，他马上去文化馆，站在宣传栏前，看过那篇文章后，不管旁边还站着王副馆长，就将小阎臭骂一顿。

冷部长走后，王副馆长装作随口说："看来世上真的没有常胜将军，谁都会有克星的！"

小阎听后默不作声。

自此小阎谨慎多了，对老宋也愈发客气。

老宋却不买账，他对王副馆长说，这只小牛犊下场肯定还比不上老马。

王副馆长的父亲在街上摆了半年鞋摊，人显得更苍老了。王副馆长托很多人劝父亲收了这鞋摊，他自己也求了许多遍，父亲就是不答应，还说："要我回去，只有一个条件，叫你媳妇给王家生个儿子。"父亲吃饭仍是一日三餐由王副馆长送。

有时候，王副馆长有事不能送，仿兰就请老马帮忙送。

因为这，王副馆长和老马的关系特别亲密起来。

王副馆长的父亲帮人补鞋，有人给钱他就收，不给钱的，他也不要。

宣传栏事件过后不久，冷冰冰花了大价钱，给冷部长买了一双皮鞋，作为生日礼物。冷冰冰将皮鞋从商店里拿回来时，小阎见了直夸漂亮。

过了几天，小阎去宣传部，见冷部长脚上的新皮鞋破了一个洞。一问才知道，前天，冷部长下乡，半路上碰见一个小偷抢一位老人的钱包。冷部长让司机停下车，带着车上其他人一起上去捉那小偷。小偷急了，拿出刀子来威胁。急切之中，找不到其他武器，冷部长就脱下皮鞋迎战。小偷到底被抓住了，新皮鞋却被刀子戳了一个洞。

小阎在秘书科，干惯了跑腿的事。见此情景就习惯地叫冷部长将鞋换下来，他拿去找人补一补。

冷部长也是习惯了的，小阎一说，他就依从了。

小阎提着冷部长的皮鞋，到街上问了几个补鞋的人，见要价一个比一个高，他就找到王副馆长的父亲，让帮忙好生补一补。

王副馆长的父亲听说这鞋值一百多元，就说："我还从没补过这么好的鞋，冷部长让我补，是瞧得起我。我就是将身上的皮割一块下来，也要将它补好。"

王副馆长的父亲不知道现在的皮鞋越好，皮子越薄，越不耐穿。他用钳子夹住洞边的皮，想看看洞里面破成什么程度，手上还没怎么用力，那皮子就哗地一下，被撕开一条两寸多长的口子。

王副馆长的父亲一下子傻眼了，生怕自己的手艺被这双皮鞋给毁了，就拼命想办法补救。结果，鞋面上的洞，由小变大，由一个变成几个。

过了一个小时，小阎来拿鞋时，见到破烂不堪的皮鞋，就急得跳脚，大声说："都这个样子了，你还补什么，去买一双赔给别人算了。"

王副馆长的父亲手一哆嗦，鞋子掉了下来。

小阎又说："你补不了就该早点说一声，我好找别人去。到了这一步，看你怎么赔？你若不赔，我就将这破鞋挂在你的颈上，让你去游街！"

王副馆长的父亲将头埋在双膝中，不敢回半句话。

这时，肖乐乐来传话，说冷部长打电话来，让他赶紧送鞋去，冷部长有事要出门。

小阁于是说："这样，我先垫钱买一双皮鞋赔给人家，回头你将钱还给我。"

小阁说完就走了。

县铸造厂这天正好举办"红五月歌咏比赛"，王副馆长被请去当评委主任脱不了身，中午饭由老马帮忙送。

老马送饭时，见鞋摊上没人，等了一会儿仍没人，他没在意，将饭盒放在小板凳上，自己先回了。

傍晚，王副馆长回来时，见一个叫花子正捧着父亲的饭盒，坐在鞋摊后面大口吞咽。

见四周都没有父亲的影子，王副馆长心里起了疑问。他撵走叫花子，将鞋摊收拾好挑回家，才知道仿兰也不知道父亲去哪里了。王副馆长觉得事情不妙，忙叫上几个人帮忙寻找。

王副馆长沿着老城墙外的护城河找了两个来回，也没有发现什么，往回走到十字街头，迎面碰上老宋。

老宋急匆匆地说："快！快去医院！你父亲在那儿卖皮呢！"

王副馆长一边往医院跑，一边问老宋，才知道，小阁走后，王副馆长的父亲想了又想，唯有下决定去医院卖血，还钱给小阁。医生见他年纪大，没有答应。刚好，一个被火烧伤的人需要植皮。医院刚开始做这种手术，没人敢卖自己的皮肤给别人。王副馆长的父亲愿意卖，一化验，正合适。医生刚要下刀子时，老宋赶到了。

王副馆长一进医院，就听见父亲在手术室里叫："我自己的皮，我愿卖，谁也管不了！"

一见儿子，王副馆长的父亲叫得更厉害了，还伸手抢医生的手术刀和手术剪。

王副馆长对父亲说："你不是有儿子吗，再难的事，还有儿子替你顶一阵呢！"

父亲说："你别管我。我什么用处也没有了，还不如一刀一刀地割死了好！"

王副馆长说："你真要这样，那我还有什么颜面出去见人？干脆先将我的脸皮割了！"

说着，王副馆长双膝一弯，人就跪在地上。

老宋也在一旁劝说："王师傅，王馆长大小也是个领导，你这样不讲情面，不等于是拆他的台吗？"

闹了半天，医生也有些烦，开始撵王副馆长的父亲。

轰的轰，劝的劝，总算将王副馆长的父亲弄下手术台。

这边王副馆长早被人扶起来，大家一起到外面的休息厅坐下，听王副馆长的父亲诉说事情经过。

王副馆长的父亲痛心地说："我一生的名声，全叫这双鞋毁了。"

大家对这话没兴趣，只顾齐声痛骂小阎。

老宋说:"这次不把姓阎的整倒,我就四只脚走路。"

众人义愤填膺地说了许多话。

父亲要王副馆长将买鞋的钱还给小阎。老宋拦着不让给。

王副馆长的父亲不同意,他说:"损坏东西要赔,这是天经地义的事。"

老宋说:"这回若赔了,那就是天不经地不义了!"

王副馆长的父亲一急,加上饿了两餐,便头晕起来。王副馆长赶紧让护士给他吊了一瓶葡萄糖。

七拖八拖就到了晚上十点。老宋推说有事,先走了。

老宋一走,看热闹的人就都散了,只剩下王副馆长和父亲。

等他俩回到家,仿兰已搂着女儿哭过几场了。她以为父亲是为了她而出走的,那样,她走到哪里,哪里就有人戳她的背脊骨。见父亲回来了,她连忙起身招呼,真心实意地问父亲想吃什么,她这就去厨房做。

父亲只想睡觉,直往自己房里钻。

这时,老宋来了。

老宋先一步回家,很快写出一篇新闻稿《鞋匠割肉卖皮,只缘官官相逼》。老宋将文章给王副馆长过目。

王副馆长见文章中点了冷部长的名,就不同意,要老宋删去冷部长,他说冷部长是被小阎利用了,是无辜的。

老宋嘴上答应,却没有改,仍然原封未动地寄给了省报。

没多久,文章登出来了。不过不是登在省报上,而是登在省报办的《内部参考资料》上面。冷部长那一条线还是被删干净了，读文章觉得那鞋是小阎自己的，标题也被改成《老鞋匠失手本该赔偿，年轻人可恶逼他卖皮》。

又过了几天，县里派人到馆里，讨论如何给小阎处分。

大家一致认为，给他一个撤销党内外一切职务的处分就够了。

半个月后，小阎的处分下来了，是双开除加双留用察看，并调到老马当副乡长的那个地方去当一名中学教师。和别的犯案人相比，大家都认为处分太重了。老宋说这是舍卒保车。

小阎走时，王副馆长派李会计和肖乐乐将他一直送到那所中学。他俩回来时，说学校对小阎的安排还可以，教附属高小的思想品德课，课不多。

11

王副馆长又开始代理馆长了。

这一次他汲取了前两次代馆长时的教训，有事多请示，多汇报。

其实，在讨论给小阎的处分时，他就开始想自己这次如何代馆长了。所以，小阎走后第三天，他就去找冷部长汇报自己的工作计划。

冷部长听说他要搞镭射电影，就泼了一瓢冷水，说电影是电影公司的事，文化馆不要把这池水搅浑了。还说，能将舞厅办好就很不错，别把风头出得太足了。

王副馆长当时没争辩，心里却说：烧三根香，放两个屁，菩萨不说话，问你自己过不过意？我就是要代一回馆长，做一桩大事，搞得你非提我当正馆长不可。

返回文化馆后，王副馆长让李会计去外贸宾馆订了一桌酒菜，将公安局、工商局等有关单位的关键人物请来吃了一顿。席间，王副馆长说了搞镭射电影的事。县里的人只听说过这东西，上省城时，见镭射电影都在一些高雅的地方放映，也没机会开眼界，便答应大力扶持这件新生事物。

等冷部长察觉时，王副馆长已将营业执照拿到手了，买机器的钱也已筹到了一大半。

接下来王副馆长要到深圳去买机器，当然，主要是联系片源问题。

以往仿兰从不拉王副馆长的后腿，这一次她说什么也不放王副馆长出去。王副馆长的父亲从医院回来后，就一蹶不振，躺在床上只能靠王副馆长每餐送碗粥度命，开始是小便失禁，这几天大便也失禁了。王副馆长一走，留下妻子怎么好料理公公呢？

王副馆长先一想，觉得自己的确不能离开；后一想，镭射电影的事已是骑虎难下，不一气呵成地办好更不行。他打定主意瞒着仿兰偷偷出门，家里的事只好将她逼上梁山。

隔天早上，王副馆长装着起来给父亲擦洗身子，将阳台上没干的衣服卷成一团塞进提包里，开开门悄悄走了。

这次去深圳，李会计、老宋等都想与王副馆长做伴，王副馆长却选了冷冰冰。他想通过冷冰冰来缓和与冷部长的关系。

在深圳，他俩一起选中镭射机器后，王副馆长便有意避开，让冷冰冰一个人去和老板谈价钱。回来时，冷冰冰给家里每人买了一枚金戒指，还送了一枚金戒指给仿兰。王副馆长心知她吃了回扣，想到回家时，仿兰这一关不好过，他就代仿兰收下了。

实际上，王副馆长离家不久，仿兰就发觉了，她追到车站时，只看到王副馆长和冷冰冰乘坐的客车影子。回屋后，见父亲那番模样，仿兰本不想理睬，又于心不忍，狠了狠心，只好闭上眼睛给父亲擦。仿兰刚动手，父亲却弱弱地叫着："不！！不！"正在为难时，李会计的母亲提着菜篮来了，说是看看王师傅好些没有。见此情形就说："你去帮我买菜，我替你找个人来帮他擦！"仿兰心想谁愿做这下作的事，就多了个心眼，先出门去，在楼下躲了一会儿。见李会计的母亲还没下来，她就悄悄返回去，走到窗外，她听见屋里有女人低低的抽泣和哗哗的水响，偶尔还能听到父亲的低声叹息。仿兰退下后，去菜场买了李会计的母亲要买的几样菜，又自己掏钱买了两斤猪肉搁在篮子里。她买东西时，头一回不性急，不管别人怎么插队，都不心烦。回家时，见屋里仍只有两个人，仿兰装着责备李会计的母亲没有留住来帮忙的人，她买了一块肉本来是要感谢人家，现在只好给李会计的母亲了。谦让了一阵，王副馆长的父亲在床上叫李会计的母亲收下，这事才算完。然后，仿兰要李会计的母亲每天上午请那人来一次，她借口图书馆每天上午忙，离不开人，将门上的钥匙给了李会计的母亲。李会计的母亲推也没推就接受了。

王副馆长惦记着家里的人，拼命往回赶。到了县城，一出车站他就扛着机器先到办公室。

进门后，见从前老马和小阎坐的那张桌子后面，坐着一个陌生人。

一问，才知是刚上任的馆长，姓林，是从部队转业回来的。

王副馆长一屁股坐在椅子上，半天无话。

倒是林馆长见他这热的天出差回来，连忙又是敬烟又是泡茶，还打开电扇，对着他吹风。

吹了一会儿，王副馆长一连打了几个喷嚏。

谁也没有想到，几个小小的喷嚏就将王副馆长打倒了。

12

王副馆长一进家就病倒了，他发烧得很厉害，老是在三十九度左右不退。连医生也吃惊，这么年轻力壮的一个人，未必真叫一个小小的感冒治趴下了。熬了一个星期，总算退烧了，接下来再在医院观察了一个星期，每天吊一瓶氨基酸，前后一算账，一场感冒花去文化馆上千元。

住院的后几天，王副馆长嫌医院吵，吊完氨基酸以后就回家。

回到家里，王副馆长依然睡不着觉，一件很小的事情都能让他反反复复地想个通宵。

睡不着时，半夜里，总能听见父亲恐怖的呻吟声。父亲一醒就会唤王副馆长去，听他哭诉祖上人在梦里如何的用酷刑折磨他，说他教子无方，让王家香火断了。

王副馆长心头压力更大了。老想自己这几年何苦这样卖力，什么好处没捞着，连个儿子也没有，弄得一家人都伤心。第一次代馆长将文化馆大楼建起来了。第二次代馆长，修了一座舞厅。第三次代馆长虽然只有二十来天，也干成一个镭射电影。可这些都被别人捡了便宜，自己却是吃力不讨好。

这天，王副馆长正在吊氨基酸，李会计来看他。

李会计告诉他，镭射电影今天搞首映式。

李会计给了四张票，让王副馆长送给医生护士，以表示感谢。

王副馆长将这票随手递给在旁边照看的那位护士。护士拿着票出去不一会儿，内科的医生护士，都来朝他要票。

这时，李会计尚未走。王副馆长就问他还有票没有。

李会计说："票倒有，但都是给县里领导的。"

王副馆长将李会计的提包夺过来，拿出里面的票，一人给两张，边给边说："有些当官的吃人不吐骨头，这两张票他们当便纸使还嫌小。"

其他科室的医护人员，闻讯也来了。转眼之间，一大摞票就剩下十来张了。李会计一把抢回去，讨饶般地说："这几张是给关系户的，实在不能再给了。"

没票的人仍在缠着王副馆长，他只好叫李会计回头再送二十张舞票来，然后，只要他在这儿住着，保证每天十张电影票，十张舞票。

看过镭射电影的人，回来都说够刺激。秋风醉舞厅的曲子，更是能迷死个人。所以，医院上下都对王副馆长很好。

那天晚上，父亲呻吟又起时，王副馆长突然起了一个念头，为什么不试试让医生帮忙开个假证明，说女儿有先天性心脏病，然后到计生委去弄个准生证，让仿兰再生一胎呢？

第二天一大早王副馆长就去了医院。他不去病房，而是去内科高主任家。高主任一家都成了镭射电影迷，见他到了，连忙让座。他先将从深圳带回的一条"万宝路"递上，再说自己女儿身体如何不好，可能是先天性心脏病，希望高主任高抬贵手，帮忙确认一下。

高主任笑着问："是确诊，还是确认？"

王副馆长一慌，竟不知说什么好。

高主任的妻子在一旁说："老高你何必明知故问，王馆长是个老实人。"

王副馆长听了这话，索性将家里的一切都摊开说了。

高主任听了，转身从抽屉里拿出一张病情诊断书，一边填写，一边说："人就是这样，政治上进步不了，总得在生活上有个精神寄托。"

写好后，就递给王副馆长。

王副馆长一看，全是按自己说的写的，而且连医院的公章都预先盖好了。

高主任说："我是第一次这样看病的。"

王副馆长见他写得这样从容，不相信这是第一次，就问："不知计生委那儿，手续怎么办？"

高主任说："管他怎么办！你将这个诊断书直接交给李水蛇，他自然会亲自替你办的。"

高主任的妻子说："李水蛇的肾不好，全靠老高给他治！不过申请书你可要写一份。"

高主任又说："等你拿到准生证时，往你父亲眼前一晃，准保他的病就好了！若是没好，我就将这条'万宝路'还给你！"

王副馆长针也不打了，回家写好申请书，又找李会计盖上公章，便去找李水蛇。

李水蛇是计生委李主任的绰号。见了高主任的诊断书，果然不敢迟疑，不到半个小时就将准生证交给了他。

王副馆长随即打电话，要仿兰到医院妇产科取下避孕环，说自己已搞到准生证了。仿兰还以为他在开玩笑。当天下午，王副馆长先去医院办出院手续，在陪仿兰去妇产科时，正好碰见高主任的妻子。高主任的妻子教他每次同房之前，夫妻俩都用小苏打水洗下身，成功率会高很多。

从医院回来，王副馆长真的将准生证拿给父亲看了看。父亲眼珠一亮，忽然就坐起来，接过准生证，双手捧着，先哭一阵，接着大笑起来。等父亲平静些后，王副馆长就和仿兰进了卧房。

这一次和以往任何一次都不一样，滋味很特别。

王副馆长一声声说："你一定要给我生个儿子！"

仿兰一声声回答："我一定要给你生个儿子！"

王副馆长父亲的病一天天见好了。

仿兰再次怀孕时，他已经能够下床摇摇晃晃地走上几步。

过了几天，见自己走路已经稳当了，王副馆长的父亲就要回乡下去，说八个月的时间自己可以养两头大肥猪，等仿兰生儿子时，就将猪卖了，给她母子俩补身子用。

王副馆长拗不过，只得由父亲去。

王副馆长每天去办公室点个卯就回家做家务，家务事他全包了，让仿兰整个地歇着。

农科所半年前开始做花鸟虫鱼的生意，老马屋里这类东西很多。王副馆长隔三岔五地拿一样过来，时间不长，家里就变得一派鸟语花香了。

每天晚上七点半左右，王副馆长必到秋风醉舞厅和镭射电影厅门前转一转，遇到熟人，就叫看门的放进去。

林馆长不管他。当过兵的人，总是讲义气。

林馆长在王副馆长生病时，曾来家里探望过，当面说自己是雀占凤巢。林馆长还吩咐李会计，不管什么时候，只要王副馆长要票，也不管是舞票还是电影票，要多少就给多少。别人要票时，他却卡得很死。

仿兰对王副馆长说："小林这是在用软刀子捅你呢！"

王副馆长说："我已经死了那个心，不想当官了，他捅我有何用！"

王副馆长照旧每天去拿票。拿不到票的人，渐渐对他有意见了，开始时见面还说几句话，到后来，就只点点头称呼一下就完事。就连老宋和李会计也变得生疏了。老罗反而成了例外，过去老罗见了他总像仇人一样，但近一段时间变得客气了，有时还和他开个小玩笑。

和外面熟人的关系也变了。以前，王副馆长工作挺忙，和熟人碰面了，仓促拣几句要紧的说了，便走路。现在情形大不相同，上街买菜，只要碰见熟人，不管有事无事，他总要走拢去，站着和那人说一阵。单边只有五百米的路程，没有两个小时是回不来的。

有一次，王副馆长在街上碰见了冷部长。

他见冷部长提着菜篮买菜，有些惊奇。

冷部长说："今天是星期天，买买菜，让自己轻松一下。"

王副馆长马上说："我每天都买菜，每天都是星期天！"

冷部长笑起来，问他这一阵在忙什么。

王副馆长说自己搞了几十盆花，光是早晚搬进搬出就把人累死了，而且各种花浇水的最佳时间不一样，更是把人搅昏了头。还要喂鸟，那东西比养儿子还艰难。

王副馆长说了一大通，冷部长听得有滋有味，从头到尾没有打断一下。王副馆长说完后，冷部长才问，馆里的工作近段搞得如何。

王副馆长半年多不问馆里的事，就胡乱说："基本上是按你的讲话精神去做。"

冷部长一听这话就来了劲，问大家对他的讲话有什么反应。

王副馆长哪里知道冷部长的什么讲话，都是胡言乱语现编的，见冷部长追问，就只好再编，反正是拣好的说。

冷部长很高兴，说过一阵闲了，他要到文化馆来蹲一段时间的点。

隔了几天，冷冰冰来家里玩，临走时，她说冷部长想要几盆花。冷冰冰说过后就自己去挑，结果，拿走的都是名贵品种。王副馆长很是心疼了一阵。

林馆长的爱人和小孩在哈尔滨，转业时，林馆长要回南方，爱人不同意，闹僵后，林馆长一个人回来了。他没要别人腾房子，就将馆长办公室隔出半间做卧房，一个人住在办公楼上。

王副馆长有天去点卯时，进林馆长的卧房坐了坐，发现屋里的一盆昙花很眼熟。他很快想起来，这是冷冰冰上次从他家拿走的。

第二年开春时，怀胎十月的仿兰生了。

王副馆长如愿以偿地得了个宝贝儿子。

王副馆长抱着刚出生的儿子，正在让仿兰亲时，护士进来说，外面有人找。

王副馆长出来后，见走廊上站着一个面黄肌瘦的男人，好半天才认出是小阎。他要和小阎握手，小阎将手藏到背后，说自己正在患黄疸肝炎。王副馆长连忙后退几步，将儿子送回产房，再返回来说话。

小阎住了几十天的医院，钱用完了，病没全好，医院要他拿钱来，不然明天就停他的药。他托人给学校捎了几次信都没动静。今天早上，他从病房窗口，看见王副馆长领着大肚子的仿兰进了妇产科，才瞅空从传染病房里溜出来。

小阎要王副馆长无论如何帮他一回。

王副馆长说："你是我儿子见到的第一个外人，按乡下的规矩，他得拜你为干爹呢！这个忙我一定帮。"

正说着，王副馆长的父亲喜颠颠跑来了，见了儿子就说："我把两头肥猪卖了，得了八百多元钱。"

王副馆长说："小阎在这儿呢！他病了，住院，想借点钱！"

王副馆长的父亲说："借什么！我还欠你一双皮鞋钱呢！"说着，就数了一百二十元钱给小阎。

小阎谢过后要走，王副馆长叫住他，本想问那次他为何不将冷部长说出来，又突然不想问，只说了一句祝福的话。

儿子满月时，王副馆长大请了一顿。

席上人多，但他还是发现冷冰冰没有来。

王副馆长打电话到冷部长家去问。冷部长的爱人说，冷冰冰昨晚就没回家，她也在到处找。

席间，李会计、老宋他们借花献佛，向林馆长敬酒。

平日酒量很大的林馆长，没喝几杯就醉了，一句句地嚷："我不怕！大不了去坐两年牢！"

大家都笑了起来。

自从有了儿子，王副馆长连去办公室点卯都放弃了。每天上午九点左右，等儿子醒后，先抱去图书馆找仿兰要奶吃，返回时，天气稍有不好便直接回家。天气特别好时，就到文化馆办公楼上转悠一下。文化馆所有的人都喜欢这个白胖胖的小子，都说王副馆长的这项"希望工程"搞得好。

镭射电影由于片源问题，已不那么红火了，但还是稳赚不蚀。秋风醉舞厅仍然门庭若市，所以王副馆长每天晚上必到。

这一天，组织部姚科长给王副馆长打电话说，他的小舅子谈成了一个女朋友，今天晚上想约一帮朋友到秋风醉舞厅庆贺一下。王副馆长问多少人。姚科长说，大约二十人。王副馆长一口答应下来。

晚上，王副馆长抱着儿子往舞厅门前一站，将一大帮人呼呼啦啦地放了进去。林馆长站在旁边，像是什么也没看见，只顾一个劲地同王副馆长的儿子逗笑。

过了一阵，林馆长说："今天宣传部开会，表扬了我们，说整个宣传口就文化馆的班子最团结。"

王副馆长说："全靠你支撑。"

林馆长："以后就靠你了。"

王副馆长正要说什么，冷冰冰来了。林馆长和冷冰冰相视一笑，就进舞厅跳舞去了。王副馆长进去看了看，觉得他俩跳舞跳得比所有人都投入。

舞曲完了时，姚科长的小舅子走拢来，对王副馆长说，他哥哥让捎个口信，文化馆的人事近几天可能有大变化，让王副馆长对任何可能出现的情况，都做个心理准备。

王副馆长心想，无非是说老子不干工作，要撤老子的职，老子早就不想干了呢！

回家后，他没将这事告诉仿兰。他怕仿兰着急，影响奶水。

第二天早上，王副馆长正在家里洗尿片，忽然从门外闯进一大群人。为首的是组织部姚科长，还有宣传部、文化局的一些头头。

大家坐下后，姚科长先说话。

姚科长说，林馆长犯有严重的作风问题，一年之内致使冷冰冰两次怀孕，两次流产，上面已决定对他进行撤职查处，文化馆馆长一职，从今日起由王副馆长担任。由于时间仓促，正式任命通知要过几天才能下达。姚科长还强调，冷冰冰的事在文化馆只限于王副馆长一个人知道。姚科长最后还特地传达上级领导同志的意见，说王副馆长在这一年多时间内，各方面都成熟了，因此适合担任一把手工作。

没容王副馆长推辞，大家就裹着他到文化馆去开大会宣布。

会场上，王副馆长见林馆长自始至终都镇定自若。

冷冰冰没有参加会。其他到会的人，全都大吃一惊。

林馆长嘴上答应检查，可是才过一天，他就和冷冰冰私奔去了深圳。

正式升任馆长后，王副馆长给家里请了个小保姆，又将父亲从乡下叫回来。尽管这样，他仍然心挂两头。馆里的工作，他要大家按部就班去搞就行，老宋提了几个改革发展的新方案，都被王副馆长锁在抽屉里，其中包括搞健身房的方案。

上任两个月后，冷部长说要来文化馆看看。

王副馆长慌了，将近期来的文件、简报和领导的讲话找了一大堆，想搞清上级是怎么说的，再想自己如何汇报。

正忙时，肖乐乐哭哭啼啼地进来了，说老罗刚才在办公室里调戏她。

王副馆长想也不想就说："老罗就是这么个脾气，爱占点小便宜。你就当和一个不情愿的男人跳了一回舞得了。以后自己小心就是。别再哭，让别人知道了不好。这种事，丢面子的总是女方。"

肖乐乐出去后，王副馆长发现还缺冷部长的一个讲话。就打开老马、小阎和小林使用过的那张办公桌的抽屉，意外地发现，老马多年前拍的那张照片《秋风醉了》，被谁扔在里面。他拿起来细细地看了一遍后，心里觉得酸溜溜的，不敢看那戴着草帽的小狗。

老罗走进来说："你儿子在家哭呢！"

王副馆长放下照片，慌忙要走。

老罗又说："开玩笑的。你父亲正在家教小保姆补破鞋呢，小保姆不愿意，你父亲就劝她说，保姆不能当一生，学了手艺就能挡一生，只要有人穿鞋就少不得鞋匠。"

老罗探头看了一下小林从前的卧房说："这么好一盆昙花，他怎么不带走？"

王副馆长递了一支香烟给老罗，却没有火。老罗说我去弄火来。老罗一走，王副馆长连忙锁上门，往家里走。他还是放心不下儿子。

路过老马家门口时，王副馆长听见老马在训斥两个孩子，说不想读大学的学生不是好学生。他猛地想到：可不可以说，不想升官的干部不是好干部呢？

一九九二年九月于黄州赤壁

伤心苹果

1

长途客车的车门打开时，一阵冷雨哗哗地扑过来。抢先挤到门口的两个人下意识地往回缩了一下，石祥云趁机拨开他们，一点也没躲避地钻进雨中。雨其实并不大，只是有点密，不一会儿脸上就没有一块干的地方了。天上昏暗暗的，沿街的小杂货摊早早地亮起了电灯。北风顺街而下，将灯光照耀下的小城吹得一晃一晃。

石祥云正低头匆匆走着，忽然听见街边的商店里有人叫他的名字，他看了几眼，发现县委政研室的小徐站在门口的人群中。

石祥云停下来说，怎么在这儿，等雨停吗？

小徐说，没办法。出来转转，忘了带伞。不是说你昨天到省里去吗，怎么还在县里？

石祥云说，我是去了，这不，刚下车。

小徐说，什么事，这样急，来回一千多里呢！

石祥云正欲开口，一见人多，有点不便开口，只好笑一笑，然后说，晚上等我，我来你家里玩。

小徐说，看你这模样是有什么喜事吧？

石祥云做了一个手势后扭头继续走路。他听到背后有几个人在小声议论，说这就是那个写小说写出了名的石作家。不知怎么的，他听了这话一点也不自豪，反倒有一种赶快逃离的感觉。

文联和文化局在一起，但大门口只有文化局的牌子，所以一般人很难找到文联。不是文联不愿挂牌子，是文化局不让挂。文联成立那天，文化局的人就不怀好意地说，文联是文化局生下来的，凭什么招牌同文化局的一样大一般高？文联从文化局分出来时，说好暂借房子住一两年，可眼下都三四年了还没有搬出去的意思。文化局的司机有一次借酒装疯，将文联的那块招牌取下来扔进街边的下水道。文联的人当时赌气没有将它捡起来。那天夜里下了一场大雨，下水道涨满了水，却被招牌堵着排不出去。环卫所的工人发现后，不管其中隐情，噼噼啪啪几铁锹，将那招牌砸了个粉碎。文联只有三个人，主席苏江、副主席马珍珠，第三个就是秘书长石祥云。苏江一气之下告状告到县委书记那儿，不料县委书记却说，你那个文联本来就不该成立，这几年，除了石祥云，你们屁事也没办成一件，就知道搞少儿书画比赛。苏江回文

249

联转述这些话时，马珍珠不服气说她已开办了四届老年迪斯科和交谊舞培训班。石祥云一句话也没说。苏江要他去找县里的领导。石祥云才说他正在给《人民文学》赶写一部中篇这一阵没工夫。

苏江当时说，行，你石祥云是我们文联的活招牌，死招牌就不要了。

石祥云一点也没有感到这话的真正含义，心里还在说，没有我，鬼都不会理睬文联。直到后来，他才慢慢地觉察到苏江对他的态度发生了根本变化。

石祥云走到单位门口时，猛地发现大门旁又挂起了文联的招牌，不由得吃了一惊。马上意识到这其中一定有奥妙。他试了试，那招牌上的油漆还不太干。他正想找人问问，一个满脸皱纹的老太太从院子里走出来。

老太太看了他一眼，忽然说，你是石头的爸吧！

石祥云一怔说，是呀，有什么事？

老太太说，我一看就觉得你们父子俩像是一个模子印出来的。你快回去，小石头我已托给你邻居家了。往后你可要小心，这么晚了，两个做大人的都不管他，让他一个人在街上乱窜，当心会出事的。

说完话，老太太只顾独自离去。石祥云望了望她，只觉得很面熟，但想不起在哪儿见过她。

石祥云上了五楼，见家门紧锁，儿子石头在邻居苏江家里叽叽喳喳地和谁说着话。他先开了门，再去将石头领回来，顺便问苏江在不在家，听说不在，便留下话说晚饭后自己有事找他。

2

石祥云将开水瓶里的水倒进脸盆里，然后将湿漉漉的头发泡进去，那股热乎劲让他不禁打了一个寒战。洗到半截，屋外有人咋呼起来：谁把我家的门弄开了？石祥云听出是妻子梅丹的声音，便懒得作声。他听见儿子和梅丹说了几句什么，跟着那脚步声就到了卫生间门口。

梅丹站在他背后说，你电闪雷鸣地跑得这么快，我还以为强盗撬门了！

石祥云哼了一声什么。

梅丹的手开始在石祥云的头上轻轻抚弄着。

石祥云低声低气地说，我自己来。说着，他三下两下地将头发弄干，再将一脸盆脏水重重地倒进水池里。

梅丹知道他是生气了，就解释说，公司里开会，所以才回来晚了。

石祥云说，石头差一点丢了，是别人送回来的，你知道吗？

梅丹说，我知道，本来就准备溜出来到幼儿园去接石头，刚走出公司大门，就有人告诉我，说她看见明大妈牵着石头在街上转，我就放心了，才没有去接。

石祥云接过梅丹沏好的茶，走到阳台上看了看那几盆花草，又到书房查了查那部写了半截的长篇小说，见一切都完好无损这才放心回到客厅。

他冲着已在厨房里忙碌开了的梅丹说，什么会，这么重要，连儿子也不顾了！

梅丹说，都十二月份了，公司搞年终评比。

石祥云说，这是年年都要走的过场，评上评不上无非是一张纸的区别，有什么要紧！

梅丹说，今年不同，听说要和奖金配套，先进和非先进相差两三百元钱。

石祥云说，你们公司要是真有先进人物，这腐败之风就要小好几级。

梅丹说，反正是公事公办，现在哪儿不是在矮子里面找长子呢！那些大作家若是没有改行下海，能有你今天的出头之日吗？

石祥云忽然生起气来，说，文学上的事你少多嘴。

梅丹说，得啦，你别又摆作家架子，到时候看你怎么好开口问我这个那个字的发音。

石祥云没有学过汉语拼音，遇着生词生字总免不了要问梅丹，所以，先前只要梅丹一拿这话来奚落他，他便不作声。

梅丹正在刨藕皮，冷不防石祥云说了一句，从今往后我不再问你了，我花钱请别人教，丢丑到外面去丢。

梅丹没有准备，手中的藕掉在地上摔成几瓣。

石祥云钻进书房，寻了一本杂志翻起来。他找好一篇文章正要看，石头在客厅里叫起爸爸来。他走出去，石头要他一起玩小汽车。石祥云同儿子玩了一阵以后，心情渐渐地好了起来。

他瞅了个空，走进厨房，用手抚抚梅丹的后腰，轻轻地说，告诉你一件事，市里要调我去当专业作家！

梅丹身子微微一震，隔了一阵才说，我真为你高兴！说着话，几颗眼泪掉进油锅里，油花猛地四溅起来。

石祥云赶紧抱起梅丹躲到一旁。

吃饭时一向爱说话的梅丹竟一言不发。石祥云知道她这是缺少心理准备，一时不知如何是好。

吃完饭，石祥云喝了两口茶，然后告诉梅丹说他去隔壁苏江家里，将调动的事和他说说。苏江是直接领导，说晚了会得罪他的，他要是使绊子事情可就麻烦了。

石祥云说着就要出门，梅丹说，等一下！

梅丹起身打开贮藏室，从里面拎了一袋苹果出来，一边递给石祥云一边说，这是最后一次求老苏，空手去不好。

石祥云一看这包得好好的一袋苹果就起了疑心，问，这两天谁来家里了？

梅丹说，昨天傍晚一个业余作者跑来找你，还带来了一部中篇。

石祥云说，稿子呢？

梅丹说，我让他带回去抄正了再送来。

石祥云这才无话，出门走了几步便举手敲门，同时还贴着门缝叫，苏主席在家吗？

里边门锁一响，跟着门就开了，苏江那油亮的大脸庞出现在门后。

苏江说，是小石呀，快请进。

石祥云进屋之后，将手中的苹果随手搁在桌子上，说，一点鲜果，给孩子们尝个鲜。

苏江一笑说，你怎么也变庸俗了，跟我来这一套。我记得你说过这样的话，什么时候我也开始请客送礼，那就预示着我的艺术生命已开始完结了。怎么样，是不是想改行从政了？

石祥云脸红了一下说，哪里哪里，我只是想体验一下生活，尝尝送礼的滋味！

苏江说，是吗，想将我写成黑色的幽默？

石祥云见这玩笑开得不好，忙说，我不瞎扯了，苏主席，我是来求你帮忙的！

苏江说，我能帮你什么忙？

石祥云说，求你高抬贵手放我一马！

苏江一愣说，翅膀硬了就想飞，飞到哪儿？

石祥云便将昨天到今天的经过一一对苏江说了，最后他说市文联催得很紧，所以他才这么拼命往回赶。

苏江想了想说，你不该现在才对我说，让我觉得太仓促了。

石祥云说，前天收到电报时，我还以为是叫我去参加什么文学活动，见面谈起来才知道，连我都感到有些吃惊，有些不可想象。

苏江说，是有些难以想象。小石，你放心好了，这一回，我决不刁难你，该我签字的、该我盖印的，我一分钟也不会耽误。另外，需要我说情的，你只管开口。不过，凭我的直觉，你这事说不定在什么地方上会有麻烦。

石祥云说，我知道，可我不怕，天下哪有比写小说更难的事呢！

苏江摇摇头说，你可千万不要轻敌，无论从战略上还是从战术上你都要事先考虑好。

石祥云说，还有一件事，假如这事办成了，我走以后，梅丹和石头母子俩暂时还得住在这儿，请你多多方便一下。

苏江大度地说，这一点没问题，你到了市里也是为共产党做事，我这里也不是国民党的天下，想住多久就住多久。文化局那边若有动静，我负责替你顶着，只要文联不搬走，谁也撵不走梅丹他们。

石祥云没料到苏江这么爽快，那爽快中的意思甚至是巴不得他快点走，走远一些。苏江接下来问，他走了以后，谁可以接他的班。石祥云刚要开口说出一个名字，又马上止住，反说这事他看不准没有把握，得别人来选。苏江非要他说，他就开玩笑，说毛主席选接班人选了四次都选错了，现在谁还敢乱选啦！

苏江笑起来，说，我想好了，还是在实践中自然产生，从你这往后，不再设专业的，一律搞合同制，这样可以保证让最优秀的人才在他该待着的位置上。

石祥云心里忽然不快起来，他觉得苏江早就在盘算着让他走，不然这些想法不会产生得这么快。

又说了几句话，石祥云便起身告辞。

临出门时，苏江提醒他，这事关键在宣传部，而宣传部的关键又是一把手县委常委陈部长，按照他的估计，几位副部长可能会礼节性地挽留一下，然后就会表态支持人才流动。

石祥云将信将疑地点了点头。

石祥云回家同梅丹说了几句话，将苏江同意他调走的情况简要地告诉她。

梅丹说，老苏太过分了，简直像是撵你走，万一走不了，那可就再难同他相处了。

石祥云说，这么好的机会我是绝对不会放过的。如今这社会，哪有主动要人的单位呢！

石祥云正要出门，梅丹说，你稍等一下行吗，过了七点半再走。

石祥云说，有事吗？

梅丹说，没事，不过可能会有人来。

石祥云说，不管是谁，你让他明天再来。

石祥云从五楼往下走时，昏昏暗暗地碰见了一个人，他并没在意，就在擦肩而过的那一刻里，那人叫了一声祥云，你去哪儿？

石祥云定神一看，是统计局副局长王汉英。他一时控制不住情绪，说，你来干什么？

王汉英支吾一阵说，我想找你帮个忙！

石祥云冷笑一声说，得了，想找梅丹是不是，快去吧，她正在给我儿子洗屁股呢！

王汉英忙说，祥云，我是真的来找你的，我前几天到省里去了一趟，他们让我回来找你！

石祥云说，找我？我没空！找别人你就请便。

石祥云咚咚几步蹿下楼梯，钻出楼房时，有几片雪花一样的东西落进颈里，他扭头向上一看，发现梅丹正抱着石头站在阳台上望着他。

石祥云低头走了一阵，冷不防一个转身，轻手轻足地往回走。他刚上到五楼楼梯口，就听见梅丹在训斥王汉英。

梅丹说，请你不要再进这道门，我跟你把话讲清，我最讨厌你们这种饱食终日，只问升官发财的人！

王汉英分辩说，我就是为了做点事才来找石祥云的，谁知他是那个态度，我想请你帮忙解释一下。

梅丹说，祥云的领导住对门，你可以去找他帮忙。

石祥云没有再往下听，再次转身往楼下走。

石祥云敲响小徐的家门时，屋里的小两口正在唱卡拉OK。

一进门，石祥云就夸小徐唱得好。

小徐的妻子小齐一撇嘴说，现在的干部只知道泡歌厅，除了三陪小姐，专业演员也唱不过他们！

小徐说，可唱歌比跳舞安全多了，是不是？

小齐说，不要脸，吃着碗里想着锅里的东西。

说着狠话，小齐自己先笑了，并补充一句说，我不能再说了，再说他就会说我是贼喊捉贼。

小徐说，你怎么才来，等了半天，人家送的两张舞票也过时间了。

石祥云说，我先找老苏去了。

小徐说，什么事，安排得这样紧凑！

石祥云说，前天上午我收到市文联的加急电报，要我立即去一趟。昨天我去了以后才知道他们是想调我去当专业作家。

小徐说，好哇，这是好事，小弟我先表示祝贺。

石祥云说，你别祝贺早了，还不知道县里放不放行，这人事工作的道道你熟悉，你得先给我出个主意。

小徐不作声，盯着卡拉 OK 画面开始想问题。

小齐这时削好一只苹果送过来。石祥云也不谦让，接到手中便咬了一口，苹果脆脆一响，引得石祥云忍不住用眼睛在上面仔细打量。他看见苹果里有些异样，便说，这苹果叫钻心虫咬了。

小齐说，大作家你这就脱离生活了，你知道现在百姓怎么叫它?

石祥云摇摇头。

小齐说,这叫伤心苹果。

石祥云想了一阵说,这说法有点寓意,也有点恶毒。

这时,小徐开口了,他说,祥云,这事不用太操心,你是名人,那些人不敢在你身上要花招的,只要手续齐了,会给你办的。关键问题是上面放不放你走。

石祥云立即将苏江的意思说了。

小徐稍一沉吟,说,这招棋你恐怕没走好,你应该先同宣传部陈部长说,假如陈部长不同意你走,而老苏又将所有欢送你的话都说了,那你以后还怎么在文联里工作?老苏为什么这么爽快,还不是因为年底到了,县里又在考虑调整各级班子,老苏不是不知道陈部长早就有意让你当主席而让老苏当专职书记,你一动走的念头,老苏他还不欢天喜地!按我的经验,这会儿老苏肯定在给几个副部长打电话,说你已决定哪怕天塌下来,也要调到市里去当专业作家。

石祥云说,老苏他不会这么急吧?

小徐说,县委这几天肯定要研究各单位的班子问题,此时此刻真的是分秒值千金!

石祥云想了想,咬着牙说,我不管这些,我下了死决心非走不可。

小齐在一旁插嘴说,祥云你别听小徐瞎吹,他要是真有本事也不至于现在还是一个小科长。

小徐说，放心，一个月之内，若是再无人提拔我，你就将我休了。我们还可以打个赌，祥云不管是现在去找宣传部的人，还是明天一早去，若是他们不知道祥云的来意，从今往后你做丈夫我做妻子。

小齐哼了一声说，又瞎吹了，你能生孩子？

小徐嬉笑了一下。

石祥云说，说正经的，你给我出个主意，怎么去同陈部长说。

小徐说，你以前给陈部长送过东西没有？

石祥云说，只送过我自己出版的几本书。

小徐说，这就不好办，空着手去他家里太不礼貌，有些话在办公室里又不好谈。要不这样也行，陈部长每天上午十点钟左右总要回家喝一碗什么保健汤，你先去附近守着，然后装着无意中碰上，再随他一起进屋。只要陈部长这一关能过，别的也就迎刃而解。

石祥云总觉得不踏实，似乎有许多问题要同小徐商量，他不停地想，可就是想不起来。

喝了几杯水后，石祥云终于想起一个问题，他说，人事局那边，你可得先给我疏通一下，免得到时候出现阻力。

小徐说，你放心，那群家伙不敢不给面子。

石祥云再也想不出什么事情来，见时间不早了，便起身告辞。

小徐将他送到外面，冷风一吹，他忽然想起一件事。

石祥云扭头问，你知道王汉英最近的动静吗？

小徐说，怎么，你还记着他当年追求梅丹的事！

石祥云说，不知为什么，他今晚竟跑到我家里去了，说是有事要我帮忙。

小徐说，前一阵听说他要升正局长了，可后来又一点动静也没有。

石祥云说，不知为什么，一见面我就烦他。

小徐说，谁不是，成天一副怀才不遇的样子。

石祥云说，不过，真按能力，他可比许多人强。

小徐说，现在是什么时代，光靠能力行吗？

石祥云愣了愣后忽然说，小徐，你我是朋友，看样子我在县里待不久了，就算我临别赠言吧，你仕途上的趋势的确很好，可不管什么时候你都不应忘了要为普通百姓扎扎实实地多做些事。

小徐说，老哥的提醒小弟我一定记在心上。不过话说回来，要是老想着百姓，我现在就没有心思来帮你了。

石祥云想说什么，终于没有说出来。

往回走时，石祥云听见每座楼上都有哗哗的麻将声。他想，这些人怎么不怕冷，偎在暖被窝里不舒服吗！随后他又想起一句俗话：麻将头上有火。石祥云忍不住独自笑了一声。走了二十来分钟，眼看着快要到家了，忽然看见王汉英站在一处屋檐下，不停地跺着脚。

王汉英似乎听到了脚步声，将脸扭过来。

石祥云感觉到王汉英是在等他，便停住脚步，随后又拐向街旁的一条小巷，走了一百多米，他忽然骂起自己来，说自己这点志气也没有，像是做了亏心事不敢见王汉英似的，凭他现在的状况，他完全可以趾高气扬地面对王汉英。

出了小巷后，石祥云故意顺着无遮无拦的街道大摇大摆地走着，目不斜视，两手抱在胸前，整个一副盛气凌人的样子。走了好长一段路，还没听见有人叫他。石祥云忍不住往四下打量，大街上哪里还有王汉英的影子。

石祥云忽然有一种失落感，他推开文化局和文联小院那冰凉的铁门，楼道里静悄悄的，没有往常那种地动山摇的麻将声。石祥云摸黑爬上五楼，他掏出钥匙正要开锁，梅丹从里面将门打开了。石祥云刚要说什么，邻居苏江家里猛地发出一声欢叫：哈哈，自摸了，双豪华七对！石祥云心里一惊，随后就明白这是有人打麻将和了大和。

石祥云一边往屋里走一边说，哪一天那些洋鬼子将诺贝尔奖错给了我，我也不会这么惊喜。

梅丹掩上门说，各人的追求和寄托不一样。

石祥云说，现在这情景让人老想着二三十年代！

梅丹说，你莫瞎比喻，又没经过，你怎么知道？

石祥云说，你看看那个时期的文学作品就知道了。

这时，石头在房里叫了一声，爸爸，外面下雪了吗？

石祥云说，没有。

石头说，光下雨不下雪，一点也不好玩。

石祥云走进儿子房里，在石头脑门上拍了一下说，快睡，明天下午爸爸来幼儿园接你。

石头说，我不要你接，明奶奶说了，明天她还来送我回家。她让我告诉你们，你们若是忙不过来就别去接我。

石祥云说，你那么喜欢明奶奶？

石头说，幼儿园的小朋友都喜欢她。

石祥云不作声了，从儿子房里走出来时，梅丹已将洗脚水准备好了。

他一边洗一边问，这个明奶奶是干什么的？

梅丹说，她是乡下学校的老师，退休后住在城里女儿家。

石祥云说，是不是那个总在街上做好事的老太太。

梅丹说，就是她。若是真的让大家民主选举，明奶奶说不定可以选上县长，最低也能选上副县长。

石祥云说，你不是老说我能选上县长副县长，怎么现在改了主意。

梅丹笑一笑说，我怕你成了名以后就变了心。

石祥云说，除非是你先变。

洗完脚，上了床后，有一阵两人都不说话。

石祥云憋了一阵，终于先开口说，王汉英今天来做什么？

梅丹说，来找你。

石祥云说，我又不是组织部长，能管他的升迁。

梅丹说，他说他不想当官了，要拜你为师学写小说。

石祥云一下子坐起来，愣愣地看着梅丹。

梅丹说，其实他昨天晚上就来过，苹果就是他送来的。他说他本不想找你，而想到省作家协会找个老师，可省作家协会的人说他舍近求远会使人变得浮躁，非让他回来找你。

石祥云说，他不是发过誓，非要当个县长书记让你看着后悔吗？

梅丹说，我儿子都替你生了，你怎么还那么小气。

石祥云说，我若是将你送给他就不小气？

梅丹说，王汉英还是和许多从政的人不一样，他是真想有些作为，不怕出汗出血的人。

石祥云没有接话。

屋里很安静，像是都睡着了，其实两个人都没有合上眼。半夜里，梅丹将手伸进他的上衣里，然后一点点向下移动。石祥云也伸出手将梅丹的内裤一点点地往下褪。

3

早上六点钟，石祥云起床时踩住了一个软绵绵的东西，他低头一看，是梅丹昨夜扔在地上的三角短裤。他洗漱完毕又喝了一大杯凉开水，这才出门散步去。

刚推开铁门，他就望见文联的招牌又躺在下水道里。石祥云弯下腰正要伸手将招牌从下水道里拿起来，忽然听见两下咳嗽声，他抬头往四周瞧了瞧并无半个人影。他以为自己听错了，再次伸出手时，那咳嗽声又响起来了。他听见声音在头顶上，直起腰回头一望，见苏江正站在自家阳台上，朝他比画，示意他不要动。

石祥云正在迟疑，苏江又打手势叫他走开。

石祥云走到烈士公园里，寻了一块空地，将腰肢好生扭动了一番，大约十五分钟后，觉得额头上微微出了一层汗就停下来，然后绕着公园中间的小山慢行。走到第二圈时，他看见人事局的小金匆匆地往一片小树林里走去。

石祥云连忙跟上去。走到小树林旁边，正待往里钻，忽然听见一个女人说，你怎么才来！小金说，半路上碰见一个熟人。那女人说，别骗我，一定是有人吊着你的脖子不让你起床。小金说，你别酸我好不好。接下来声音变成了另外一种。

石祥云知道这时候是最不能打搅的，便悄悄走开了。

七点一刻，石祥云开始往回走。走到院门口，他见文联的招牌已被挂到门旁。他以为是苏江做的。待上楼见面后，才知道是文化局马局长亲自挂上去的。

苏江告诉他，姓马的前一阵一直提醒自己，要文联将牌子再挂起来，苏江觉得奇怪就故意不理睬，没想到姓马的竟让人做了一块同文化局招牌一样大小的牌子挂在大门旁。苏江说他为了试试姓马的葫芦里的药，今天特意起了个大早，将招牌扔进下水道，然后看他们怎么办。

苏江骂了一句脏话后说，这姓马的起床后，愣也没愣就下了楼将招牌捞了起来。

石祥云也觉得不可思议，他说，马局长没理由变得这么卑贱呀？

苏江接着说，这不是好兆头，姓马的八成是要升官了，而且很有可能是管我们这条线的。

石祥云说，未必是他要当宣传部长了？

苏江说，极有可能，陈部长已经五十八岁了，他自己早就说过想去人大干两年，然后退休。

石祥云想了想后不禁失声笑起来。

苏江不满地说，我知道小石你在笑什么，你是要走的人，当然可以将这些当笑话看，我这走不了的老东西将来就惨不忍睹了！

石祥云知道苏江内心意思是陈部长那个位置被别人占去了，所以才惨不忍睹。他不好再说什么，转身进了自己家门。

梅丹正在给石头穿衣服，地上那些代表夫妻恩爱的东西已收拾干净了。

他上去逗了一下儿子。

梅丹说，昨晚我忘了跟你说，老苏将苹果还给我们了。老苏说他不能收你的东西，不然日后一读到你的大作中有关送礼或者行贿受贿的情节，就会觉得是在写他。

石祥云说，老苏这人有时也天真得很可爱。

梅丹说，今天你准备跑哪些地方？

石祥云说，先去宣传部。

吃早饭时，苏江敲门进来吩咐石祥云，这一段时间就别去办公室了，跑跑自己的事，再抽空将年终总结写出来就行。同时还要他无论如何推荐几个接班的候选人。

石祥云嘴上一一都应了，心里却很不高兴。他最烦写年终总结，文联的工作，值得写的只有文学创作这一项，而文学创作的成绩百分之九十几都是他的。苏江让他写总结，他便不好写自己，唯有将其他一些既不上斤又不上两的事瞎吹一通，拼命地与精神文明建设联系起来。到头来因为总结是自己写的，哪怕对自己的成绩总结很不够，也不好怪罪苏江和马珍珠他们，结果每年年终评选先进工作者，不是由苏江谦让给马珍珠，就是马珍珠谦让给苏江。就这样苏江还会经常开导他，说他在报刊上抛头露面的机会多，这点小荣誉就不要斤斤计较了。

看见石祥云不高兴，梅丹就劝他说，是死是活，就这一回，到了新单位，别再揽这种活就是。

梅丹这话的确让石祥云轻松起来。

吃过早饭，石祥云便往县委大院跑。

4

宣传部在四楼。他刚爬到三楼，迎面碰上张副部长。他是部里最年轻的副部长，刚好和石祥云同岁。

张副部长劈头盖脸就是一句，怎么样，想飞呀？

石祥云马上反问，苏主席已经向你汇报了？

张副部长点头时，石祥云心里暗暗叹服小徐预见的准确性。张副部长看看手表，说离开会还有二十分钟，他要陪石祥云和另外几个副部长谈谈。说着，张副部长就转身往回走。

部长办公室里其他几个副部长都在，只缺陈部长，陈部长是常委，他在二楼有单独的办公室。副部长们气色都不好，不过见了石祥云多数人还是从椅子上往起欠了欠身子。

张副部长说，刚才我们在一起议过了，大家一致认为必须留住你。

石祥云吃了一惊，按照昨晚小徐的分析，副部长们因为害怕石祥云将来同他们夺取宣传部长的位置，应该放他走才是。他说，我在这里只会给各位领导添麻烦，让我走对谁都有好处。

张副部长说，说实话，我们还指望你将来领导我们呢！

石祥云被这话震住了，他结结巴巴地说，我可从来没有做过这样的梦！

张副部长说，刚才我们还在一起议论，论才华、人品和能力，只有你最适合接陈部长的班。所以大家都不同意你走，都准备在部长办公会上向陈部长提出来。

副部长们说了一番真诚挽留的话，张副部长还提到文化局不让文联挂牌之事，他要石祥云至少也要将这口气出了以后再走。

石祥云这时总算明白他们的意思了。副部长们闹出这种动静，让石祥云开始相信苏江的猜测，文化局马局长有可能真要当宣传部长了。

他说，你们几位不管谁接陈部长的班都比我强十倍以上，我除了写小说，什么也不能干。

石祥云正在着急时，不知谁说了句：最好陈部长再干一任。

随后大家就不再谈论他，而大谈特谈陈部长。说了好一阵，大家的结论是，陈部长正值年富力强，不应该让他退居二线。

石祥云瞅空起身告辞，一边走一边开玩笑地说，几位部长，到开办公会时，你们可得投票让我走，不然我天天上你们家去喝茶。

张副部长说，我正想学写小说，你上门去做家教，岂不是正中下怀。

大家都笑着说自己也去学写小说。

石祥云看着时间还早，就去隔壁那间大办公室里转了转。一群年轻的科长都知道他要调到大城市里去了。石祥云和他们不停地说着笑话。正说着，他一眼扫见桌上有份文件，是组织评选精神文明先进集体和个人的。

石祥云指指文件说，街上的那个明大妈、明奶奶完全够这个格。

大家望着他笑一笑，并不说话。

石祥云说，真的，我说的是真话。你们不知道她？

有人说，石作家，你别把这事看得太简单、太庸俗了。这不比你写小说，听见人放屁，就可以写出三五千字。

石祥云知道没有办法再对话了，就装着有事，一边看表一边往外走。实际上，这时候才九点三十分，离十点还有半个小时。

冬天的太阳刚刚有几分暖意，昨晚的雨水还在树叶上挂着，地上流着。石祥云找到一处既干爽又有太阳，还可以望见陈部长家门的地方。四处很是安静，往常吵扰县城的几家工厂基本上都停工了，工人们也放了长假。往常大家都嫌噪声污染环境，现在才体会到没有噪声的工厂更加让人不安。石祥云打量了一下县委办公楼，心里总觉得楼内的情形和楼外的状况不太对路。于是，石祥云就想到自己应该写写这方面情形的小说。

石祥云忽然进入写作角色，无聊的机关和安宁的车间纷纷涌入自己的思维里。

正想着，忽然听见有人在叫陈部长。石祥云回神一看，果然是陈部长，他已打开自家小院的门开始往里走。

石祥云一急，差一点叫出声来。等他追到陈部长家门口，那院门已经反锁上了。他瞅着那门铃，伸手试了几次都没敢按。

正在犹豫，一旁走来几个年轻人，其中一个冲着他问这儿是不是陈部长的家。石祥云点过头后，几只手几乎同时伸向了那门铃。

石祥云赶忙退到一边。

门铃响了好一阵院门才打开。石祥云听到有人说，他们是代表铸钢厂八百名工人来送请愿书的。陈部长推说他只分管文教卫，不管工业。工人们说，四大家领导以及纪检、公检法和电台、电视台的头头人手一份，我们没有别的要求，一不想升官，二不想晋级，我们只想上班有活干，下班有饭吃。

工人们也没进门，站在门口说了几句后便扭头走开。陈部长跟在后面送了一程。

石祥云趁机从暗处走出来，慢慢地靠上去，客客气气地叫了声陈部长。

陈部长抬头见是他，便哼了一声。

石祥云说，我正准备去办公室找你，没料到在这儿碰上了。

陈部长一下子打断他的话，生硬地说，你是不是想调走？想走你就拿个东西来，我负责签字。走一个少一个，都走了才好，财政就不怕没钱发工资，也不怕工人闹事了。

石祥云没料到陈部长说出如此没水平的话，他怔了半天才说，那我这就叫对方发商调函过来。

陈部长说，商调个屁，直接来调令就行，谁不放行你就去找谁要你的工资奖金。

石祥云尴尬地跟上两步，说，陈部长，我非常感谢你这些年对我的栽培。

陈部长说，别说好听的，我知道，现在天底下只要能发出声音的，不管是什么东西，背地里都在骂我们这些当领导的。你们当作家的更是双份，除了用嘴说，还会用笔写。

石祥云不能再往下说了，他知道，陈部长就这么个脾气，心情不好时什么丑话都能说出来。

石祥云回头去政研室找小徐。

小徐不在，几个同事说他刚才还在看报纸。

他摸了摸小徐的茶杯果然还很烫手。便坐下来等。

说了几句话，石祥云有意将话题扯到铸钢厂。大家一听工人们正在挨家挨户给县里主要领导送请愿书，立刻兴奋起来，七嘴八舌地说个不停。石祥云一旁听了半天，终于弄明白其中情况。铸钢厂三年前效益还是不错的，虽然不是县里的利税大户，工人们却不愁吃不愁穿，后来新上任的县委书记非要他们扩大生产规模，一下子投进去近两千万资金，这下子可不得了，全厂每年的利润还不够付银行的利息。去年县委书记换了人，新官不买旧账，把半死不活的铸钢厂扔在一边不管，将全县的资金都集中投向新建的电子元件厂。铸钢厂新车间不能投产，老车间又被折腾得七零八落，产品质量下降后卖不出去，勉强支撑到今年春天后不得不停工停产。政研室这几位当初就预料到这一系列问题，曾集体署名写了一份研究报告递了上去，委婉地说这种"书记工程"会遗祸不浅。据说新书记当时就将这份研究报告扔到地上用脚碾，没过多久，便将政研室正副主任先后调到下面乡镇去了。政研室的工作由小徐牵头负责。

石祥云隐约听说过这些事，当时小徐正巧请假和小齐度蜜月去了，没有在那份研究报告上签名。

石祥云说，那你们现在怎么看铸钢厂？

大家说，我们没看法了，上面叫我们研究什么我们就研究什么。

石祥云说，这一阵你们研究什么呢？

大家说在研究麻将，看什么样的和最大。

石祥云说，这还用研究，我不会打麻将也早就听熟了，清一色的三豪华七对门前清。

大家都笑起来，说这种研究结果只有国家先进水平，真正的国际水平是，清一色的三豪华七对门前清海底捞，再加上其余三家都杠了一手，再加上抬庄。从理论上讲，每家可以杠四手，可那简直太不可思议了，因此只能是一种梦想，就像那种只要能给一个支点，就可以撬动地球的假设，可能性是存在，就是永远也不能实现。

石祥云被说得有些傻眼了，跟着他们一起傻笑。

正在笑时，小徐推门进来了。

小徐问，什么事这么高兴？

石祥云说，政研室这几位终于搞出一项国际级的研究成果了！

小徐说，我知道是什么，他们总拿这麻将的事来蒙人。也怪，所有人都被蒙住了，真的没有谁知道最大的和是什么。

小徐看了看手表，说，这样，今天中午大家都不要走，找家酒店，我请客。

小徐这话一出口，大家立即将笑容收敛起来，随后几个人都推说家中有事不能奉陪。

小徐看看四周也变了脸，说，祥云是我的铁哥们，他马上要调到大城市去当专业作家，现在让你们陪着吃顿饭你们还叫价，等将来你们想看他一眼恐怕也很难。

几个人怔了一下后异口同声地说，石大作家升迁之喜，我们有再大的事也要抛到一边。

大家往外走时，小徐瞅个空悄悄吩咐石祥云，等会儿吃完饭，听他发话后，石祥云进去和老板说记政研室的账，但别记在以前的账上，另外用一页纸，避免那些家伙去查。

5

小徐在街边选了一家熟识的酒店，坐下不一会儿菜就上来了。一见有羊肉和狗肉，大家便格外兴奋，酒也喝得很快，转眼间就干下去三瓶孔府宴。几个人好像将别的事都忘了，只是说文学。石祥云慢慢才弄清楚，这些人都曾做过多年的作家梦，只是后来发现从政更实在，才改换信仰和追求的。

第四瓶孔府宴眼看要喝完了，小徐从口袋里掏出一叠票子递给石祥云。

他说，我喝多了，不能动，你帮我将账结了。

几个人盯着那票子说，小徐，还是记在政研室的账上吧！

小徐说，不行，今天是我私人请大家。

石祥云走到后堂，将小徐的话对老板说了一遍。老板心领神会，干脆另用一个新本子将日期金额写好了。石祥云将自己的身份证号码写在后面，这也是小徐吩咐的。这样即便同事来查也查不出什么名堂来。

石祥云回到席上，刚坐下，小徐就站起来举着酒杯说，来，我们大家共饮了这杯酒。

见大家都站了起来，小徐继续说，喝这杯酒之前，我要说句话，上午组织部找我谈了话，让我当这个室的副主任，我推了半天没推掉。论资历论学识这位置本来轮不到我，可组织上硬要这么为难我，我也不好推辞。在此，借这杯酒，我想请大家日后多多帮助我、多多协助我。我先干了，你们干不干随意。

小徐将杯子里的酒一饮而尽，然后扭头就去厕所。

几个人面面相觑地站了一阵后，默不作声地将杯子喝空了，并将一只只空杯子亮给石祥云看。石祥云立刻觉察出那空杯子是一只只白眼在瞪他，心里有一种被小徐当枪使的感觉。

几个人不吃也不喝，坐在那里等小徐归席。

过了一会儿，老板过来说，徐主任喝醉了，正在后院吐呢！

"徐主任"三个字让大家不由自主地皱起了眉头。

石祥云说，我去看看。

石祥云走了几步，听到身后桌椅乒乓地响起来，回头一看，那几个人也勉强地跟上来了。

小徐果然吐得一塌糊涂，蹲在那里几个人也拉不起来，不过头脑还比较清醒，他要别人都回去，有石祥云在这儿就行。说了几遍，那些人就真的走了。

他们一走，小徐马上站了起来说，祥云，我们找地方喝杯茶去。

石祥云说，你没醉？

小徐说，我是故意抠吐的，你没看出那几个家伙对我升职很不服气，没办法我只有真真假假地同他们斗，一直要斗到他们习惯了我这个主任才行。

二人来到楼上的小雅间。

老板问，要不要小姐陪？

小徐生气地说，你把我们当成什么人？

老板笑着说，我这是职业道德，只要是宾客都得这么问。

关了门后，小徐长吁一声仰面倒在沙发上。

石祥云说，你真是料事如神，昨天的话今天就兑现了。

小徐说，在你面前我不说假话，我哪有那么神，是书记一个月前就暗示我了。你的事怎么样了？

石祥云说，这一回你可是大跌水准。

石祥云将今天上午见到宣传部正副部长的情形一一说了。

小徐半天不作声，然后才说，这就对了，上午同我一起去谈话的有六个人，其中有两个是到统计局，陈部长的女婿当局长，另一个当副局长。陈部长的女婿在审计局当科长才一年多点时间，这样安排肯定是一种平衡。陈部长看来要去政协而不会是人大，去人大是不用这么照顾的。陈部长的位子也一定由外来人接替，这样才能解释副部长们的态度。不过你倒是沾了这"军阀混战"的光，不然，可真是磕头都找不准菩萨。

石祥云又将早上苏江的一番行径说了。

小徐深刻同意苏江的看法，认为马局长当宣传部长的可能性很大，所以石祥云一定要抓紧时间，抢在老领导心思已经下岗，新头头又没上岗的时机里，将调动的事办妥了，不然，换了谁来也不会放走所谓人才的。

小徐忽然叹了一口气说，政坛险恶，还是你这一行好。对手只有自己，想斗就斗，想停就停，谁也不犯谁。

石祥云说，也不一定，你没见到老苏一天到晚裹着盔甲来防范我？

小徐说，你们那是幼儿园的游戏，和我们这里的明争暗斗，相差好几个档次。

石祥云记起王汉英，便问，统计局这么安排，那不是没有王汉英的位置了？

小徐说，我也想过，但没想出来。

石祥云说，他最近也开始写小说了。

小徐说，总不会安排他到文联去接你的职吧！

石祥云说，真的那样，狗也会笑出尿来。

小徐说，王汉英这人有时太认真了，太认真的人领导不喜欢不说，连女人也不喜欢。

石祥云说，可他还不是找着老婆了！

小徐说，那是二手货，称不上老婆。

石祥云说，那叫什么？

小徐说，只能叫性伙伴。

石祥云说，可人家不是过得很好。

小徐说，有你好吗？

石祥云本想说各人的境界不一样，标准也不一样，说不定他还瞧不起我们呢。他终于没有说出口，说出来的是另外一句话。

他说，我明天就去拿商调函，下午还有事要准备，得走了。

小徐说，我也要去铸钢厂看看。

石祥云说，那是个马蜂窝，别人都在躲，你怎么能上去捅？

小徐说，我心中有数，光看看，做些调查，不说话，不表态是出不了事的。干我们这行要主动跑，被动写，也就是多动腿、少动手、不动嘴。铸钢厂这个样子，我们再不去那就太不敏感了，不挨训也要挨批。

6

石祥云回到家里，见电饭煲里还温着饭和菜，他脱了外衣钻进被窝里躺了一阵，醒来时太阳已经偏西。他看了看挂钟，见已经四点半了，便慌忙爬起来往幼儿园跑。

石祥云赶到幼儿园时，孩子已被家长们领走了大部分。石头穿着一身红衣服，孩子又不多，他一眼就看见了。石祥云连叫了几声石头，儿子竟然不理他。他走拢去照着儿子的小屁股拍了一下。

石头头也不回地说，我和妈妈说好了，不要你们来接，明奶奶会来接我们的。

石祥云说，明奶奶呢，她在哪儿？她家里有事不会来的。

话刚落音，明大妈从大门外走进来，嘴里还不停地说，谁说我不会来，我会来的。

十几个孩子见了她，都欢叫着一齐围上去。明大妈问了他们住址后，便叫他们手拉手排好队，跟着她往外走，一边走一边教孩子们唱：

我爱小猫，小猫爱我

我爱白兔，白兔爱我

我爱小树，小树爱我

我爱汽车，汽车爱我

我爱叔叔，叔叔爱我

我爱阿姨，阿姨爱我

我爱哥姐，哥姐爱我

我爱弟妹，弟妹爱我

石祥云跟在孩子们后面，感觉到明大妈的歌都是随口编的，见什么就爱什么，可以永不重复地爱下去。歌声很单调，但孩子们唱得津津有味。

走了一程后，队伍变短了，待过了县政府大院后，孩子们只剩下六七个了。和政府大院紧挨着的是县委大院。

石祥云来时走得匆忙没有注意，眼下走得慢了才发现在两个大院之间的一处院墙下，一个中年男人摆了一个擦皮鞋的小摊，在他身后的墙上挂着一块白纸板，上面写着："县铸钢厂车间副主任、七级钳工、一九八八年全省工业战线劳动模范、一九八〇年至一九九三年历届全县劳动模范方光武，竭诚为你服务，敬请光临惠顾，保证不开后门，绝对不损公肥私，没有报销单据。"

石祥云想笑却没有笑出来，他知道这是什么意思，他知道方光武在那白纸板上实际写着什么。

这时明大妈停了下来，用眼睛直打量那个方光武。

方光武连忙站起来说，明老师，你好！

明大妈说，光武，你怎么也变成这样了？

方光武说，没办法，工厂停工，日子过不下去了。

明大妈说，过不下去就再找个本分事做，你没必要这样写。你以为能丢他们的脸？说到底丢脸的只是你自己！

方光武要解释什么，明大妈却领着孩子走开了。

她一边走一边说，好孩子，回去同你们的爸妈说，要爱工人、爱农民，别瞧不起他们、不管他们，别弄得他们缺吃少穿。

石祥云几次想伸出脚去让方光武擦一下，然后给他十元或二十元钱，可他最终没鼓起这份勇气。

明大妈又带着孩子们唱开了：

我爱工农，工农爱我

我爱县委，县委爱我

我爱国家，国家爱我

我爱领导，领导爱我

我爱工作，工作爱我

我爱劳动，劳动爱我

石祥云觉得自己似乎懂得这歌的含义了。

吃晚饭时，石头一上桌子，就对石祥云和梅丹说，爸爸妈妈，你们要爱工人和农民，别不理他们，别……别……

石头憋得脸通红也记不起下文。

石祥云说，别弄得他们缺吃少穿，对吗？

石头点点头，说，你们能做到吗？

石祥云和梅丹互相看了一眼，然后点点头说，能！

石头说，那你们就是我的好爸爸、好妈妈！

石头低头吃饭时，梅丹想问他什么，但每次都被石祥云阻止了。等到石头吃完饭去看动画片后，石祥云才将路上的事对她说了。

梅丹叹口气说，这样下去，我看铸钢厂迟早要闹出大事来。

石祥云说，这年根岁末的，领导层都在为官场上的人事安排绞尽脑汁，谁还会为他们去多费心血。

正在说话，小徐推门闯进来，说，渴死我了，快弄杯水来。

梅丹连忙去泡茶。小徐却是等不及，瞅见桌上石祥云的半杯凉茶，端起来就灌下去。

小徐喘了一口气，又骂了一句脏话，才说，几百号人将我围了一下午，别说水，连尿也没有一滴。

石祥云说，到底是怎么回事？

小徐说，一开始并没有什么，厂里的工人和领导都还平静。后来王汉英带了两个人跑去搞什么统计报表，为了几个数字吵了起来。工厂都这样了，数字假和不假有什么屁用！

可王汉英硬是转不过来弯！一争一吵便将工人都惹火了，将我们围在屋子里不让出来，什么话都让他们骂尽了，连我家小齐也被那些臭嘴糟蹋了个够。要不是明大妈送孩子路过那里，将他们劝散，恐怕得让武警中队去解救才出得来。

石祥云瞅了一眼端茶上来的梅丹没有接话。

梅丹说，我总觉得王汉英这人生错了时代。

小徐说，我倒认为他是吃反了药！

石祥云这时才说，我看铸钢厂的事，这么迟迟不解决，对民心影响太大了。总得用个办法来解决才是上策。

小徐说，老哥你有所不知，现在的这帮人只听得进下策，偶尔听进去一回中策也就够大家欢天喜地的了。

石祥云笑一笑说，没料到刚将你提拔起来，你就说这么恶毒攻击的话。

小徐说，这话可不能出这个门，若是出了这门，可别怪我翻脸不认人。

梅丹在一旁忙说，小徐，你别吓着我们了。放心，你就是犯了杀人罪，我们也会掩护你一辈子。只有一宗我们不替你保密！

小徐说，知道，我不会找情人吃野食。

三人大笑一通后，小徐便起身要走，说再晚回去又得找他们作证，不然小齐那儿没法交代。

小徐告辞的声音惊动了苏江。石祥云刚要关门，苏江就从自家门里钻过来。

苏江也不客气，直截了当地问，刚才是小徐来过？

石祥云一边点头一边递过一支烟，自己也随手点上一支。

苏江说，听说他升副主任了，二十七岁的副局级，恐怕全县没有第二个。

说着苏江话锋一转，问起宣传部头头们对他调动的意见。石祥云觉得没必要如实相告，又觉得没理由不如实相告，就将情况大致说了一遍。苏江有点不相信石祥云说的话，连问了三遍这是不是真的，问得石祥云来了火，以为苏江想变卦不让他走人，便顶了一句，说这全是陈部长的原话，谁也无法改变。

苏江闷着头抽烟，一声一声地抽得咻咻响，烟灰弯成了一条钩也无心去磕。

好半天苏江才开口说，看样子陈部长是要让位了，谁接班呢，姓马的有百分之八九十的可能性。可县里有个惯例，从不让文化局长当宣传部长呀！文化局是个小局，小局局长当部长进常委，别的大局就摆不平。可姓马的也的确有能耐，将一个演草台戏的剧团三下两下就弄成地委书记和省委书记三天两头跑来看的全县热点，县里再不重视能说得过去吗？前任书记嫌姓马的不听话，撤他的文件都印好了，可最终还是没发下来。现在的书记若再忽视这个情况，那可真是教不会的蠢猪。文化局长是与宣传部副部长同级别的下属，下属一下子跃升为领导，谁心里也不会舒服，所以他们希望有人能取而代之，副部长们的这种态度又是一个很好的例证。难怪前一阵，姓马的总叫司机天黑以后将车开出去，不带任何随从，半夜三更又偷偷摸摸地回来，一定是到地委活动去了。三四百里路，来回五个小时，串门两个小时，七个小时足够，而且神不知鬼不觉。真是不想不像，越想越像，那宝座是姓马的确凿无疑了。不过也好，老马平时老是折损文联，将我们说成了驴子八只脚，他真的当了这条线上的大头目，看他如何将过去的话收回去。那时，我们不敢笑；自然有人敢笑，我们不敢挖苦，那些一向在他面前流里流气的乡镇干部自然会去挖苦。小石，你这一调动，一下子就将整个局势挑明了，不然，大家都会继续蒙在鼓里。你可做了件大好事！

石祥云一直以为苏江是在自言自语，这时才知他是在同自己说话。

他说，我还以为会给你们带来麻烦呢。

苏江说，我现在也觉得你走了有些可惜，山中无老虎，猴子称大王，这宣传口只有你的名气能压过马局长。

石祥云说，当领导我不如老马，硬让我当那是害我，是把我往火坑里推。

苏江说，也没别的，你还是大大的开路，我不设一关一卡，我只是不服气马局长。

石祥云连续两次听见苏江背后称老马为马局长了，他不作声，也不想过问这些，就说，我想明天亲自去拿商调函，这比通过邮局寄送要快一些。

苏江说，你是应该抓紧，这时候全国都一样，搞不好那边发生人事变动，你这事就有可能黄掉。另外，作为老同志我再提醒你一句，这一阵别和小徐来往过多。两个大院里年轻科长多如蚂蚁，小徐上了，他们没上，作为他的朋友，说不定，他们会找你出气。这个时候你可是谁也得罪不起的。

石祥云说，我这是正当途径，又不是开后门，没什么好怕的。

苏江说，人事问题说不清哪是前门、哪是后门，不过年轻干部当中，我还是最看好小徐，他是人精。

苏江临走时，提醒石祥云赶紧将总结写起来，站好最后一班岗。

苏江随手将门关上，却迟迟没听到他家的门响。

梅丹便猜他一定去三楼老马家了。

石祥云不大信，他悄悄地开了门，果真听到苏江在压低嗓门叫着，老马，马局长在家吗？我是五楼的老苏哇。

石祥云心里有一种作呕的感觉，他赶忙关上了门。

石祥云在屋里转了两圈，才说，老苏这个人的官运怕是到顶了，拍马屁拍得太掉份儿，一点水平也没有。

梅丹说，那也不一定，拍马总比绊马让人喜欢。

石祥云说，王汉英这回可能要栽跟头了。

梅丹说，以前我就同他说过，他那性格，心不狠，手不辣，不适合从政。从政的人要像小徐那样，嘴巴会说，眼睛会看。

石祥云说，那你当年为什么选择我？

梅丹说，什么也不为，就因为你模样长得比王汉英好。

石祥云说，你就没有看中我的品质和素质？

梅丹说，女人选对象就同组织部选干部一样，认得准的只有表面模样。

石祥云笑起来，说，这么多年，我头一回听见你说出深刻的话来。

因要赶早班车，石祥云早早睡了。

梅丹也将石头弄到床上睡了，然后脱了衣服钻进被窝里来陪石祥云。被窝变暖和了以后，梅丹便开始亲他。他知道梅丹的意思，伸出双手将梅丹用劲箍了几下，箍得梅丹身上的关节咯咯响。随后，他放开她，并说，睡吧，我明天还有几百里路七八个小时的车要坐呢。他松开两臂，一翻身，没过一会儿就睡着了。

7

石祥云一觉睡到闹铃响，爬起来弄点东西吃了，便直奔汽车站。

原以为天冷人不出门，车上的人不会多，上车一看几乎全坐满了。他的座位已被别人占去，他要看那人的票，那人不给他看，他将自己的票给那人看，那人拧着脸不看，僵持半天，也没个结果，同司机和售票员说，他们也不管。他多说了几句后，售票员反而奚落他，说车站卖的号又不是他们卖的号，号卖给谁了，谁自己管不住，还能怪别人？石祥云本想说，你不管那我就坐你的座位。可他终究没有这个无赖劲，回过头来又和那人较量。

客车开出了二十多里远，那人还不肯让座。

石祥云生气了，说，你这人好不讲理。

那人说，这是县政府教的，他们号召我们不讲理。

石祥云见那人不像是农民，就问，你是哪个单位的？

那人说，说出来你会吓一跳，铸钢厂的！

石祥云心里果然怦地响了一下，他说，你们对县委县政府有怨气，可也不能发泄到我头上来呀！

那人说，县里的干部都一样，我一见到你们就有气。

石祥云说，可我不是干部。说着他掏出一张名片递给那人。

那人扫了一眼后，脸上表情立即变了，他稍稍愣了一下，然后站起来，将座位让给了石祥云。

石祥云坐下后，不时打量站在走道上的那人。

那人却不看他，两眼有些漠然地望着正前方扑面而来的景物。

太阳出来后，车上的人开始活跃起来，前后左右互相搭讪说着话。石祥云装着打瞌睡，听着那些高一句低一句的声音，渐渐地明白过来。这一车人几乎全是去省城打货的小商贩，年关临近，都想抓住这黄金时机狠狠赚一把。然而，小商贩们又都说，今年生意不好做，不管什么货都卖不动。

铸钢厂的那人像铆钉铆死在那儿一样，周围的一切对他全无影响。

中午一点，汽车在一个路边餐馆停下来。小商贩们涌下车，大把地掏出钱来，点上酒菜大吃大喝。

石祥云没有进餐馆，他向来不在这种地方吃东西，总是担心会染上疾病。铸钢厂的那人也没进去，他靠在一棵树上晒太阳。

石祥云慢慢地踱过去，问，你怎么不吃点东西？

那人看了他一眼说，我带着馒头。

石祥云说，你和方光武是一个车间的吗？

那人说，不，他的工种好，我的工种差，我是炉前工。你怎么认识他？

石祥云将昨天傍晚在街上见到方光武的情况说了一遍。

那人说，方光武是钳工，还可以单独去开个修理铺，当炉前工和造型工的就惨了，离了工厂就空有一身力气。

石祥云说，那你这次出来做什么？

那人说，一到年关人都要放假过年，可单位的锅炉，钢铁厂的化铁炉不能停，可能会要些临时替工的人，我去试试。

石祥云说，你不打算过年了。

那人说，挣点钱比什么都重要，一开年孩子要上初中，学校也一样，非得拿钱开路。

石祥云说，你叫什么？

那人说，杜虎。真对不起，刚上车时，我把你当成县里的干部了。

石祥云说，工人的情绪怎么样？

杜虎说，没怎么样，就是特别想唱《国际歌》。

石祥云说，还没到唱《国际歌》的份上吧！

杜虎说，真让我们唱出《国际歌》来，就一切都晚了！

石祥云心情一下子沉重起来，他不知道如何同杜虎谈下去。

小商贩们吃完饭后，司机将紧锁的车门打开了。石祥云执意要将座位让给杜虎，而杜虎又执意不肯坐，二人站在走道上认真谦让的劲头，让那些小商贩很不理解，弄不明白他们为什么一会儿争、一会儿让。

让了半天，两人都不去坐。最后一排的一个小商贩嫌后面太颠，便走过来坐了。他刚坐下杜虎就要他起来让给石祥云，小商贩一嘴犟，杜虎的粗话就出来了。小商贩不知底细，刚要还嘴，旁边的人赶紧劝他，说杜虎是铸钢厂的。小商贩立即乖乖地站起来往回走，边走边嘟囔道，难怪老古话说穷人的气多，富人的屁多，真是一点也不假。

杜虎吼了一声说，你们这些奸商，共产党的干部就是被你们腐化的。你们就是想他们腐败，越腐败你们越好赚黑心钱！

一车的小商贩听着这话都没有还嘴。

杜虎在城郊的工业区下了车，他甚至没有朝石祥云点个头、打声招呼就跳下车去。他一离开，小商贩们就又活跃起来，虽然说了很多刻薄的话，可他们还是一致认为现在又像过去一样，日子过得最艰难的是工人、农民。

8

石祥云走进市文联办公室时，对方以为他尚未回去，听说他是回去了又再来，便吃惊起来，不相信天底下会有这么快的办理人事调动的速度。石祥云将县里的特殊情况说了一遍，市文联的人都笑了起来，说他若不解释，就会让人怀疑他是被原单位撵出来的，那样他们就得重新考虑他的调入问题了。

石祥云住进一家招待所，等市文联有关人员去办商调函。他打电话找市里的几个朋友，刚巧他们都不在。后来他才想起，这个时候上面的人都喜欢往基层跑，弄点土特产回来过年。这已成了不成文的规定，大家都心照不宣。

没事做时，石祥云找了几张纸，趴在房间的写字台上写县文联的年终总结，照着往年的老套路，他将马珍珠一手操办的"残疾人书画展"、"一九四九年以前参加革命的老干部诗歌大奖赛"和"乡镇干部公文写作比赛"等等胡吹一通，然后才将自己今年创作情况累计成一组字数写上去。写完后一数字数，总共还不到三千字，离宣传部年年规定的总结不能少于五千字的要求还差得很远。他绞尽脑汁又将文联如何做好党对文艺的工作领导写了三百字，将配合时事政治宣传党和国家的方针政策写了三百字，将抓计划生育、防火防盗、爱国卫生和双文明建设等乱七八糟的事情加在一起写了四百字。

石祥云花了一整天时间，因由写干了也只写出四千字，离五千还差一千，他恨不得找张《人民日报》摘录一些文字抄将上去。

天黑时，市文联办公室的小许来看他，顺便告诉他商调函明天才能办好。小许顺手拿起他写的那份总结看了看后，笑话他，如果按这总结上说的，再过两辈子他也别想调到市文联来。石祥云解释说，不能自己吹嘘自己。小许不同意，他提醒石祥云长此谨小慎微，人会变得猥琐，人格也会蜕化，还说不少有才华的业余作者，就是这样被环境和自己扼杀的。

石祥云被这话触动了，吃晚饭时他要了二两酒和一只烧鸡，自斟自饮。回到房间时，《新闻联播》已经播完了。

趁着酒兴，他铺开纸重新写起总结材料来。这一次他不再感到别扭，浑身上下有一种酣畅淋漓的感觉。刚好两个小时，就将总结材料写完了，一数稿纸竟有八千字出头。

石祥云跑到楼下总服务台给苏江家挂了一个电话，先说总结已写好了，有八千多字。苏江听了非常高兴，石祥云趁机叫他喊梅丹接一下电话。苏江随口同他开了几句玩笑后，就过去将梅丹喊来了。

分开才一个晚上，也没有什么要紧的话，无非是问一问石头的情况，家里有没有事以及编辑部或出版社来没来电报或者邮政快件等。梅丹嘱咐他，自己看了天气预报，明天气温在零下三度，要他多穿点，若带的衣服不够就上街买一件，还说钱的事小，人的事大。

放下电话后，石祥云回到房间洗了一个热水澡，那莲蓬头里的水很有劲，冲在身上舒服极了。洗完澡躺在床上，他有些后悔出来的头天晚上不该没理梅丹。他觉得很难熬，便翻出一个小本子，在上面找可以通电话的人。翻了一阵，目光落在一行清丽的字上，他愣了愣后忍不住拨了这个电话号码。

那边电话响了三声后，一个女人的声音就响起来。

石祥云说，小雁吗，我是祥云。

小雁说，你怎么想起我来了？

石祥云说，我现在就住在你家附近。

小雁说，那你赶快过来呀！

石祥云说，跟你说，我马上就要调到市里来了。

小雁说，听我的话，你快过来！

石祥云忍不住答应了。放下电话他又有些后悔，愣了十来分钟后，还是出了房间。他和小雁是在火车上认识的，后来小雁拼命给他写信，他没有理她，并将她的所有的信都给梅丹看过，然后当着梅丹的面一一烧毁。奇怪的是，烧完信后，他反倒有些惦记她了。

石祥云按照记忆中的地址找到小雁的家,刚一接触那门,门就自己开了。

小雁穿着睡衣坐在客厅里等他。

说了几句话后,他心情才放松下来。

两个人坐在那儿说话一直说到天亮,石祥云担心的事丝毫不曾发生。

吃了小雁做的早点,临出门时,石祥云随口问了一句,她为什么在电话中表现得那么急。小雁说其实没什么事。可就在将要开门的那一瞬间,小雁一下子扑到他的怀里。

等到他真的出门时,已是下午了。

石祥云在小雁的床上仰面抱着小雁时,才发现墙上有一张结婚照。这样他就大胆起来,不再担心小雁怀孕和逼他离婚的问题。他们反复多次地做爱,竟一点也不觉得累。临走时,小雁吩咐下次一到就给她打电话。开门后,他见楼道里无人,竟然回过头来吻了小雁的手背而不是嘴唇或脸。

回到招待所,一打听,没有任何人来过。他赶紧蒙头睡了一觉,结果小许什么时候进屋他都不知道,醒来时天已黑了,那份商调函就搁在床头柜上。

他一爬起来就给小雁打电话,想再去她家。

小雁却说今天不行了,她丈夫可能会回家。

石祥云闷头想了一会儿,便决定坐夜班车回家。

他退掉房间来到车站。车一开动他就睡着了,并且一口气睡了六个小时,客车进到县境才清醒过来。等到了家,尽管天没亮，可他却睡不着，便拉过梅丹亲热了一回。

直到这时他才感到累，趴在梅丹身上没有力气起来。

9

快十点钟时，石祥云才起床来到办公室。

一见面，苏江就问，凌晨四点多钟时是你回来了呀？

石祥云说，是呀！

苏江笑起来说，我听到你家门响，还以为……

石祥云说，苏主席，你的警惕性也太高了，梅丹不是那种人。

苏江说，那可不一定，昨天上午，陈部长就在自己家里被人家女的丈夫捉了双。

石祥云想起自己昨天上午在做什么，便低头说，江湖传信不可全信。

苏江说，是马珍珠告诉我的，陈部长这一出事，马局长变成马部长的事就更稳当了。

石祥云说，那文联可就遭殃了。

苏江说，也不一定，事在人为。

石祥云从口袋里取出商调函和总结递过去。

苏江将商调函看了一遍后说，怎么市里调人是这么个调法？

石祥云忙问，有什么不对吗？

苏江双手在抽屉里找文联的大印，眼睛却落到那份总结上。看了几行，苏江脸色就有些变了，双手也不再在抽屉里摸，而是抽出来捧着那份总结看。

二十多分钟后，苏江将总结看完了。没待石祥云询问他便说，好，写得好，比前几年的总结强多了。说实话，县文联就是靠你这长子撑着，你这一走，真不知日后工作怎么开展。这两天，马局长在我面前夸了你好几次呢。

苏江将总结往抽屉一塞，顺手拿出文联的印，叭的一下盖在那商调函上。苏江说，我去同人事股说一声，档案就让你自己带去，不然路上耽搁太多。

文联没有自己的人事干部，一应档案都由文化局人事股代管。

苏江领着石祥云从一楼上到二楼，然后亲自向人事股长交代了。

人事股长看了看商调函后，流露出一丝不易让人察觉的冷笑。

石祥云拿起贴着封条的档案袋和盖了几个红印的商调函，禁不住说，我还以为手续很复杂，没想到这么简单。

人事股长回了一句，他说最复杂的事往往最简单，最简单的事往往最复杂。还问石祥云找的什么关系花了多少钱。石祥云告诉他既没花钱也没有任何关系。人事股长不信，他自己花了三年时间七八千元钱，还没有把自己办回市里去。

石祥云心里说他大概从后门走惯了，嘴上却说，好事多磨，苍天不负有心人。

石祥云去车站买了一张第二天的车票，回来时，顺路到石油公司看看梅丹。

梅丹见了他，炫耀地从抽屉里拿出一张定期存款单在他眼前晃了晃。

石祥云问，哪儿来的？

梅丹说，偷的。

石祥云知道这意思是说单位发的。他问，多少？

梅丹说，能顶你写两部中篇小说。

石祥云不再追问。石油公司连年效益好，每到年关便变着法儿给职工发钱物。在家里时，石祥云总说石油公司发的是国难财，总说要写篇小说来揭他们的老底。毕竟只是说说过过瘾，他不能不为梅丹的饭碗着想，梅丹一年的收入能顶他写两部长篇小说。

石祥云本想同梅丹的领导谈一谈，听梅丹说地区公司的领导下来了，便打消了这个念头。他对梅丹说了明天送档案过去的事。梅丹没作声，停了一会儿才说，公司领导安排她今天陪地区领导跳跳舞。

梅丹见石祥云半天不开口，便说，我只跳半场，九点半以前就回。

石祥云看了她一眼说，跳吧，散了场再回，别让公司领导说你拿架子。

梅丹见石祥云这么一反常态，一时不知说什么好，过了一会儿才说，我不想跳完，不然下半场开始时的那曲弗尔斯不好办，我不愿和任何别的男人跳弗尔斯。

梅丹用一副纯洁的眼光看着石祥云。石祥云赶忙说，那就随你，你自己看着办吧。

说完，他起身就走。

石祥云在街上又碰见了方光武。他瞅着那块白纸板，心想这次去城里，要找机会与新闻界的朋友说一说，让他们来捅一下这马蜂窝。他绕过方光武进了县委大院，只是想同宣传部的部长们说一声商调函已经到了。

上到五楼，见宣传部正在开大会。他听见陈部长在讲话，要大家抓紧时间，二十天以内，必须将全县精神文明建设的先进称号落实到人头，他还特别提到铸钢厂，说是越乱的地方越要树起先进的榜样。这时有人插话说，铸钢厂报了一个人，叫方光武，是他们厂的老模范。陈部长说老模范当然稳当，但最好还是要发现新典型，不能将某个模范当成了万金油，凡事都让他去抹一下、搽一下。

陈部长的语气很豪迈，丝毫没有刚刚被人捉奸拿双的怯懦。

略等了一会儿，宣传部的会就散了。

石祥云跟在副部长们的身后，进了他们的办公室。他告诉他们商调函已经到了。

张副部长说，这么快！

石祥云说，我自己去拿的。

张副部长说，现在天底下只有两种人最认真，一种是作家，一种是个体户，因为只有他们的东西才是他们自己的。

石祥云见陈部长踱了进来，忙岔开说，铸钢厂有个叫杜虎的工人不错，前两天去省城，他主动给我让座，自己站了五六百里。

陈部长来了兴趣，当即叫人记下了名字，并让人下午就去厂里调查一下，看他还有没有其他方面的事迹。

陈部长一走，石祥云担心张副部长又发牢骚，赶紧走了。

中午，梅丹回来吃饭时，就开始准备晚上舞会的行头。石祥云装出很大度的样子，还帮她出主意，甚至还建议她去买一双比较新潮的高跟鞋，不过梅丹没有听他的，最终还是将一双半新的红色皮鞋拿出来，说是到街上找人多上点光就行。石祥云差一点叫她去找方光武。

公司领导下午放了梅丹的假，梅丹一直在床上陪着石祥云睡午觉，还有意将衣服穿得少少的，偎在石祥云怀里像小猫一样乖。睡到四点钟，两个人起床，一个去接石头，一个准备晚饭。

石祥云到了幼儿园，石头仍不肯同他一起走，非要等明奶奶。

石祥云没办法，只好等明大妈来了之后跟在后面慢慢走。

半路上，石祥云碰见了小徐。小徐不知在忙什么，匆匆地同石祥云说了几句话便要走，石祥云抢着告诉他商调函已经拿来了。小徐一边走一边叫他有空晚上去他家一趟，有些事再给他参谋参谋。石祥云问他这是从哪儿来，小徐说他又去了一趟铸钢厂。

路过方光武的擦鞋摊时，见他正低头给一个女孩擦鞋，旁边还有两个女孩在等着。明大妈和孩子们在他面前唱歌，他也顾不上抬头看一眼。

沿街的十几个擦鞋摊挤满了女孩，她们一个个打扮得很光鲜。

石祥云想起梅丹，便猜测这些女孩也同梅丹一样，天黑之后要陪上面下来的人跳舞。

梅丹匆匆吃了一碗饭，便到房里去化妆，整整用了一个小时，再出来时，石祥云简直不敢相信这么年轻美丽的女子就是自己的妻子梅丹。

见石祥云很诧异，梅丹得意地笑了笑，说，怎么样，你老婆还是可以拿出手的吧！

石祥云说，只是你这番打扮是给别人看的。

梅丹说，我给你看的是真诚，假模假样的伪饰当然只能让别人看。

石祥云没料到梅丹说出一句很深刻的话来，一时没有应对，只好一笑了之。

九点钟，石头睡着了，石祥云才感觉到孤独。

他到阳台上看了几遍，见梅丹还不回，便脱衣先睡了。

挂钟响了十一下，梅丹才回来。她一进屋便径直进了卧室，在床前站了片刻，然后慢慢地俯下身来，抱住石祥云的头，贴在耳边说，总是让我挂惦你，今天也让你尝尝挂惦的滋味。

石祥云猛地一掀被子，将皮鞋也没脱的梅丹拖上床来。连扒带撕，三下两下就将她脱光了。

10

第二天，石祥云在长途汽车上，想起昨夜梅丹在床上的情景，那如痴如醉的滋味，竟然比和小雁在一起时更胜一筹。他有点感谢小雁，没有她，自己同梅丹就不可能进入到这种新的境界。他决定一下车就给小雁打电话，将方光武的事告诉她，让她抓个好新闻，在报社里风光一下。

下车后，石祥云没有先打电话，原因是到市文联的公共汽车来了，他下意识地跳上了公共汽车。石祥云将档案交给了市文联办公室的小许后，依然住到那家招待所，这时他才顾得上给小雁打电话。

接电话的是个男人，他问石祥云是谁。

石祥云说自己是小雁的朋友，有个好新闻的线索要告诉她。

男人说小雁不在家，到外地采访去了。

石祥云有些失落，停了停后，便开始给别的朋友打电话，可那几个朋友自前次打电话到现在一直没回家。他便试着给小雁的单位打电话，看看她是不是真的外出了。电话通后，接电话的女人不肯告知小雁的去向，却非要问他是哪个单位的，叫什么名字，简直比小雁的丈夫还要凶狠。石祥云不想告诉那女人，二人正在电话里斗嘴，招待所总机接线员忽然插进来，告诉石祥云，有长途要打进来了。石祥云刚将电话压上，铃声就响了。他拿起话筒一听，竟是小雁。

小雁说她今天刚到石祥云的县里，下了车就打听他，听说他送档案到了省城，便估计他可能住在老地方，所以就打电话到总台查到了他的房间。

小雁问他什么时候能回，她非常希望能在县城里见到他，并和他手挽手在一条古老的小巷里走一走，她就是为了这才力争出这趟差的。

石祥云心知这可不是开玩笑的，真的那样，被人碰见那他的名誉就全完了。石祥云便骗她，说自己得将调令等到手以后才能回，可人事部门的事谁也说不准，有可能是三天，也有可能是五天，还有可能是一星期半个月。

见小雁很失望，石祥云忙告诉她方光武的事。他认为这条新闻绝对可以获韬奋新闻奖。

小雁没有答话就将电话挂了。

第二天上午十一点，小许来电话说调令已经开出来了，让他快点去拿。

石祥云将调令拿回来后，却不打算立即走，他想等两天，等小雁离开县里以后再回去。

晚上八点，他正在看电视，忽然有人敲门，他将门拉开，外面站着的竟是小雁。他刚要伸手抱她，外面有人叫道，错了，那不是 312，是 302。小雁朝他使了一个眼色，提着行李继续往前走。

五分钟后，小雁从她的房间里打电话过来，说没有他自己在那儿一分钟也待不下去，所以就赶回来了，她说她要在招待所陪他住几天然后再回家。她知道招待所十一点钟查房，所以十一点半以后，他可以到 312 房间来。

他们一起在招待所待了三天，白天里相互装着不认识，夜里十一点半以后再聚到一起，早上四点左右分开。小雁告诉他，她已将方光武的情形拍了一组照片，报纸上能不能发表还很难说。

第四天，他们才各自回家去。

石祥云一到家梅丹就告诉他，说是他走的那天有个女记者来找他。石祥云装出一副困惑的样子。梅丹又说，详细情况苏江知道。石祥云到屋内各处转了转，别的都很正常，只是那双红舞鞋变得像新的一样。他心里顿时不好受起来。

晚饭后，苏江过来串门，将小雁来的经过详细说了一遍，还将小雁的名片递给石祥云看。石祥云故意朝苏江要这张名片，苏江不肯给，只让他将地址电话抄下，苏江说小雁答应了，回去后要写篇文章将县文联的工作好好报道一下，还拜托石祥云，再去省城时催一催她，让文章早点见报。

随后，苏江拿出一张发票，要石祥云签字证明，说是送给小雁的礼品。

石祥云一看金额有四百八十七元，便在心里骂起来。小雁告诉过他，苏江只送给她两包普通茶叶，最多四十元钱。石祥云不能捅破，一边签字一边说，其实你送红包给她最好，现在外面流行送红包，送礼物太多不好拿不说，还容易引起人的注意。

苏江破例谦虚地说，你要是在家提醒我一下就好了。

苏江这番话，让梅丹对女记者的怀疑冰消瓦解了。她对石祥云说，前天省公司的人也来了，她没办法，又陪了两场舞。石祥云也放下心来了。

他说，那你们公司又破了一笔财吧！

梅丹说，听会计嘟哝，两拨人一起花了几万，那礼品都是派专车送。

石祥云尽管很累，为了避免出现破绽，他偷偷嚼了一把西洋参片，夜里抖擞精神同梅丹亲热了一回。看到梅丹那副满意的神情，他才放心地倒头睡去。

一觉睡到第二天天大亮，他起来吃点东西就去人事局。

一进门，正好碰见小金。他和小金是半生半熟，见了面都认识。打过招呼后，他问办调动手续找谁，小金说不用找别人，就找他。

石祥云一高兴，掏出调令递给他。

小金扫了一眼后就去开抽屉，可是开到一半又停住了。

小金说，你这是市里的调令呀？

石祥云说，是呀，我调到市文联当专业作家。

小金说，那不行，只有省里可以直接从县里调人去。市里不行，必须先有商调函来。

石祥云说，商调函来过了。

小金说，那我怎么不知道！

石祥云说，文联和文化局领导签了意见后又返回去了，不然这调令怎么来得了。

小金说，不经过我们这儿，你档案怎么走得了？

石祥云说，我自己带走的。

小金生气地说，文联和文化局简直是瞎搞！

他将调令一把推过来，说，这个我不要，你还是拿去给文联和文化局，让他们给你办。

小金走到火盆边，埋头烤火去了。石祥云不知所措地站了一会儿，也跟到火盆边。

他说，金科长，你通融一下吧，调令都已经来了。

小金说，人事上的事一点也不能马虎，每一道手续都不能缺，不然的话，一个大活人站在那儿，谁都搞不清他是谁。

这时，门口进来一个人，冲着小金笑了笑，小金示意他坐下。那人坐下后先对石祥云说，你也在这儿呀！石祥云觉得这人有些面熟，可就是想不起他是谁。

那人刚开口说出"我那事"三个字就被小金打断了。

小金对石祥云说，你坐在这儿一点用也没有，不如回去找找你们文联和文化局的人。

石祥云以为小金心里松动了，连忙起身拿起桌上的调令往外走。

他先去找苏江，苏江不在，马珍珠说他同文化局马局长一道办什么事去了。石祥云就去文化局人事股。人事股长说这事他没有责任，他是按苏江的话办的。石祥云当然记得当时苏江说的话，他实在没理由责怪人事股长，再说人事股长本来就不想管文联的人事档案。

石祥云这才明白，苏江是有意最后整他一下。苏江一定是对那份总结不满意，却不便公开发泄，才使这么一个阴招子。

他忍不住在心里说，等着瞧吧，老苏，看我怎么收拾你！

他一边盘算着那张假发票一边问，这事现在该如何处理呢？

人事股长说，就看你有没有特殊关系，如果没有恐怕得从头来。停了停，他又说，你可以先打点一下试试，不过，你的身份太敏感，人家知道你是作家，怕你将他的事写进小说，你想送礼，恐怕没有人敢收！

从人事股出来，一眼望见苏江从院门口进来了，石祥云迎上去，不高兴地说，苏主席，调动的事出现了问题。人事局要商调函。

苏江说，是调我的人，我同意了就行，他们要商调函干什么？是同我商量，又不是同人事局商量。人事局又没发你一文工资、一厘奖金。

石祥云说，你打个电话帮忙解释一下吧！

苏江不愿意打电话，他说，这样，你买一条硬壳红塔山香烟给小金送去，开张发票给我报销，就算是文联给你送行。

石祥云觉得没有更好的办法，只有这样试一试。

他将买好的香烟用报纸包上，又来到人事局。

小金仍在办公室里烤火，旁边没有他人。石祥云进门后打起精神笑了笑，然后将烟递过去。

他说，金科长，这是我的一点小意思。请你给个方便，这样的机会对于我来说并不多。

小金出乎意料地伸手一挡，说，石作家，你文章中不是很有正义感吗？怎么现在也来这一套！

石祥云说，熟人之间嘛，有话好说！

小金一下子站起来说，不好说！你现在送东西求我办事，转眼去写文章骂我，是不是！我要是你想象中的那种人，我早就升官发财了。

石祥云感到身后进来了几个人，脸色一下涨红了。他说，你要不是卡我，我干吗要这样！

小金说，我是按手续照规定办的。

石祥云气得将红塔山扔在地上用脚碾碎。他刚要走，小金上来拦住他，要他将地上弄干净。他没办法，只好照着做了。

石祥云从人事局出来后，不知道往哪个方向走。正在茫然时，忽然听见有人喊，扭头一看，正是那个找小金办事的人。

那人上来问他事情办得怎么样了，他脑子里一亮，说成了，并说小金人真是不错。那人说他的事也办成了，如果不是小金，那简直不敢想。他妹妹在新疆结了婚，按政策是不准往回调的。可小金商调函也不发，直接给她发了调令。石祥云试探他，说自己花了五百多元钱，那人摇着头说，自己花的零头也比他多。

石祥云听说那人的妹妹调回来后，安排在铸钢厂工会工作，不由得大吃一惊。他朝方光武的擦鞋摊那边看了看，告诉那人铸钢厂停产很长时间了，工人只发几十元钱的生活费，大家都出来自己找事做。那人说小金都给他交了底，铸钢厂后勤部门的人都能拿百分之八十的工资。

石祥云独自经过方光武的擦鞋摊时，不敢细看，他正要快步走过去，方光武忽然冲着他问了一声，擦鞋吗？

石祥云情不自禁地走过去。

方光武请他将脚放在一只小凳子上以后，便使劲擦起来。

石祥云问，生意还好吗？

方光武说，这几天还行，每天下午后，总有好多女孩子来擦鞋。

石祥云说，你知道这是什么原因吗？

方光武说，听她们的口气，像是有舞会。

石祥云说，她们是在陪上面来的领导。

石祥云感觉擦皮鞋的手停了一会儿。直到将皮鞋擦完，方光武再也没有说过一句话。

中午吃饭时，石祥云到小徐家去，他想找小徐商量一下，看他能不能有个办法。小徐却不在，小齐说他陪上面来的领导吃饭去了，小齐要他晚上来看看。

晚上石祥云再去小徐家时，小徐依然不在，与梅丹说的一样，也是陪舞。

小齐愤愤地说，其实是他们自己想跳舞，用陪领导做幌子，你们文联的苏主席、文化局的马局长怎么从来就不陪舞，按常理搞文艺的人应该多进舞厅才是，说到底，这是一个人的意志品质问题。

石祥云要小齐别上纲上线，他说现在什么都吃香，就意志品质不吃香。

二人说着闲话，外面忽然有人敲门，打开一看，正是小徐。

小齐说，舞伴不漂亮是不是，怎么不到九点就回了？

小徐说，我找了个借口才脱身的。你忘了，晚上我们还要去看个人呢。

听说小徐要出去，石祥云赶紧将今天上午的事对小徐说了一遍。

小徐笑得差一点将手中的茶杯摔碎了。

小徐说他从来没有送过礼，一点规矩都不知道，哪有将东西往办公室里送，那不是存心让人难堪吗？小徐让小齐从里屋取出一条大中华香烟。小徐这回升职有人从中帮了大忙，他要去感谢一下人家。小徐让他在家里等半个小时，看他是怎么将这香烟送出去的。

小徐领着小齐出了门，石祥云一个人坐在沙发上看电视嗑瓜子，才二十八分钟，他俩就回了，手中的那条大中华已留在人家那里。

小徐得意地说，现在送礼不兴嘴上说明，进了屋先不忙坐，在客厅里站一会儿，说上几句话，然后找个借口或者什么借口也不要，瞅准一间不起眼的里屋走进去，将礼物放在屋里一个显眼的地方，出来后再坐下，说几句客气话或者是要说要办的事后就赶紧起身走，切莫多坐多说，一时说不清的话下次再去时再细说，这样屋里有别的客人也不怕。

石祥云苦笑一声，无奈地摇了摇头。

小徐劝他别着急，过两天，缓缓劲了，他再领石祥云到人事局跑一趟。

没办法，石祥云只好回家去等。

11

第二天，石祥云闲着没事，便在家里写那没有写完的长篇小说。酝酿了约一个小时，刚刚找回感觉，外面有人敲起门来。打开一看，是几个不认识的人。

为首的一个人说，我们是铸钢厂的，想请你到我们厂去看看，写点东西为我们呼吁一下。

石祥云说，你们是不是找错人了？

工人说，没错，你是石作家，统计局的王局长特地向我们推荐了你。现在新闻记者靠不住，只问红包不问良心，只有作家还能讲点真话。

石祥云说，你们别听王汉英瞎说，我是写小说的不写报告文学。

工人说，只要你将我们的真实情况报道出去，什么都行！

石祥云想起小雁，便说，你们别急，前几天我请了一个很不错的记者来，你们厂的情况她已掌握了，说不定这几天就有文章见报。

见他这么一说，工人们连声感谢起来。再关上门时，刚找回来的那点感觉已不翼而飞了。见外面的天气很好，他索性搁下笔，出去走一走。

太阳还是那么暖和，可是，除了儿童们的脸上是红扑扑的，那些高高大大的成年妇女全是一副灰不拉叽的模样。石祥云说不准这是不是少了绿色的缘故。间或有一两个经过粉饰的女人在招摇过市，可无论唇有多红，眉有多细，乳有多高，仍无人去留意她们。石祥云记得，前几年不是这样，那时，这些假模假样的东西只要一出现，总会招致几声咒骂，后来变成了鄙视，如今已是司空见惯，成了多姿多彩的生活了，反倒是那些露着苦难本质的沿街乞讨的残疾人和衣衫褴褛的捡破烂者成了被咒骂和鄙视的对象。

石祥云不明白自己怎么有了这样的念头。

石祥云在几个书摊旁逛了逛，看看有没有自己的书卖，他一直这么盼着，可一直没有见到。书商不卖他的书，说他的书里面少了一样东西，没人看。有时候他犹豫地想尝试一下，但梅丹坚决反对，别的方面怎么写她都没意见，唯有对情色性爱的描写，梅丹态度非常鲜明，说自己不想成为一个下流文人的烂婆娘。

石祥云又想到小雁，对梅丹来说，丈夫身心已不清洁，光有文章清洁又有何用。

边走边想时，前面忽然有吵闹声。

拐过一处墙角，迎面聚了一大堆人。他走拢去一看：明大妈正揪着一个三十多岁的男人不放。那男人拼命叫，明大妈认错了人，他没有干那种缺德的事。

听了一阵，石祥云才弄明白是怎么回事。

昨天下午，明大妈在街上捡了一只钱包，里面有一张存款单和五百多元钱。她当时急着要去幼儿园，便将钱包交给一个过路的人，要他在原地等失主或者将钱包交到派出所。谁知这人竟将钱包拿走了。明大妈送孩子们回家时，碰上了哭哭啼啼的失主，所以从昨天到现在她一直在街上找这拿走钱包的人。

被明大妈揪着的男人要大家帮忙说说，明大妈一定是人老眼花看错了。谁知竟没有一个人帮他说话，都说他们相信明大妈，明大妈绝对不做一点亏心事。

后来，那男人终于承认钱包是自己拿走的，只是他已花了一百多元，给家里的老人买了一床新棉絮，另外买了几斤猪油和几斤猪肉。他说自己是铸钢厂的，孩子本来就贫血，他已经一个多月没有给孩子买肉吃了。

一听是铸钢厂的，大家都不作声了。

明大妈说，你把用剩下的都还给人家，这用了的钱，就当是借人家的，等你们厂哪天好起来后，发了工资再还给人家。

明大妈要那人以后每个星期天带孩子到她家里坐坐，随便吃点什么。

那男人说，孩子自尊心特别强，从不吃别人送的东西，他担心这事若是叫孩子知道，还不知会闹出什么祸来。明大妈就对周围的人说，要他们回去别在孩子们面前提这事，以免传到那孩子耳朵里面去了。

石祥云跟着大家默默地散去时，心里开始惦记小雁拍的那组照片能不能见报，他自己也不明白是怎么回事，听任两只脚将自己领到县邮电局，给小雁打电话。

小雁家里没人，电话铃空响了半天。

石祥云又将电话打到报社，报社的人说她今天休息没来上班。

石祥云到柜台前交费时，听见旁边负责信函收寄的营业员问一个人，那厚厚一包是什么。对方回答说是小说稿件。他忍不住多看了一眼，才发现正是王汉英。

王汉英也看见他了，说，刚才打电话的是你呀！

石祥云说，嗯，找朋友有点事。怎么，你真的想改行？

王汉英说，我没有你那份天赋，主要是个精神寄托，一天到晚无所事事太无聊。

石祥云说，我可是忙不过来，所以你不要把我往铸钢厂里拖。

王汉英说，我是佩服你才向他们推荐你的，那可是创作素材的宝库。

石祥云忽然鄙夷地说，你也懂得什么是创作了？那好，这宝库你自己留着吧！

他紧走了几步，王汉英死皮赖脸地追上来说，祥云，听说你要调到市里去，能不能推荐一下我，让我来接替你的位置。我实在受不了行政上的那些乌七八糟的东西。

石祥云回头说，你是不是半夜醒来，想到苏东坡被贬了官，写出前后赤壁赋的典故？

不待王汉英回答，石祥云已大步离开邮局。

晚上，石祥云和梅丹睡到一起时，他感到梅丹身上有些凉，就问，你怎么了？

梅丹说，没什么，心冷。

石祥云说，我又怎么惹你了？

梅丹说，你今天给哪个女人打电话？

石祥云说，我是给女人打电话了，可我是为了铸钢厂的事，工人们今天来家里找过我，我答应给他们帮帮忙，这才找那个女记者的。

梅丹说，是叫小雁？

石祥云说，那天老苏告诉我时你在场，还问什么。你是听谁说的？

梅丹说，王汉英。

石祥云说，他去找你汇报了？

梅丹说，我去邮局帮单位寄挂历，他正在那儿，他说你刚走，早一分钟我们就碰上了。

石祥云说，你好像更相信他的话，是不是？

梅丹说，你别猪八戒过河倒打一耙。我们不说这个，说铸钢厂吧，那里面的事你千万别管，你说调走就调走，可我还在人家掌心里捏着呢！

石祥云说，你别拐弯，我听得出你的意思，不会把你们娘儿俩扔在这里不管，待我安顿好了以后，马上将你们弄过去。

梅丹说，我有一个要求，新单位可不能比石油公司差，不然落得铸钢厂这么个下场，看你怎么养得活我们娘儿俩。

石祥云在梅丹腰间抚摸了一下，没说什么。梅丹温顺地转过身来，将半个胸脯压在他的身上。他觉得梅丹身上发起烫来了。

12

第二天一早，石祥云起床锻炼。

他有意在公园门口转，想等一等小金。等到人们开始往回走时小金还没来，后来他碰见人事局的一个熟人。二人并肩走着时，他有意指着前边的两个人说，那不是小金吗？人事局那人说，小金从不起早，每天总是上班前五分钟起床。石祥云更加肯定，那天早上碰见小金时，小金并不是来锻炼而是约会。

回家的路上，石祥云遇见苏江。

他将红塔山香烟的发票递给苏江签字。

苏江签字时问他手续办得怎么样了。

石祥云回答，关键看今天。

他正想责怪一下苏江，苏江自己先开口说，这事也怪我太积极了，想得不细，将必要的手续漏了。

石祥云说，你以前在文化局当过人事股长，后来又当管人事的副局长，你应该是知道这些的。

苏江说，好几年未接触人事了，这么长时间还以为他们改革了，哪想到还是老样子。这样吧，我抽空去人事局那儿解释一下，吃了早饭就去，如何？

石祥云没有作声。

吃过早饭，石祥云就去找小徐。

　　小徐正在办公室同大家商量什么时候下去转一转，大家都说这时候下去太早了，乡镇干部还没有树立起过年的意识，去了也白去。最后他们商定，腊月十五前后下去转一转。小徐笑着把这转一转说成是扫荡一下。

　　小徐说话算话，真的领着石祥云到了人事局干部股。

　　一见面，小金就管小徐叫徐大主任。石祥云从这个"大"字里面听出一些异样来。说了几句闲话，小徐便将石祥云调动的事和盘托出，要小金看在多年朋友的分上给他一个方便。小金脸上丝毫看不出别的什么，一副踏实认真的样子。他说小徐新官上任三把火，按道理自己应该帮忙扇扇风，让火烧得更旺，而不能往上面浇水，如果不按制度规定办事，随便放走了石祥云，等将来上面追查起来，那岂不是害了小徐。小徐说这种事不是原则问题，领导知道了顶多也只是给点脸色看看，剋几句完事。小金当即回答，说假如领导常给小徐脸色看，经常剋小徐，那小徐这次能升为副局级的副主任吗！

　　小徐怔了一会儿，才说，我这是闲职，不比你们这里事关重大，所以上面才慎重对待。

　　小金说，你知道慎重就行了，别太勉强我，让我为难。别自己当了副主任就不管别人吃饭的家伙。

　　小徐说，那你说句实在的话，这事现在怎么办好？

　　小金说，没有别的办法，只有再发一个商调函来，档案也要再拿回来。

一直插不上嘴的石祥云说，档案不拿回不行吗？

小金说，没有档案我知道你是什么人？

石祥云正要发作，苏江从门口走进来，大声说，金股长，老苏我来负荆请罪了。石作家的事全怪我，是我自作主张将档案和商调函弄到那边去的。

小金说，苏主席你别大包大揽，你是领导，说话做事应该比我们慎重。

苏江说，是我的责任就是我的责任。

石祥云一股气上来，说，苏主席，这事已经解决了，我今天下午就去将档案拿回来。

小金有些故意地说，记住还有商调函。

石祥云说，我记忆力还没有出现减退。话没说完，他已转身走开。

他在门口等了十来分钟，小徐和苏江才出来。他俩都责怪石祥云不该这么冲动，说不管调走不调走，人事局是不能得罪的，它管着干部的职称、工资等切身利益，连组织部也没有他们厉害，组织部只管得了干部提拔任免。

石祥云说，我不怕他，大不了我将他那丑事抖出来。他将自己在公园里看到的事说了一遍。

小徐和苏江坚决不同意，说这种事现在不叫问题，顶多不过是让他家里不和，如果一闹离婚，反而成全了小金。他们要石祥云忍住这一时之气。

苏江见小徐有话要对石祥云说，就先走了。

苏江一走，小徐就用最脏的话骂起小金来，人模狗样的东西竟敢冲着他放冷箭。他要石祥云别走，就留在县里，熬个三五年，等当上宣传部部长、县委常委以后，不整死小金，也要整得他嘴里吐白沫。

小徐这一说，石祥云反倒劝起他来了。

说了半天，小徐仍不罢休，说自己一有机会非要报这个仇不可。

石祥云走到单位门口时，见苏江正在用一块抹布在文化局那块招牌上一把一把地擦着。

不待他问，苏江主动说，也不知哪个坏小子干的，将几只烂番茄扔在这上面，我不擦干净，还以为是文联的人干的。

石祥云笑一笑，没答话，他琢磨苏江这是做给马局长看。

他刚回到屋里，苏江就拿着抹布跟了进来。

苏江说，我跟你说了，要你多注意同小徐的来往。这下子你可信了吧！小金他们心里不服小徐，你拉小徐去哪有不误事的！

石祥云说，冲着小金这个样子，不提拔他是县委英明。

苏江说，我不怕你和小徐是朋友，你以为小徐真的比小金强，若不是朋友，恐怕小徐待你比小金还差。不过话说回来，现在办事一靠钱，二靠权，无钱无权就得靠朋友，若是当初你同小金交上朋友就好了。那样，这时候你已经是市民了。说到这儿，我不妨给你一个忠告，到了市里你不能再像在县里这样，见了谁都昂头三丈。你一定要多交朋友，公检法、新闻媒体、组织人事、工商税务商业都要有，银行也不能落下，不然存款就没有高利息。另外还有医院，现在谁都服医生……

石祥云打断他的话说，马局长当常委的事像是有变化。

苏江马上警觉起来，问，你听谁说的？

石祥云心中暗笑一声，说，这我可不便对别人说，只知道马局长可能要调到地区去。

苏江想一想说，这好像不大可能吧，地区文化系统正副职一大堆，马局长去干什么呢？

石祥云说，也可能不大确切吧！

苏江有点坐不住，起身要走，到了门口他又折回来，从口袋里掏出一只大信封递给石祥云说，有个业余作者写了一篇小说，我觉得还不错，你抽空给看一看。

苏江走后，石祥云赶紧弄了一点东西吃，然后到车站去搭十二点的班车。

一路上很顺利，眼看就到了长江边，过了江一上高速公路就等于到了省城。可是客车司机一不小心，将一辆奥迪车的油漆蹭掉一块。奥迪车可能是地委机关的，所以司机凶得很，一张口就要客车司机赔三千元钱。客车司机说了半天好话，总算以三百元钱不要收据为条件作为了结。就是这么一耽误，江上起了雾，轮渡停开了。

天色漆黑，江风刮得像刀子割。大家不停地到码头上去问，得到的回答是，这时候起雾，最早也得到明天中午才能散。

车上的骂声整夜都没停过，所有该骂的全都骂尽了，石祥云也骂了几句，他骂的是小金和苏江。到了下半夜，车上那些小商贩熬不住，全都跑下车，将路边小餐馆的门叫开，烧起一只只火锅，纷纷喝起酒来。车上人一少，便格外寒冷。石祥云冻得受不了，只好下车绕着客车慢慢地跑着。

幸好大雾在第二天上午十点过后消散了。

下午四点多钟，石祥云疲惫不堪赶到市文联，将情况一一说了。见石祥云那副憔悴的样子，小许顿生同情，让他去招待所休息，一切手续都由自己操办。

石祥云一进招待所门，就看见小雁站在总服务台前，查着住宿登记表。他上前去打过招呼，才知小雁正在找他的名字。

小雁问他怎么才到。他将路上的情况说了一遍，又问小雁怎么知道他来了。小雁说是苏江打电话告诉她的，苏江急着要她将那篇写文联工作的新闻尽早发出来。石祥云随口说了一句，老苏他这是在为自己进常委造舆论。

进了登记到的房间，小雁便上来吻他。

石祥云勉强对付了一下，说，我现在什么也不想，只想睡觉。

小雁从包里拿出一些好吃的，要石祥云吃了再睡。

石祥云吃了几口，眼皮一耷人就趴在桌子上睡着了。

石祥云一口气睡到第二天中午，才被电话铃吵醒。

电话是小雁打来的，小雁请他到梦也娱乐城吃饭。

小雁要了一个小包厢，石祥云对包厢里的情调没有思想准备，加上人已恢复过来，所以心里非常冲动，刚一坐下就将小雁搂在怀里。小雁推开他，说这儿不行，这娱乐城是她的一个关系户开的，她必须维护自己的公众形象。

小雁问，苏江是不是真的要进常委，如果有可能她倒愿意帮一把。石祥云将自己憎恨苏江的事说了一遍，还说若是老苏进了常委，不出三天这个"执政党"就要下野。他告诉小雁，老苏用她的名义开假发票报销。小雁不以为然，说现在这点小钱和小动作，已不叫贪污、不叫违法了。石祥云说县文联全年事业费才三千元人民币，苏江这一张发票就贪污了全部事业费的百分之十几。小雁告诉他，今天请他吃的这顿饭，实际上也是当老板的朋友的合法贪污。二人顿时大笑起来。

笑过之后，小雁说，那新闻稿已发了。

石祥云说，发就发吧，让老苏空欢喜一场也很有趣。

小雁说，铸钢厂的那组照片，元旦以后才能见报。领导说，元旦之前的新闻不能冲淡节日喜庆气氛。

石祥云说，只要能发，我回去时也好向铸钢厂的工人交差，不然他们会说我说话不算数。

吃完饭，小雁又唱了一个多小时的卡拉OK，临走时小姐送来一张单让小雁签。石祥云一看，一共消费了一千二百多元钱。

小雁回头见石祥云在那里出神，就问，又在想什么？

石祥云说，我想起了铸钢厂。

小雁说，这种苦难不是你我救得了的，像铸钢厂这样的情况多得很呢！

石祥云说，照这餐饭的水平，这座"梦也"一年要消费掉两座铸钢厂。

小雁说，你是不是又想闹暴动，铲除剥削阶级？眼见就要进城了，这农民意识该改一改。

小雁在石祥云头上戳了一指头。石祥云不再说话，二人起身走出包厢之前，站在门后足足吻了十分钟。

小雁叫了一辆出租车，将石祥云送到招待所门前。下了车，石祥云到街边的售货亭买口香糖，顺便买了一块肥皂，待他转过身来，看见小许正在那里同小雁说话。

石祥云吃不准他们是什么关系，便远远地站着不敢走拢去。

不一会儿，小雁就同小许一起走了。

小雁走时，一点招呼也没有打。

石祥云回到房后不久，小雁就打电话过来解释。

听说小许是小雁丈夫的弟弟，石祥云差点将话筒惊掉了。

小雁说，有空再打电话来约他。放下电话，石祥云唯一的念头是，同小雁的这段情缘该做个了结了。

正在想心事，电话铃又响了。是小许打来的。他问他刚才去哪儿了。石祥云撒了一个谎，说是逛书店去了。小许告诉他，人事局正在搞年报，今明两天没空，后天又是元旦放假，所以补办商调函的事只能在元旦过后了。

小许问他是先回去过了元旦再来，还是在这儿等。

石祥云想了想说就在这儿等。

13

石祥云一个人待在招待所里没事，天天上街去买报纸回来看。一张报纸常常要看三五遍。有关县文联工作情况的新闻，他就是在第三遍上发现的。整条新闻不足一百字，却将苏江、马珍珠、县委宣传部以及他自己都提到了。

他拿上报纸给苏江打电话，将报纸上的新闻一字一字地念给苏江听，并且告诉苏江这是自己泡在报社盯着他们发的稿，为了发这篇稿，报社编辑将地区文化局的一篇文章撤了下来，那文章好几处提到了县文化局和马局长。苏江听了很高兴，当即在电话里允诺，他这次的差旅费文联报销百分之五十。

说完这些，苏江还主动将梅丹叫过来同他说话。

一听到梅丹的声音，石祥云差点说出让她带着石头来市里过元旦的话。

梅丹说家中一切都好让他别担心。

他也说自己一切都好让梅丹别担心。

放下电话后，石祥云到街上转了转。半路上他碰见小雁挽着丈夫的手在一家精品店前打量着橱窗里的一件男式大衣。他有意咳了一声，小雁回头看了一眼，又若无其事地继续同丈夫评说那件男式大衣。

这天正是元旦，街上的人很多。

奇怪的是，石祥云瞎逛了一通后，又在一处林荫道上碰见了小雁和她丈夫。

石祥云觉得一点意思也没有，就懒得在街上逛了。

傍晚时，苏江出乎意料地打电话到石祥云的房间。

苏江问，撤下来地区文化局那篇稿子中，有关马局长的文字是怎么写的。石祥云现编一通，说文章中夸马局长是全区基层文化工作的排头兵，具有较高的群众文化工作素养等。苏江说，照此推理，这的确有点像为马局长调到地区文化局任职而有意制造舆论。

石祥云一个人躺在床上时，忽然觉得这事太无聊，虽然将苏江捉弄了一番，自己也因此而显得格外小气。

元旦的第二天，到处仍在放假。

小雁一直没有理他，他给一个朋友打电话，想去朋友家聊聊天。朋友却直率地叫他今天别去，朋友家今天有牌局，去了无人接待。石祥云一想起别的朋友也都是麻将迷，就没有再打电话，随手买了一张当天的报纸站在街边看起来。

他一下子就看见了二版上的那幅照片，方光武坐在擦鞋摊后，身后白纸板的那些字清晰可辨。照片下面的文字解释说，铸钢厂工人理解国家困难，不伸手向上，自己想办法重新就业。石祥云一开始只是对这几句话不高兴，看了几遍后，越来越觉得不是滋味，他将报纸揉成一团扔在地上，还踩了两脚。

就这样，石祥云还是没能消气，他忍不住往小雁家里打了个电话。

接电话的正是小雁。

石祥云说，你太让我失望了！

小雁说，你别嘴上逞英雄，有种的上我家来！

石祥云说，你当我不敢？

石祥云真的往小雁家去了。他气冲冲地推开小雁的门后，屋里却不见人。他叫了一声，也没人理。正在发呆，虚掩的卧室门里传出一丝轻柔的音乐声，他从门缝里看了看，却见小雁只穿着黑色的乳罩和内裤躺在床上。

他听见小雁说，把门关好！

随后的整整一天里，石祥云将自己的来意忘了个一干二净。他不问小雁的丈夫上哪儿去了，小雁自己也不说。他说的都是此时最动听的话。

天黑时，小雁做了些好吃的给石祥云吃，然后就催他走，并说晚上有人要找他出去娱乐娱乐。石祥云心里猜到这人一定是小许，就问小雁娱乐完了以后自己能否再来。小雁笑而不答。

来招待所找石祥云的果然是小许。

小许找了两个女孩来陪石祥云跳舞，还说这是领导特意安排的。石祥云舞跳得不好，不过他有另外的收获，从小许嘴里得知，小许的哥哥今天一早飞到乌鲁木齐去了。

石祥云夜里十二点又到了小雁家，第二天早上七点才离开。

六点五十五分时，他对小雁说那张照片的文字配得不好。

小雁告诉他，这也是没办法的事，不这样就发不出来。

石祥云一边点头一边同她吻别。

上午十点，小许就将事情办好了。其实也就是在先前那份商调函的收受单位——县文联的前面添上一个县人事局，再将已拆封的档案重新打上封条。

石祥云望着新添上去的那几个字，说，怎么县人事局就这么厉害！

小许说，人把良心一昧，就什么事都做得出来，厉不厉害就看你敢不敢将良心放到一边。

石祥云觉得小许这话是在说自己，他道了声谢谢后，就赶紧走开，说是去买当天下午或晚上的车票回去。

石祥云到车站一问，当天的车票全部卖完了，每趟车上连站票都卖了十几张。石祥云不愿站那么久，就买了一张第二天的票。

天黑以后，石祥云就不安起来，他不知道自己该不该去小雁家。直到小雁打电话过来问，他才下定决心最后去一次。

一见面，小雁就告诉他，小许说市文联的主要领导可能要调走，所以他一定要抓紧时间将手续关系办过来，不然新领导若不认旧账可就不好办了。

石祥云心里顿时着急起来,一分心,做爱时就不那么雄壮了。

小雁也像是有心事,也不比先前那么投入。只一会儿两人就累了。

睡到半夜两点钟,石祥云被小雁的抽泣吵醒。

问了半天小雁才说,他俩还是分手的好。

石祥云说自己也是这样想的,不然于良心、于前途都有伤害。

他们咬着牙发了誓,并当即让石祥云睡到另一间房里去。石祥云准备五点钟起床走,才四点他就醒了。他实在抵抗不住,爬起来又钻进小雁房里。后来,他们有气无力地说,反正做已做了,讲良心也没用,只要不离婚,不让人发觉就行。

14

石祥云一下车就发现街上气氛有些不对,走到哪里哪里都有武警,站岗不像站岗,巡逻不像巡逻。他刚走到楼下,就有人对他说,他家里来了一大群客人。

他进屋一看,原来是铸钢厂的一群工人。梅丹见了他眼泪就出来了。他一下子就明白是怎么回事,连忙叫梅丹给工人们泡茶、散烟。梅丹没有泡茶,也没有散烟,却将王汉英送来的那袋伤心苹果拿了几个出来，搁在茶几上。

工人们不吃苹果，直截了当地问那报纸上的照片是怎么回事，为什么要这样歪曲事实。石祥云推说他不知道这事，工人们不信，说他们已查清了，那个记者是他请来的，如果他不说清，他们就搭车去省城，上报社去讨个公道。

石祥云担心小雁的事露了馅，只好将事情的经过说了一遍，他说自己本意是想借报纸来为他们呼吁一下，没料到好事也会弄糟。工人们一再追问，是不是县里有人这么授意的。石祥云矢口否认。他说，其实这个图片新闻是话里有话，只是没有说明而已，只要用心，谁都会看懂这里面的辛酸故事，我在省里就听见了不少反映，都说省劳模去擦皮鞋，别的解释都是狗屁不通，只能说是那个工厂的情况太糟了，这么好的工人都被逼成这种样了。

听完石祥云的解释，工人们不再作声，好一阵后才有人问，这是真的吗？

石祥云说，真的。他停了停，又说，其实，我同你们厂的杜虎挺熟悉，前些时，我们一起搭车出去的。

这时，方光武背着擦鞋包出现在门口，生气地对工人们说，你们跑到这儿来干什么，我说过要你们别借我的事瞎闹，你们说说，他们这些文化人无权又无钱，找他们有什么用，搞不好还让别人笑话。快回去吧，今晚文化局的马局长要领剧团上厂里去慰问演出。还是文化人有同情心，还记得我们。你们到街上去看看，连武警都出来了。你们做事怎么就这么没头脑呢?

工人们跟着方光武走了后,苏江就过来串门,他说这些工人先去找他,他刚说了几句那记者是来找石祥云的,工人们就冲了过来,怎么也拦不住。

石祥云坐在那里不说话。

苏江又说,自那天同石祥云打了电话以后,他想了好久才忽然想通,提拔干部不比国外选总统,要大造舆论,提拔干部是不能造舆论的,说多了会引起别人的逆反心理,所以被提拔的总是那些很少点名表扬的人,别人不注意,对立面就小,上台以后好工作。所以马局长是不大可能调到地区文化局的。

石祥云打了一个呵欠。

苏江像是还要说什么,又忍住没说,人都走到门边了,才问石祥云调动的事到底如何,走与不走要尽快落实,他好安排新年的工作。

石祥云说,我已将档案拿回来了。

苏江一怔。

石祥云又说,商调函也重新开了一张。

苏江这才嗯了一声。

外人都走后,梅丹才将真实情况告诉他。那些工人本来要找宣传部,宣传部说这事是文联联系的,他们就找到文联,苏江咬定他不知道这事,这事是石祥云从中牵的线,那些工人才拥进家里。他们不相信石祥云不在家,扬言石祥云不出来，他们就不走。

梅丹说她正着急天黑以后怎么办，没想到他及时回来了。

石祥云嘴里不干不净地将宣传部和苏江骂了一通，便不再说这事了，他们确实不知道此事，对质起来可就麻烦了。石祥云编了一通自己在省城如何成天到晚托人找关系，人家最后才同意另发一张商调函，还说这是市人事局成立以来，破天荒为一个人发两次商调函。

梅丹要他不要管铸钢厂的事了，一门心思地想办法赶紧调走。她说苏江这一阵在物色人，苏江跟人说他选人的标准首先是德，其次才是才，他不想再来一个才高盖主的下属。

说了一会儿话，梅丹就去关门。

石祥云知道她要干什么，他本来不太愿意，又不能扫梅丹的兴而不得不陪梅丹，还要装出极尽快活的样子。

二人都没去接石头，石头是明大妈送回来的。

石祥云尽管很累，可他还是得出门去跑一跑。

小徐他们两口子不知为什么这样高兴，关了门还远远地能听到他们的笑声。石祥云进屋一问，才知道小齐怀孕了。小齐怀孕才两个月，小徐非要看看她到了十个月时是什么模样，他塞了两个枕头在小齐怀里。小齐走了几步，枕头就掉了下来，小徐便大叫，生了生了，一儿一女双胞胎。然后两个人就抱着枕头笑。

石祥云也忍不住笑了一阵。

一旦说到正事，小徐就恨起小金来。

　　小徐说，最近书记交给他一项任务，让他同组织部一道搞一次人才调查，他从组织部档案里了解到好多人的秘密。他特意看了一下小金的档案，才知道小金上大学时读的是铸造专业。

　　石祥云觉得小徐这话另有一番意思，但他没有深究，而是问小徐下一步最佳的选择方案。小徐说，你这手续已经很齐全了，谁也卡不住你，你尽管这么办去。

　　临走之前，石祥云问，你是不是要整一整小金？

　　小徐说，别看扁了我，我这样子能整谁呢？

　　石祥云说，不过我总觉得你能力太大，明明只有三分利的事，你能赚到四分五分的钱来。

　　小徐说，我可是记着你的话，总想扎扎实实为老百姓做点事。

　　第二天上午八点半，石祥云正准备出门去人事局，苏江喊他到办公室。苏江眉飞色舞地告诉石祥云，他昨夜跟马局长去了铸钢厂，整场演出非常成功，马局长组织人编写的几个小节目很有人情味，工人们巴掌都快拍破了。工人们说这个社会总算还有人记得他们，为他们说几句知道冷暖的话。

　　苏江说，文化局工作上去了，我们文联也不能落后，我打算尽快编一期《春节文艺生活》，马局长他们编写的节目我已弄到手了，你再组织几首诗和一篇小说，三天之内要进印刷厂。

　　石祥云说，我实在没空，就让马珍珠编吧！

苏江说，你人还没走呢，还在文联拿工资呢！

石祥云说，这印刷费和稿费哪里支出？

苏江说，你只管编，经费的事我负责，我去找企业赞助。

石祥云点点头应承下来。

他正要走，苏江又说，我上次给你的那篇小说看完了吗？

石祥云说他正在看，心里却在想那小说被放在哪儿了。

石祥云将商调函和档案交给小金时，小金果然没再说什么，他随手从抽屉里拿出一本干部调动通知函，用一支速写笔在那些空白处，用一些很漂亮的行书体将不连贯的文字连接起来。写完之后，又用了印。一切准确无误，小金这才用一把尺子按住纸，将上面的一半撕了下来。小金的所有动作都非常规范，包括将调函递过来的动作，已完全职业化了。

小金说，你把这个交给人事股，让他们再开个调函返回来，我再给你开个调函，你就可以拿上档案远走高飞了。

石祥云这时觉得小金并不像原来那样可恶，他甚至有几分喜欢他。他拿着调函没有走，站在那里问小金自己评的群众文化系统的职称，到了市文联不知还算不算数。

一听他提到职称，小金马上将档案拆了封，看了一眼后，立即将调函要了回去，说，你是中级职称，必须报到组织部批准以后，我们才能办手续。

石祥云有些傻了，他恨自己不该多这一句嘴，愣了半天他才说，非报不可吗？

小金说，这是规定，谁敢对抗县委。

石祥云说，那什么时候报？

小金说，到集了三五个以后就报。

石祥云说，现在有几个了？

小金说，上上星期刚报了一批；这一批你是第二个。

石祥云想说点好话软话，可他一句也说不出来。

石祥云天天去人事局打听，看有没有第三个第四个往外调的有中级以上职称的知识分子，到了第八天，总算来了一个高级工程师。在高级工程师之后紧接着来了一个会计师。会计师是铸钢厂的。

石祥云高兴起来，走在街上时正好碰见了王汉英。

石祥云想起苏江吩咐的事，都八天了他还没有编好稿子，就主动同王汉英打招呼，要他尽快写一篇小说给自己。王汉英很高兴，说今晚就开夜车。

15

见期限过了，苏江仍不提《春节文艺生活》的事，石祥云趁着心情很好，便主动告诉苏江，稿子总算筹备得差不多了，就等他一句话便可以进印刷厂。苏江心不在焉地应付了几句，似乎对那件事已不感兴趣了。接下来苏江又问那篇小说石祥云看了没有，不管看没看，他要石祥云将稿子还给他。

石祥云回家后拖着梅丹一起满屋找，最后才在一叠旧报纸里找到那篇稿子。

石祥云一看笔迹是苏江的，便好奇地翻起来。小说写的是某县文化局长如何拼命工作，历尽种种艰辛，最后功绩得到承认，被选为县委常委、宣传部部长。石祥云一边看一边冷笑，小说里的局长姓冯，只比马局长的姓多两个点，其故事人物就是照着马局长写的。

石祥云拿上稿子去苏江家时，刚要开口恭维，苏江就推说自己要打个电话，进了睡房后不再出来。

第二天石祥云下楼时，见灰道口旁边有几块碎纸片，他认得出，这正是苏江给他的那篇小说稿。

走到大门口见苏江正望着文联的招牌出神，石祥云就上去问，苏主席，你怎么啦，像有心事？

苏江目不斜视地说，马局长昨天同我开玩笑，说你一走，这文联就更没有存在的必要了。

石祥云要苏江别将玩笑话当真。苏江只是摇头。

石祥云一到人事局就问小金上报到组织部没有，小金说局长还没研究，研究了才能上报。他只好问局长几时研究，小金说局长们成天忙，很难碰齐，碰齐了就可以研究。

为了这个碰齐，石祥云又等了一个星期，总算等到局长们开会研究同意后，小金仍不能上报给组织部，他说上次报上去的还没批过来，若是现在又报过去，组织部会认为这是在将他们的军，暗指他们工作效率低。

窝了一肚子气，石祥云回到家时，梅丹正同王汉英在客厅里聊天。

王汉英见了他忙弯腰站起来，并准备从口袋里往外掏什么，石祥云看也不看他一眼，一头钻进房里，并随手将房门狠狠一摔。

王汉英知趣地走了以后，梅丹走进来问他干什么发脾气。石祥云忍不住吼道，都怪你，当初要去跳舞，要不然我去问问小徐，就不会有现在这么多的关卡了！

梅丹不让他，顶嘴说，你别找借口，我知道你想说我不该同王汉英在一起，可他是你请来的，是你的客人，我哪晓得你发的什么神经突然要同他往来，我还不是为了你才让他进屋的。

石祥云想起自己让王汉英写小说的事，但他不肯作罢，反而说，我也知道你的心思，你根本就不想我往上调，你怕我甩了你，怕我学城里人在外面找情人，你巴不得我一天到晚不出门，像头关在栏里的公猪一样才好。

梅丹哭了起来，说，姓石的，石祥云，你什么时候变得这样没良心，说出这样的黑心话！混账话！

一个哭，一个吼，把几间屋子闹得天翻地覆。直到明大妈送石头回家，才歇下来。

石头一见他们的样子，拉着明大妈的手不让她走。明大妈问清楚原因后，说她明天去帮忙说一说。石祥云以为她有什么特殊关系，就追问了一句。

谁知明大妈说，为什么要关系呢，你们总想着关系，关系当然就特别重要，我从不去想它，它就不重要了。

石祥云怕明大妈将事情搞复杂，就拦她，要她别去，他说自己宁肯多等几天。

明大妈不肯，她说她并不是为他们担心，她是为石头担心。

第二天，石祥云不放心，早早到人事局门口去阻拦明大妈。

明大妈果然在九点钟之前来到人事局门口，见石祥云拦住自己的去路，她就说，我不只是为了怕耽误了你的事，主要还是怕耽误了你们的一生。明大妈的样子让石祥云既拉不得，也推不得，到头来只好由着她去。

明大妈上楼后，石祥云找了个不起眼的地方躲起来。

十几分钟后，人事局的一大群人将明大妈送出来，那些人恭敬的样子让石祥云大吃一惊。

随后，明大妈又去组织部。

石祥云不远不近地跟着，隐约听见明大妈对组织部办公室的人说，这个世上爱心比什么都重要，它说起来容易，做起来难；可有时说起来难，做起来也容易。譬如，有人来办事，你们莫往外推，也莫往抽屉里塞，能办的随手就办了，这就是爱！遇事多替别人想想就更是爱了，可现在你们这样子，让我都不好跟孩子们讲怎么去爱别人，爱生活了。我真怕孩子们问我，你们成天挂在嘴上的研究研究是不是爱，疏通疏通是不是爱，请客送礼是不是爱。爱这东西出口就得说清楚，不能出偏差，不然就会害一代人！人家石头他爸，好好一个写文章的人，为了上进，被折腾得不知东南西北，无缘无故地在家里和妻子吵。如果石头问我谁好谁坏谁对谁错，你们说我该怎么说，我能说你们都坏都错吗？都坏都错，那好的和对的又在哪儿呢？

明大妈说了这一通话后，在办公室里坐了坐，喝了几口别人泡的茶就告辞了。依然有许多人将她送到门口。

石祥云后来推门进了小徐的办公室。

小徐正好在。他将这几天的情况一一说了。

小徐说，你怎么不早说，我可以叫组织部主动催小金将报告送过来。小徐说着就去了组织部。片刻之后，小徐回来说，他碰见小金将报告送到组织部来了。小徐不好当面问，他准备过一会儿再去。一个钟头以后小徐又去了一趟组织部，回来时，他有些惊讶地说，真奇怪，他们说你的调动手续已全部办好了。

石祥云说，我刚才忘了告诉你明大妈的事。

小徐听后说，明大妈应该评为精神文明先进个人。

石祥云说，宣传部好像不大同意。

石祥云来到人事局，小金第一次笑着接待他。

这一次石祥云对小金的话没有了反应，他想到的是，明大妈为什么有这么大的力量。

石祥云拿着调函和档案去了省城，他一路琢磨着明大妈的话。

到市文联报过到后，就给小雁打电话。他特意将明大妈的话复述了一遍。

小雁沉默一阵后，说她明白他的意思，随后就将电话压了。

石祥云对着挂断了的电话说，祝你幸福，我永远爱你。

石祥云在省城住到腊月底才回家。

这中间他给苏江打过一次电话，苏江二话没说就将梅丹喊来了。

梅丹压低声音告诉他，马局长真的当上了县委常委、宣传部长，他一上任就将文化局和文联合并了，名义上叫合署办公，苏江当总支书记，文化局长和文联主席都由王汉英一人担任。文件上苏江排名在王汉英后面。

梅丹还告诉石祥云，小金被调到铸钢厂当书记兼厂长，大家都在传说组织部找小金谈话时，小金大哭了一场。

石祥云回来后才弄清，小金是全县唯一一个学过铸造专业的大学生，县里希望他去扭转局面。而王汉英的升迁是因为前些时马局长带队去铸钢厂慰问，那些节目主要是由他执笔创作的。王汉英上任一个星期就印了一期《春节文艺生活》，上面有他自己写的那篇小说，还附有新任县委常委、宣传部马部长写的按语。马部长说，对不关心百姓痛痒的现象不能再容忍了。石祥云读了那篇小说，确实没有什么可恭维的，唯一的长处就是语句通顺，并且像喊口号那样，倾注了对失去工作的工人们的满腔热爱。

石祥云刚到家就听见苏江在楼道上兴奋地大叫，铸钢厂的工人上街游行了。

石祥云跑到阳台上一看，只见一大群人手举各种锦旗奖状在人行道上缓缓走着，大街上车辆依然通行无阻。

石祥云来到街上，同许多人一道跟着工人们慢慢地走。他看见那些锦旗和奖状上分别写着：学习毛主席著作先进集体，防火先进单位，治保先进单位，优秀民兵连，妇女四期保护先进单位，爱国卫生模范单位，计划生育红旗，工会工作知识竞赛一等奖，工交战线歌咏比赛组织奖，女子篮球甲级比赛第二名，男子篮球甲级比赛第四名，女子拔河鼓励奖，男子拔河精神文明队，社会主义精神文明教育示范单位，植树造林绿化祖国荣誉奖，纳税模范，政治工作先进单位，路线教育优秀工作队，奔小康大讨论纪念奖，拥军爱民十佳单位，优秀民兵营，男子篮球比赛参与奖，QT小组竞赛优胜奖，一九八八年十佳突出贡献企业……

石祥云被五光十色的锦旗奖状照花了眼。他将目光移到一边时，开始思索很多问题。他觉得组织工人上街的那个人具有很高的智慧。他想起杜虎的话，如果这些人边走边唱《国际歌》那可真是麻烦了。

当天晚上，小徐和小齐来串门。他们说老马一到任就将了在县委和县政府工作的干部们一军，让县剧团搞一场什么义演来为铸钢厂职工筹集过年费。老马让人将两家大院的门都锁了，只留一道小门，然后要每个下班的干部自愿买票，票价最低五十元，最高不限。一开始还有人不愿意，老马就开玩笑说，不给钱也可以，那就拿办公室里放的烟酒食物来顶替。于是大家乖乖地掏钱买了票。只半个钟头就筹了差不多三万元。小徐还说，小金已暂停人事局的移交工作，先行到铸钢厂主持工作。

梅丹得意地说，我今天给游行的工人送了一袋苹果。

石祥云趁他们说话时，走到贮藏室里，他看见那袋伤心苹果不见了。他走回来告诉梅丹，明天一早他也去剧团买一张票。他要梅丹给他一千元钱。

梅丹说，你献爱心也不用花那么多呀！再说我已经送过苹果了。

石祥云说，那苹果不能算，那是王汉英送的，我们没花钱。

小徐在一旁说，一千块是太多了点，减半吧，五百。其实给二百就是最多的了。

石祥云说，我这是在支持你呢，我知道小金是你推荐给铸钢厂的。

小徐笑着说，我可没有这么大的权力，这可是常委会上定下来的。

小徐一转话题，谈起老马。他说老马一到宣传部就同副部长们干了起来，老马将部长们圈定的那些名单搁在一旁不顾，非要将明大妈树为精神文明先进个人的第一名不可。在没有任何副部长支持的情况下，强行将文件发了下去。奇怪的是，外面的人却说，县委这些年来终于做了一件得民心的事。

小徐又要石祥云猜铸钢厂工人扛着那些一点真功夫也没有的锦旗奖状上街是谁的主意，石祥云想了好久也想不出来。

小徐说，远在天边，近在眼前。

小徐指着自己的鼻尖得意地说，这是他多年以来写得最好的一篇研究报告。

一九九四年十二月二十八日于汉口花桥

去老地方

窗外的树叶一阵簌簌之后，没有关严的窗户缝里也传出呜呜声。正在沙发上闲坐的杨一忽然想到，二季稻一割完就该搞冬播了。他记起自己从前在大队里当团支部书记时，总盼着冬播，因为冬播结束后，总会放几天假，好好歇一歇。一会儿，杨一又想到，已有两天没人来通知他去开会了。他觉得情况有些反常，因此在心里断定，最迟在今天下午肯定会有人来送会议通知的。

杨一刚刚这么一想，桌上的电话铃响了。

他瞅着电话人却没有动。电话铃响了七八声，办公室秘书小洪从外面走进来。

小洪拿起话筒说，喂，我是文化局办公室，请问你找谁？

杨一听见话筒里的那个声音在说找杨局长。

果然小洪将话筒递过来，说，杨局长你的电话。

杨一不接话筒，说，问问他是谁，有什么事？

小洪对着话筒问了几句后，说，他说是你的邻居，姓方，有急事请你帮忙。

杨一说，就说我有事，让他半个小时以后再打来。

小洪按杨一的意思说了后，放下话筒退出屋子。

杨一的邻居中姓方的只有一家，是个个体户。他们平时几乎没什么来往。这倒不是二人之间有什么芥蒂，主要是大家都在忙。杨一忙着开会，个体户则忙着做生意。个体户买了一部七成新的吉普车，出出进进总从宽处走。杨一家的后门有条小路直通文化局办公楼，路两旁环境很幽静，他喜欢一个人从这路上走着上班，走着下班。所以，他们虽是邻居却很少见面。杨一不明白他有什么事要找自己帮忙。琢磨来琢磨去，他才断定，极有可能是在做黄色书刊等盗版生意时被查获了，来找自己求情。

杨一走到走廊的另一头，推开虚掩着的门。

屋里两个人正在下棋，见了杨一，二人不免尴尬起来。

杨一说，汪股长，怎么不下了？这棋还没有分出胜负来呀！

汪股长说，我们正在商量下一步扫黄工作如何搞，觉得累了，才下盘棋散散心。

杨一说，比分多少？

汪股长说，三比三，平——

汪股长意识到什么，突然不说话了。

杨一推开窗户，望着院子里的一群麻雀说，我小时候最喜欢用石子打鸟，不知现在还有没有那时的准头。

说着，杨一随手拈起桌上的一只车，朝着一只麻雀扔去。

没有碰着麻雀，麻雀也不飞，只是跳着躲闪一下。杨一又接连拈起一只马、一只炮和一只帅扔了出去，依然没有砸着麻雀。

杨一说，二位也来试试，再比赛一下。

汪股长他们没办法，只好拿起棋子往外扔，三下两下就将棋子扔光了。

杨一依然不动声色地说，汪股长，最近有没有黄色书刊案子？

汪股长说，没有大案，只有小案。

杨一说，什么样的小案？

汪股长说，有两个书贩子卖了十几本裸体画册。

杨一说，叫什么名字？

汪股长说，一个叫陈胜，一个叫吴广。

杨一笑起来，说，老汪，你这是在镇压农民起义呀！

汪股长说，我不是在开玩笑，他们真是叫这两个名字。

杨一想了想说，怎么这么巧，简直像是一种兆意。

杨一没有问出姓方的人来，便往门外走。一边走一边说，汪股长，棋子都在院子里，你们去捡回来吧！

杨一没有回头，只听见身后有一种不知所措的嗯嗯声。

离约好的半个小时还差五分钟时，电话铃又响了。

杨一没等小洪进来接电话，自己将话筒拿起来。他听见对方说，喂，文化局吗，我叫方继武，请问杨局长回来没有？

杨一说，我就是，老方你有什么事就说吧！

方继武说，我现在文化局门口的电话亭里，我马上过来和你当面谈。

杨一放下电话，从抽屉里拿出一份文件，刚看了几行，方继武就进来了。

方继武坐下后，从口袋里掏出一包红塔山扔给杨一，嘴里说，杨局长天庭发亮，红日高照，是不是又要高就了？

杨一说，老方你说话也不看个时辰，县里党代会、人代会刚开完，该升的都升了，一个萝卜一个坑，哪里还有空位子。

方继武说，那可不一定，时运来了，钢板也挡不住。

杨一说，你越说越神了，我不信时运。你还是直说吧，找我有什么事？

方继武扫了一眼杨一面前的文件说，杨局长忙，那我就不好多占时间，只有直说了。

方继武咳嗽了一声，继续说，我在七一路装修了一座酒楼，现在什么都搞得差不多了，可这名字还没有取好。没名就办不来营业执照，真是把人急死了！

杨一说，店名还不好取！找几本旧时的书，比照上面的茶馆饭店来一个就是。

方继武说，这法儿有人教过我，只是现在餐馆酒楼太多，将那些现成的店名都用了。

杨一心里一动，说，你找我是要我帮忙取店名？

方继武说，没办法，你是老邻居，又是文化局长，当然是全县最有文化的人，这事对你可是小菜一碟。

杨一觉得有趣，说，虽说事小，不过真要取好也不容易。

方继武说，那是那是，像武汉的老通城、北京的全聚德，真是要多好有多好。

杨一说，我看老通城、全聚德的名字并不一定好。它们是因为豆皮和烤鸭做得好才响起来的。时下的饭店酒楼与它们不同，哪家也就是那么几样菜。时兴梅菜扣肉，大家都做梅菜扣肉；说干煸泥鳅好吃，又都一齐上干煸泥鳅。轮到酸菜鱼卖得好，大家便不管鲫鲤鲢鳙，统统往鱼锅里掺酸菜，这一阵眼看啤酒鸭新鲜，连卖油条的都想往锅里掺啤酒。菜是大路货，反而是店名，一个比一个新奇，连恺撒大帝和伊丽莎白都用上了，光图个虚名。

方继武说，杨局长说的话很有道理，我这家店就是想在特色上下功夫，至少要时常保持三五样全县别处没有的菜。至于店名，不管怎样还是得有点新鲜刺激感，让人过目也好，入耳也好，都不能忘记才行！

杨一说，真要让人不能忘，我倒有个主意了，不如干脆在门前用一只鳖和几只鸡蛋做个广告牌子，店名就叫王八蛋酒店！

方继武连忙摇头摆手说，杨局长这意识太超前了，小县城里的人哪能懂这种大幽默。

杨一见方继武有些不高兴，忙说，老方你可别多心，我只是随口说句话，没有别的意思。

方继武正要回话，杨一大声招呼外面大办公室的小洪端杯茶上来。

很快，小洪就给方继武端来一杯茶，并随手往杨一的杯子里添了半杯开水。

方继武呷了一口茶说，杨局长怎么还用这种玻璃杯子，别的局长最少也用上了磁化杯，有的人都在用不锈钢真空杯了。

杨一将玻璃杯拿在手中玩了几下，轻轻地叹了一口气说，文化局是清水衙门。

方继武马上说，杨局长若是将我这店名取好了，我送你一只不锈钢真空杯。

杨一说，我可不敢要，端着那杯子看是好看，可心里不舒服。我在台上讲话做报告，话筒边放一只不锈钢真空杯，台下的人就不会听我的话了，而在议论这个杯子到底是谁送给我的，我又给了谁什么好处？特别是文化馆搞文学创作的那两个家伙，说不定还会写成讽刺小说。

方继武说，要是别的领导这样想，那还开不开会，工不工作！几十万一台的小车都没有人说了，何况这几百元的杯子。再说，你这店名若取出特色来了，过来过去的人就会打听是谁的杰作，那时我顺口替你一证明，这杯子也就成了按劳取酬的一部分了！

杨一不由得笑了起来，说，老方，你这活我就接了。什么时候要？

方继武说，我巴不得现在就要。

杨一说，现在可不行，我还得研究研究，咨询咨询。

方继武赶紧接过杨一的话说，杨局长，这些都行，只是别考察考察！

杨一一愣，跟着就明白过来，他说，行，公事和私事不一样，这考察就免了！明天早上你来我家取店名。

说着话，二人都笑了起来。

杨一将方继武送到大门口后，才意识到自己不该将他送出这么远。按平常标准，自己起身后理应稍走几步，将送的意思表达出来就可以了；再重视一点送至自己办公室门口便足够了。眼下这样有些失身份了。

杨一心里明白，自己是太想有一只不锈钢真空杯了。

第一次有人主动开口，表示要送一只真空杯给自己，杨一竟然有些不能自持了。

杨一回到办公室，喝了两口水，然后将小洪叫进来，要他马上去县图书馆找几本旅游指南之类的书来。

小洪当即搁下手里的工作，骑着自行车去了。

小洪刚走，电话铃就响了起来。

杨一等它响了十几声，才伸手拿过话筒。

一个女人问小洪在不在。

杨一听出来是小洪的女朋友小凤，立即客气起来。小凤来过几次文化局，每次见到杨一，脸上都溢满青春的笑意，让杨一心里感觉很好。

杨一说，你是小凤吧，小洪出去了，马上就回。是不是有急事？有急事我帮你转告一声。

小凤在电话里说，不麻烦。他去哪儿了？

杨一说，他去图书馆办点事。

小凤说，那我打电话到图书馆去。

杨一问小凤知不知道图书馆的电话号码。

小凤说知道，然后甜甜地道了一声谢谢。

放下电话，杨一不知为什么有些发呆。片刻后，他拿起电话拨了图书馆的号码，接电话的是图书馆馆长老侯。

杨一说，老侯，怎么几天没见到你的人影。

老侯说，有两件事，我正准备明天来局里汇报呢！

杨一说，什么事，你现在说吧！

老侯说，还是明天亲自来汇报好。

杨一说，是不是电话里说不方便？班子闹不团结了？和群众吵架了？

老侯说，都不是，当面说好，可以和局长加深感情。

杨一说，老侯你可真是个聪明的猴子。我有个事和你说一说，你先别压电话，等一等，我去拿笔记本。

杨一搁下电话后，并没有去找笔记本，他拿上一张《中国文化报》坐下来，慢慢地从第一版翻到第四版。他一看表，才过了十分钟，便用手指在电话机的压簧上轻轻按了一下，话筒却依然搁在一边。话筒里传出一声接一声的忙音。他知道，老侯这时一定在拼命地拨着文化局的电话号码。杨一暗笑了几声后，忽然觉得一点意思也没有，自己这么大把年纪了，还同小洪吃什么醋，不让小凤将电话打到图书馆。

杨一脸上有些发烧，他站起来，走到走廊上的水池边，拧开水龙头用凉水擦了一把脸。

杨一往回走时，听见汪股长在办公室里自言自语，谁忘了将电话机放好！

杨一没有作声，也不看他，径直走进自己的办公室。

杨一刚坐下，电话就响了。他注意听汪股长接电话的口气，就明白是图书馆老侯打来的。果然，他马上听到汪股长在那里大声说，我看看杨局长在不在办公室。

随后，汪股长走到门口，小声问，老侯的电话，接不接？

杨一说，不接。

汪股长转身对着话筒说，杨局长出去了，你明天上午再打电话来吧！

汪股长放下电话后，杨一将他唤进自己的办公室，从抽屉里拿出一包阿诗玛香烟隔着桌子扔给他，嘴里说，你拿去抽吧，免得在我这儿搁久了，霉了。

汪股长说，这不是屁股屙尿反了吗？应该是我送阿诗玛给局长你才对。

杨一说，都是为党为革命工作的人，哪个抽哪个的香烟都一样。

汪股长坐下来自己将香烟点着了。

杨一说，老汪，你这几年一直在搞扫黄工作，你说说那些书里面都有哪些新鲜东西？

汪股长说，其实那些东西看多了便千篇一律，就像好东西吃多了也觉得倒胃口一样，男女的那些事，看多了也腻，没有一点味道。

杨一说，不过这种书有些地方往往特别讲究，譬如饭店酒店的名字。

汪股长说，这也不一定，外国人就很随便，什么阿拉斯加、曼哈顿，都是些现成的名字。

杨一说，恐怕是中国人写的外国书才这样，外国人做什么事总爱寻个刺激，不会轻易放过任何自己表现的机会。

汪股长一愣，说，局长这一说我倒真的像是开了窍。外国人的确是这样，我记得有本书上写的店名，几乎全是动物，什么火鸡、猩猩、眼镜蛇、毒蜘蛛等等，一个比一个吓人。

杨一说，你再想想，还有没有别的有意思的店名。

汪股长说，局长今天怎么有这样的雅兴？

杨一说，搞文化嘛，什么知识都得贮藏一些。

二人正说话，小洪的声音在外面响起来。

杨一挥手让汪股长走了。

不一会儿，小洪抱着一提书走进来。

杨一说了句"你辛苦了"后，拿过一本书就看起来。翻了几页，他又抬起头来，冲着门口说，小洪，刚才小凤来过电话找你，我让她打到图书馆去，她找到你了吗？

小洪说，没有。可能是占线了，老侯抱着机子死打，外面的电话怎么进得去。

杨一不再作声。在他埋头翻书时，能听到小洪在外面不停地打电话，拨通一次号码就问一声小凤在不在，问了七八次后，才歇下来。换了平时，杨一肯定要出面干涉。

文化局的电话没有交电话费，被卡了两个多月，上个星期总算弄了一笔钱将电话费交了，电话这才又响起来。因此，杨一在会上反复讲，任何人再也不准用办公室的电话说私事。

杨一忍着没说，只是将一本书往桌上重重地放了一下。外面屋里，小洪不再打电话了。

翻了半天书，竟没有一个中意的。旅游书上标的尽是些星级饭店宾馆，那些名字口气太大，容易让人产生高消费的联想，不适合小县城。

半个钟头下来，杨一就厌倦了，他将那本书一推，开口叫小洪进来，问，图书馆就这么几本书？

小洪说，只有这几本。

杨一说，每年拨了那么多钱，老侯他不买书都拿去干什么了！

小洪说，老侯刚才还在叫苦，说明天要来约你一起到省里去要钱，回来买一批图书。

杨一说，我不听他的，他要钱是想给职工搞福利。

这时，电话铃响了。

小洪看了杨一一眼，杨一没做任何表示，小洪便转身去接电话。

小洪喂了一声后，那口气就变了。

杨一马上明白这一定是小凤打来的。他以为小凤会在电话里同小洪争吵几句，谁知小凤的甜言蜜语一点一滴都从小洪的回应声中漏出来。

尽管小洪将声音压得很低，可杨一还是清楚地听见他说的话。

小洪说，就这样，七点半钟，老地方，不见不散。

杨一心里禁不住反复唠叨，老地方，老地方是什么地方呢？

杨一随手拿起一支笔，在玻璃台板上一遍接一遍地写着：老地方，老地方。也不知写了多少，玻璃台板上几乎写满了。他从最下面的一只抽屉里拿出一包开过封的餐巾纸，抽出一张，划着圈将玻璃台板上的字迹一圈圈地擦去。纯蓝墨水像夏日的天空、春天的湖水一样，漾起一道道波纹般的东西。杨一有点出神，似乎想起了自己的那段无忧无虑的青春年华。

怔了一阵，杨一忽然站起来，一边锁好抽屉一边对外屋的小洪说，我有点事，先回去了。

小洪应了一声。

杨一出门时也没有来得及看他一眼。

杨一的家离办公室不远，一会儿就到了。

杨一看见自己家门敞开着。他没有先回屋，而是走到方继武的楼下，大声叫道老方在家吗？

一个女孩从阳台上伸出头来说，方老板出去了，一会儿就回。

杨一说，他回来后，让他来找我，我住那儿。

女孩说，我知道，你是杨局长。

杨一没有多说，转身进了家门。

妻子正坐在沙发上打毛线，见了他就问，你怎么也提前回了？

杨一说，我找老方有点事。你呢？又是收完了税就先回了？

妻子点点头，起身给他泡了一杯茶，然后挨着杨一坐着。

杨一喝了一口水，放下茶杯，顺手摸了一下妻子眼角的皱纹。

妻子看了他一眼，轻轻笑了一下。

杨一说，你还记得老地方吗？

妻子说，什么老地方？

杨一说，年轻时我们见面的地方。

妻子说，你说河边的那棵大柳树呀！

杨一说，那时我在柳树下等你将心都等碎了。

妻子搁下手中的毛线说，那时也真有意思，见面时从不说爱情，总是谈工作，谈如何当个先进工作者。

杨一说，也不知现在的年轻人见面时说什么！

妻子说，反正不会谈工作。

说着话，妻子将脸贴到杨一的脸上。杨一稍一动，两个人就吻到一起。不一会儿两个人的身子就有些颤抖。杨一起身将门闩上，然后一弯腰将妻子抱起来，便往房里走。他觉得自己好多年没有这么冲动过，而妻子那模样也是好久没有过的。他将妻子放到床上，刚刚解开两粒扣子，外面的门就被敲得咚咚响。

方继武在外面喊，杨局长，杨局长在家吗？

妻子小声说，别理他。

杨一一下子从兴头上跌下来，垂头丧气地说，我们有事要商量呢！

杨一打开门，方继武见了他忙说，杨局长，怎么样，是不是有了？

杨一说，有是有了一个——

方继武忙说，这样，站着说话不方便，还是上我家去说吧！

说着也不管杨一推不推辞，就在前面走了。

杨一跟着方继武上到他家二楼，他努力不去看方家那些豪华摆设，坐在那里等着方继武敬茶上香烟。

杨一说，我取了一个店名，既高雅又通俗，叫老地方。

方继武像是愣住了，好一阵才说，老地方？这名字谁不会取？谁不会说？

杨一说，可就是谁也没有往这上面去想。从艺术规律来讲，这叫人人心中所有，个个笔下所无。

方继武说，这么老实的店名，究竟有什么妙处好处你先给我解释一番吧！

杨一说，第一这名字好记；第二它是独一份；第三它给人一种亲切感，哪怕是头一回光顾，也像是来过许多回一样；第四它还有一种谈情说爱的气氛，人家订好酒席后通知客人说是去老地方，那感觉还不是去和情人约会一样；第五……

方继武高兴起来说，杨局长，你别说第五了，光这四条就够打动我了，行，就叫老地方——老地方酒楼。

方继武起身到隔壁屋里去了，一会儿就听见他叫道，水莲，那不锈钢真空杯你放到哪儿去了？

一个女孩应声回答，还不是放在老地方。

杨一听到这话不由得笑了起来。

正赶上方继武回到屋里，见杨一笑就问为什么。

杨一就说自己在笑那女孩已经开始替他的酒楼做广告了。

方继武不由得也笑了起来。他打开墙角上的一只立柜，现出一排光灿灿的不锈钢真空杯。

杨一正想数一数有多少，方继武取了一只后将柜门关上了。

方继武送上杯子说，一点小意思。

杨一说着玩笑话，我看你的小意思还不少。

方继武一副无奈的样子说，一共十只杯子，只怕还不够打发呢？

杨一心知这些杯子将要作什么用途，他没有再往下问，低着头将亮铮铮的杯子反复把玩了一阵。禁不住说，这杯子实在好。

方继武说，用这杯子的人都不会自己掏钱。不过，杨局长你是例外，这是你劳动的报酬。

尽管有方继武补充的这话，杨一脸上仍然不大好看。

方继武察觉了，连忙转移话题说别的，要杨一帮人帮到底，索性将"老地方酒楼"这几个字用毛笔写了，他好去找人做一个大招牌。

杨一谦虚了一阵后还是答应下来。

方继武转身去弄笔墨纸砚。

杨一以为他是上街去买，便说，不用买，我回屋里去拿。

方继武却说，我有现成的。

方继武去了一阵，果然拿来一堆写字用的东西。

杨一很奇怪，说，你家里怎么有这种东西？

方继武说，做了这么多年生意，才发现文化太重要了，文化差只能做小生意，做大生意胸中墨水少一点都不行。我准备日后酒楼走上正轨了，自己就开始练练书法，从中参悟一些从别人那儿学不来的东西。

杨一当即表态说，真要学我可以帮你！

说过之后，杨一便动起手来，这才发现什么都有，就是没有毡子。

方继武愣都没愣，转身就抱了一床毛毯来铺在桌上。杨一顿时心中有不少感慨，但他没有作声，提笔蘸了浓浓的一笔墨，便在纸上写开了。

杨一写了许多张纸，还没有写出让自己满意的，又写了三张，最后一张总算让自己脸上露出一丝笑意。

他一撂笔，对方继武说，就这一幅！说着，将其他的全都拢到一起揉成一只大废纸团。

杨一拿上不锈钢真空杯回到家里，女儿文文已放学回来了。

文文一见到杨一手中的杯子，马上说，爸，你也搞起腐败来了？

杨一说，我什么时候腐败了？

文文说，同学们都这么说，凡是用这不锈钢真空杯的人，都是搞腐败的。

杨一说，别瞎说，起码我是用劳动换来的。

这时，妻子过来打圆场，吩咐他们洗手吃饭。

吃饭时，文文已将杯子的事忘光了，高高兴兴地说，她们班上的女同学这个星期天要去老地方搞野炊。妻子问她老地方在哪儿。文文说那是她们的秘密，不能告诉家长，免得大人们知道了跑去干涉。妻子便威胁说，文文若不说明，就一分钱也不给她。文文一点也不怕，说她们不要一分钱，全都到野地里去找。杨一心里感觉到了什么，可又说不出来。

晚饭后，文文到学校上晚自习去了。

杨一看罢《新闻联播》，又拿起节目报查找晚上的电视节目。正在看时，妻子一身皂香味的从卫生间里走出来，在他面前温情脉脉地站住，然后说，早点睡，好吗？

杨一点点头，可他分明觉得自己已没有多少情绪，身上也没有多余的力气。

睡了一觉，早上起来将该做的一一做过之后，杨一就提着包准备去上班。走到门口又折回来，将不锈钢真空杯拿上，这才走出大门。

到了文化局，办公室门还锁着。若在平时，杨一会一直这么站到别人来了拿钥匙开门，今天杨一心情不一般，他一会儿也没等待，掏出钥匙开了门，接着又拿起电热壶到走廊尽头盛了一壶凉水，接通电源，然后就在一边听着电热壶里的吱吱声响。

小洪来时，水还没开，他有些不好意思地说，路上碰见图书馆的侯馆长多说了几句话，来晚了！

杨一笑眯眯地说，恐怕是昨晚在老地方待得太久了吧！

小洪脸色唰地一下红了。

杨一不管他，继续说，还是你们这种年龄好，再过几年就会被社会污染！

说着话，水开了。小洪赶忙去预备茶水。见小洪进了自己的办公室，杨一就有意不跟进去。眨眼工夫小洪就在里屋叫起来。

小洪说，杨局长，你也搞到这么漂亮时髦的杯子了！

杨一说，什么搞到，你这话不对。

小洪说，我一直不相信文化局长为什么就低人一等用不上这不锈钢杯子，杨局长这可是为文化局争了光了！

杨一说，这可是我自己劳动得来的。

这时，文化局的人陆续到齐了。杨一趁机将这杯子的来历说了一遍。说完后，大家轮流将这杯子把玩了一番，一致说，这杯子给人感觉的确不一样，有一种贵族味道。

正在说话，老侯从外面进来。他接过杯子看了一阵，说，在电视新闻里，我总是看到这东西，今天算是第一次摸到它了。老侯还打趣，他说，我原想弄这么一只杯子来巴结一下杨局长，这下子可得想别的办法了！

他刚一说完，老汪就带头声讨起来，他说，老侯，你别光说好听的讨巧卖乖，几时见到你从身上拔了一根毫毛下来。

老侯说，你别冤枉好人，我若是真的给点好处，文化局怕是没人敢要。

老汪说，老侯，你这家伙只会搞意淫的名堂！

老侯说，意淫好，只要心意到了就行。如果我真的送点什么给杨局长，那还不等于坑他害他！这时节，胆小也是一件好事。

杨一一开始还听得津津有味，不知为什么，忽然就烦躁起来。他说，都忙各人的去，少说些无聊的话。

大家都散去后，老侯一个人走到杨一的办公室。

老侯说，杨局长，我找你有点事。图书馆的经费太紧张了，想到省里去要点钱。

杨一说，这是应该的，你去就是。

老侯说，可有些关键人物还得你去疏通一下。

杨一说，老侯，你安排工作很具体呀！

老侯连忙赔笑说，哪能呢。为了工作，请杨局长多包涵。他压低了嗓子继续说，我原来真的打算这回一起去省里时，给你弄一只不锈钢真空杯子。

杨一正色说，老侯，你应该知道我的人品，你若是来这一套，过完年就该考虑让贤了。

老侯忙说，好好，算我放了一声臭屁。换个角度吧，不管怎样，图书馆总是你属下的一个单位，文化馆、剧团、新华书店、电影公司，你都出面帮他们要钱，未必就单单落下我这一家，图书馆又不是小夫人养的。

杨一拿起杯子小心翼翼地呷了一口茶，慢慢地品了一阵，放下杯子时，他笑起来，说，老侯，你这一说，我们反倒亲近了，这样，你找个要钱的理由，写个报告。先别打印，我们一起推敲一阵后再说。

老侯忙说，行行，我这就回去办。他顿了顿，说，还有一件事请示一下，县政府办的政通公司星期天开张，给我们发了请柬，我们去不去，要去带什么贺礼？

杨一说，不是说不准党政机关办公司吗？

老侯说，名义上是驻深圳办事处办的，实际上是政府办公室直接管。

杨一说，你们自己看着办吧，不过若是我，我会装作出差，不知道这事。

电话铃忽地响了起来，待响声消失后，小洪在门口小声说，政府办公室的王主任要你亲自接电话。

杨一拿起话筒后，才知王主任说的正是政通公司开张的事。王主任要各局一把手届时务必到场，同时还开玩笑地让他吩咐二级单位，别送匾来，匾多了不好处理，干脆送点现金省事。

杨一放下电话忍不住说，县政府真会做生意。

老侯这时想开溜，杨一喊住他，说，没办法，躲不过了，你回去准备点现金吧！县政府的面子谁敢不买！

老侯一副无奈的样子，说，估计得送多少？

杨一想了想说，送单数肯定不行。双数最低是两百元，你先按双数两百元准备吧！

老侯走后，杨一便给教育、体育、农业等几个比较穷的局委打电话，问他们的打算。杨一刚放下电话，计量、水产、宗教等更穷的局先后打电话过来，问文化局打算送什么送多少。杨一有点生气，因为这些单位都是副局级而没有一个正局级单位主动打电话过来问的，好像文化局也是一个副局级单位。杨一吩咐小洪再有别的副局级单位打电话来问，就说没收到这样的通知。

杨一刚吩咐完，工商银行许行长竟打电话过来询问。

杨一马上明白，工商银行是把文化局当作穷单位来摸底细的，他故意说准备送一千二百元现金。许行长在电话里笑了一声，便将话筒压下了。

闹了一上午，大致摸清了，一般单位都打算送两百块现金。杨一就正式让小洪通知下属几个单位，一律按两百元的标准送。

下午快下班时，小凤又来电话约小洪。

小洪又说七点半老地方见。

杨一想起方继武的酒楼，下班后就绕了几步，拐到七一路上，一个人慢慢地走。过了一个街口，远远地看到许行长在前面走，他连忙紧走一阵，眼看就要追上，许行长一转身拐进街边的一座酒店。杨一路过那道门时，听见里面一片喧哗声。走了不到两里远，酒店就见到好几家，只要是声音大一点的地方，他总能分辨出一些熟悉的人来。

杨一有点不想去方继武的酒楼了。可走到这地方就只有一条路可走了，若退回去一些，倒还有一条回家的路，但是绕得太远。杨一只得继续向前走。不一会儿就看见那酒楼了。

方继武正在楼下指挥几个人安装那酒店的招牌。他一回头正好看见了杨一，连忙说，杨局长来得正好，你一会儿就能见到真面目了。

杨一赶紧说，我只是顺路从这儿走的。

方继武说，顺路更好，这个样子，你专程来我还没办法接待呢！

方继武拖着杨一进了酒楼。酒楼有三层，越往高层越豪华，第三层全是一个个的小包厢，虽然还未打扫干净，可已经看出那种不寻常的味道来了。

杨一问，这房子你花了多少钱？

方继武说，整整花了八十万元，包括装修。

　　杨一说，乖乖，图书馆那么高一栋楼也才用五十万元，你这么一座小楼竟花了八十万元。什么时候才能将投资收回来？

　　方继武说，这就靠杨局长以后多多赏光了！

　　杨一说，指望我，不用三天你就得关门。

　　方继武说，这我不担心，政府里面的大老板多得很。

　　杨一说，我可真是替你担心。

　　方继武一副胸有成竹的样子，他掏出钥匙打开一扇门，说这一间已完全装修好了。

　　杨一进去一看，果然是沙发、卡拉OK唱机一应俱全，杨一拿起话筒试了试，却是一点声音也没有。

　　方继武说，你后天来吧，后天来就可以唱歌了。现在省里的领导已不兴跳舞了，都愿意到包厢去唱歌。

　　杨一莫名其妙地点点头，什么意思他自己也不知道。往外走时，他告诉方继武，县政府办了一家政通公司，星期天开张，肯定要大请一顿。若来得及，不妨将这笔生意拉过来。方继武一算，时间是紧了点，但赶一赶完全没有问题。方继武很感谢杨一提供的这条信息，从口袋里掏出一整包红塔山香烟，塞进杨一的口袋，还说这笔生意若做成了，另外还有谢礼。

　　杨一回到家中，对妻子说起方继武做一座酒楼花了八十万元，没借一分钱的债时，妻子完全不敢相信，像方继武这种没文化的人，怎么会弄到那么多的钱。

晚上十点多钟，杨一已经上床睡了一会儿，忽然有人在外面叫门。

杨一听出是方继武，就吩咐妻子别开门。方继武叫了一阵也就不叫了。杨一似乎是刚睡着又听到有人叫，迷糊之中，他感到妻子起床了。杨一不耐烦地说妻子不该理他。妻子却说天已亮了。

杨一穿好衣服走到客厅里，方继武连忙站起来，说，那件事成了。我昨晚找了政府办公室的王主任，他答应了，星期天，十桌酒席全安排在我那酒店里。

杨一说，就为这你一大早来敲门？

方继武说，昨晚回来时，我就想告诉你，可叫了半天你们都睡着了。

杨一说，我们是睡着了。

方继武说，起初王主任还有些犹豫，后来我将店名解释给他听，他就笑着答应了。

杨一说，你那柜子里的不锈钢真空杯是不是又少了一个？

方继武说，买回来就是准备送人的。

方继武走后不久，小洪匆匆跑来，说西河镇修路时发现了一座古墓，有被哄抢的危险，镇文化站带信来，要县里赶紧派人去保护。

杨一要小洪赶快去让司机备车，同时和公安局的联系一下，叫他们去两个警力，另外叫文物管理所也去两个人。

杨一匆匆吃过早饭，赶到文化局时，别人都已先来了。

但是公安局和文物管理所都只来了一个人。公安局是抽不出人来，文物管理所则是找不到人，其他人都不知去了哪儿。

杨一阴着脸说，车上还空着一个位子，小洪你也去！

小洪说，我不懂文物。

杨一说，谁天生就懂，不懂就学。

小洪不敢作声，什么行李也没拿就随车走了。

伏尔加轿车行驶到县城旁边的河堤上时，杨一发现小洪双眼紧紧盯着一处地方。杨一顺着他的目光望去，白茫茫的沙滩上有一片绿草地，几株纤弱的小柳树散落在草地，晨风顺河而下时，柳树的摆动很迷人。

杨一说，小洪，我看河滩上有张彩色报纸，很像是办公室订的《电影时报》。

小洪的脸一下子红了，好一阵才说，现在彩色报纸有好多家，县团委订的《青年人报·月末版》也是彩色的。

杨一说，你这是怎么啦，小洪，无缘无故地自己将自己搞成个心虚的模样。

小洪不再作声。杨一却心中有数了，他断定小洪和小凤一定是在这里约会的。

正走着，杨一忽然啊了一声。

小洪忙问杨一是不是有什么事。

杨一说有份重要文件忘在客厅里，没有收拾好。也不用吩咐，司机就将车掉了头，径直开到杨一家门口。杨一开门进屋，将放在床头柜上的那只不锈钢真空杯塞进提包后，又回头钻进车里。

古墓虽然是明代的，可没有什么东西。从墓的碑文上看，死者是一名七品县令。陪葬的物件却只有一只陶罐，是用来点长明灯的，墓也不曾被盗过。大家想不出道理，认为这不符合明代的规矩，想来想去，只好说死者是一名清官。

处理完这事，杨一本来可以马上返回，却碍不过当地书记、镇长的再三挽留。文化站也想借局长的到来请一请镇领导，联络一下感情，便串通司机，说是方向盘出了毛病要修一修。几个理由凑到一起，杨一就在镇上留宿了一夜。

镇上也没有什么娱乐活动，好在酒喝多了话特别多，泡在一起胡吹乱侃。大家都羡慕杨一手里拿的杯子，说他手里抱着的是一头肥猪。杨一也醉醺醺地说，他唯一的爱好就是喝茶，所以他死后，一定要用这杯子泡一杯上好的龙井放在他的墓里，其他的什么东西也不要。大家齐声说，果真那样，五百年后有人发掘他的墓时，也会称赞他是一名清官。

再往下说就说到女人身上了。

中间，杨一岔开话题，说县里新近有一家叫老地方的酒楼要开业，那是全县第一流的，若去县里办事，不可不去老地方开开眼界。

大家刚吃过饭，对酒楼没兴趣，异口同声地要杨一坦白交代在剧团里有没有相好的。

杨一被缠得没办法，只好说大家若有他也就有，大家若没有他也就没有。

歇了一夜。第二天，杨一干脆顺路将几个乡镇的文化站都检查了一遍，直到天黑以后才回家。

一进门，文文就叫嚷她正准备到电视台去播寻人启事。杨一由她撒娇。

文文说，你再不回，我和妈妈就打算离家出去。

杨一说，我记得明天是星期天，你和同学们一起去野炊。

文文说，我说真的，妈妈也要走。

杨一说，你去哪儿？

妻子忙解释道，我能去哪儿呢，单位的方姐前年离了婚，现在又找了一个男的，明天结婚，要我去帮忙张罗一下。

杨一松了一口气，说，正好，明天县政府的政通公司开业，中午请我们吃饭。

星期天上午八点半钟，杨一就带着小洪来到政府会议室，王主任正指挥手下的人布置会场，见了杨一连忙上前来握手。

王主任说，不是说好九点半钟吗，怎么这早就来了？

杨一说，文化单位穷，送的礼品少，跟在别人后面不好看，便想抢个先，用感情来弥补经济实力的不足之处。

王主任说，杨局长你这个感情我代表政通公司领了。说着，就招呼一个人过来登记。

交了钱，杨一在一旁没事，便东一句西一句地和他们闲扯，刚打听到李县长要在开业庆典上讲话，计量局胡局长也带着局办公室秘书来了。计量局正在登记，水产局江局长又到了。

先来的都是一些穷单位，说的话也和杨一说过的大同小异。

杨一在旁边听了很不自在，同时心里感到同这些副局级单位的局长在一起有些掉自己的份儿。他看了小洪一眼。

小洪心领神会，马上说，杨局长，我们是不是先去将那个事办了。

杨一点点头。二人走出县政府大楼，却没个去处，想了一下，杨一说，我们去老地方看看！

小洪一怔。

杨一说，就是我们中午要去的酒楼。

老地方酒楼果然全部布置好了，里里外外堂皇得很。杨一一进门就高声叫喊，老方，老方呢？

方继武正在三楼包厢里调试卡拉OK，听见有人叫，忙跑下来。

杨一笑着说，我们是来打前站的，看看中午李县长用什么标准来招待我们。

方继武说，王主任吩咐过了，两百元一桌，不包酒水。

杨一说，我还以为至少不低于三百元呢。

方继武说，开业时的两百比日后的五百还强，我打算能保个本就行。因为来的都是各单位一把手，我只想留个好印象，以后真把"老地方"当作老地方。

说着话，杨一走进厨房，他见满地堆的是鸡鸭鱼肉。经方继武提醒，杨一看见那鱼是清一色的武昌鱼。方继武说这是早上四点跑去集贸市场上守来的，除了老地方，今天全县城没有一条武昌鱼，武昌鱼都被他买来了。

杨一说，你这店有多少个台面？

方继武说，三楼五个，二楼五个，一楼散席还有七八个。

杨一说，那今天中午怎么安排，三楼包厢的档次明显高于二楼。

方继武说，王主任都安排好了，局长们都进包厢，其余的在二楼。

杨一说，这恐怕不科学，局长里面有副局级的，二级单位里也有副局级的，譬如剧团团长就和审计局局长是平级的。

方继武说，我不懂这些，谁坐哪里由王主任亲自安排。

杨一说，你在政府门前开酒楼，不懂这个不行。

方继武说，这个问题对于我，真好像是关公门前耍大刀。

小洪忽然提出要试试方老板的卡拉 OK 的质量。三个人便一齐上了三楼。方继武拿了一摞飞图唱碟让小洪挑，小洪挑了半天挑出一张。方继武拿着走出包厢，他人还没回来，电视屏幕上就出现了《晚秋》的图像。

小洪唱了几句就停下来，说是要将混响开关调一下。方继武不知哪是混响开关，正要到隔壁去喊人，小洪走到唱机前面一弓腰寻了一个旋钮，拧了几下，再唱时效果好多了。小洪仍不满意，说回声不行。他又弯腰弄了一阵，然后叫方继武将《晚秋》从头再放一遍。

杨一坐在沙发上看，一点插不上手，也插不上话。

蓝光一闪，音乐起来了。

小洪嗓子一扬，只一句唱下来就让杨一吃惊不小。

杨一不明白，这个小洪在剧团时，唱黄梅戏唱得像鬼叫，不得已才调到文化局当秘书，怎么这流行歌唱得如此之好。他一边听一边琢磨，那个美丽的小凤姑娘天天约小洪去老地方，一定是被他唱的流行歌曲迷住的。

过了一会儿，杨一猛地想到女儿文文：若是文文听到小洪这般地唱歌，一定也会迷上他的。文文和那帮女同学什么都不迷，就只知道迷歌星。

杨一想走，他看了一眼那歌词又不愿走。不知为什么他也有些伤感起来。

小洪一连唱了好几首，但后面的都不如《晚秋》唱得好。杨一一看表，已到了九点半，便硬硬地说了一句，快开会了。

走到外面，杨一说，怎么样，这老地方不错吧？

小洪兴奋地直点头，一点也没察觉这话里的双关意义。

再次来到政府会议室时，里里外外已挤满了人，杨一走到登记簿前看了看，见大多数单位都只送了两百元，包括工商银行也是两百。

杨一抬起头来时，正好看见许行长冲着他笑。

杨一走拢去，许行长就说，你文化局好大的胆子，敢定政通公司的调子。让大家都跟着你学习数数，从一数到两百。

杨一意识到这事的不妙之处后说，本想赶早，却赶出鬼来了。老许你也是的，号称全县第一大财团，干吗也凑这个两百元的热闹呢!

许行长说,现在不是时兴见机行事吗?跟着大家一起混最把稳不过。

一边谈话,一边看周围的动静,杨一发现王主任的脸色不大正常,虽然是在笑,但明显的有些勉强,甚至还有几分恼怒。

杨一看了一会儿就看出名堂来了。不少单位都是先派个人来探听虚实,看看别的单位送了多少,这才回去将在楼下等候的头头叫上来,所以弄得大家好像都预先约定了一样,一出手总是两百元。

这时,老侯不知从什么地方钻出来,使了一个眼色将杨一唤到一个角落里。

老侯说,杨局长,我刚才听说王主任发文化局的脾气,说是我们昨天到处打电话,约定今天只送两百元贺礼。

杨一急了,说,这是哪个狗东西嘴里在嚼蛆!

老侯说,王主任做了调查。他说别的单位虽然也相互问过,但最先打电话问的是文化局。

杨一说,那我叫银行送一千二百元他怎么就没查出来?

停了一下,杨一又说,我不怕,说了!约了!又怎么样了?还敢为这事撤我的职,开除我的党籍!

老侯说,事情到此还是得想个办法,文化系统还有文管所、剧团、文化馆没有来,不如杨局长你到下面去拦住他们,让他们一家多送两百元,这样说不定可以排除嫌疑。

杨一开始还在瞿，等他转过弯来时，那几个单位已将贺物交过了，依然是不多不少整两百元。

瞅着王主任那开始发青的脸色，杨一不由得有点慌。他一咬牙说，小洪，你快去找汪股长，让他以文化市场管委会的名义，送一千元来。

小洪说，那点钱不是说好留下做过年福利？

杨一发狠了，说，让你去，你就去。

小洪办事还算能干，离十点钟还差五分钟时，他和老汪匆匆赶来了。一千元交上去，王主任总算冲着他们笑了笑。

九点半的会拖到十点钟才开。

李县长在上面讲话时，小洪悄悄地告诉杨一，说方继武刚才在路上骂大街，说县政府都说话不算话，订好的酒席又不要了，逼得他只好将好不容易买到的东西，又拿到市场上去卖。杨一听了心里很不好受。

坐在那里，杨一听见审计局胡局长和水产局江局长在小声说笑，说今天县太爷请客，他们一定要放开肚皮喝一顿。杨一心里冷笑了一声。

李县长讲了半个小时，开始他还能忍住没有露出政通公司政企一体的本质，讲到后来就不时显一下原形，要各单位往后大力支持县政府办公室将公司办好。

李县长讲完后，银行、工商和税务的头头都被请上去说了一阵祝贺的话。尔后，王主任又亲自讲了一通。王主任讲完后就宣布散会。

杨一要往外走，但周围的人都不动。

杨一就开玩笑说，都十一点半了，未必你们还打算听谁的报告。

这时，王主任毫无表情地咳了一声，大声说，本来中午要留大家吃饭，地点都选好了。可是县里领导不同意，让办公室带个好头，所以只好将这顿饭取消了。

会议室里的百来个人一下子哄了起来。

许行长笑着大声说，王主任真会做生意，一开张就纯赚两万多！

王主任一点也不客气，说，你要是觉得不该来祝贺，那我们就退还给你。

许行长也不买他的账，继续开玩笑，他说，我有个主意准保你们稳赚不蚀。过十来天，你们将政通公司撤了，再成立一个政富公司，又让大家来祝贺一遍；过一阵再撤了它成立一个政强公司……一个月成立一次，一年不就可以赚二十几万元。

会议室里的人都笑了起来。

王主任也忍不住笑了，一边笑一边说，老许，你就仗着自己是线上管的干部，老和我们过不去。

许行长说，哪里哪里，我还吃着县里的米，喝着县里的水，呼吸着县里的空气呢！

大家一边向外走，一边小声议论，这话只有许行长敢说，因为他的任免县里管不了。

其实，不只是杨一，大家几乎都明白，王主任是嫌贺礼进少了，才有意赖掉这一顿饭。

下楼后，黑压压一群人站在大门口竟不知往哪儿走。文化系统的几个二级单位的头头都在杨一后面跟着。

杨一说，你们怎么不回家吃饭呀？

老侯说，跟家里说好了，中午不回去吃，老婆没有打我的米。

几个人都说他们也是这样。

杨一记起自己也没地方去，就说，干脆你们几个选一个人作东道，我也跟着沾点光吧！

大家都说这样最好，选来选去，选到老侯头上了。

老侯说，我们图书馆最穷，你们别欺负穷人。

杨一说，老侯你就潇洒一回吧，平常有事总是他们几个单位抬着。今天就这么几个人，每人来碗素面也行。

老侯只好应下来，然后就开始沿街找餐馆。一连看了几家，都是些老一套的花样，没有什么独特的东西，大家都不满意，继续往前找。

小洪不知为什么老往回望。杨一就问，你望什么，是不是发现小凤和别的男人在一起？

小洪说，我在看那么多人怎么没有跟上来，莫不是王主任将他们留下了！

杨一说，王主任有那么苕，钱都塞到胯里夹着了还会拿出来！

又找了几家还是不怎么中意，大家正在犹豫，忽然看见方继武踩着一辆三轮车，拖着一筐武昌鱼在往回走。

杨一叫了一声，老方，这鱼怎么不卖了？

方继武看了他一眼，说，政通公司没有请的客，都涌到店里去了，我只好又赶到集贸市场，幸亏这鱼只卖出去几条。怎么样，你们也去吧，正好还有一个包厢。

方继武说着话，三轮车已驶出好远。

杨一说，怎么样，就去老地方酒楼，过过包厢的瘾。

老侯一咬牙说，老地方就老地方。走吧。

一行人走进老地方酒楼。一楼大厅已经满了，果然都是开会的那些人。

杨一走过去问，怎么王主任改了主意也不通知一下我们？

审计局胡局长说，屁，是我们当机立断，自己可不能亏了自己。

方继武将他们引到三楼，开了一间包厢，坐下后，杨一便叫老侯点菜。

杨一说，今天侯老板买单，就由侯老板做主。

方继武说，我出个主意，你们就别点了，就按先前王主任定的菜单，我呢，依然按王主任谈的价格给你们优惠，这样你们方便我也方便，可以避免浪费。

杨一说，他们也是这样？

方继武说，都一样。

杨一转向老侯说，侯老板，你说呢？

老侯说，那就随大流吧！

菜一道道地上来了，厨师的手艺果然不同别处。杨一吃得高兴，便叫小洪唱几首卡拉OK。小洪第一首歌就点了《晚秋》。隔了好长一段时间，音乐和图像还没出来，小洪就叫来服务员问。服务员说了声对不起，再解释说，玫瑰厅里几个客人都点了这歌，正比赛着唱。他们只有一只唱碟里有《晚秋》，所以只好请小洪稍候。

小洪问，我们是什么厅？

服务员说，菊花厅。

杨一插上来问，那三个厅叫什么名字？

服务员说，一个叫牡丹厅，一个叫山茶厅，一个叫紫穗厅。

杨一说，你去将你们老板叫来，我有话跟他说。

服务员去了一会儿，方继武就来了。

杨一说，你这几个包厢的名字取得不好，与老地方酒楼的店名显得不协调，哪有将牡丹、菊花作老地方的呢，老地方一般都是柳树、樟树、槐树、桂树和松树下面。

杨一用眼角唆了一下小洪，小洪眼睛里有个亮点在闪闪发光。

方继武说，杨局长的话很有道理，我回头就改过来。

这时，玫瑰厅的门开了，服务员往里送菜。一阵《晚秋》的旋律飘出来，那个男人唱得棒极了，实实在在比小洪强不少。杨一让小洪过去看看谁在唱，小洪刚走到过道上，玫瑰厅的门又关了。

过了一会儿，服务员来给他们上菜。

小洪便问刚才玫瑰厅里谁在唱《晚秋》。

杨一听到服务员说是李县长时不禁大吃了一惊。

听说李县长在唱《晚秋》，小洪就点了几首别的歌。都是六七十年代流行过的，大家都会唱，可一开口又都说找不着调了，勉强唱下去后，又说自己唱得比以前差得多了。

吃罢饭，老侯他们先走了，小洪陪着杨一慢慢地踱着步。很长一段时间，杨一都不说话。小洪有意几次提起不同的话题，杨一就是不搭腔。小洪有些尴尬，正在找理由想与杨一分手。杨一忽然开口要小洪陪他到城郊走一走。

走了半个小时，杨一一站在一段旧城墙上不走了。

杨一原地转了一圈后，喃喃地说，谁把那棵大树砍了？

小洪知道杨一想起了旧事，不声不响地在一旁站着。

杨一又说，那时候一唱歌浑身就来了劲，现在成天酒肉穿肠过，人却越来越没精神了。

小洪知道杨一这是在同他说话，然而他答不上来。

杨一忽然扭过头来，说，你今晚还去老地方吗？

小洪下意识地嗯了一声。

杨一说，那草地和柳树真好，别用什么彩色报纸来糟蹋它们。

一九九四年九月于汉口花桥

去年

白青松正在做梦，忽然被一阵剧烈的响声惊醒。他下意识地从床上坐起来，只用了几秒钟就判断出那些乒乒乓乓的声音是从隔壁胡主任家传出来的。

白青松现在住的屋子从前是胡主任住的。

屋子紧挨着办事处的金库。

这两年，隔一阵子就会有内部通报下来，说某地银行或办事处或信用社的金库被坏人抢了，并杀死了多少人，等等。胡主任的妻子特别胆小，总是担心办事处的金库也会被抢，隔着一堵墙，她对殃及自家的危险怕得要死，三番五次要搬家，住到她所在的供销社里。可每一回她又嫌自己单位穷，房子破，临到搬家时又变了卦。慢慢地，白青松发现胡主任的妻子对自己亲热起来，有事没事总叫他过去喝上几杯酒。白青松心知她一定有事求自己，却不挑破，一邀就到，从不推辞，等到她提出和他换房子时，他才明白这酒实在不好喝。

从县农行在西河镇建办事处时起，挨着金库的这套宿舍就一直没人愿意住。每回有人调进调出，调整房子时，虽然才四五个人，可扯皮的时间从没有少过一星期，直到后来县农行下了死政策，用红头文件规定，谁当主任谁住这挨着金库的屋子，才算将这事敲定下来。

胡主任的妻子提出来调换屋子时，白青松是不同意的。

白青松对胡主任的妻子说："我不是主任，我不能住这屋。"

胡主任的妻子说："可你是副主任。"

白青松说："这更不行，别人会以为我要夺胡主任的权。"

胡主任的妻子便哭起来，说："两年多了，我没睡过一场安稳觉，这样下去，我会被活活吓死的！"

白青松没想到胡主任的妻子开口就说实话，一点也不拐弯抹角，他不好意思嘲笑女人胆小，更不好意思说自己一个大男人也怕挨着金库住，一咬牙就答应下来。

搬家的当天晚上，他刚睡下就听见挨着金库的那堵墙有动静，他马上想到，是不是坏人已进了金库，将今晚值班的小金杀了后，正在捣弄那保险柜。白青松拿起那支半自动步枪，哗啦一声将子弹推上膛，拉开门，蹑手蹑脚地走到金库的窗口。他将枪口对准屋内的同时，嘴里叫了声："什么人？"

小金在屋内惶恐地说："白主任别开枪，是我！"

白青松松了一口气说："你不好好值班，半夜了还在干什么？"

小金说："没干什么，我在撒尿！"

第二天，白青松亲自去买了一只痰盂，将那只靠墙的尿桶拿出金库，丢进后院的破烂堆里。

现在的动静，尽管很明显不是在金库里，白青松仍然拿着那支枪出了门。胡主任屋里灯光也有，磕碰声也有，却没有人声。他听了一下，不像是两人打架，倒像是一个人在生闷气摔东西。

白青松在门外叫了声："胡主任，没出什么事吧？"

屋里一点反应也没有，连摔东西的声音也没有了。

白青松不好再叫，转身正要回屋，又忍不住到金库的窗口看了看，听见里面值班的人在轻轻地打着鼾，就自语道："年轻人，睡着了像条死狗！"

白青松刚说完，金库里一个女人忽然喃喃地说起梦话来。

白青松一愣，随即就明白了，一定是值班的小金将那新婚妻子带进金库里做伴。

白青松自己年轻时也这样做过，妻子大老远跑来，正赶上自己值班守库，不偷着和她在金库里睡，那夜里时光可就没法熬。

他贴着窗户听了一阵，里面的两个男女睡死了，一点亲热的动静也没有。

白青松刚离开窗户，就听见里面床吱呀一声响，先是小金说了句什么，接着小金的妻子也低声搭上了腔。白青松不好意思偷听，紧走几步回到自己屋里，刚上床，隔壁的响声又起来了。

这一次不比先前，响声的节奏快多了，像是两个人都动起手来，扭打之中还将一些家具陈设碰翻了。

白青松没办法，只好又去敲门。

敲了一阵，屋里仍不理他。

白青松便说："胡主任，金库里出事了！"

胡主任这才慌慌张张地将门打开。胡主任只穿着一条三角裤。白青松从房门口的穿衣镜中看见胡主任的妻子气呼呼地站在床前，上身光光的，下身却穿着长裤。

胡主任说："出了什么事？"

白青松说："小金违反制度，将妻子带进金库里睡觉！"

胡主任当即骂了一句："这狗东西。"

胡主任胡乱拿了些衣服往身上套了一阵后，左手提上一串钥匙就往金库门口走。

白青松问："胡主任，你这是做什么？"

胡主任说："今天我非要出出这狗东西丑，让他们以后再也不敢这样做。"

白青松本是随口找的一个理由，这时见胡主任当了真，心里觉得不妥，就说："我们在门外说说就行，别真的进去！"

胡主任说："不，我就是要进去！"

白青松说："我们都可以作他们的长辈了，不合适！"

胡主任不作声，二人来到门外时，正好听见金库里面传来一男一女两个人在快活地大声呻吟着。

白青松一下子怔住了，不知如何是好。

胡主任猛地将钥匙伸进锁孔，三下两下就将铁门弄开了，他朝门上猛地踢了一脚，跟着人就进了金库。

胡主任一边开灯一边叫："小金，怎么回事，金库里怎么会有别人？"

电灯唰地一下亮了，白青松看见屋子中央赤条条站着两个人。小金的妻子倒还知道怕羞，直往小金身后躲，小金却像傻了一样，两眼直直地盯着他们一动也不动。

胡主任继续叫："你不知道金库的制度吗？这样胡搞，出了事怎么办？"

白青松觉得实在看不下去，伸手将电灯关了。

胡主任说："关什么呀，这是公家的地方，他们不怕丑，未必我们还怕丑。"

胡主任嘴里说着，却没有再开灯。

白青松说："小金，你们先回屋里去吧，今晚的班我来替你值。"

黑暗中，白青松拉了胡主任一把，胡主任没有犟，跟着他退到金库门外。

屋里响了一阵后，两个人蒙蒙地走出来，顺着走廊往自己屋里去了。

再次将电灯开开后，他们见金库地上扔着一团卫生巾，上面有一点点的红。

胡主任将它一脚踢到门外，说："难怪我们这两年总完不成任务，原来都是这晦气冲的。"

白青松说："小金是刚满婚假来上班的，你可别冤枉他。"

胡主任说:"他们从谈恋爱就开始在一起睡。"

白青松说:"就算睡了也是在外面睡,与金库无关。"

胡主任说:"老白,你怎么像是存心和我过不去,我说什么你总要顶牛!"

白青松说:"你是一把手,我听你的,我只是觉得小金今天的样子很特别,恐怕要出事的。"

胡主任说:"你总是这么胆小!"

白青松说:"再胆小也没有你妻子胆小。"

白青松这话很厉害,胡主任顿时就不吱声了。

白青松问:"你屋里今晚是怎么回事,闹了大半夜,是不是妻子发现你的什么把柄了?"

胡主任恨恨地说:"妈的,惹急了,我真的到外面去找一个。"

白青松说:"你真要找呀?我帮忙出个主意,那些搞个体的女老板找你借贷款时,你只要开口,准保能成!"

胡主任说:"你别冒充内行,和女人打交道,你比我差远了。"

正说着,胡主任忽然警觉起来:"老白,你是不是在试探我?"

白青松忙说:"我试探你干吗呀!"他怕胡主任仍然当真,就说,"要是有合适的,我们一人找一个!"

这话说得胡主任笑了起来。

胡主任临走时吩咐,小金的事不能就这样完,明天一定要他写书面检讨。安全保卫是白青松分管的，他只得点头承诺。

胡主任走后，白青松将金库铁门反锁上，一个人躺到床上却睡不着，眼睛里老是晃动着那团卫生巾。他猜小金的妻子一定是月经刚完，新婚之际二人隔了五七天，刚好又赶上值班守金库，便将许多的规章制度都抛到脑后去了。他后悔自己不该将这事告诉胡主任，其实当时完全不必用这事来掩饰，可以直截了当地说清楚，金库出事是假的，怕他家里出事才是真。

被子里有股年轻女人的体香，白青松身上开始不自在起来。他想起自己的妻子已有半年多没有来镇上了，而自己也有一个月没有回家了。

迷糊中，一个女人来找他借贷款，他说国家在紧缩银根，无钱可贷。女人满脸妖媚笑着说，你有钱，我带着一只大口袋来装呢，边说边脱了自己的裤子。女人说这是大口袋，还有小口袋，说着又脱了短裤。白青松觉得自己的下身湿了，睁开眼睛后，见天已亮了，就赶忙爬起来，回到屋里将内裤都换下来洗了。

白青松将衣服送到楼顶阳台上去晒时，顺便在小金的门口停下来听了听动静。听了半天，终于听见里面有说话声，这才多少放了点心。

他正在晾衣服，身后传来脚步声。回头一看，是胡主任的妻子。

白青松说:"这么早,又练气功呀?"

胡主任的妻子说:"你怎么这么早爬起来洗衣服?"

白青松笑着说:"没办法,弟弟不争气。"

胡主任的妻子扫了一眼还在滴水的内裤说:"你们男人不知中了什么邪,都快七老八十的人了,还是那种不知死活的样子。一定是银行的金饭碗太肥了,若是像我们供销社这种朝不保夕的样子,就不会有这么多的精力过剩了。"

白青松说:"你们昨夜闹得好厉害呀!"

胡主任的妻子不理他,走到平台正中,拉起架势开始入定。

白青松看了一会儿,觉得一点味道也没有,就下楼回屋,开始煮面条了。

还没到八点,白青松就将大门打开了。

胡主任进来时,办事处的五个人,除了小金都已来了。

胡主任好像已将昨晚的事忘了,他问:"小金呢,怎么还没来上班?"

白青松说:"他昨晚值班守金库。"

胡主任又例行公事地一一将每个人不尽相同地问了一遍。

大家回话时,使他显得是这儿的领导。

胡主任接着说:"今天我和老白要出去跑跑贷款的事,吴会计,你张罗一下家里的日常业务。别的事好说,就这放贷一宗,凡是没有我的条子的,一律都给挡回去。另外,这个月揽储任务没有完成的要赶紧想办法完成，都五月了，半年结账完不成任务的人，肯定要扣工资奖金。"

胡主任说话时，大家都像没听见一样，只顾忙各人自己的事，几把算盘都在叭叭响着。

白青松跟在胡主任的身后出了门，二人各推了一辆自行车，走几步后一跷腿骑上去就往镇外跑。走出十多里，碰到一个大陡坡，胡主任下了车，白青松乘机猛踩了几圈，直到和他平行时才跳下来。

白青松问："我们这是去哪？"

胡主任说："刚才那话是哄他们的，怕他们有意见。今天我们什么工作也不管，好好地上马大脚家散散心。"

白青松知道马大脚是胡主任的朋友，在县林业局工作，家里有个漂亮妻子，所以，隔上七八十来天就要来一趟。

胡主任说："妈的，不是图银行这只金饭碗，做什么事也比它自由。下了班除了和自己的妻子睡觉，一切好玩的事都与我们无缘。出门去玩，又怕单位出事，请别人进来，又怕其中有居心不良的人，一天到晚让那大铁门锁得紧紧的，连个坐牢的犯人都不如。"

白青松说："再摊上这乡下小镇，真是惨上加惨了。"

胡主任说："也难怪小金那么恋女人，他从县里分到这儿来工作，心里别提多孤独，有女人做伴当然会好受一些。"

白青松说："昨夜你们家到底有什么事？"

胡主任说："那母东西练气功入了迷，说春天人只能养不能泄，要将先前的七天一次改为十天一次。你说说，这春暖花开的时节，十天一次能行吗？"

白青松说："我一个月才一次呢！"

胡主任说："你那是离得远不做指望，我这个就在枕边，一转脸就挨得着，熬得过三熬不过五呀！"

白青松说："也奇怪，人到四十以后，反比年轻时更难控制。"

胡主任忽然气愤起来说："她要是坚持不改变，我就和她离婚。"

白青松说："这法子好，你只要一开口，她准保吓得半死。"

正说话，身后忽然有人喊胡主任。回头看时，不远处有个女人正匆匆跑过来。

胡主任皱起眉头说："又是半路打劫，要贷款的。"

二人站在路边等了一会儿，那女人跑拢来，气喘吁吁地说："胡主任，我刚才去银行，金同志说你刚走，我就抄小路撵你们，总算撵上了。"

胡主任说："你叫什么名字，有什么事，快说吧！"

那女人说："我和你是家门，叫胡巧月。我想找胡主任借点贷款。"

胡主任说："借贷款做什么，是上医院看病，还是娶儿媳妇？"

胡巧月说："胡主任莫开玩笑！"

胡主任严肃地说："谁同你开玩笑，你们这号人借贷款总离不了这两件事。"

胡巧月说："我不是，我想将家里的两亩板栗苗嫁接一下，才找公家借钱的。"

胡主任迟疑了一阵说："一千元对于你这样的人来说，可是一笔大数字哟，你还得起吗？你有五十几了吧！"

胡巧月一低头说："胡主任，真不好意思，我今年才三十一岁。"

胡主任大吃一惊说："那你怎么老得这么快？"

胡巧月沉默了一阵说："我男人前两年死了，一家老少三代五口人，就我一人做事，我是死是活全指望这板栗苗了，请胡主任发发慈悲，救我一命！"

胡主任叹口气说："胡巧月，你这种情况虽然不是最困难的，我还是很同情。只是银行是做钱生意的，赚不了的话也不能赔，放贷款最低要保证收得回来本钱。这样，过两天我派个人到你家考察一下，看看情况再说。"

胡巧月说："我先谢胡主任了。"

胡主任说："别光巴结我，还有白主任呢！"他指了指旁边的白青松。

胡巧月赶紧说："白主任，你帮我这一回，到时候我领孩子到府上磕头。"

白青松忙说："现在改了革，实行主任负责制，我只是胡主任的参谋长。"

胡巧月走出十几步，胡主任就议论开了："我刚才问她五十几岁还是留面子，其实我以为她有六十几岁了。没想到才三十一岁。"

白青松说："我也是这样想的。不过照她追我们的架势可能真的只有三十多岁，换了五六十岁的老太婆，无论如何也追不上我们的自行车。"

胡主任说："论良心，看到那么多人穷成那个样子，我恨不得将金库打开，将钱分给他们，可谁叫这些臭钱不是我私人的呢！"

白青松说："这世界的善事好事总也做不尽！"

胡主任怕路上再遇上熟人什么的，从口袋里掏出一副墨镜戴上。二人骑着自行车又走了半个小时，才到了马大脚的家。

马大脚住的一幢小楼在乡下格外显眼，楼顶上还架着一丈多高的电视天线。

胡主任一到门口就将自行车铃摇得一片响，一个长得很好看的年轻女人马上从屋子里走了出来。

女人没开口，胡主任先开了口："小玉，你在这房顶上一架天线，搞得就像一个敌军司令部。"

小玉说："胡主任的话太对了，光这空架子楼房，真像个打仗的司令部，除了人来人往，什么也没有。"

胡主任说："大脚回来了吗？"

小玉说："早就准备着呢，三缺一！"

进了屋，马大脚果然正和一个男人在沙发上聊天。

大家做了介绍，白青松才知道那个男人是黄石市一个什么公司的经理，姓田。马大脚口口声声喊他田老板，胡主任和白青松也只好跟着喊。不过，白青松瞅着田老板夹着香烟的那几根又粗又糙又黑的手指，总怀疑他是黄石市郊的菜农。

小玉有点不高兴白青松的到来，因为白青松占了她的位置。白青松虽然喜欢打麻将，可一见今天这架势他就知道自己输不起。果然一上桌，田老板和马大脚就嚷着要打十条的。胡主任和他们扯了半天皮，才定为五条。他们不停地奚落胡主任和白青松，说没想到最有钱的人倒成了最没钱的。

白青松口袋里只有五十元钱，他把眼睛直往胡主任那里睃。

胡主任看了看他说："老白，今天得拿出点真本事来，我们是管人民币的，别在人民币上丢面子。"

白青松硬着头皮上了桌，一摸摸了个东，和胡主任坐对面，左手是马大脚，右手是田老板。

白青松刚刚将牌码好，胡主任就宣布自己七对听了和。大家都有些傻眼，硬着头皮摸了几圈牌，胡主任就将牌倒了。一算账，白青松的五十元钱不够付，胡主任便说先挂账。胡主任一口气连和了五把，白青松这儿已挂了二百几十元的账了。他不想打了，提出让小玉来顶替自己。

胡主任连忙拉住他，说："我昨夜还多少摸了一下女人，你个把月没沾荤，一定会有火的。"

胡主任将妻子学气功的故事又说了一遍。

大家一边洗牌一边笑，田老板说："大脚你今天必输无疑，瞧你和小玉眼圈都是黑的，想必昨夜劳累过度，将阳火都泄了。"

马大脚自然是一副不服气的样子，口口声声要与胡主任血战到底。果然，接下来他和田老板就分别和了几个屁和。刚刚有转机，忽然白青松和了一个"清一色"。

接下来白青松又或大或小地和了好几把。到吃饭时，刚好持平。四个人中只有胡主任一个人赢了。

吃完饭又接着干，天黑里，牌局结束，白青松输了三百多元钱，因是输给胡主任，胡主任就免了他的这笔债。马大脚和田老板没说自己输了多少，白青松心里暗暗算了一下，光是他能记住的那几个大和就有一千五百多元。

闲坐时，田老板笑话马大脚，说："再打一夜，你非要将小玉输出去。"

马大脚不笑，他说："我就是将命搭上去，也不会让别人碰小玉一个指头。"

田老板说："我这就碰一指头试试看。"

说着，田老板便往小玉跟前走。

马大脚从沙发后面摸出一把刀，狠狠地说："你先让我看清是哪个指头，别让我到时候剁错了，伤了无辜的那几个指头。"

田老板笑起来，说："冲着这一点，和你一起做生意我就放心了。"

趁他们闹时，胡主任朝白青松使了一个眼色，白青松心领神会，看了看手表后故作诧异地说："胡主任，行里不是布置今晚搞安全检查吧，再不走就真的会晚的。"

胡主任赶忙站起来说："我得走，这饭就不吃了！"

小玉在头里拦住说："菜也炒好了，酒也烫好了，怎么说走就走呢！"

胡主任说："银行里一搞起安全检查，哪怕是家里死了人也要按时到位。"

马大脚说："说实话，我正有事请兄帮忙呢！"

胡主任说："你真要我帮你忙，那更得让我走，不然，行里将我这小官给撤了，就是想帮忙也帮不了。"

这里，田老板插进来说："胡主任实在要走，你们何不另约个时间。"

马大脚说："也好，我明天上午到镇上来找你。"

胡主任说："只要不是我和妻子睡觉，什么时间都行。"

出门后，骑上自行车一口气跑了十几里路，胡主任才开口讲话。

胡主任说："妈的，今天一见那两个家伙老是喂牌给我吃，就感到他们在打我的主意。"

白青松装糊涂，问："打你什么主意？"

胡主任说："想找我借钱呗！"

白青松说："你家里日子还好过，就借点给他救个急。"

胡主任说："狗屁，他瞄着的是银行金库。"

白青松说："这么说，一定不是一个小数目了。"

胡主任说："我估计少于十万，他不会开口。"

白青松说："你们还是好朋友，若是出了意外，那不将你给坑了。"

胡主任不再说话，在头里猛蹬自行车脚踏。

又走了几里路，远远地可以望见镇上的灯光了。正在这时，路边忽然蹿出一头猪，胡主任来不及刹车，一下子撞上去，连人带车滚了几个跟头。

白青松连忙下去将他扶起来。胡主任摇摇头扭扭腰，说："没事，没事！"

胡主任拍了拍身上的灰，骑上车继续往回走。

到了办事处楼下，他俩叫了好一阵，吴会计才出来，开了铁栅门，放他们进去。

胡主任边锁自行车边问："今天有什么事吗？"

吴会计说："有几个人来要贷款。"

胡主任说："贷款的事明天再说。"

吴会计说："别的就没什么事。"

胡主任说："小金上班没有，有什么特别的地方没有？"

吴会计说："上班了，看情形很正常，他还在营业室里唱《小芳》呢！"

胡主任说："能唱歌就好，我还怕他闹情绪呢！"

白青松说："这恐怕有问题，小金以前可是不唱歌的。"

胡主任不耐烦起来，说："人高兴才唱歌嘛！"

白青松本想说人不高兴也唱歌，见胡主任的态度不好，他就不再辩解了。

白青松回到屋里，插上电炉，正准备煮碗鸡蛋面，忽然停了电。他走到走廊上，见别的屋子都有电，知道是自己屋里保险丝烧了。

白青松自小怕电，连换保险丝这样的小事也不敢做。由于用电炉，他屋里的保险丝特别爱烧。以前他总是找小金帮忙。他下意识地走到小金门口，举起手来正要敲门，忽然停下来。他想起昨夜的事，怕再惊扰了他们，便轻轻地走到窗户外听动静。

窗户被布蒙得死死的，看不见里面的情况。屋里有动静，却无人说话。白青松听了好久，才听见小金的妻子说："怎么样，还不行吗？"小金叹了一口气说："不知怎么的就是不行。"小金的妻子说："你别急，慢慢来，这么年轻，不可能不行的。"小金说："若是真不行，你会同我离婚吗？"小金的嘴像是被什么捂住，往下就没有说话声了。

白青松知道不能叫小金，便只好回屋硬着头皮自己换保险丝。他搭了一张凳子小心翼翼地将保险取下来，正在烛光下摆弄，忽然感到一阵刺痛，便忍不住叫道："哎哟，救命啦！"

一会儿，胡主任和吴会计都来了，问他出了什么事，他说是触电了，并比画了一番，胡主任和吴会计一齐笑起来，说他真的患了恐电症，他们帮他将保险丝换好，然后问他怎么不去找小金来做这事。

单位里分了工，电的事归小金负责。

白青松说："我去了，他还有事呢！"

白青松将听来的话复述了一遍。

吴会计马上说："到底是年轻人，九点钟不到就上床干开了。"

白青松说："我看是不是昨晚将他的家伙吓蔫了，成了阳痿。"

胡主任很不高兴地说："老白，你怎么把现在的年轻人看得这么弱不禁风，他们敢在大街上接吻呢！"

胡主任和吴会计走后，白青松开始用电炉煮面条。

吃完面条，正要闩门休息，吴会计又来了。

吴会计来拿枪，今天轮到他守金库。

白青松将枪给了他，又将五颗子弹数给他。

一觉睡到第二天天亮，白青松刚睁开眼睛，胡主任就在门外喊起来。他赶忙起床开了门。

胡主任说："昨晚摔的那一下，看来还是有点问题，这头疼得很厉害，恐怕是脑震荡，我得赶紧去县里检查一下，现在就走。"

白青松说："早饭也不吃了？"

胡主任说："不吃了，走晚了会被马大脚他们堵住的。"

白青松说："他们若要贷款怎么办？"

胡主任说："你就往我身上推。"

白青松说："可这样躲总不是事呀！躲得过初一躲不过十五的。"

胡主任说："你放心，做生意的，往往一笔生意几个人抢，谁先到就归谁做。我们拖上几天，生意让别人抢去了，他们就不会来要贷款了。"

胡主任的话有道理，白青松也就不再问了。

胡主任又吩咐几句有关安全保卫的话后，便出门去赶去县城的班车。

白青松洗过脸后走到街那边的油条摊上买了两根油条，刚吃了几口，就见马大脚匆匆忙忙地骑着一辆嘉陵摩托车从街上一冲而过，在办事处门口转了一个漂亮的圈，然后停下来。

白青松看着马大脚从铁栅门里走进去。

刚过两分钟，楼上就传来争吵声。

不一会儿，马大脚气鼓鼓地从原路退回来，骑上摩托车往镇子中央去了。

白青松回到办事处时，听见胡主任的妻子还在楼上骂，说马大脚突然敲门惊了她的功，她正在入静，别人是不能打扰的，惊功惊得厉害的人，不成疯子便成傻子。她又骂胡主任，说他逞什么能，要当这么个小头头，对世事总也看不穿，这大年纪了，还求什么名利地位呢！

她一个人骂得正起劲，小金的妻子忽然说："你这个样子，又浮又躁，自己控制不住自己的情绪，再好的气功也难练成。"

这话让胡主任的妻子即刻住了口。

这时，院子里才显出了早晨的寂静与清凉。

白青松留心看了看小金妻子的表情，由于化了妆，看了好久也看不出什么痕迹来。

白青松回屋喝水时，小金将营业室大门打开了。他听见外面摩托车一阵轰响，跟着小金就叫唤起来，一声声喊着："白主任！白主任！"

白青松拿着茶杯走进营业室，马大脚在柜台外边迫不及待地问："老胡呢？"

白青松说："胡主任他到县里看病去了。"

白青松有意将胡主任几个字说得重重的，心想，你来贷款，来求人，怎么就不知道尊重人。

马大脚听出意思来了，口气立即和缓起来，他说："会有这么巧吗，白主任？昨天分手时还是好好的呢！"

白青松说："就是分手之后出的事，摸黑走路，连人带车都摔坏了。这回恐怕最少也落个二级脑震荡。"

白青松将马大脚领到铁栅门后面，让他看了那辆满是泥土的自行车。

他说："当时这前轮摔成了一只锅，是我将它放平了，猛踩几脚才正过来的。"

马大脚说："真没想到白主任有这种功夫。"

白青松说："我也是剽学的。"

马大脚说："胡主任走时没同你交代什么？"

白青松说："他捂着脑袋连话也说不清，哪还顾得上交代别的。"

马大脚说："可他明明对我说过，他若不在就请你做主代他办。"

白青松说："银行贷款，从来就是一支笔签字决定。"

马大脚说："他同你说了贷款的事？"

白青松见说漏了嘴，忙说："银行又不管招工招生，除了贷款还能是什么呢！"

马大脚说："你是副主任，主任不在时你完全可以当这个家。"

白青松说："你问问他们，我能当这个家吗？"

白青松指了指陆续走进来的吴会计等人后，继续说："你想贷多少款？"

马大脚说："十万。"

白青松说："你别说话吓我，这大的数字，得到县里去找行长批。"

马大脚说："我保证十天之内就还回来。"

白青松说："你别再说了，我腿都吓软了，再说我就不能走路了！"

马大脚在柜台外面六神无主地转了一阵，嘴里不停地嘟哝着什么，看那模样一定是在骂人。

马大脚终于走了。

看着摩托车往县城方向去了，白青松知道，马大脚一定是去县城找胡主任。

天黑以后，白青松正在调营业室那架电视机，电话铃响起来。

白青松拿起电话一听，是胡主任。胡主任也听出他的声音来了。

胡主任说："老白，你是不是又在弄那破电视机？"

白青松："胡主任真是千里眼顺风耳，这鬼电视机不知怎么的又是只有声音没有图像。"

胡主任说："别弄了，是天线的问题，过几天我从武汉带副高级天线回。"

白青松说："你要去武汉？"

胡主任说："脑震荡县里查不出来，我到省附二医院去查一查。"

白青松说："马大脚找到你了？"

胡主任说："不说他，这狗东西今天差一点将我给坑了。你和我妻子说一声，要她收拾行李，明早到县里来找我，然后一齐去武汉看病。"

白青松说："要不要带点钱？"

胡主任说："不用，行长让我带着金穗卡呢！小金今天怎么样？"

白青松说："说不出怎么样，只听见他不停地唱着

《小芳》。"

胡主任说："他要是夜里也这样唱，就麻烦了，你安排一下，这一阵别让他守金库。"

白青松明白胡主任其实是叫他代替小金守金库，就索性彻底买他一回面子，说："怎么安排呢，只有我以一当二呀！"

放下电话，白青松就去找胡主任的妻子，见那屋里没动静，以为胡主任的妻子又开始练气功了，就小心翼翼地在门上轻轻敲了几下。没想到屋里有脚步声，跟着门开了。

胡主任的妻子亮开嗓门大声说："谁呀？"

白青松说："是我。"

胡主任的妻子说："你敲门怎么像个小偷？老胡他不在家，你这个样子叫隔壁左右听见了，还以为我不正经呢！"

白青松说："我怕惊了你的功。"

胡主任的妻子说："哪有吃过饭就练功的，这晚功是睡觉之前才练。"

白青松将胡主任的话传达了一遍。

胡主任的妻子有些不以为然，你说："脑震荡跑什么武汉，跟我一起练气功，准保三个月内见奇效。"

白青松说："意思我是传达到了，去不去不关我的事，只是假若你们之间闹出什么问题来，别怪我就是。"

胡主任的妻子一愣说："老胡跟你说什么了？"

白青松说："说倒没说什么，只是我见他像是好久没吃肉似的，那个馋样子，若是一个人去武汉，说不定就会到南站去找'鸡'的。"

胡主任的妻子不高兴地瞪了他一眼说："老胡都快当爷爷了，心里没有你想的那么花。"

白青松说："跟你说实话，连我有时都起花花心，何况老胡。"

胡主任的妻子说："你比他大三岁？"

白青松点点头。他见胡主任的妻子那神情，知道她心里已开始放不下了。

白青松转身走时，又补上一句："不过，我们都是有贼心无贼胆的角色。"

今天本来是胡主任守金库，胡主任不在，白青松就顶替他值班。

白青松不停地调电视机，十点钟以后，终于有了些模糊不清的图像，看了一阵，他猜出正在播《戏说乾隆》，就守着一直看到十二点半。

白青松将电视机关掉，走出营业室，习惯地在楼上楼下搜索一遍。上到三楼时，他听见小金屋里有女人隐隐约约的哭声。

小金说："若是真的好不了，我就将老胡、老白一刀一个全杀了。"

小金的妻子说："你别绝望，才两天，不要紧，会恢复的。"

白青松被这话吓了一跳，他赶紧下楼，钻进金库，坐床沿上端着那支枪，反复做着将子弹推上膛的动作。

五更里，白青松醒过来，他看着窗户上的一丝曙光，想着胡主任不让小金守金库的吩咐，觉得他实在比自己高明许多。如果这枪被小金拿在手里，只要小金再多一点想不通，这随枪配备的五颗子弹首先会被射进胡主任和白青松的胸膛。

白青松十点钟才到营业室。

白青松刚进门就听见有人叫："白主任，我等你等得好苦哇！"

白青松一怔，看时又觉得这女人有些眼熟。

那女人说："我叫胡巧月，前天你和胡主任在路上答应过上我家去考察。"

白青松记起有这事，他说："胡主任是这么答应过你，可现在他不在家。"

胡巧月说："我那天回去翻了一下族谱，论辈分，胡主任要喊我姑奶呢！"

白青松说："喊姑太也没用，银行有银行的规矩。"

胡巧月说："你先派个人去看一看，别的等胡主任回来后再商议不行吗？我那苗子，十天之内不嫁接，这一季就错过去了。错过季节，变不出来钱，今年一家老小就没法生活。"

说着，胡巧月的眼泪就下来了。

白青松说："银行又不是民政局，也不是信访办，你哭也没用，最多也不过是给你倒杯水喝一喝。"

胡巧月说:"可你们总不能黑着心见死不救,遇难不帮,有钱只贷给那些做生意的有钱人。"

白青松说:"你若是有钱,会不会借给那种根本就不可能还的人家呢?"

胡巧月说:"可我能还,我那板栗苗卖了就能还钱给你们。"

白青松说:"这是你一厢情愿,我们调查过,板栗苗子的销路越来越差了。"

胡巧月说:"那是原生苗。所以我才来借贷款将它们都嫁接了。"

白青松说:"好好,你有理,等胡主任回来你同他辩论去。"

胡巧月说:"你现在先派个人去看看总可以吧。"

白青松说:"你没看见大家都在忙,哪有闲人呢?"

正在做账的小金忽然说:"我今天没事,我可以去。"

白青松愣住了,过了一会儿才说:"明天就要报账,你的账还没做完呢!"

小金说:"你记错了,下个星期五才报账!"

白青松眨眨眼说:"今天轮到你守金库。"

小金说:"我天黑以前赶回来。"

白青松突然生气地说:"要去你就去,出了问题一切由你自负。"

小金不再说话,他将桌上的账本收进抽屉后,随着胡巧月走了。

小金一走，白青松就开始发脾气，说小金是狗眼看人低，只认胡主任，不认他，若是胡主任不同意的事，小金绝对不敢这么放肆。

白青松正骂得起劲，吴会计忽然说话了。

吴会计说："老白，小金又不在这儿，你这些话是说给谁听的？我们可不愿听这话！"

白青松一下子哑了火，好半天才说："你们平时可以不看对象瞎出气，未必我就不能！"

吴会计说："谁叫你是个副主任！"

这话实实在在地堵得白青松半天吐不出一个字。

白青松正在生闷气，电话铃响了。

吴会计接电话时随口说了一句："找老白？他在，你等着！"

放下电话吴会计并没再叫白青松，白青松故意装着没听见，在一旁等吴会计开口叫。

吴会计不叫，白青松也不说。

隔了半个小时，信用社的老方跑来叫白青松接电话。白青松跑上半里路，到了信用社，拿起电话一听，却是县行许行长。许行长劈头盖脸将他骂了一通，问他搞什么名堂，怎么不接电话。然后才问小金最近是不是生病了，若是病了，就让他赶紧到县里来治疗。

白青松在信用社吃中饭时，喝了三杯酒，心情也就舒畅了些。白青松还打听到小金的妻子和许行长的儿媳妇是同一张课桌坐了三年的同学。他和老方交换了一些业务上的情况，才知马大脚昨天来信用社借过贷款，还许诺信用社的人可以携带现金同他一道去做这笔生意，一切费用由他开支，只要是认为生意没把握，他们就可以依然将现金带回来。尽管这样，老方还是没答应，他说他有一种感觉，这笔钱若放出去，肯定无法收回。

见老方这么得意，白青松就说他们早两天就拒绝了马大脚。

白青松不愿和吴会计他们斗下去，一回办事处就主动先开口讲话。吴会计也顺势拐弯，邀请他晚上上自己家去喝啤酒。

天黑时，小金还没回，他妻子来问白青松，白青松告诉她小金下乡去了。

白青松留她在屋里坐了一会儿，并趁势将许行长的话对她说了。

小金的妻子先是一阵脸红，接着就哭起来。

白青松劝不了她，正在手足无措时，小金回来了。

夜里，小金和妻子吵了起来，院子里的人隐隐约约听出，小金在责怪妻子不该将什么事都对许行长说，让他以后无法在众人面前抬起头来。

白青松正在门外竖着耳朵听，楼梯上有脚步声，看时原来是吴会计。

吴会计走拢来说："我们是不是上去劝一劝？"

白青松说："小夫妻半夜三更吵架，谁好意思进屋里去问缘由。"

说着话，三楼上就静下来了。

睡了一觉，再上班时，小金见面就说："我答应贷款给胡巧月了。"

白青松说："你怎么这样冒失，连我都不敢当胡主任的家。"

小金说："不管怎么样，我已答应人家了，她上午来办手续。"

白青松说："你还没汇报下去考察的情况呢！"

小金说："你只要一进她屋里看看，就觉得不帮她一把天理难容。"

白青松说："你是说的救济款吧！"

小金说："我不管你怎么看。她一个女人，上照顾两个瘫在床上的老人，下抚养两个上学的孩子。她和我姐姐是同年的，可看上去和我奶奶差不多。她说了，她把一切都押在这板栗苗上，这一关过不去，她只有死路一条。"

白青松说："乡下女人都爱这么说，她并不会真的去寻死。"

小金说："我看了她的眼神，别人不会，可她会。她两年来别说吃口肉，连只鸡蛋也没吃过。"

白青松不说话了。

小金掏出一叠表，说："你签个字吧，别让人家来了又等半天，她得回去守着苗圃呢，不然会有人偷苗子。"

白青松说："我不能签！"

小金说："就算我求你了！"

白青松说："不管怎样，这个字我是不会签的。"

小金说了一大堆软话好话，白青松仍然不肯动笔。小金有些火了，说："不就是一千元！这些年你经手放出去给人家做生意收不回来的贷款，一共有多少，别以为我们心中没数。光是人家借打麻将故意输给你们的钱，就不知有多少个一千。"

白青松说："这话你别在我面前说，要说你等胡主任回来后再说。"

小金说："你以为我不敢？惹急了我人都敢杀！"

白青松这是第二次听见小金说要杀人，脸上开始变色了。

这时，吴会计说："反正说是一千元钱，不如这样，小金先打个借条，将这钱借出去，等胡主任回来，再补办手续。"

白青松想了想说："只要小金同意，我没有任何意见。"

小金不说话，他撕了一张纸条，提笔唰唰写了两行字，然后扔给吴会计。

吴会计刚刚将一千元钱数给小金，胡巧月从门外进来了。

小金隔着柜台同她说了几句话，然后自己先出去了。

胡巧月一边用手帕包住那叠钱，一边不停地冲着白青松他们说好话，称他们是救命恩人。

小金回来时，手上提着一块猪肉。他将肉交给胡巧月，要她拿回去煮着吃了，补补身子。小金还说，自己一有空就会去看看他们。

胡巧月连忙叫他别去，说那样太让她过意不去。

一直没说话的白青松，忽然开了口。他说："你也别客气，银行对于发放下去的贷款使用情况是要及时追踪了解的，这是制度。"

小金不理会白青松，径直送胡巧月出门。

小金一走，吴会计就问："这家伙今天是怎么啦，真的是成了性变态？"

白青松说："你怎么知道？"

吴会计说："我妻子在医院里听的，小金的妻子问过几个医生治阳痿的药方。"

白青松说："你别再乱传了。他这么年轻，知道的人多了，特别是那些没修养的人，若当面讥讽他，那他还活得成吗？"

吴会计点点头。

小金回来后，白青松对他说："刚才送胡巧月的那块肉，你去开个发票，回头在吴会计这儿报销了。"

白青松接着又说："我只有这么一点权利，就当是招待上面来的客人。"

小金说："你当我也像那些当头儿的，喜欢占小便宜？"

小金说话时，眼角也不朝白青松睃一睃。

白青松想了半天，才说出一句："我不会计较你的！"

小金听出这话的意思，他挥手将白青松的那把算盘摔到地上。算盘散架后，许多珠子一齐滚动起来。

白青松修了几天，才将算盘修好。

这天，他将好不容易修好的算盘拿在手里，正想试试算盘好不好用，门口一暗，马大脚进来了。

马大脚进门就问："老胡没回？"

白青松说："还没回，恐怕是病情不大妙。"

马大脚说："只要死不了就行，我要让他看看，没有他老子照样赚大钱。"

马大脚说完就出门去，跨上一辆崭新的摩托车，几乎没有什么响声就启动了。他那好看的妻子坐在车后，长长的披肩发飘得像一片云。

白青松说："这摩托是什么牌的？"

小金说："五十铃。"

马大脚走后不到一个钟头，胡主任夫妇俩就回来了。

大家围上去寒暄了几句，都没有问他的病。

大家都知道他本来没什么病，认真问时他会不高兴。

下午一点半，胡主任准时到营业室上班。他一坐下，小金就将那叠表递过去。白青松以为他要打回来，不料胡主任只是粗粗地看了一遍，就提笔签了字。白青松有些惊讶，旋即他就明白一定是有人事先将这一阵的情况向胡主任做了汇报。

白青松下意识地看了吴会计一眼。

吴会计正巧也在偷偷打量他。

一碰上白青松的目光,吴会计赶忙低下头去。

坐了一会儿,胡主任起身往会客室走,白青松跟了进去。

说了几句客套话,白青松就同他说小金的事。

胡主任似乎不知道,很认真地听他说完,然后只说一句话就作了了结。

胡主任说:"他这个样子,就让他多做点善事,看老天爷能不能治好那病。"

胡主任这样子让白青松那点汇报的兴趣一下全消失了。他便提出自己将这个月的四天假休了,回家去看看。胡主任很爽快地答应了,还说如果家里有事,可适当地多住几天。

白青松真的多住了两天,他回办事处时,情况有了一点变化。

小金将金库的钥匙装在自己的口袋里不肯交出来,要求天天晚上到金库值班。

胡主任没办法,只好同意。

胡主任也留了一手,为了防止发生意外,他不让小金用枪,将枪交给住在金库隔壁的白青松保管。

胡主任的妻子从武汉回来后,虽然气功仍然在练,却不见胡主任再在半夜三更里发火了。闲时,白青松问是什么原因,胡主任总是笑而不答。

小金天天夜里守金库,他妻子天天夜里一个人在屋里唱卡拉 OK。

天气热了以后，院子里的人就都睡得晚了。

有一天，白青松发现小金的妻子领着一个年轻男人上了楼，直到很晚才送他离开。

白青松及时将这事与胡主任说了。

第二天晚上，胡主任和白青松有意在楼顶上守望。果然那个年轻男人又来了。尽管小金的妻子将门敞开着，胡主任和白青松还是觉得情况不妙。似这样下去，再过一两天，这门就会关上，电灯也会熄掉的。

白青松觉得假如小金的妻子做出越轨的事，小金这一生就彻底完了。所以他极力主张以安全为由，将小金妻子手中的那把钥匙收回来，让她不能自由自在地再开那铁栅栏门。胡主任却不同意，他认为，锁了门锁不了心，只要女人春心一动，哪怕是大白天也能找到机会。

想了一阵，胡主任说："现在武汉时兴一种说法，情场失意，赌场得意。说是无论男女，只要一迷上麻将，就将男女之间的事全忘了。"

白青松说："只怕小金的妻子不愿上钩。"

胡主任说："此一时彼一时，她现在正要找精神寄托，连男人都敢往屋里领，何况麻将。她只要一学会，准保心再不痒了而当是手痒。"

白青松觉得可以一试。一算计，院子里只有三个女人。

胡主任说，这样更好，他们几个男人可以轮流上阵，解解馋。

白青松将吴会计两口子叫到胡主任家，由胡主任将他们的意图说了。女人们很同情小金的妻子，觉得她守活寡太可怜了，加上她们本来就有麻将爱好，只是碍于银行制度不敢在院里开桌，现在得到允许，可以打麻将了，那还不将女人们乐坏了。

她们早早地弄了晚饭吃，没等天黑就上楼到小金的屋里。这之前，白青松已和小金通了气，说领导研究了，为了帮他妻子解除寂寞，决定找几个人适当地陪她玩玩麻将，小金什么也没说。直到女人们来屋里了，他还是什么也不说，吃过饭，洗一洗就去了营业室。

也没有怎么做工作，小金的妻子就上阵了。

小金的妻子的确有这方面的天分，白青松坐在她背后教了两圈，她就懂了，第三圈一开始她就和了一个七对自摸，然后又一连坐了五盘庄。大家都惊叹她火气太好了。

小金妻子赢得满脸绯红时，那个男人从门口进来了。

她抬头说了声："你坐一会儿！"然后又只顾低头整自己手中的大和。

白青松见那男人坐得一点兴趣也没有，眼睛老往小金的卧房里打量。坐了一阵，那男人说："我有事先走了。"小金的妻子此时正摸了一手的二五八将，单等见将和，那男人说着话往外走时，她连哼也没哼一声。

坐在小金的妻子对面的胡主任有意提醒一句，说："客走了，怎么不送一送？"

小金的妻子说："自己知道来，还不知道自己走！"

四个人打，一个人看，玩到半夜一点结束时，小金的妻子一个人赢了，因为打得小，总共才收入二十几元。

胡主任说："幸亏今天只打大一分，要是打一条、十条，那你就赢了二百几、二千几了。"

小金的妻子说："等我再学几天，就和你们打大的。"

胡主任的妻子和吴会计的妻子一齐叫起来："再学几天，你就会达到国际水平了，我们可不敢来。"

第二天下午，小金的妻子下了班回来，一进院子就张开嗓门喊："张大姐，徐大姐，六点半钟来我屋里，迟到了要罚款的！"

听到喊声，白青松笑起来，对正在走廊上拣菜的胡主任说："还说要一阵子，她只一天就上了瘾。"

麻将爱生手，一连几天，小金的妻子总是赢。虽然打得小，可是积少成多，累计下来，胡主任的妻子和吴会计的妻子一转眼就都输了一两百元钱。她们嫌小金的妻子手气太好，有点不愿和她打了。

歇了两天，小金的妻子有些沉不住气，一到夜里就又开始往外跑。

胡主任急了，他将白青松和吴会计叫到一起，商量了半天，最后决定每个月给胡主任的妻子和吴会计的妻子各一百元钱补助。

—
415

这主意是白青松出的，账怎么做，当然由吴会计想办法了。胡主任开始不同意，可又经不住白青松的劝说，要是小金的妻子真的给小金戴上绿帽子，他们也会内疚的，不管怎么说，小金的病是那次他们冲进金库引起的。

自从有了补助以后，院子里的牌局又正常起来，不过由于老是熬夜，三个女人都显得憔悴了不少。加上胡主任和吴会计在各自的床上被拒绝的次数越来越多，他们变得很爱发火。幸亏发过火以后，他们仍很理智，小金的妻子在楼上叫唤，他们并不去阻拦自己的妻子。

白青松每逢他们发火之后，总爱说他们是舍己为人风格高。

一晃就到了下半年。

这天，小金休一天假，又独自去胡巧月家看看那板栗苗长得怎么样了。

半下午时，白青松和胡主任正在营业室里下象棋，小金回来了。

他一进门就笑，大家好久没见到他笑了，一时竟有些吃惊。

小金说："胡巧月的那些板栗苗全都嫁接成功了，一共有一万两千棵，就按两元钱一棵，也有两万四千元钱的收入。"

白青松禁不住接口说："这么多钱，那她可要翻大身！"

小金说："人再倒霉也有转运时。"

胡主任说："那贷款的事，你提醒她没有？别像有些人，赚了钱也不还贷款。"

小金说："她说了，到时候不仅还贷款，还要给我们送红匾、送感谢信、放一万响的鞭炮！"

胡主任说："下次再去时，你提醒她要多注意市场信息，只要价格合适就卖出去，不要贪心，总想着在最高价时出手。"

小金特别高兴，晚上独自喝了半瓶酒，一进金库后，衣服也没脱，倒头就睡了。

白青松陪小金的妻子打牌打到半夜，四个人没输没赢，玩了个平手。

白青松挺宽心地上床睡了。

天亮之前，白青松忽然被一种响声惊醒。他听了一阵，觉得是从金库里传出来的，就赶忙跳下床，一边开灯，一边伸手去摸枪。刚刚将枪拿稳，外面传来咚的一声响，像是有人跳窗。

白青松拉开门，平端着枪冲出去，只见一个人影正骑在院墙上。

白青松一边瞄准，一边喝问："谁？"

那人影从院墙上一溜不见了。

白青松回头见金库的铁窗已被弄开了一个大洞，知道情况不好，便扯开嗓门大叫："胡主任，有人抢金库了！"一边也跟着往院墙上跳。

跳了两下没跳上去，白青松将枪架在院墙上，瞄准那人影开了一枪。

那人影晃了几晃,拐过一个墙角不见了。

白青松回转来时,胡主任和吴会计他们都起来了。

大家开了金库的门,见小金浑身是血,躺在地上,两只眼睛望着他们,眨了几下后就彻底昏了过去。

这时,小金的妻子也闻讯赶来,她不顾那血流得多么可怕,趴在小金的身子上号啕大哭起来。

小金的妻子这一哭,胡主任反倒镇静下来,他叫白青松和吴会计立即送小金去医院,自己留下来负责保护现场。

白青松和吴会计用一把藤椅抬起小金往医院跑。

小金的妻子在前面先走了,喊医生起来作抢救的准备。

半路上,他们碰见了派出所的几个人,一个个提着手枪,跑得比风还快。见他们过来,远远地就问:"什么地方打枪?"

白青松说:"农行被抢了,小金也伤了!"

派出所的人只留下一个陪同去医院,其余的都往办事处方向跑去。

小金在医院里全身插着各种各样的管子昏迷了两天两夜。

小金还没醒过来,案子就有了眉目。

抢金库的是马大脚。他想在办事处借贷款做生意,没借成后,田老板答应给他八万。谁知生意做砸了锅,田老板逼着要马大脚还钱,还放出狠话,一个月之内如果不还清这笔债,就要将马大脚的漂亮妻子带走,给他当三年小老婆,三年后再还给他，那时就算两清了。马大脚没办法，便铤而走险，弄了些麻醉药和气枪，骑着五十铃来抢金库。眼看就要弄开保险柜时，小金醒了过来。二人一扭打，隔壁白青松醒了。马大脚见白青松屋里灯光一亮，情知不好，便朝小金身上乱捅几刀，然后跳墙逃跑，结果被白青松一枪打中了手臂。

马大脚的摩托车速度快，回家领上妻子，一下子就逃不见了，全县几百名的警察，外加武警中队的几十名士兵，在各处堵了两天也不见踪影。

小金昏迷时，许行长、白青松一直守在身边。

胡巧月则天天领着小金的妻子，到处找菩萨磕头烧香。

小金醒来后，第一句话就说："我不该喝酒！"

许行长说："你没喝酒，是凶手使用了麻醉药。"

小金说："不，那天我是喝了酒。"

白青松忙说："那天你做好事见了成效，高兴喝点酒也是应该的，我们知道就行，别让搞新闻的人知道！这是行里领导的意思，行里还准备若是你牺牲了就树你为英雄，你活过来就给你记大功。"

小金伤势好转后，来了不少记者。采访时，小金一点也不会说，问什么他总说不知道，要不说受伤后脑子受到影响不记得了。小金这样说话，并不是许行长或者胡主任他们教的。是小金的妻子在一旁，不是扯他的衣服，就是用手指戳他的后背，不让他多说话。也不是怕小金身体受不了，而是担心小金万一说漏了嘴，将自己为何丢下新婚不久的妻子不在家睡，长期蹲守在金库的真正隐患说了出来，被那些巧舌如簧的记者拿去说事，小金就再也没办法做人了。

好在还有胡巧月，胡巧月一句话一把眼泪地说小金如何好，如何帮她脱贫致富。

白青松和胡主任在记者面前说起那晚金库被抢的情况，也很精彩，那些记者听说话时的模样就像看武侠小说。

小金身上大大小小的伤有三十多处，他在医院一直住到春节过后。春节过后，不是回家，而是上面又通知小金去深圳疗养。

小金走后，他妻子依然天天晚上找人打麻将。

这天晚上，白青松和了一个双豪华七对，三个女人输得嘴噘起老高时，在金库值班的胡主任忽然跑上楼喊小金的妻子接电话，说是小金从深圳打回来的长途。

小金的妻子去了半个钟头才回，进门哭得像个泪人儿。

大家慌了，以为小金又出了什么事。

胡主任的妻子掏出一张面巾纸替她擦眼泪。

只擦了几下，小金的妻子忽然不哭了，她一抬头满脸通红地说："不打了，不打了，我要收拾东西，现在就去深圳，小金在等着我！"

几个人同时一愣后，胡主任的妻子说："小金想你了？"

小金的妻子害羞地点点头后，突然往起一昂，非常骄傲地说："小金说，他的病全好了！要我去深圳再度一个蜜月！"

大家听后不知说什么好，散去时竟是默默的。

白青松回屋后怎么也睡不着，半夜时他索性出来走走。三楼灯火通明，小金的妻子还在收拾行李。三楼吴会计家，灯是熄了，可屋里分明有动静。只有胡主任家一点动静也没有。他走到金库窗外时，听见胡主任正小声和一个女人说话，不用细听他也知道是胡主任的妻子。

三天之后，派出所的人来办事处，说马大脚在庐山被逮住了。白青松连忙抓起电话准备通知小金，要通镇邮电所总机之后，他才想起自己不知道小金在深圳的电话号码。胡主任让他一定要想办法查到。白青松便先打到县行，然后又打到地区行，接着再打省行。地区行和省行的部门多，白青松打了二十几个电话才查到。

吴会计说："这个月的电话费肯定要超过两百元。"

胡主任说："该花的就得花，银行还在乎这么一点小钱吗？"

深圳的电话不好打，要了半天没要通，大家正商议晚上再打时，小金将电话打回来了。胡主任接电话时，第一句话就问他怎么一打就打通了。小金说，全国往深圳打的电话太多了，深圳人有钱却想老家，所以，不在乎那点电话费，一说话没有十几二十分钟放不下。小金又问胡主任他们要不要那种药，说深圳这儿满街都是，价格也不算太贵。胡主任一听就笑起来，边笑边叫他给白青松带几盒回来，他说白青松每次回家总是大败而归，他希望大家都来帮他一把。说笑了半天，小金在那边说有人等着打电话，不能再多说了。

电话压了以后，白青松哟了一声，说："忘了告诉小金，马大脚被抓住了。"

胡主任说："不要紧，反正夜里要给他打电话的。"

这时，门外响起了《小芳》的歌声。

营业室里的人都一愣，这声音太像小金的了。

白青松说："莫不是小金走魂了？"

话音刚落，一个年轻男人抱着一把破吉他走了进来，面前挂着一只敞开的黄挂包，里面有几张破旧的毛毛票。他旁若无人地唱了半天，胡主任用眼角睃了几下白青松。白青松只好掏出五角钱扔进那挂包里。年轻人也没说谢谢，半闭着眼睛，一边唱一边缓缓地走。

一九九四年八月四日完稿于汉口花桥

孔雀绿

化铜炉里的铜锭渐渐地熔化了，颜色也慢慢地由红而白，变得越来越耀眼，炉子旁边的几个人便不约而同地戴上了墨镜。

吴丰最后一个戴。他刚一戴上，车间主任郑华就笑话他。

郑华说，老吴，你戴上墨镜，活像香港黑社会里的杀手。

吴丰说，我知道，老婆总说我生就一副凶相，其实是银样镴枪头。

郑华说，是的，老吴你确实是面恶心善。

郑华将一只勺子伸进化铜炉，将铜液上的浮渣捞了些上来，倒在地上。地上撒泼过废机油和废柴油，铜渣一沾地，立即有一股烟冒起来。他们后退几步，看着铜渣很快凝结成黑中带黄的块状。

吴丰说，这铜屎还有什么用？

郑华说，铜屎不值钱，卖到废品站和废铁的价差不多。

说到这里，郑华忽然停下来不说了。

过了一会儿，郑华才又说，怎么徐厂长还不来？他当众表态，说今晚一定来看浇铸试验。若成功了，他要当场发奖金。

吴丰看了看化铜炉，说，恐怕等不到他来，铜已化好了。

郑华到车间门口看了一阵，回来时说，不等了，老吴，开始试验吧！

吴丰到墙边，将电闸推上去，屋子中间的一部机器高速旋转起来。他吩咐郑华用勺子在化铜炉里舀了一勺子铜液，然后浇到那正旋转着的机器上的一只漏斗里。炽烈的铜液顺着漏斗注进机器里，飞溅起来的火花立即布满了车间。

几朵火花溅在郑华脸上。

郑华嗷嗷地叫唤着，又不敢动，只能强忍着将一勺子铜液慢慢倒进机器里，好不容易退到一边时，脸上已起了几只血泡。

郑华说，你们见死不救，也不来帮帮我。

吴丰说，我守着电闸，怎么敢离开？万一机器出问题，得赶紧拉闸。

郑华说，我没说你，我说金汉文和李义！

一边站着的金汉文马上说，你是主任，工资奖金高。不像我们，每天的平均工资还不够买包香烟，若再受工伤，就连一角钱一瓶的白开水也喝不起了。

李义变本加厉，更过分地说，你受伤越重，越有希望当副厂长。

郑华说，别以为副厂长很了不起，我要是有钱送礼，早就干上了。

金汉文说，这不，区别来了，我们想挣钱糊口，你已在考虑挣钱搞腐败了。

说着话，吴丰拉下了电闸，高速旋转的机器马上慢下来，直到停下来一动不动。

安放在机器中央的那只模具，被炽烈铜液迅速加温成暗红色。郑华示意金汉文和李义用专用工具将模具取出来。

吴丰走过来，用手锤在模具上敲了几下，一只圆溜溜的铜套便从模具里钻出来。

郑华用一只铜板尺在铜套上量了量，说，老吴，这狗卵子一样的离心浇铸机，硬是让你造出来了。等会儿得了重奖，可得陪我们好好庆祝一下。

吴丰笑一笑说，这才第一件，起码要试验成功十件才行。

金汉文和李义说，我们不是领导，来陪你搞试验，你得请我们的客。

说着，他们便上来搜吴丰的口袋。

郑华说，不能这样，你们还叫他师傅呢！

郑华的话没有人听。吴丰自己心里有数，他摊开双手说，搜吧，搜吧，搜到值钱的东西全归你们。

搜了一阵，李义终于找到了五元钱。

吴丰有些愣，他也不知道自己身上怎么会有五元钱，他记得自己早几天就一文不名了。

李义拿钱去买东西。好半天不见回来。

吴丰他们又铸好三个铜套。

金汉文忍不住要去看看，他怕李义吃独食。刚走到门口，李义进来了。

不待大家问，李义主动说，我听徐厂长和人吵架去了。

郑华说，徐厂长和谁吵架？

李义说，厂里的几个供销员。他们要徐厂长兑现奖金，不然就罢工。

吴丰说，多少奖金？

李义说，狗东西，人人都是一万元以上。

金汉文一扔手中的工具，说，咱们还搞什么狗屁革新，老子在前方卖命，他们在后方享福。

郑华说，几个月不见奖金的影子，原来钱都被这些家伙分了。

李义说，不干了，不干了，都下班回家去吧，有老婆的偎老婆，没老婆的偎枕头。

见李义和金汉文真的要走，吴丰忙说，就剩几个铜套了，铸完了再走吧，别半途而废。

金汉文说，徐厂长这一吵架，肯定不会来了，你给我们开奖金吗？

郑华见状，就劝起来，说，吴师傅是徐厂长的大红人，跟着他，你们吃不了亏。我不是也有意见吗？可这事情还是得干完。

李义说，行，看在吴师傅的面上，我把这个班加完。

几个人重新干起活来后，郑华便去请徐厂长。

郑华回来时，吴丰他们已将十个铜套全铸好了。

一看郑华那模样大家就知道没希望。

金汉文不死心，仍要问，徐厂长呢？

郑华说，还在吵呢，他们将徐厂长的茶杯也给砸了，还要砸开水瓶。

大家愣了愣，都没作声。

隔了一阵，李义才说，现在对付当官的就得这样，光来软的不行，得来硬的，必要时还要动刀子。不信我们打个赌，县城这块天地里，只要一个厂长挨了刀子，所有厂长都会乖起来，月月给工人发奖金。

吴丰说，月月发奖金，那厂里不就亏得更厉害？

郑华说，不发奖金，光靠那干巴巴一点工资，怎么过日子？我要当厂长，管它亏不亏损，先将奖金发了再说，反正工厂又不是私人的，怕什么！

李义说，要是民主选举，我一人投你两票。

正说着，门外进来一个人，并接着问，投什么票？

大家回头见是徐厂长，一时说不出话来。

徐厂长并没追问，一边走一边伸手扣裤腰下面的那几颗小扣子。他走到机器旁，看了看地上的铜套，回头问，试验成功了？

郑华说，成功了。

吴丰马上接着说，还不能说成功，还得上车床按图纸完成机械加工后才知道。

徐厂长说，对，铜套里的气孔问题没解决，就不能算成功。

徐厂长要吴丰和郑华赶紧将铜套送到加工车间，找个车床车几刀，然后将结果告诉他。

说完徐厂长就走了。

徐厂长一走，李义就说，他是出来屙尿，顺便看看的。

吴丰说，别贬低人家，这半夜了，要屙尿，一出办公室的门就可以，干吗要走这远！

金汉文说，你没当过领导不懂诀窍，开会开久了，出来屙尿时多走几步比什么都舒服。

吴丰不和他们闲扯，见地上的铜套已不怎么烫了，便将它们弄到一辆小平板车上，推起来轰轰隆隆地走到加工车间。加工车间的车工大多是女的，李义和金汉文不再和吴丰、郑华说话了，各自找了一个女车工说悄悄话去了。

吴丰也选了一个车床，让开车床的姑娘将每个铜套内外各车三刀。

开车床的姑娘叫江雪，技术不错，只用半个钟头就按吴丰的吩咐将铜套全车好了。

吴丰将铜套往车上搬时，铜套还有些烫。

江雪在一旁要郑华开一张八小时的工时单。郑华不肯开八小时，只同意开四小时。江雪就冲着他笑，还娇滴滴地说铜套将她的手烫起了泡，边说边将手伸给郑华。郑华笑嘻嘻地摸了几下后，便给她开了一张八小时的工时单。

被车过的铜套金灿灿的，在灯光下显得很耀眼，上面一个气孔也没有。

郑华向徐厂长报喜时，被那几个供销员堵住不让进。他只好隔着门对徐厂长大声说了几句话。回到车间，他心里老大不高兴，李义和金汉文不停地说徐厂长的坏话，骂他不是人，骗大家呕心沥血搞技术革新，到头来连个照面也不肯打。

郑华在机器旁蹲了一会儿，忽然抬头说，咱们自己给自己发奖金。这铜套每人拿一个回去卖了，厂里不查就罢，若是有人查，就说是试车时都车成铜屑了。

金汉文说，郑主任，你这决定太英明了，选举时我也投你两票。

李义和金汉文都挑了一只大铜套，然后将冲压机启动了，放上铜套。冲压机哼也没哼一声，只轻轻两下就将两只铜套压成一副彻底的废品模样。

郑华拿上一只铜套也要上去压，同时也邀了吴丰。

吴丰不作声，隔了一阵才心虚地说，我不要这种奖金，但车间的决定我不会泄漏的。

郑华说，我知道你不是那种出卖工人阶级利益的工贼。

吴丰关了车间的大灯，锁上门，跟着他们往外面走。他空着手，其余的人都拿着一包东西，郑华他们昂首阔步理直气壮的样子，倒让吴丰觉得自己做了亏心事。

吴丰与大家分手后，天上就开始下雨了。先是很小，但很快就大了起来。不一会儿就将吴丰全身淋湿了，走到家门口时，屋里的挂钟正好敲响下半夜两点。

家里，老婆周芳已领着女儿睡了第一遍觉。

见他回来，周芳在床上翻了一下身，算是打招呼。

吴丰打开电冰箱，见里面只有一碗剩饭和一只碟子里放着的两块臭豆腐，外加一把白菜和几只萝卜。他打开底层的贮藏盒，见还有两只鸡蛋，就拿了一只到灶上，正要磕开蛋壳，周芳从房里冲出来，将鸡蛋抢回去。

周芳说，我就知道你要打鸡蛋吃，这是给女儿留下的，家里一分钱也没有了，又赶上期中考试……

吴丰放下手中的碗说，说一句就可以了，说这么多干什么！

周芳说，家里没钱了，未必我连说都不能说？

吴丰说，未必一说钱就来了！钱要靠上班去挣！

周芳听了这话，顿时哭了起来，边哭边说，你就是嫌我没上班，只拿六十元生活费。这怪我吗？是我不想上班吗？厂里大部分人都这样，都没上班，都拿生活费！谁叫你不当官，不将自己的妻子弄个金饭碗呢！

周芳这一哭闹，吴丰就软了。

他钻进厕所里躲了一会儿，直到外面没有哭声后才走出来。周芳坐在沙发上一动也不动。吴丰在客厅里洗脚时，觉得胃又疼了起来，就弯腰用拳头将胸口顶住。他有胃溃疡，一饿就疼。

周芳见吴丰的胃病又犯了，便起身去了厨房。

吴丰擦干脚正要进房去睡，周芳将一碗鸡蛋汤端出来放在他面前的茶几上。

吴丰刚要说什么，周芳却转身走了。

吴丰喝完鸡蛋汤，上床睡觉时，发觉周芳还在流眼泪，一时间不知道说什么好。

周芳在棉织厂上班，七个月前，棉织厂就停产放了长假，每月只发点生活费。本来两个人的工资养一个三口之家就紧巴巴的，这么一来便入不敷出了。十天前，周芳将存款折上最后二十元钱取了出来，只留下一元三角钱的利息保留户头。周芳用这二十元钱批发了一些水果，提着篮子到车站附近去卖。卖了两天才卖完，一算账还亏了一元，她就不敢再去卖了。

吴丰对试制离心浇铸机抱着极大希望。若成功了，他估计最少可以拿五百元奖金。

厂里一直在用型砂浇铸铜套，废品率高，损失很大。以往经济形势好，产品利润高，还可以不在乎。现在的情况大不相同了，产品有没有利润且不说，能不能卖出去，卖出去了能不能收回货款都是问题。先前大手大脚的习惯早没了，如今连一分钱都要想好了再花，所以徐厂长才下决心让吴丰带几个人搞技术攻关的。

吴丰一直在盘算，有这五百元，至少可以支撑三个月，到时候棉织厂说不定就重新开工了。可今天晚上，徐厂长却没有到现场来兑现诺言，吴丰心里有点不祥的感觉。

吴丰正想着心思，忽然听见隔壁人家里一男一女大声吵起来，不时还有玻璃和瓷器的破碎声。

听到动静，周芳起床走到窗前听了听，回到床上时她什么也没说。吴丰其实已听清了，邻居家的情况和自己家差不多，只不过是女人在上班，男人在拿生活费，男人找女人要钱买香烟抽，女的没有钱了，争着吵着便打起架来。

那边闹了一个多钟头才停下来。

吴丰和周芳却再也睡不着了，二人瞪着眼睛一直到天亮。

周芳起床用高压锅煮了一锅粥，然后唤女儿起床吃。

吴丰也起床随着吃了早饭，女儿埋头吃粥，碟子里的臭豆腐她碰都没碰一下。

吴丰明白她已听见昨夜的那番争吵了。他想解释，却无从说起。

女儿吃完粥，临出门时，猛地冒出一句：老师上政治课时，总说过去穷是资产阶级的剥削，现在穷是谁在剥削呢？

这话让吴丰和周芳吓了一跳。

吴丰放下碗筷说，我今天得弄点钱买些肉回来，不然三天没吃肉她准会骂社会主义。万一考政治时她也忍不住骂起来，可就惨了。

周芳也放下了碗筷，但还是没有作声。

吴丰打开门后，一股浓烟迎面扑来，他从烟雾中穿过去，看清楚是那个卖烤红薯的老杨头在生炉子。见到他时老杨头连说几声对不起，并用一只大蒲扇拼命将烟雾往街中间扇去。

吴丰摆摆手，让他别扇，别浪费力气。

风是往这边吹的，人再怎么用力也奈何不了它。

吴丰家门口这块地盘很好，老杨头和周芳谈妥的，他在这儿架炉子烤红薯卖，无论收入多少，每个月保证给二十元钱。吴丰走出很远，还看得见老杨头烧出的那股浓烟。

半路上，吴丰的胃又痛起来，腹内有一种想通畅的感觉。他找了一个厕所钻进去。

刚蹲下，门口又进来三个人，听口音，正是厂里的几个供销员。

一个说，昨夜算是白忙了，老徐这狗东西软硬不吃，若是搓一夜麻将有个输赢还好说，可昨夜连输赢都没有。

另一个说，我们决不能松口，一定要将上半年的合同兑现。老徐这东西精得很，若是等到下半年再闹，当年该进该出的已经进出得差不多了，主动权完全在他手里。他可以调换人马，用别人来取代我们。

第三个说，供销科四个人，只要我们三个齐心，第一不向外发货，第二不往回收款，老徐就像狗卵子，硬不了几天。

听着他们说话，吴丰身上直冒冷汗，胃痛也不顾了，等他们一走，就赶忙站起来系好裤子直奔厂办公室。他知道，厂里现在这个样子，他们若真是较上劲一折腾，不出一个月，工厂大门、车间小门全得关上，给工人们放长假。

吴丰气喘喘地推开厂长办公室，猛地看见副厂长老田正和一个姑娘紧紧搂在一起。

他一时不知如何是好，站在门口进也不是，退也不是。

老田反应很快，说，进来，老吴，没事，我正在学跳舞呢。边说边将两只手从那姑娘的衣服里抽出来。

吴丰说，我找徐厂长有事。

老田说，他刚走，你到别的办公室里去找找看。

吴丰退回来时，随手将门带上，在走廊上定了定神，这才去敲第二个门。

吴丰将所有该找的地方都找遍了，还是没找到徐厂长。他正在工厂大门口犹豫，郑华拿着两支羊肉串走过来。

郑华说，老吴，不是说今天休息吗？

吴丰说，我有急事找徐厂长。

他将厕所里听到的事对郑华说了一遍。

郑华用牙齿将竹棒上的一坨肉咬下来，慢慢地嚼着，并用眼角瞄着吴丰。

郑华说，厂里这么多人不着急，你有什么好着急的，再说也轮不到你着急呀？

吴丰说，没办法，我就这么个性子。

郑华说，我猜人家恐怕是有意让你当这个传声筒。他们几个连头发里都长着心窍，那么重要的话会随便说给别人听？他们看准了只有你这个老劳模还惦记着机械厂的前途，才故意漏点口风给你，让你给徐厂长打小报告。你若是真说了，万一徐厂长将你出卖了，那几个家伙还会坏你的名声，污蔑你的人格。

吴丰说，不管是真是假，这都是大事，我非对徐厂长说不可。

郑华说，也好，你可以顺便问一问奖金的事。

郑华走后，吴丰仍在大门口徘徊，见人就问见到徐厂长没有，最后终于打听到徐厂长在江雪的宿舍里听歌。

江雪住在集体宿舍里，四个姑娘一间房。

江雪这星期上夜班，别的人都上白班，宿舍里只有她和徐厂长。

吴丰去时，房门半掩着，但他还是先敲了几下才将脚跨过门槛。

江雪站在房子当中拿着一支话筒正在唱歌，徐厂长斜躺在江雪的床上听得正出神。

听得出江雪唱的那歌叫《真心真意过一生》，吴丰的女儿在家里经常唱，他不太喜欢那些让人觉得无奈的歌词，却很喜欢那曲子和女儿唱歌时的那模样。

江雪唱完这首歌，也不待徐厂长吩咐，又跟着曲子唱起另一支歌。

江雪一开口，吴丰又听出这歌叫《小芳》，也是女儿常唱的。他也会唱那句"谢谢你给我的爱……谢谢你给我的温柔"。江雪唱到这句时，徐厂长一下子从床上坐起来，伸手拿过话筒，自己唱起来。徐厂长的嗓子像破锣，沙沙的很刺耳，但他一开口，江雪的眼泪就出来了。

徐厂长吼了几句后，突然将音响关了，然后说，老吴我们走吧！

刚到门口，江雪在背后叫了声徐厂长。

待他们回头后，江雪又很小声地说，徐厂长，你可别累垮了，现在只有你和吴师傅，在真心为厂里前途着想，若想轻松一下，尽管上我这儿来。

徐厂长什么也没说，领着吴丰走了。

一边走，吴丰一边将供销员们的阴谋对徐厂长说了。

徐厂长沉默了一阵后，说，我不担心别的，我只怕这个厂会将像江雪这样纯洁的女孩污染了。

徐厂长终于问起离心浇铸机的事，听说试车成功，他连说了几声好好好，又连说了几声谢谢。

吴丰想从他嘴里听到"奖金"二字，等了半天也没听到。没奈何，他只好主动开口问。

徐厂长沉默一下说，奖金的事肯定要兑现，只是目前厂里实在有困难，拿不出钱来。

吴丰忙说，我也是没办法，家里的积蓄都贴进去了，不然我不会开这个口。

徐厂长说，我还不知道你吗，我让会计想想办法，力争先将你这点钱付了。

这时，田副厂长过来找徐厂长商量事情，吴丰连忙告辞。

走了几步，徐厂长又喊住他，然后走过来小声吩咐，让他向那几个供销员放个风，就说他不想干厂长了，打算辞职。

吴丰着急地说，你要辞职？

徐厂长说，暂时还只是虚晃一枪，镇镇那帮东西。

吴丰本想再说点什么，徐厂长已转身和田副厂长一起走了。

天上又开始下起了雨，吴丰回家拿伞时，见周芳正在砧板上切肉，便问她从哪里变出钱来了。周芳隔了两分钟才告诉他，自己厚着脸皮回娘家找哥哥借了二十元钱。

吴丰嘴上没说什么，心里却踏实了一些，他知道，有这二十元钱，周芳至少可以对付一个星期。到那时徐厂长答应的奖金无论如何也可以到手的。

他心情好了些，出门时和老杨头打了个招呼，老杨头连忙递上一只烤熟了的红薯，他肚子里有些饿，稍做推辞便接下了。

剥掉那层黑乎乎的皮，吴丰几口就将红薯吃光了。他将剩下的红薯蒂扔得远远的，举着伞去找那几个供销员。

半路上，他碰见李义和金汉文正和厂里的几个姑娘合用着两把伞在雨地里嬉闹，擦肩而过时，他们竟连个招呼也没有打。

吴丰跑了两家，都说是可能去了老丁家。等他找到老丁家，门却是锁着。

返回来时，吴丰正漫无目标地走着，忽然看见那几个供销员正在屋檐下躲雨。

吴丰连忙叫道，丁科长！丁科长！

老丁一见他，便说，吴劳模，这么大雨你还在为四化建设操劳哇！

吴丰说，昨夜加班，今天休息，瞎转转。

老丁说，你休息？正好我们是三缺一，不如上我家去凑一桌。怎么样小段、小陈？

吴丰忙说，不行，不行！

老丁说，吴劳模是不是瞧不起我们，不愿和我们一起娱乐一下？

吴丰说，不是，切切不是！我身上一分钱也没带！

老丁说，你那几个工资是小钱，都带上也不行。我们每人给你一百元，若赢了就还，输了就当是我们请你帮工付了工钱。

吴丰想想后，终于点了点头。

进了老丁的家，大家也不客套，摆好板凳就上阵。

吴丰用别人的钱搓麻将，没有输钱时的心疼，打定主意专门和大和，结果第二盘就让他抓住机会，吃了老丁的一个八万，一下子就进了两百元。四圈下来，他赢了整整一千元。这时，老丁他们要重新摸风，结果，小段和小陈没动窝。只是他和老丁换了个位置。

位置一换，吴丰的手气就没了，不用说大和，就是屁和也没和过一盘，眼看台面上的钱走得差不多了，吴丰便提起徐厂长托他转告的话。

他一边洗牌一边说，不知你们听说了没有，徐厂长他准备辞职！

老丁一听，立即来了神，说，你听谁说的？

吴丰说，我这话自然有来头，你们别问。

小段马上急了，说，老徐下不得台，他一下台，换了别人，我们的合同不能兑现，恐怕又得推倒重来。

小陈也要说话，被老丁一使眼色，堵住了嘴。

老丁说，我们的合同事小，厂里的前途事大，咱们厂这几年不是徐厂长撑着，换了别人早就破产了。

吴丰说，好话不能光背后说，你们也可以当面和徐厂长说说，给他打打气。跟你们说实话，就是刚才，徐厂长一个人跑到江雪那里去听歌。你听这歌词：看世间忙忙碌碌，何苦走这不归路，熙熙攘攘为名利，何不开开心心交朋友。他点名要江雪唱这个，这可不是好事。一个大厂长跑到大姑娘那里去听歌，那么忙，那么多事要做，这个样子就不怕别人说闲话？这说明他已下了决心。

小陈说，老徐一向正派，不比老田，他这样做可能是经过深思熟虑的。

老丁说，看样子，我们还得帮老徐一把，不然对我们更不利。

趁他们只顾说话，吴丰将一张十元票子偷偷装进口袋。

吴丰从未做过这种事，就像头一回下手偷别人的东西，内心慌张得不得了。好不容易定下神，才发现这中间老丁已给徐厂长打过电话，请徐厂长来家里玩玩。

老丁就搁下电话，对大家说徐厂长马上就到。

吴丰又陪他们玩了两把，刚好将台面上的钱输光了。大家将牌推倒了，然后算谁输谁赢。老丁说他输了两百，小陈说他输了一百，小段说他只赢二百五。

吴丰担心算得太仔细会露出马脚，连忙打圆场，说，牌桌上从来都是赢家说少，输家说多。

大家笑骂几句，便不再纠缠输赢多少了。

这时，徐厂长在外面叫门。

老丁连忙将门打开。

徐厂长进门就说，我还以为是三差一呢？想不到吴劳模也会玩麻将了。谁歇歇，让我轻轻松松一回。

老丁说，想轻松我们负责奉陪，但有一句话我们要说在前面，你可不能起辞职的念头，机械厂五百多号人全都靠着你这只领头羊呢！

徐厂长说，老丁说得对，你们不是狼就是虎，只有我是只羊。

老丁有些尴尬地说，别的不说，只要你在任上，我保证供销科围着你的指挥棒转。

徐厂长说，那好，我还是那个意思，这个月，你们若能弄回五十万货款，上半年的合同我就是卖老婆也要给你们兑现。

老丁说，你不辞职了？

徐厂长说，这要看今天这桌牌，若输了我还是要辞职的，因为它说明我这个当厂长的才能不如你们。

老丁忙说，那好，谁赢了谁当厂长。

说着大家就上了桌。吴丰没事，替大家沏了茶后，便搬了个凳子坐在徐厂长和老丁中间看牌。看了一阵，吴丰就明白，他们三个今天是有意给徐厂长放铳。老丁他们也和，可和的尽是屁和。徐厂长和得少，但尽是大和。这种牌局，吴丰以前只是听说过，今天头一回见到，觉得很新鲜。可看了几圈后，便觉得没味，心想如今不正之风太多了，连牌桌上都刮得呼呼响。赌也赌不出真本事！

吴丰又看了一圈，便借故提前走了。

徐厂长也没说留他的话。

一出门，吴丰就将口袋里的那张十元票子掏出来重新看了看。边看心里边想自己怎么变成如此模样了。这念头一起，脸色不由得唰地红了起来。

外面还在下雨，吴丰在雨里匆匆走着，好像后面有人追来。

正走着，郑华在街对面高声叫他，他让过三辆汽车，然后走过去。

郑华说，这大的雨，你怎么没有带伞？

吴丰这才记起自己将伞忘在老丁的家里了，嘴里却说，出门时天还没下雨呢！

郑华说，找着徐厂长了吗？

吴丰说，找着了。

郑华说，现在哪儿，我也有事找他！

吴丰差一点说出来了，他顿了顿，说，我是在江雪那里见到的，后来他说要去开会。你找他有急事？

郑华说，车间工具室里又丢了一把游标卡尺，不知被谁偷走了，得叫厂里出面查一查。

吴丰说，偷卡尺干什么呢，又不能做别的用！

郑华说，拿去卖给个体企业呗，一把卡尺就是一个月的工资呢！

吴丰叹口气说，怎么现在厂里什么东西都有人偷？

郑华说，靠山吃山，不然那点工资能养活谁！

这时，吴丰的肚子里咕哝响了一声。

郑华说，你还没吃中午饭？

吴丰说，正准备回去吃呢。

郑华说，吃了饭好好休息一下，今天晚上再加一个班，再试一次机器。

吴丰说，徐厂长没通知呀！

郑华说，我们不能主动一点？搞技术攻关嘛，没点主动精神可不行。

吴丰想想觉得也对，不试它两三个班，确实不能说是完全成功，但他还是要郑华和厂里打个招呼。

吴丰回家时，女儿已吃过了，周芳还在等他。

见他回来，周芳起身到灶上盛了两碗饭端到桌子上，桌子中间摆着一碗萝卜汤，几片猪肉浮在汤上面。几天没吃肉，吴丰尝了一口汤，觉得味道美极了。周芳夹起两块肉放在他碗里，他夹起来放回去，说是留给女儿吃。

周芳不依，非要他将这两块肉吃了。

二人正在相持不下时，门外进来一个女人。

周芳一见忙上去招呼，说，何大姐你怎么来了？

何大姐说，有事路过，就顺便来看看。

周芳给她让了座，说，怎么样，家里情况还好吧？

何大姐说，好不起来哟，你家只有一个孩子，老吴又不抽烟喝酒，可我家不仅多一个孩子，老许他又成天烟酒不能断，日子实在难过呀！

何大姐和周芳是一个厂的，二人一向很要好。

周芳说，其实，越不抽烟喝酒就越没钱花，看你穿的戴的，哪一样比我差，上半年你还买了一件羊毛衫，可我今年一年连双袜子都没买。

吴丰听了这话，脸上有些搁不住了，插嘴说，又不是不让你买，是你自己舍不得买。

周芳说，我现在想买，你给我钱呀！

吴丰说，我这时哪来的钱，又没到发工资的时间。

何大姐忙打圆场，说，我们这些人，富不了三天，穷不了一个月，饿也饿不死，胀也胀不死，见了要饭的又觉得自己了不得，见了发财的又觉得自己不得了，没法子哟！

周芳说，其实，我们已和要饭的差不多，心里巴不得每天都是十五号。

吴丰埋头吃饭，不再说话。

两个女人又说了一阵后，周芳忽然说，你是不是找我有事？

何大姐支吾一下说，是有点事，刚才在街上碰见老吴车间的郑华，他讨要我上次借他的五元钱。我记得已托你家老吴还给他了，又怕这中间有误会，便过来问问。

周芳立即用眼睛来看吴丰。

吴丰这才记起，昨夜李义他们搜去的五元钱的确是何大姐托他还给郑华的。他不敢说那钱的去向，便推说自己忘了给郑华，还说下午一定给他。

何大姐说，如果还没给，干脆我亲自给他得了。

吴丰没办法，只好掏出那张十元票子让何大姐找五元。

何大姐身上没钱，找不开。

周芳便将十元票子接过去，另给了何大姐五元。

何大姐一走，周芳就关上门，问吴丰身上怎么还藏着十元钱。

吴丰不愿说钱的来路，便谎称是厂里的奖金。

一听说奖金，周芳就来了劲，她知道，这奖金一发绝对不止十元钱。

她说，我不搜你的身，有多少，你自动交出来。

吴丰说，的确只有十元钱，多一分也没有。

周芳说，你骗三岁小孩去，棉织厂这么个情况，一发奖金也是三五十元，何况你们厂。

吴丰说，这次情况的确特殊。

周芳说，我不信，你可以不给我钱，但你必须对我说实话。

吴丰说，我说五百元、一千元有什么用，又不是向上级汇报成绩，这是过日子，来不得一文钱的虚假。

周芳说，你明白这点就好，就更应该说实话。

吴丰说，我一不抽烟二不喝酒三不打牌四不嫖女人，我要留钱干什么呢？

周芳说，过去说女人的心思深，可现在男人的心思比女人深一万倍还不止。

吴丰说，你要是不相信就来搜吧。

周芳说，我不搜，搜出来的东西没意思。

夫妻俩正在僵持，周芳的哥哥带着一脸阴云走进来。

周芳一见哥哥，连忙扔下吴丰过去招呼。

周芳的哥哥坐下后，把眼睛盯在地上。

周芳倒了一杯茶递过去。她哥哥双手捧着茶杯长叹了一声。

周芳小心翼翼地问了一声，哥，你怎么啦？

她哥哥说，这么大一个男人受女人欺负，还不如死了痛快。

吴丰听了忙说，哥，你说得太对了，我也有此同感！

周芳瞪了他一眼，说，你别瞎搅和。

她哥哥说，芳儿，你是该对吴丰和气一点。

吴丰在一旁说，她刚才还想搜我的身呢！

周芳正想说什么，她哥哥先开口说，你可别学你嫂子，那个婆娘不是人。

周芳说，嫂子又怎么啦？

她哥哥说，她不知从哪儿听说我给了你二十元钱，从早上一直闹到现在，开水瓶和茶杯全摔了，非要我将二十元钱要回去。

周芳一听，立即不说话了。

她哥哥说，我本来打算到别处先借二十元钱垫上，可那婆娘在街口盯梢，要亲眼看着我从你这儿将钱拿回去。

周芳从口袋里掏出一叠大大小小的票子，说，我花了四元钱，加上老吴发的一点奖金，刚好还有二十元，你拿回去吧！

她哥哥接过钱说，我不是怕她，那女人不要脸，可我要脸。

周芳说，哥，我不会怪你的。

她哥哥说，过两天，我再想法接济你一下。

周芳说，哥，不用，老吴他发了奖金！

她哥哥说，你别瞒我，机械厂下月的工资都难发出了，哪来的奖金发。

吴丰忙说，是发了奖金，我搞成了一项试验，厂里单独给的。

她哥哥将眼睛直看吴丰，吴丰装着倒茶，走到一边去了。

周芳说，哥，你也别责怪嫂子了，她娘家的人都在农村，她想多省些钱帮帮他们也是人之常情。

她哥哥说，可是周家的人有困难为什么就不能帮一把呢！

兄妹俩说话时，都流了眼泪。

吴丰送周芳的哥哥出门时，看见她嫂子的身影果然在街口闪了一下。

哥哥一走，周芳便对吴丰说，现在全家就剩这几角钱了，你总该将奖金全拿出来吧？

吴丰说，连你哥都知道我们厂的情况，怎么你就是不肯相信呢！

周芳说，当着我哥的面你都承认了，现在又想反悔？

吴丰说，我那是替你圆场。

周芳说，你非要我也像别的女人一样发疯当泼妇是不是？

周芳说着就随手砸了一只茶杯。

吴丰慌了，忙上去抱住她，将她按在沙发上坐下，然后将十元钱的来历一五一十地说了出来。

周芳听了，不由得又开始哭起来。

吴丰拿了一条毛巾上去给她擦眼泪，擦了两下，周芳忽然伸出两只手将他紧紧搂住，并拱开他的领口，使劲亲他。吴丰用手在她后颈上摸了一阵，又将手插进她的裤腰。慢慢地周芳的身子开始发起烫来。吴丰有些冲动一使劲便将她抱起来，走进房里，放倒在床上。

脱光衣服，激动了一二十分钟后，二人仍紧紧抱在一起。

周芳小声说，你受了委屈，怎么不早点明说呢？

吴丰说，一个大男人，挣不了钱，却去干这种偷鸡摸狗的事，谁还有脸往外说。

周芳在他肩头轻轻咬了一下什么也没说。

吴丰说，不过，厂里是真的要发些奖金给我，我下午就去找徐厂长要。

停了停，他又说，我睡两个钟头，然后你喊醒我。

周芳说，你一个人好好睡一会儿，我不碰你了。

说着她就起床穿衣服。吴丰见她那白晃晃的胸脯就在眼前，心里有些不舍，便拉她一起睡。周芳返身陪吴丰睡了几分钟，还是起床了。

三点半钟，周芳喊醒了吴丰。

天上还在下雨，周芳满屋替吴丰找伞，没找着，便问，老吴，你的伞呢？

吴丰说，丢在老丁家里了，我这就去拿。

吴丰擦了一把脸，便要往外走。周芳连忙拦住他。

吴丰说，你又怎么啦？

周芳在他胸口轻轻捶了一下，说，刚做了那事，淋不得雨。

吴丰不由得笑出了声，周芳将自己用的花伞递给吴丰，吴丰出门时再次朝她笑了笑。

县城的街道很脏，被雨淋了大半天后，处处一派泥泞。

吴丰从屋檐下的干处走，穿过半条街，至少见到三拨厂里的人在小酒馆里喝酒。

后来，他碰见棉织厂王厂长。

王厂长说，还是你们机械厂的人财大气粗，闹起酒来可以震动整个县城。

吴丰不知说什么好，便随口问王厂长去哪儿。

王厂长说他刚递了辞职报告，准备回家摆地摊去。

剩下吴丰一个人走时，他老想郑华说的那话，觉得这些喝酒的人一定又是揩了机械厂的什么油。

走了一程，来到老丁的楼下。老丁住在七楼，他爬到五楼时腿就开始发软。心里就想，真是一岁年纪一岁人，过去睡个午觉干两回那事，下午还可以抢锤打铁，现在是不行了，才一回，走起路来就腿发软。他觉得要赶紧挣点钱攒起来防老，待退休后光靠养老金是不行的。

他歇口气，爬完剩下的两层，站在老丁的门口，听见屋里还有麻将声，便举手敲门。

老丁在屋内问，谁？

吴丰说，我，老吴，我的伞掉你这儿了。

小段开了门，放吴丰进屋。

吴丰又说了一遍，我的伞掉这儿了。

大家在全心全意地打牌，没人理他。

吴丰拿到伞后并不走，他站到徐厂长背后，看了一阵，又忍不住问，打了半天，谁赢了？

老丁说，老板不赢，天理不容！

小段说，老板今天这手气用来抓革命促生产，不提前翻番那才出鬼呢！

小陈说，老板红运当头，再想辞职，那可是逆天行事啰！

徐厂长搁下牌，从台布底下拿出一沓百元大钞，数一数刚好十张。徐厂长将那沓票子往桌上摔了两下，说，诸位如此竭力捧场，我就再为你们服务下去。怎么样，今天就玩到这里吧。老吴你是不是有事找我？

吴丰忙说，是有点事，是有点事。

老丁站起来说，吃点什么再走吧，老板！

徐厂长将台布里的几张十元票子扔到麻将牌上，说，这个算我请客，你们自己到外面去点几个菜吧！老丁，你们几个明天每人先到会计那儿领三千元钱，下午就得出去，将货款弄回来，不然厂里的日子就过不去了。

老丁说，这三千算什么呢？

徐厂长说，先打借条，以后再一起算账，行吗？

老丁他们互相望了望，然后一齐应了。

出门下到楼底，徐厂长加快了脚步。吴丰有些追不上，便在后面叫了声，徐厂长！

徐厂长回过头来问，你真的找我有事？

吴丰说，你答应离心浇铸机搞成后，要当场兑现奖金，大家叫我来问问！

徐厂长说，是不是真搞成了？

吴丰说，我未必还会骗你！

徐厂长说，我相信你。他沉吟一阵，又说，我写个条子，你直接去找会计领。

说着，徐厂长就蹲在街边，从笔记本上撕下一页纸，写了一张五百元的批条。

吴丰拿到批条，腿也不软了，一口气跑到厂里。

会计见了批条后先是不肯接，说账上一分钱也没有。

吴丰听徐厂长和老丁他们交代过，知道账上有钱，便不停地朝他说软话，要会计帮个忙，通融一下。

磨了半个小时，会计松了口，让他打个领条。吴丰连忙写了张五百元钱的领条递过去。

会计转身打开身后的保险柜，先将两张条子放进去，又随手取了一张条子，一边递给吴丰，一边说，棉织厂刚好欠我们五百元钱加工费，这是他们王厂长亲自打的条子，说好了这几天给，你急着要钱用，就只好麻烦亲自跑一趟，将钱要回来就是。

没待吴丰反应过来，会计锁上保险柜，说是去银行对账。

吴丰拿着白纸条，差一点急出眼泪来。他知道，棉织厂这个样子一两年之内根本没有指望，待好转了，那时领导班子已换了人马，谁知人家认不认账，所以，这条子实际上是张废纸。

吴丰垂头丧气地回到家里。周芳一见他那副模样，就直朝他使眼色。他一留神才发现女儿眼圈红红的，坐在沙发上生闷气。

趁着空，吴丰问周芳女儿怎么了。

周芳告诉他，女儿期中考试没考好，一回家就怪父母没用，挣的钱连温饱问题都解决不了，一天到晚是白菜萝卜，搞得她这一段营养跟不上，一进教室就头晕。

吴丰强忍着不让自己的情绪流露出来。

吃饭时，他和周芳轮流着将萝卜汤里发现的肉片夹给女儿，考试的事，他半个字也不敢提。

女儿吃完饭，进房换了一套衣服，说是考试完了，几个同学约着今晚出去听歌，边说边将手伸到周芳面前。

吴丰知道她这是要零花钱。

周芳嘴唇哆嗦着想说什么又说不出来，她用手在口袋里摸了半天，将仅有的几角钱摸出来，放在女儿的掌心上。

女儿一嘟嘴将钱扔到地上。

吴丰见周芳的眼圈红了，忙走过去，将手中的纸条递给女儿看，并说，不是爸妈没用挣不了钱，你看爸爸本该拿几百元钱奖金，可单位却给这么一张条子。

女儿将条子反复看了看后，弯腰捡起地上的几角钱，塞进周芳手里，一声不吭地出门去了。

女儿走后，周芳哇的一声哭了起来。

吴丰说，你今天哭了几场了，要当心自己的身子。

周芳说，不哭又有什么办法呢，满心指望你能拿点奖金回来，可结果只盼到一张无用的条子。

忽然门外响起郑华的声音，郑华说，老吴在家吗？

吴丰起身迎接时，周芳赶忙躲到里屋擦眼泪去了。

郑华、李义和金汉文从门口鱼贯而入。

一进屋，郑华就问，周芳呢？

吴丰说，在里屋做事呢！说着就提高嗓门说，周芳，出来泡茶，郑主任他们来了。

周芳应了一声，人仍没出来。

吴丰见他们坐定了，就问，邀得这么齐，找我有什么事？

郑华说，听说你将奖金领回来了，我把他们邀来看怎么个分配法，大家在一起好商量。

吴丰叹了一口气说，奖金？奖银啰！

他将那张纸条递给郑华。

郑华看了一眼后，脸上立即变了色。

李义和金汉文接过去还没看完，就大骂起来，说会计是个阴险的小人，是婊子养的，将来他老婆要被人轮奸，等等。

骂了一通后，大家又开始埋怨吴丰，说他不该一个人去找会计，若是大家一齐去，会计就不敢如此欺负人了。

郑华说，会计曾找我帮忙做过一支双管猎枪，我若去了，他不会不给面子。

吴丰很委屈地说，一开始，你们都把我往前推，并没说要一齐去的话，怎么一出娄子就全怪我呢，我也不知道会计这么心黑。

这时，周芳从房里出来了，她一边沏茶一边说，依我说，这事还可以挽救。郑主任不是面子很大吗，不如你把这条子拿回去找会计换了现金回来。

郑华一下子被噎住，好半天才说，既然已经拿回来了，恐怕不容易退回去。

李义和金汉文说，事已至此，只有死马当作活马医。五百元钱，四个人一人一百，剩下一百，谁有本事将条子变成钱就归谁。

郑华没意见。吴丰明知这样自己要吃大亏。因为当初试验开始之前，徐厂长就表态，要重奖为主的吴丰。现在这样，他们就变得没有区别了。只是到了这地步，他没法反对，只好表示同意。

郑华说，老吴你也别不好受，现在有本事的人不是有技术的人，而是会弄到钱的人。你说徐厂长、老丁、小段和小陈有什么技术，连锉刀都不会拿，可他们不照样人五人六，一天到晚赚大钱！

周芳不失时机地说，郑主任你也比老吴有本事。

郑华大言不惭地说，当然，不然怎么会叫我领导老吴呢！

这时，李义说，吴师娘，你是不是刚哭过？泪痕还没擦干净！

周芳用手在眼窝上抹了一把，说，报纸上天天说日子一天比一天好，我凭什么要哭呢？

金汉文说，那倒不一定，假如吴师傅在外面找了一个情人，你未必不伤心？

周芳说，我巴不得他找两个情人，能养情人的人都是大老板，老吴若能养情人，我这日子肯定会翻几番，那我不愿意？可他现在连老婆的半张嘴也养不了。

郑华说，你别说得那样好听，我也看出来你是哭了，是不是家里没钱了，和老吴吵架怄气了？

郑华的话太对了，周芳无法再分辩，低下头，再不作声。

郑华说，老吴，你是厂里的老劳模，怎么不去找徐厂长反映一下？

吴丰说，连奖金都是这个样，还能有别的好处吗？

郑华说，李义，昨晚的那笔生意你得了多少钱？

李义说，八十五元。

郑华说，金汉文，你呢？

金汉文说，我多一点，八十九元。

郑华说，狗东西，我只得了七十八元。不行，我得找那老板算账去。

李义和金汉文说，算了，反正吃的是夜草。别把事情闹大。

周芳说，你们做了什么生意？怎么不邀老吴？

郑华说，邀了，他不参加。

周芳说，老吴，你怎么又这样傻呢，肉到嘴边都不知道吃，到头来却连水也喝不上！

郑华怕吴丰说漏了嘴，忙说，不说了，过去的事不说了！大家都加班去！

说着，郑华便带头出了门。

吴丰在后面说，连奖金都拿不到，还加什么班？

郑华站在门外说，奖金做奖金说，加班做加班说，不能混为一谈。

周芳推着吴丰往外走，说，快去，跟着郑主任，你不会吃亏的。

郑华笑了起来，说，你不怕我将他骗去卖了？

周芳说，除非卖给我，不然谁会要他。

这话说得大家都笑起来了。

吴丰还在犹豫，说，这张条子谁保管？

郑华说，谁管都一样，在你手上你就先管着。

吴丰跟着郑华他们，一路说着闲话，走着走着，天上的雨停了下来。

吴丰提醒大家说雨停了，郑华他们像是没听见，只顾说他们的闲话。

这时，他们在说李义到底有多少个女朋友。李义咬定不会超过十个，金汉文却说至少在十五个以上。金汉文边说边点了几个名字。

吴丰听见了江雪的名字，但他不相信江雪真的跟李义有关系。

一路争执着到了车间门口，郑华掏出钥匙打开大门，并顺势回头问李义，那么多女的，你这点钱怎么应付得过来呢？

李义说，如今这社会，有几个人是靠工资过日子？

郑华说，那也是。

说着话时，各人干开了各人的事。

吴丰负责用秤称料，他正要按十个铜套的标准来配料，郑华过来吩咐，让再加四个标准。

见吴丰不明白，郑华就将大家叫到一起。

郑华说，我接了一件活，有家个体企业要买四个铜套，我和他们老板谈好了价，每件二百五十元，一千元钱现金他已预付了，图纸也给了。现在，大家生活都很艰难，我想给大家谋点福利。反正也不是哪个人独吞了。有福共享，有难同当。就当是车间小金库里开支的奖金。如果谁有不同意见，我就将这笔钱退回去。因为这种事，大家思想必须绝对统一。

不容吴丰细想，李义和金汉文已连声说道，没意见，都没意见。

郑华说，没意见那我就先将奖金发给大家。

郑华从口袋里掏出一叠票子，数了数后，第一个递给吴丰。吴丰望着钱，手却伸不出去。

郑华说，它不咬人，摸它可比摸女人身上的东西舒服多了。

吴丰手还没抬起来。

郑华硬是将钱塞进吴丰的口袋里。

分完钱，大家开始干活。

鼓风机一响，化铜炉便越来越亮了。

吴丰开始还觉得装钱的口袋沉甸甸的让人难受，干了一阵活后，身子便越来越轻松。旁边的郑华、李义和金汉文也干得比以往起劲多了。

正干得起劲，江雪从门外进来了。

江雪说，你们都想当劳模啊，这么卖力！

李义说，我们这是在发扬主人翁精神。

江雪说，什么主人翁，一切都是当官的说了算！

李义说，江雪你怎么有空出来转转，定额做完了？

江雪说，屁，三分之一还没做完呢。我上厕所！

金汉文忙说，厕所里的电灯坏了，你不怕？要不要人陪？

江雪说，你真没出息，怎么从不说陪我下馆子、上舞厅、逛公园，是因为上厕所不花钱是不是？

江雪这话让大家愣了好一会儿。

之后，吴丰越想越觉得有许多的妙处，便带头笑出了声来。

紧接着，郑华他们也一个个笑弯了腰。

金汉文吃了亏，又问，江雪，你以后打算嫁个什么样的人？

江雪说，你们一定会以为我会找个有钱的老板，那就大错特错了，这种人只配做情人，找丈夫还得像吴师傅这样的人才行。

大家没料到江雪择夫的标准会是这样，一时间都沉默无语。

炉膛里，大块大块的铜都已熔化了，一片片绿色的火焰像云霞一样飘起来。江雪盯着那些飘飘荡荡的火苗，一动不动地站着，那样子非常好看。

吴丰忍不住多看了江雪几眼，心想这么好看的姑娘真不该当车工，简直是浪费人才。

江雪忽然说，这是不是叫孔雀绿？

她用小手指着炉火，手掌和手背上都有乌黑的油污。

郑华说，什么孔雀绿？

吴丰也不知道。

李义和金汉文都不接话，大概也不知道。

江雪说，不知道就别问。这铜套还车吗？

郑华说，车，凭什么不车呢！

江雪马上妩媚地笑起来，说，那还是给我车哟！

说着便将一只小指弯成钩伸到郑华面前。

郑华和她拉了一下钩，并顺势在她手背上摸了一把，说，你这手像白馍馍。

江雪转身要走，李义将她喊住，问，你能做陈会计的工作吗？

江雪不正面回答，只说，你说呢？

李义心领神会，忙说，我们这儿有张条子，你若是能将它换成现钱，给你百分之二十的回扣。

江雪说，什么条子？

吴丰掏出条子递过去。

江雪看了看，说，百分之三十，我承包了。

吴丰他们相互递了递眼色。郑华一咬牙说，百分之三十！百分之三十就百分之三十！

江雪将条子装进口袋，说，明天下午负责给你们三百五十元。

江雪走后，四个人着实议论了一场，最后一致认为，漂亮女人比什么武器都厉害，换了他们自己，也会抵挡不住的。

离心浇铸机转了四次后，郑华拎起发烫的铜套放在平板车上，朝加工车间走去。

李义说，郑主任，铜套这么烫，没有一个小时冷不下来，你这么急干什么？

郑华说，铜套烫算什么，我的心比它还烫呢！

金汉文说，再烫也熔化不了别人。

郑华说，你想？我可不想！

郑华出了车间大门，消失在黑暗中。

剩下三个人比先前忙了些。

尽管这样，李义和金汉文还是抽空跑到加工车间门口，偷偷观察郑华在那里干什么。每次回来，他们都说郑华在江雪的车床旁和江雪聊天，那样子有些火热。

没有郑华，大家干得反比先前快。

十一点时，余下的十个铜套都浇铸完了。

李义和金汉文将手中工具一扔，说，吴师傅，场子你收拾一下，我们去给郑主任帮忙。

吴丰将场子收拾好，正想过去凑凑热闹，郑华他们三个推着平板车过来了。

郑华将加工好了的铜套每人递了一个，吩咐大家脱下外衣包好了，再往外拿。

李义打头，郑华在后，吴丰和金汉文夹在中间，四个人一齐来到大门口。见门卫在那里站着，吴丰心里有些发慌。

郑华忙走上去将身子挡住他，同时和门卫搭话。

郑华说，怎么还没睡？

门卫说，厂长不让睡，要我们加强检查。

郑华说，我们车间的游标卡尺被人偷了，你知不知道？

门卫说，知道，可有什么用，家贼难防呀！

郑华说，家贼不算贼。

门卫说，不是逼急了，谁会这么做呢？！

郑华说，不是说工人是主人翁吗？主人从家里拿点东西不是很正常的吗！主人不拿未必叫公仆拿？

几个人大声笑着从门卫面前堂而皇之地走过。

离开很远，李义说，我今天才觉得自己像个主人。

不知怎的，他这话竟无人响应。大家默默地走着，到了郑华的家，一个个将铜套放下，然后回头就走，似乎都不愿说话，不愿打招呼。

461

吴丰走到家门前，见周芳正一个人站在门口张望。

吴丰说，怎么不睡？

周芳说，女儿出去听歌，还没回呢！

吴丰一看手表，都快十二点了。

他有些急，说，我们去找找。

吴丰和周芳锁上门，顺着大街走去。

过了两个十字路口，见县文化馆门口的卡拉OK摊前围着一堆女孩子，他们走拢去一看，女儿果然也在其中。

女儿见了他们，脸上阴阴的不说话。吴丰从口袋里掏出十元钱递过去，说，去，给你妈点一支歌。

女儿一怔后，立即笑开了。

女儿挤到摊主跟前，点了一首《小芳》。

女儿的嗓子很好，一曲唱完之后，女孩子们纷纷鼓掌。

周芳却说，这歌一点儿也不好，你听听那歌词：在回城之前的那个晚上，你和我来到小河旁——那么晚，一男一女到小河旁还能干好事？好好的一个乡下女孩被糟蹋了，被甩了，现在还有脸编着歌儿来唱。

吴丰想说什么没说出来，女儿抢先说，妈，你太庸俗了，你们大人怎么越来越庸俗呢！

女儿扎到女孩堆里去不理他们。

他俩站了一会儿，觉得自己不属于这个世界，便开始往回走。

身后，又有一个女孩在点唱《小芳》。

走了一阵，吴丰将郑华发的那钱都掏给了周芳。

周芳问，这是什么钱？

吴丰说，搞不清，反正是发的。

来到家门口，吴丰绕着老杨头烤红薯的炉子转了一圈后，对周芳说，我看我们干脆也摆个炉子卖烤红薯。

周芳说，亏得你一个大男人想出这样的念头，我们一摆炉子，老杨头怎么办？我们不能夺人家的饭碗，不管怎样，我们多少还有点工资，可老杨头什么也没有。

吴丰不耐烦地打断她的话说，不摆就不摆，你说那么多的话干什么，话说多了瘦人。

周芳掏钥匙开门锁时，听见吴丰在身后长叹了一口气。

一九九四年元月于汉口花桥